中國古文英華

陳引馳 編著

中國古文英華

編　　著：陳引馳
責任編輯：鄒淑樺
書籍設計：涂　慧
出　　版：商務印書館（香港）有限公司
香港筲箕灣耀興道三號東滙廣場八樓
http://www.commercialpress.com.hk
發　　行：香港聯合書刊物流有限公司
香港新界大埔汀麗路三十六號中華商務印刷大廈三字樓
印　　刷：美雅印刷製本有限公司
九龍觀塘榮業街六號海濱工業大廈四樓A室
版　　次：二〇一八年三月第一版第一次印刷

ISBN 978 962 07 4566 9
Printed in Hong Kong

本書由果麥文化授權商務印書館（香港）有限公司出版發行

導言

在古人眼中，文章具有極為崇高的地位。曹丕《典論・論文》認為文章能讓人不朽，他說：「年壽有時而盡，榮樂止乎其身，二者必至之常期，未若文章之無窮。」廣為流傳的《神童詩》強調了文章的世俗意義：「天子重英豪，文章教爾曹。萬般皆下品，唯有讀書高。」不論從精神層面還是從世俗角度，人們歷來都有足夠的動力為文章的寫作反覆推敲，殫精竭慮。因此，今天的我們也才有了這樣一座富如江海的古文寶庫。

即使從《尚書》中的殷周文獻算起，中國的文章史也有三千多年了。三千多年中，才子名家代不乏人，雄篇妙文層出不窮。先秦歷史散文和諸子散文聳峙於中華文明的奠基期，為後世文章寫作樹立了典範；兩漢的政論文和史傳散文踵武而至，氣勢磅礴；至魏晉南北朝，文風一變，駢文成為文壇主流，鋪陳辭藻，雕繢滿眼，將漢語的形式之美發揮到極致；有鑒於駢文之弊，唐宋八大家高舉古文大旗，變革文體，閎其中而肆其外，蔚為壯觀；下至明清，取法秦漢、上繼唐宋八大家的古文創作成績斐然，桐城派古文一直到現代還很有影響，林琴南用來翻譯西方文學，朱光潛藉以將人生和學術的道理書寫得明晰宛轉；而明清以來靈動雋永、抒寫性靈的小品文猶如一股清流，更為新文學的一些大家作手所推重，也被眾多普通的讀者所喜愛。

三千年的文章中，既有黃鐘大呂，亦有淺斟低唱。

仁人志士將文章視作經國大業，在文章中指點江山，心懷天下。諸葛亮「鞠躬盡瘁，死而後已」，范仲淹「先天下之憂而憂，後天下之樂而樂」，梁啟超「今日之責任，不在他人，而全在我少年」，他們的人格光風霽月，他們的文章堂堂正正。

寒士騷人以文章作不平之鳴，在文章中泣血哀歌，述志明心。司馬遷著《史記》未完，遭逢李陵之禍，「惜其不成，是以就極刑而無慍色」；王勃連遭貶黜，鬱鬱不得志，但並未怨天尤人，而是「窮且益堅，不墜青雲之志」；夏完淳壯志未酬身先死，但以殉國為分內事，「神遊天地間，可以無愧矣」。他們的人生悲慘坎坷，他們的文章沉鬱悲痛。

文人雅士多寫閒情逸致，在文章中吟風弄月，流連光景。舉凡山水、花鳥、書畫、茶酒、風俗、世情，無不入文，或如沈周津津樂道雨打芭蕉的聲音，或如馬中錫借中山狼嘲諷忘恩負義之徒，或如鄭日奎對自己癡迷於書的自嘲與自得，描摹刻畫，窮形盡相。

古文中的世界，豐富廣闊。古人將他們的人生寫進文章裏，他們的榮辱悲歡、瞬間的思緒、一生的回顧，他們對生活的思考和態度，統統定格在文章裏。當我們閱讀一頁頁的文章，其實是在走進古人的生活，走進古人的內心。閱讀古文可以增長見聞，澡雪精神，受到熏染，得到教益。但這需要我們常讀多讀。

黃庭堅說，三日不讀書，便覺面目可憎，向人亦語言無味。我們希望做出一本適合普通讀者尤其是青少年學生閱讀的文選，希望這本篇幅精簡的書能成為讀者面對浩瀚的古文汪洋時最好的觀瀾平台。我們希望這本文選可以置於孩子的牀頭，放在客廳的茶几上，裝進旅行途中的背包裏，可以在春日的午後、寫作業的間隙、通勤的公車和地鐵裏，翻開來讀幾頁，讓自己的生活多一個維度。

本文選的主要選錄標準是文辭優美，感發人心，讀時讓人愉悦，讀後令人流連；適合青少年、可以作為現代中國人最基本的傳統文章素養和理解，也是我們時時在心中考量的。每篇文章後的賞析文字，不取串講形式，不求全面闡發，僅求抓住文章的脈絡，寫出從文章中所受的感動，希望得到讀者的共鳴，更希望讀者能與文章的作者共鳴。

書中所選的近百篇古文，是我們應該熟讀的。讓我們一起來熟讀這些古文吧。

陳引馳

二〇一七年三月

目錄

莊子　逍遙遊／001
養生主／011
屈原　楚辭・漁父／016
李斯　諫逐客書／019
賈誼　過秦論（上篇）／025
司馬遷　報任安書／031
李陵　答蘇武書／044
馬援　誡兄子嚴敦書／054
王粲　登樓賦／058
諸葛亮　前出師表／062
曹植　洛神賦／068
嵇康　與山巨源絕交書／076
向秀　思舊賦 並序／085
李密　陳情表／089
王羲之　蘭亭集・序／094
陶淵明　歸去來兮辭 並序／098
桃花源記／102
五柳先生傳／106
江淹　別賦／108
丘遲　與陳伯之書／115
陶弘景　答謝中書書／120
吳均　與朱元思書／122
酈道元　水經注・三峽／125
王勃　秋日登洪府滕王閣餞別序／128

王　維　山中與裴秀才迪書／137
李　白　春夜宴諸從弟桃李園序／140
韓　愈　祭十二郎文／143
雜說四（世有伯樂）／150
送李願歸盤谷序／153
劉禹錫　陋室銘／158
柳宗元　種樹郭橐駝傳／160
至小丘西小石潭記／165
三戒／168
杜　牧　阿房宮賦／174
范仲淹　岳陽樓記／179
周敦頤　愛蓮說／184
歐陽修　醉翁亭記／186
秋聲賦／190
王安石　遊褒禪山記／195
蘇　軾　記承天寺夜遊／200
前赤壁賦／203
後赤壁賦／208
寶繪堂記／212
文與可畫篔簹谷偃竹記／216
亡妻王氏墓誌銘／221
留侯論／225
記遊松風亭／230
與程秀才／232
試筆自書／235
與二郎姪／238
李清照　金石錄・後序／241
朱　熹　江陵府曲江樓記／252
文天祥　指南錄・後序／257
周　密　觀潮／264
劉　基　松風閣記／267
宋　濂　王冕傳／272
秦士錄／278
馬中錫　中山狼傳／284
沈　周　聽蕉記／295

記雪月之觀／298
王守仁　君子亭記／301
歸有光　項脊軒志／305
先妣事略／311
宗　臣　報劉一丈書／316
袁宏道　徐文長傳／321
虎丘記／327
晚遊六橋待月記／331
王思任　剡溪／334
徐弘祖　天都峰／337
譚元春　再遊烏龍潭記／342
劉　侗　帝京景物略・水盡頭／346
張　岱　陶庵夢憶・序／349
陶庵夢憶・湖心亭看雪／354
陶庵夢憶・西湖七月半／357
柳敬亭説書／362
張　溥　五人墓碑記／365
夏完淳　獄中上母書／370
李　漁　芙蕖／375
林嗣環　口技／379
鄭日奎　遊釣台記／383
醉書齋記／388
全祖望　梅花嶺記／392
陳　鼎　八大山人傳／397
袁　枚　祭妹文／402
方　苞　左忠毅公逸事／408
龔自珍　己亥六月重過揚州記／412
病梅館記／418
吳敏樹　説釣／422
劉　鶚　老殘遊記・序／426
梁啟超　少年中國説／431

逍遙遊

莊子

北冥有魚，其名為鯤。[1] 鯤之大，不知其幾千里也。化而為鳥，其名為鵬。鵬之背，不知其幾千里也。怒而飛，其翼若垂天之雲。[2] 是鳥也，海運則將徙于南冥。[3] 南冥者，天池也。

《齊諧》者，志怪者也。[4]《諧》之言曰：「鵬之徙于南冥也，水擊三千里，摶扶搖而上者九萬里，去以六月息者也。」[5] 野馬也，塵埃也，生物之以息相吹也。[6] 天之蒼蒼，其正色邪？[7] 其遠而無所至極邪？其

莊子：莊周（約公元前 369—前 286），戰國宋國蒙（今河南商丘市東北）人。思想家，哲學家，文學家。《莊子》一書是他及弟子、後學著作的總匯，道家經典之一，也是諸子散文的重要著作。文章擅用寓言，風格汪洋恣肆，對後世散文影響較大。

1 北冥：北方的大海。鯤（kūn）：大魚名。

2 怒：奮發的樣子。

3 海運：海動。海動則有大風，大鵬借大風飛向南海。南冥：南方的大海。

4 《齊諧》：齊國記載詼諧怪異之事的書。志：記。怪：怪異的事情。

5 摶（tuán）：盤旋，環繞。扶搖：自下而上的暴風。息：風。去以六月息者也：乘着六月的大風而飛去。

6 像野馬一樣的遊氣，飛揚的塵埃，都被生物的氣息吹拂着而遊蕩。

7 其：表反問語氣。

視下也，亦若是則已矣。[8]

且夫水之積也不厚，則其負大舟也無力。覆杯水於坳堂之上，則芥為之舟，置杯焉則膠，水淺而舟大也。[9]風之積也不厚，則其負大翼也無力。故九萬里則風斯在下矣，而後乃今培風；背負青天而莫之夭閼者，而後乃今將圖南。[10]

蜩與學鳩笑之曰：「我決起而飛，搶榆枋，時則不至而控於地而已矣；奚以之九萬里而南為？」[11]適莽蒼者，三飡而反，腹猶果然；適百里者，宿舂糧；適千里者，三月聚糧。[12]之二蟲又何知！[13]

小知不及大知，小年不及大年。[14]奚以知其然也？[15]朝菌不知晦朔，蟪蛄不知春秋，此小年也。[16]楚之南

---

8 若是：像這樣。則已：相當於「而已」。大鵬俯看大地，也無法分辨清顏色遠近。

9 覆：倒。坳（ào）：窪坑。坳堂：堂中地上的窪坑。芥：小草。膠：粘住，浮不起來。

10 翼：大鵬之翼。斯：乃，就。而後乃今：「乃今而後」的倒裝，這時然後才。培：通「憑」，憑藉。培風：憑風，乘風。夭：挫折。夭閼（è）：阻止，阻攔。圖南：圖謀飛向南方大海。

11 蜩（tiáo）：蟬。學鳩：小斑鳩。決（xuè）：迅速地。搶：沖上。枋（fāng）：檀樹。時則不至：有時候飛不上去。控：投，落地。奚：何，為甚麼。之：去，到。

12 適：往，到。莽蒼：近郊的草色，指郊野。飡：同「餐」。反：通「返」。猶：還。果然：飽的樣子。宿：過夜，指一夜。舂：在臼中搗穀物去皮。三月聚糧：用三個月的時間積蓄糧食。

13 之：這。二蟲：指蜩、鳩。

14 知（zhì）：通「智」。年：壽命。小年：短命。

15 然：這樣。

16 朝菌：朝生暮死的菌類植物。晦朔：每月初一為朔，最後一天為晦。蟪蛄（huì gū）：寒蟬，春生夏死，夏生秋死，不會經歷一整年。春秋：指一年。

有冥靈者，以五百歲為春，五百歲為秋；上古有大椿者，以八千歲為春，八千歲為秋，此大年也。[17] 而彭祖乃今以久特聞，眾人匹之，不亦悲乎！[18]

湯之問棘也是已：窮發之北，有冥海者，天池也。[19] 有魚焉，其廣數千里，未有知其修者，其名為鯤。[20] 有鳥焉，其名為鵬，背若太山，翼若垂天之雲；摶扶搖羊角而上者九萬里，絕雲氣，負青天，然後圖南，且適南冥也。[21]

斥鴳笑之曰：「彼且奚適也！我騰躍而上，不過數仞而下，翱翔蓬蒿之間，此亦飛之至也。[22] 而彼且奚適也！」此小大之辯也。[23] 故夫知效一官，行比一鄉，德合一君，而征一國者，其自視也，亦若此矣。[24] 而宋榮子猶然笑之。[25] 且舉世而譽之而不加勸，舉世而非之

---

17 冥靈：樹名。椿：樹名。

18 彭祖：傳説中的人物，據説活了八百歲。特：獨。聞：聞名。匹：比。悲：悲哀。

19 湯：商朝最初的君王，稱商湯。棘：夏革（jí），商湯時賢大夫。是已：是這樣，表示肯定。窮發：連草都不長的不毛之地。

20 廣：寬。修：長。

21 太山：泰山，在今山東省。羊角：旋風。風旋轉像羊角，故稱。絕：超過。且：將。

22 斥：小池澤。鴳（yàn）：小雀。仞：周代以八尺為一仞，漢代以七尺為一仞。翱翔：展翅飛翔。蓬蒿：野草。至：最，最高的飛行水準。

23 辯：通「辨」，區別。

24 知：通「智」。效：功效，做官能有功效，意為勝任。行：行為，作為。比：親近，迎合。德：品德，道德。合：符合。而（néng）：古時候通「能」，才能，能力。征：取信。其：指上述四種人。自視：自己看待自己。

25 宋榮子：宋鈃，齊國稷下學宮的學者。猶然：譏笑的樣子。

而不加沮，定乎內外之分，辯乎榮辱之境，斯已矣。[26]
彼其於世，未數數然也。[27] 雖然，猶有未樹也。[28]

夫列子禦風而行，泠然善也，旬有五日而後反。[29] 彼於致福者，未數數然也。[30] 此雖免乎行，猶有所待者也。[31] 若夫乘天地之正，而禦六氣之辯，以遊無窮者，彼且惡乎待哉！[32] 故曰：至人無己，神人無功，聖人無名。[33]

堯讓天下于許由曰：「日月出矣，而爝火不息，其於光也，不亦難乎！[34] 時雨降矣，而猶浸灌，其於澤也，不亦勞乎！[35] 夫子立而天下治，而我猶尸之，吾自視缺然，請致天下。」[36] 許由曰：「子治天下，天下既已治也，而我猶代子，吾將為名乎？[37] 名者，實之賓也；吾將為賓乎？[38] 鷦鷯巢于深林，不過一

---

26 舉世：整個社會。譽：讚譽。勸：勉，努力。非：責難，非難。沮：沮喪。內外之分：自我和外物，內心與外界。辯：通「辨」，辨別。境：界限。內心對光榮和恥辱有自己的辨別和認識。斯：這。已：停止，就這樣而已。

27 世：世俗的東西。數（shuò）數：猶汲汲，着急的樣子。

28 樹：樹立。

29 列子：列禦寇，早於莊子的道家人物。泠（líng）然：輕快的樣子。旬：十天。有：通「又」。反：通「返」。

30 致福：追求幸福。

31 待：依待，依恃。

32 乘：順着。正：本性。禦：駕馭。六氣：指陰、陽、風、雨、晦、明。辯：通「變」，變化。無窮：無窮盡的天地，自由的境界。惡（wū）：何，甚麼。

33 至人：達到最高境界的人。無己：不自我而順應天地自然。神人：得道而神妙莫測的人。無功：不追求有功。聖人：道德極高尚的人。無名：不追求名聲。

34 堯：傳說中的上古帝王。許由：傳說中的隱士，堯說要讓帝位給他，他認為這玷污了自己的耳朵，便到河裏去洗耳，然後隱於箕山。（《高士傳》）爝（jué）火：火炬。於：對於。光：顯示光亮。

枝；偃鼠飲河，不過滿腹。[39]歸休乎君，予無所用天下為！[40]庖人雖不治庖，尸祝不越樽俎而代之矣。」[41]

肩吾問于連叔曰：「吾聞言於接輿：大而無當，往而不返；吾驚怖其言，猶河漢而無極也；大有徑庭，不近人情焉。」[42]連叔曰：「其言謂何哉？」「曰：『藐姑射之山，有神人居焉，肌膚若冰雪，淖約若處子；不食五穀，吸風飲露。乘雲氣，禦飛龍，而游

---

35 時雨：應時令節氣降下的雨，即及時雨。浸灌：人工灌溉。澤：滋潤土地及莊稼。勞：費力，勞苦。

36 夫子：先生，指許由。立：立為君主。治：得到治理，有秩序。猶：還。尸：主持。自視：自己看自己。缺然：缺乏能力，不夠資格的樣子。致：送給，交給。

37 猶：還要。代子：代替你。

38 賓：從屬，派生的東西。

39 鷦鷯（jiāo liáo）：小鳥名，善於築巢，俗稱巧婦鳥。偃（yǎn）鼠：一種田野中的老鼠。滿腹：喝飽一肚子。

40 歸休乎：回去吧。為：表感歎的句末語氣詞。

41 庖人：廚師。尸祝：古代祠廟中主持祭禮的司儀。越：指超越自己的職責。樽：酒器。俎（zǔ）：祭祀用以盛肉的器皿。

42 肩吾、連叔：都是假設的人名。接輿：楚國的隱士，與孔子同時，《論語》稱之為楚狂人。無當：不着邊際，不切實際。當：適當。往：到，此處指說到。不返：不回來。意為說到哪兒就是哪兒，收不回來。河漢：天河。無極：無邊無際。徑：門外的道路。庭：院內堂前的地面。徑庭：喻接輿說的話和常人一般的認識差別很大。

乎四海之外；其神凝，使物不疵癘而年穀熟。』[43] 吾以是狂而不信也。」[44] 連叔曰：「然。瞽者無以與乎文章之觀，聾者無以與乎鐘鼓之聲。[45] 豈唯形骸有聾盲哉？[46] 夫知亦有之。是其言也，猶時女也。[47] 之人也，之德也，將旁礴萬物以為一，世蘄乎亂，孰弊弊焉以天下為事！[48] 之人也，物莫之傷：大浸稽天而不溺，大旱金石流、山土焦而不熱。[49] 是其塵垢秕糠，將猶陶鑄堯舜者也，孰肯以物為事？」[50]

宋人資章甫而適諸越，越人斷髮文身，無所用之。[51]

堯治天下之民，平海內之政，往見四子藐姑射之山，汾水之陽，窅然喪其天下焉。[52]

---

43 藐姑射（yè）：山名。淖（chuò）約：姿態柔美的樣子。處子：處女。禦：駕馭。四海：古代以中國四周環海而稱為四海，一般四海即指天下或全國各地。凝：凝聚，專一。疵癘（cī lì）：災害，疾病。

44 以：認為。是：指接輿的話。狂：通「誑」，誑語，假話。

45 瞽（gǔ）：盲。文章：文采，指華美的色彩和花紋。觀：景象。鐘鼓：樂器。

46 豈唯：難道只有。

47 知：通「智」，指認識上。是：此。其言：指上述關於瞽聾的一段議論。時：是。女：通「汝」，你。

48 之：這。旁礴：混同。旁礴萬物：指與萬物混同。以為一：將萬物融合為一體。世：世人。蘄（qí）：希望，企求。亂：治，治理。孰：誰。弊弊：忙碌辛苦的樣子。

49 莫之傷：沒有能傷害他的。大浸：大水。稽：至。大浸稽天：大水滔天。溺（nì）：淹沒在水裏。流：熔化。焦：燒焦。

50 秕糠：不飽滿的癟穀和米糠，比喻糟粕。陶：燒製瓦器。鑄：熔鑄金屬器物。陶鑄：製作，造就。以其身上的塵垢秕糠一類糟粕，都可以造就出堯舜。物：事，指治理天下的世俗事務。

51 資：販賣。章甫：商朝帽子的名字。宋人是殷商後代，所以還保留殷商服飾。適諸越：到越國去（賣）。斷髮：剪了頭髮。文身：身上刺青圖騰。

惠子謂莊子曰：「魏王貽我大瓠之種，我樹之成而實五石。[53] 以盛水漿，其堅不能自舉也。剖之以為瓢，則瓠落無所容。[54] 非不呺然大也，吾為其無用而掊之。」[55] 莊子曰：「夫子固拙于用大矣。宋人有善為不龜手之藥者，世世以洴澼絖為事。[56] 客聞之，請買其方百金。[57] 聚族而謀曰：『我世世為洴澼絖，不過數金，今一朝而鬻技百金，請與之。』客得之，以說吳王。[58] 越有難，吳王使之將，冬與越人水戰，大敗越人，裂地而封之。[59] 能不龜手一也，或以封，或不免於洴澼絖，則所用之異也。[60] 今子有五石之瓠，何不慮以為大樽而浮乎江湖，而憂其瓠落無所容，則夫子猶有蓬之心也夫！」[61]

---

52 四子：指王倪、齧缺、被衣、許由。汾（fén）水：今山西中部的黃河支流。陽：山南、水北為陽。窅（yǎo）：通「杳」。窅然：深遠的樣子，指恍惚的精神狀態。喪：遺棄。

53 惠子：宋人惠施，名學家，莊子好友。魏王：即梁惠王，魏國建都大梁，故又稱梁。貽（yí）：贈送。大瓠（hù）：大葫蘆。種：種子。成：結成葫蘆。實五石：能裝五石的容量。

54 瓠，假借為廓。瓠落：很大的樣子。無所容：沒甚麼好裝。

55 呺（xiāo）然：空虛巨大的樣子。為：因為。掊（pǒu）：擊破。

56 拙：不善。龜：通「皸（jūn）」，皮膚因乾燥寒冷而破裂。洴澼（píng pì）：漂洗。絖（kuàng）：通「纊」，棉絮。

57 方：藥方。

58 鬻（yù）：賣。

59 難：軍事行動。將（jiàng）：帶兵。裂地：割地。封：封賞。

60 一：是一樣的。或：有人。

61 慮：考慮。樽：葫蘆形似酒樽，綁於腰間作救生圈用。蓬之心：像被蓬草蒙蔽的心。

惠子謂莊子曰：「吾有大樹，人謂之樗。[62] 其大本擁腫而不中繩墨，其小枝捲曲而不中規矩。[63] 立之塗，匠者不顧。[64] 今子之言，大而無用，眾所同去也。」[65]

莊子曰：「子獨不見狸狌乎？[66] 卑身而伏，以候敖者；東西跳樑，不辟高下；中于機辟，死於罔罟。[67] 今夫斄牛，其大若垂天之雲。[68] 此能為大矣，而不能執鼠。[69] 今子有大樹，患其無用，何不樹之於無何有之鄉，廣莫之野，彷徨乎無為其側，逍遙乎寢臥其下。不夭斤斧，物無害者，無所可用，安所困苦哉！」[70]

---

62 樗（chū）：臭椿樹，木質差。

63 大本：主幹。擁：通「臃」。擁腫：肥短不正。中（zhòng）：符合。繩墨：畫直線。規矩：規畫圓，矩畫方。

64 塗：路。把它立在路上。不顧：不看。

65 去：拋棄。

66 狸：野貓。狌：黃鼠狼。

67 敖：遨遊；敖者，指經過的動物。梁：通「踉（liáng）」，跳躍。中（zhòng）：觸及。機辟：捕獸工具。罟（gǔ）：網類器具。

68 斄（lí）牛：犛牛。

69 執鼠：捉老鼠。

70 無何有：虛無。廣莫：遼闊。莫：通「漠」，廣大。彷徨乎：放任不拘的樣子。無為：無所事事。夭：折。斤：大斧頭。

【賞析】

逍遙而遊，是多麼讓人神往的境界！先秦百家爭鳴的眾多著作中堪稱最為瑰麗的《莊子》，開篇以奇幻炫彩、汗漫恣肆的筆調，描述了天風海闊、超越日常的宏大境界：大海中巨大的鯤魚化身巨大的飛鳥，而鵬的羽翼展開如垂天之雲，擊水前行三千里，而後扶搖直上九萬里，由此，展開遼遠的翱翔。這樣一個有天空有海洋、有魚有鳥的世界，與儒家《論語》《孟子》所關注的人間社會那麼不同，整個視野驟然提升到了天地自然的高度。

高遠境界不是誰都能理解的，比如《逍遙遊》中的蜩與學鳩一類小鳥，便嘲笑鯤鵬如此偉大的高飛遠遊。鯤鵬與蜩、學鳩之間的對比，其實象徵着不同的生命境界，提示着生命突破的方向：如何突破「小」的拘限以達到「大」的自由境界？

《逍遙遊》呈現給我們四個不同的人生層次：首先，追求現世功名達成所願，能勝任一項官職乃至能獲得一國之君的信任，這是世俗意義上的成功。但世事難料，現世功名很可能一朝變幻。其次，宋榮子則不以外在的所謂成功為滿足，他努力建立起自己內心的價值標準，不為外在的種種所困擾和拘限，不因人們的讚譽而有所作為，也不因大家的非議而倍感沮喪。但這種執着內心而對外在的強烈抗拒，不會造成自我和世界的緊張嗎？再次，我們看到的是乘風而行的列子，他依循外在風力，完成自己的飄行，化解內外的緊張和衝突。然而這樣隨風而動，是否有點兒隨波逐流呢？最後，《逍遙遊》展現了逍遙的境界：「無己」，也就是打開自我，突破自我在形體和精神上的各種定見、執着和束縛，隨遇自適，與天地自然、宇宙萬物，同變化、共周流、融為一體，這時達到的便是自由自在、無往不利的境界。

這麼說或許有些抽象，於是莊子借他好朋友惠子的故事來說明何為「無己」。惠子被一棵恣意生長、不堪實用的臭椿樹苦惱，以為它「大而無用」。莊子笑曰：「那何不讓它生長在廣漠的原野之上，彷徨、逍遙於此樹下？」享受樹的蔭庇、在樹下玩耍，難道不也是樹之「用」嗎？或許這是一種更有意味的「用」吧？為何只有蒙受木匠的垂顧才算樹之「用」呢？在莊子看來，惠子對「有用」的理解如此實用而狹隘，以致連審美的趣味都丟失了。習得常識的同時，我們往往也收穫了偏見。此時，超越原本對「用」的定見就是一種「無己」。

超越原來的自我，成就精神的開放和自由，這就是「逍遙遊」。

養生主

莊子

吾生也有涯，而知也無涯。[1]以有涯隨無涯，殆已！[2]已而為知者，殆而已矣！為善無近名，為惡無近刑。緣督以為經，可以保身，可以全生，可以養親，可以盡年。[3]

庖丁為文惠君解牛，手之所觸，肩之所倚，足之所履，膝之所踦，砉然嚮然，奏刀騞然，莫不中音，合于桑林之舞，乃中經首之會。[4]

---

1 知：知識。

1 殆：危險。

3 已：承上「殆已」。為知：還不斷追求知識。無：通「毋」。近名：求名。緣：順着。督：傳統醫學以為督脈貫通人體上下。緣督：順隨自然之道。經：綱紀，引申為準則。生：天性。年：自然壽命。

4 庖（páo）丁：廚工。文惠君：舊説指梁惠王。解：分解，宰。踦（yǐ）：用膝抵住。砉（xū）、嚮：象聲詞，形容解牛的聲音。奏刀：進刀。騞（huō）然：象聲詞，形容解牛的聲音。中（zhòng）音：合乎樂音。桑林：殷商時的樂曲名。經首：堯時咸池樂曲的一章。會：音節。

文惠君曰：「嘻，善哉！技蓋至此乎？」[5]庖丁釋刀對曰：「臣之所好者道也，進乎技矣。[6]始臣之解牛之時，所見無非全牛者；三年之後，未嘗見全牛也；方今之時，臣以神遇而不以目視，官知止而神欲行。[7]依乎天理，批大郤，導大窾，因其固然。[8]技經肯綮之未嘗，而況大軱乎！[9]良庖歲更刀，割也；族庖月更刀，折也；今臣之刀十九年矣，所解數千牛矣，而刀刃若新發於硎。[10]彼節者有間，而刀刃者無厚，以無厚入有間，恢恢乎其于遊刃必有餘地矣。[11]是以十九年而刀刃若新發於硎。雖然，每至於族，吾見其難為，怵然為戒，視為止，行為遲，動刀甚微，謋然已解，如土委地。[12]提刀而立，為之四顧，為之躊躇滿志，善刀而藏之。」[13]文惠君曰：「善哉！吾聞庖丁之言，得養生焉。」

---

5 嘻：驚歎。蓋：通「盍」，何。

6 釋：放下。進：超過。

7 面對的是牛這一整個龐然大物，不知從何下手。未嘗見全牛：不再看到牛的整體，看到的只是牛體的各個部分和結構。對牛體結構了然於心，而不需要用眼睛看。官：感官。與前句「以神遇而不以目視」相應，此句是說感官停廢，而精神活躍。

8 天理：天然的生理結構。批：擊。郤：筋骨間的空隙。導：引向。窾（kuǎn）：洞穴，骨節間的空處。因：順着。固然：本來結構。

9 技：通「枝」。技經，經絡結聚的部位。肯綮（qìng）：骨肉緊密連接處。未嘗：不曾碰過。軱（gū）：大腿骨。

10 好廚師每年換一次刀，因為他用切割的辦法；一般的廚子每月換一次刀，因為他用砍折的方法。硎（xíng）：磨刀石。新發於硎：剛在磨刀石上磨過。

11 恢恢乎：寬舒的樣子。

12 族：骨頭結聚的地方。怵（chù）然：警惕的樣子。謋（huò）然：象聲詞，形容牛體被解開時的聲音。委地：掉落在地上。

13 善：擦拭。

公文軒見右師而驚曰：「是何人也？惡乎介也？[14]天與？其人與？」[15]曰：「天也，非人也。天之生是使獨也，人之貌有與也。[16]以是知其天也，非人也。」澤雉十步一啄，百步一飲，不蘄畜乎樊中。[17]神雖王，不善也。[18]

老聃死，秦失吊之，三號而出。[19]弟子曰：「非夫子之友邪？」曰：「然。」「然則吊焉若此可乎？」[20]曰：「然。始也吾以為其人也，而今非也。[21]向吾入而吊焉，有老者哭之，如哭其子；少者哭之，如哭其母。彼其所以會之，必有不蘄言而言，不蘄哭而哭者。[22]是遁天倍情，忘其所受，古者謂之遁天之刑。[23]適來，夫子時也；適去，夫子順也。[24]安時而處順，哀樂不能入也，古者謂是帝之縣解。」[25]

---

14 公文軒：人名。右師：官名，此指擔任過右師的人。惡乎：為甚麼。介：因刑戮而導致的斷足。

15 與：通「歟」。天造成的呢？還是人造成的呢？

16 是：這樣。與：賦予。

17 澤雉：生活在草澤中的野雞。蘄：求。畜：養。樊：籠。

18 野雞優遊自得，其內在神明飽滿，但並不覺善之為善，呼應前文的「為善無近名」。

19 老聃（dān）：姓李名耳，字聃，人稱老子。秦失：老子的朋友。三號：哭叫三聲。

20 吊：悼念死者。

21 一開始我以為那些哭喪的弟子是了解老子的人，現在看來並非如此。

22 他們之所以聚集在這裏痛哭。

23 遁天：失去天性。倍：通「背」，違背真情。遁天之刑：違背天理而招致的懲罰。

24 偶然來到世間，是他應時而生；偶然離世，是他順應自然。

25 是：這。帝：天帝。縣：通「懸」，繫吊。帝之縣解：解開天的束縛。意謂安時處順，可以超越生死的束縛感、限制感。

指窮於為薪，火傳也，不知其盡也。[26]

【賞析】

《莊子》是古代經典之中的瑰寶，一個重要的標誌就是它包含了許多的成語。比如大家耳熟能詳的「庖丁解牛」「遊刃有餘」，它們都出自《莊子》中談論人生問題的《養生主》一篇。

庖丁解牛時動作優雅，宛若舞蹈；庖丁解牛時聲音悅耳，莫不中音。更令人讚歎的是，面對肌骨筋絡錯綜的牛體時，庖丁隨心所欲、遊刃有餘。他人的限制是庖丁的自由。其實限制從未消失，只是庖丁對它了然於心，限制也就不構成限制了。如何做到呢？運用智慧，找到關鍵（骨節中的空處），「以無厚入有間」，自由就在眼前。看似迷宮，實則通途。但通途不在與限制的對抗中，所以庖丁從不觸碰經絡結聚和骨肉緊密相連處，對抗式的「割」和「折」看似勇猛，實則玉石俱焚。

體悟自然，依時處順，那麼俗務即使繁雜如牛骨經絡，人們也能「遊刃有餘」。運用智慧，不被限制帶來的挫敗感打倒，保全內在神明，便是養生的核心——養神。

右師深諳此道，所以在面對殘足（介）時處之泰然，不以為限，不怨天不尤人，將「介」對

---

[26] 指：通「脂」。薪：柴。脂肪作為燃料被燃盡了。點完一燭薪，再點一燭薪，所以一燭薪被燃盡了，火仍在傳遞，沒有窮盡。

心靈的傷害降到最低。明乎此，《養生主》的其他部分也就可以了然了。

保身盡年是目標，安時處順（緣督以為經）是方法，庖丁、右師、澤雉是榜樣。澤雉自放清曠之地，優遊自得，一無所求，而神明健旺。真正的養生者在面對死亡時也是如此。好友老子去世，秦失「三號而出」。人的生死如花開花謝、春去冬來，都是自然的。過於留戀和悲慟反倒顯得做作，因此秦失三號而出，畢禮而歸。如此說來，生命只是徒勞嗎？非也。若以上帝之眼俯視人間，生命就在萬物的傳承代謝中。薪盡火傳，大道流轉，生生不息。

楚辭・漁父

屈原

屈原既放，游于江潭，行吟澤畔，顏色憔悴，形容枯槁。[1]漁父見而問之曰：「子非三閭大夫與？[2]何故至於斯？」

屈原曰：「舉世皆濁我獨清，眾人皆醉我獨醒，是以見放。」[3]

屈原（公元前340—前278）：名平，字原。戰國楚國貴族，曾任左徒、三閭大夫等職，著有《離騷》等楚辭作品。

1. 放：流放。顏色：臉色。形容：形體容貌。
2. 漁父（fǔ）：打漁老人。父，對老年男子的尊稱。三閭（lǘ）大夫：掌管楚國宗族屈、景、昭三姓事務的官。
3. 是以：因此。見放：被流放。

漁父曰：「聖人不凝滯于物，而能與世推移。[4] 世人皆濁，何不淈其泥而揚其波？[5] 眾人皆醉，何不餔其糟而歠其釃？[6] 何故深思高舉，自令放為？」[7]

屈原曰：「吾聞之，新沐者必彈冠，新浴者必振衣，安能以身之察察，受物之汶汶者乎！[8] 寧赴湘流，葬于江魚之腹中。安能以皓皓之白，而蒙世俗之塵埃乎！」

漁父莞爾而笑，鼓枻而去，乃歌曰：[9]

「滄浪之水清兮，可以濯吾纓；
滄浪之水濁兮，可以濯吾足。」[10]

遂去，不復與言。

---

4 凝滯：水流不通，此指拘限。物：外物。

5 淈（gǔ）：攪渾。

6 餔（bū）：吃。糟：酒糟。歠（chuò）：飲。釃（lí）：薄酒。

7 高舉：高出世俗。

8 沐：洗頭。彈（tán）冠：彈去帽上的灰塵。浴：洗澡。振衣：抖去衣上的灰塵。察察：清潔的樣子。汶汶（mén）：本意是昏暗，此指污濁。

9 莞爾：微笑的樣子。鼓枻（yì）：划槳。鼓：擊。枻：短槳。

10 滄浪：古水名，或說是漢水支流，或說即漢水。濯（zhuó）：洗。纓：繫帽的帶子，在頷下打結。《滄浪歌》又見《孟子・離婁》，可能是戰國時的流行歌謠。

【賞析】

屈原可謂是先秦時代最偉大的一位詩人。他原是楚國宗族，擔任過左徒和三閭大夫。左徒任上，屈原深得楚懷王信任，實行政治改革，對內修明法度，舉賢授能，對外聯齊抗秦。因聽信讒言，楚懷王最終疏遠屈原。到了楚頃襄王時期，屈原更遭放逐。多年的悲憤交加，苦悶鬱積，屈原最終自沉汨羅江，《漁父》記敍的就是詩人沉江前與漁父的對白。

千古以來，人們都會面臨同樣的選擇：成為屈原還是漁父？漁父是高蹈遁世的隱者，閱盡浮沉，洞悉世事，因而與世推移，以明哲保身為準則。世人皆濁、眾人皆醉，何不和光同塵、隨波逐流？坐看世間浮沉，也許會有政治清明的一天——妥協苟且，未嘗不是頑強的生存智慧。

與之相比，屈原的處境糟透了，「顏色憔悴，形容枯槁」。但他高度自尊，堅持理想，絕不同流合污，「舉世皆濁我獨清，眾人皆醉我獨醒」。對自我價值的高貴堅持使他不惜以生命對抗整個世界，雖九死而無悔。

選擇屈原還是漁父？選擇九死不悔的堅持，還是明哲保身的妥協？這成為後人的兩難選擇。但無論多少人選擇為生存而活，都無法否認，屈原身上的理想光輝，雖與日月爭光可也。

諫逐客書

李斯

臣聞吏議逐客，竊以為過矣。昔穆公求士，西取由余於戎，東得百里奚于宛，迎蹇叔于宋，求丕豹、公孫支于晉。[1] 此五子者，不產于秦，而穆公用之，並國二十，遂霸西戎。孝公用商鞅之法，移風易俗，民以殷盛，國以富強，百姓樂用，諸侯親服，獲楚、魏之師，舉地千里，至今治強。惠王用張儀之計，拔三川之地，西並巴、蜀，北收上郡，南取漢中，包九夷，制鄢、郢，東據成皐之險，割膏腴之壤，遂散六國之從，使之西面事秦，功施到今。[2] 昭王得范睢，廢穰侯，逐華陽，強公室，杜私門，蠶食諸侯，使秦成帝業。[3] 此四

李斯（約公元前284—前208）：楚國上蔡（今河南上蔡西南）人，荀子的學生，後入秦，輔佐秦始皇統一六國，建立中國歷史上第一個中央集權的大帝國。

1. 由余：受戎王之命出使秦國，秦穆公知其賢，設計招致，用其謀伐戎。戎是古代西部少數民族的統稱。百里奚：原是虞國大夫，晉獻公滅虞，成為晉國俘虜，秦晉通婚，晉獻公將他作為女兒的陪嫁奴隸送給秦國。後逃至楚國，被楚人捉住。秦穆公用五張公羊皮將他贖回，任命他為大夫。蹇叔：百里奚好友，百里奚向秦穆公推薦，穆公將他從宋國迎至秦國，以為上大夫。丕豹：晉大夫丕鄭之子，丕鄭被殺，丕豹逃奔秦國，秦穆公用以為將。公孫支：本秦人，游于晉，後被秦穆公任命為大夫。
2. 張儀：魏國人，秦惠王用以為相，以連橫之策破關東六國合縱之約。施（yì）：蔓延，延續。
3. 范睢：魏國人，奔亡秦國，游說秦昭王，拜相。

君者，皆以客之功。由此觀之，客何負于秦哉！向使四君卻客而不內，疏士而不用，是使國無富利之實，而秦無強大之名也。[4]

今陛下致崑山之玉，有隨、和之寶，垂明月之珠，服太阿之劍，乘纖離之馬，建翠鳳之旗，樹靈鼉之鼓。[5]此數寶者，秦不生一焉，而陛下說之，何也？[6]必秦國之所生然後可，則是夜光之璧不飾朝廷，犀象之器不為玩好，鄭衛之女不充後宮，而駿良駃騠不實外廄，江南金錫不為用，西蜀丹青不為采。[7]所以飾後宮、充下陳、娛心意、說耳目者，必出於秦然後可，則是宛珠之簪，傅璣之珥，阿縞之衣，錦繡之飾不進於前，而隨俗雅化，佳冶窈窕趙女不立於側也。[8]夫擊甕叩缶，彈箏搏髀，而歌呼嗚嗚快耳目者，真秦之聲也。[9]鄭衛桑間，《韶》《虞》《武》《象》

---

4 向使：假使，倘若。內，同「納」，接納。

5 隨、和之寶：即隨侯珠、和氏璧。太阿：寶劍名。纖離：駿馬名。翠鳳之旗：用翠鳥羽毛作為裝飾的旗幟。鼉（tuó）：即揚子鱷，皮可蒙鼓。

6 說：通「悅」。

7 犀象之器，指用犀牛角和象牙製成的器具。駃騠（jué tí）：駿馬名。

8 下陳：殿堂下陳放禮器、站立儐從的地方。充下陳，指將財物、美女充實府庫後宮。宛珠之簪：指用宛地（今河南南陽市）出產的珍珠作裝飾的發簪。璣：不圓的珠子，此泛指珠子。珥：耳飾。阿：地名，指齊國東阿（今山東東阿縣）。縞（gǎo）：未經染色的絹。隨俗雅化：隨合時俗而雅致不凡。

9 搏髀（bì）：拍打大腿，以此掌握音樂唱歌的節奏。

者，異國之樂也。[10] 今棄擊甕叩缶而就鄭衛，退彈箏而取《韶》《虞》，若是者何也？快意當前，適觀而已矣。今取人則不然。不問可否，不論曲直，非秦者去，為客者逐。然則是所重者在乎色樂珠玉，而所輕者在乎人民也。此非所以跨海內、制諸侯之術也。

臣聞地廣者粟多，國大者人眾，兵強則士勇。是以泰山不讓土壤，故能成其大；河海不擇細流，故能就其深；王者不卻眾庶，故能明其德。是以地無四方，民無異國，四時充美，鬼神降福，此五帝三王之所以無敵也。[11] 今乃棄黔首以資敵國，卻賓客以業諸侯，使天下之士退而不敢西向，裹足不入秦，此所謂借寇兵而齎盜糧者也。[12] 夫物不產于秦，可寶者多；士不產于秦，而願忠者眾。今逐客以資敵國，損民以益仇，內自虛而外樹怨于諸侯，求國無危，不可得也。[13]

---

10 鄭：指鄭國的音樂。衛：指衛國的音樂。桑間：桑間為衛國濮水邊上地名，在今河南濮陽縣南，有男女聚會唱歌的風俗。此指桑間的音樂。《韶》：歌頌虞舜的舞樂。《虞》：歌頌商湯的舞樂。《武》：歌頌周武王的舞樂。《象》：歌頌周文王的舞樂。

11 五帝：指黃帝、顓頊、帝嚳、堯、舜。三王：指夏、商、周三代開國君主，即夏禹、商湯、周文王和周武王。

12 黔首：無爵平民不能服冠，只能以黑巾裹頭，故稱黔首。此泛指百姓。業：從業，從事，事奉。齎（jī）：送，送給。這句是說，把武器糧食供給寇盜。

13 損民以益仇：損害自己而增益敵國。外樹怨于諸侯：指賓客被驅逐出外必投奔其他諸侯，從而構樹新怨。

【賞析】

秦王政十年（公元前237），秦下「逐客令」：凡從其他諸侯國來秦遊歷為官者，全部予以罷免驅逐。而下「逐客令」的背景，《史記》中的説法是當時韓國派水工鄭國以幫助秦國修水渠之名，實際上是為了消耗秦國的人力物力，來達到「疲秦」的目的。這一計策不久被秦人識破，由此連累了其他從山東六國來秦國為官的人，李斯就是其中之一。

李斯本是楚國人，從荀子求學，學成後入秦，先做呂不韋的舍人，獲得呂不韋賞識，後被推薦到秦王宮廷做郎官，逐漸得到秦王政的信賴。秦國逐客這一年，李斯來秦國已大約十年，但由呂不韋府進入秦王宮廷還不久。對李斯而言，他的人生的上升通道剛剛打開，康莊大道正出現在腳下。可是突然間，僅僅由於他的楚國人的出身，這一切就要成為泡影，他的十年的奮鬥就要被歸零，他豈能甘心？他必須説服秦王政，收回「逐客令」，於是就有了這篇傳之後世的《諫逐客書》。

在這篇上書中，李斯既沒有向秦王政懇請哀求，也沒有辯解、表忠心，而是非常直接、開門見山地向秦王指出：你錯了，這樣做的後果會很嚴重。李斯知道，年輕的秦王政剛毅果決，不能動之以情，但可曉之以理。所以李斯在上書中據理力爭，雄辯滔滔，從多個方面全力證明

「逐客令」是錯的。

首先，用歷史事實說話。李斯回顧穆公、孝公、惠王、昭王由於用客而使秦國強盛的歷史，指出客對秦國所作出的巨大貢獻。從周平王時秦國正式被封為諸侯算起，到秦王政之時，已有五百多年歷史，中間不知經歷了多少任國君，而李斯選取了其中功績最顯赫的四位：秦穆公大大拓展了秦國在關中的疆域，並一度參與中原爭霸，提升了秦國在諸侯國中的地位；秦孝公使秦國富強，徹底扭轉了長期以來在與魏國爭戰中的不利局勢；秦惠王時的秦國開始成為被山東六國畏懼的虎狼之國，不斷開疆拓土；秦昭王時的秦國已經強大到即便山東各諸侯國聯合都難以抗衡的程度，而山東六國則從根本上衰落下去。而李斯把這四位君王能取得如此功業，歸因於他們對客的信任和使用：秦穆公任用的有由余、百里奚等，秦孝公用商鞅，秦惠王用張儀，秦昭王用范雎。由此渲染客對秦國的貢獻。李斯還做出假設，讓秦王認識到，假如這四位國君拒絕用其他諸侯國來的人才，秦國就不會有今天的強大。

其次，在突出強調了客對秦國的貢獻之後，李斯又用秦王的生活日用來和用人做對比。李斯用大量排比句，鋪陳出秦王喜愛的、來自秦國以外的種種物品，從朝廷儀仗到後宮日用到君王穿戴再到宮廷音樂，秦王並沒有因為它們不是秦國所產而有絲毫嫌棄，甚至在和秦國本土物品對比後，棄用秦國之物而代以六國之物。這說明秦王用物的原則是「快意當前，適觀而已矣」，並不去區分它們是不是秦國所產。但在用人方面卻與此形成了對比，「逐客令」的標準是只看他們是否秦國人，而不論他們是否對秦忠心、是否對秦有用。這樣的標準體現的是只重物不重人，這樣的政策將會嚴重影響秦國統一天下的大業。

最後，李斯指出了逐客令一旦施行下去的後果。李斯用五帝三王做比較，五帝三王之所以能無敵於天下，在於他們接納所有來投奔他們的人。而逐客將迫使人才去為別的諸侯國效力，這樣等於在削弱秦國自己的力量的同時，又增強了其他諸侯國的力量，而那些被趕走的客的心中，一定懷着對秦國的怨恨，將來一定會做出對秦國不利的事情。這樣的話，「求國無危，不可得也」——「逐客令」將使秦國陷於極其危險的境地。

這篇文章最能打動秦王政的地方，在於李斯選擇了正確的論說策略。李斯開門見山就指出了「逐客令」是錯誤的，而之所以錯誤，是因為它和秦國統一天下的大業相悖。全文反復論證的就是這個道理：用客能使秦國強大，乃至統一天下，逐客則與此相悖，甚至會使秦國衰亡。全文很有戰國縱橫家遊説辭的特色，極盡誇張鋪陳之能事，氣勢充沛，而列舉的事例都是經過精心選擇。最終，李斯實現了他上書的目的：秦王政讀了此文後，「乃除逐客之令，復李斯官」。

過秦論（上篇）

賈誼

秦孝公據殽函之固，擁雍州之地，君臣固守，而窺周室；有席卷天下、包舉宇內、囊括四海之意，併吞八荒之心。[1]當是時，商君佐之，內立法度，務耕織，修守戰之備；外連衡而鬥諸侯。[2]於是秦人拱手而取西河之外。[3]

孝公既沒，惠文、武、昭襄蒙故業，因遺冊，南取漢中，西舉巴蜀，東割膏腴之地，收要害之郡。[4]諸侯恐懼，會盟而謀弱秦，不愛珍器重寶肥美之地，以

賈誼（公元前200—前168）：西漢政論家、文學家，洛陽人，文章以本篇及《陳政事疏》《論積貯疏》等著名，而《鳥賦》《吊屈原賦》亦為辭賦名篇。

1 秦孝公：任用商鞅以變法，富國強兵。殽（xiáo）函：秦函谷關，今河南省靈寶縣西南。殽，一作崤。關在西崤山谷中，深險如函，故曰崤函。雍（yōng）州：今陝西省主要部分、甘肅省（除去東南部）、青海省的東南部和寧夏回族自治區一帶。窺：伺機而取。「席捲」三句，都是併吞天下的意思。

2 商君：即商鞅，由衛入秦輔佐秦孝公變法，使秦富強。務：致力於。連衡：即連橫，西方的秦國與東方諸國分別聯合以破其團結，從而各個擊破的策略。鬥：使諸侯相鬥的意思。

3 拱手：兩手相合，形容輕易。西河之外：魏國黃河以西的大片土地。

4 惠文、武、昭襄：惠文王、武王、昭襄王。蒙故業，因遺冊：承接已有的基業，沿襲前代的策略。舉：攻取。

致天下之士，合從締交，相與為一。[5]當是時，齊有孟嘗，趙有平原，楚有春申，魏有信陵。[6]此四君者，皆明知而忠信，寬厚而愛人，尊賢重士，約從離衡，並韓、魏、燕、楚、齊、趙、宋、衛、中山之眾。[7]於是六國之士，有甯越、徐尚、蘇秦、杜赫之屬為之謀，齊明、周最、陳軫、昭滑、樓緩、翟景、蘇厲、樂毅之徒通其意，吳起、孫臏、帶佗、倪良、王廖、田忌、廉頗、趙奢之倫制其兵。[8]常以十倍之地，百萬之眾，叩關而攻秦。[9]秦人開關延敵，九國之士逡巡遁逃而不敢進。[10]秦無亡矢遺鏃之費，而天下諸侯已困矣。[11]於是從散約敗，爭割地而奉秦。秦有餘力而制其弊，追亡逐北，伏屍百萬，流血漂櫓。[12]因利乘便，宰割天下，分裂山河。強國請服，弱國入朝。

延及孝文王、莊襄王，享國日淺，國家無事。[13]

---

5 弱秦：削弱秦國。愛：吝惜。致：招納。合從：連合南北六國共同對付秦國的策略。從：同「縱」。採用合縱的策略締結盟約，互相援助，成為一體。

6 孟嘗君田文、平原君趙勝、春申君黃歇、信陵君魏無忌，都以招納賓客聞名。四公子時代不同，本文並舉以綜括八十年間東方人才薈萃之勢。

7 約從離橫：相約為合縱，離散秦國的連衡策略。離：使離散。並：聯合。甯越、徐尚等許多外交、軍事等人才替他們謀劃。

8 之屬、之徒、之倫：這些人。蘇秦：洛陽人，當時的「合從長」。甯越、徐尚、翟景、倪良、帶佗、王廖等人的事跡今天已不詳。齊明、周最等人溝通六國間的意見。蘇厲：蘇秦的弟弟。樂毅：燕將。吳起、孫臏等許多人統率六國的軍隊。吳起：魏將，後入楚。孫臏：齊將。田忌：齊將。廉頗、趙奢：趙將。

9 叩關：攻打函谷關。叩：擊。

10 延：迎。逡巡（qūn xún）：有所顧慮而不敢前進。

11 鏃：箭頭。

12 制其弊：控制並利用他們的弱點。亡、北：敗兵。漂櫓：形容戰爭中血流成河，使盾牌漂浮起來。

13 孝文王：昭襄王之子，在位三天即亡。莊襄王：孝文王之子，在位三年。

及至始皇，續六世之餘烈，振長策而禦宇內，吞二周而亡諸侯，履至尊而制六合，執棰拊以鞭笞天下，威振四海。[14]南取百越之地，以為桂林、象郡。[15]百越之君，俛首繫頸，委命下吏。[16]乃使蒙恬北築長城，而守藩籬，卻匈奴七百餘裏。[17]胡人不敢南下而牧馬，士不敢彎弓而報怨。[18]

於是廢先王之道，焚百家之言，以愚黔首。[19]隳名城，殺豪傑，收天下之兵聚之咸陽，銷鋒鏑，以為金人十二，以弱黔首之民。[20]然後斬華為城，因河為津，據億丈之城，臨不測之谷以為固。[21]良將勁弩，守要害之處；信臣精卒，陳利兵而誰何！[22]天下已定，秦王之心，自以為關中之固，金城千里，子孫帝王萬世之業也。[23]

---

14 續六世之餘烈：繼承六世留下的功業。六世：秦孝公、惠文王、武王、昭襄王、孝文王、莊襄王。振：舉起。策：馬鞭。禦：駕馭。二周：東周最後的周赧王時，東西周分治。西周定都於河南東部舊王城，東周定都於鞏，史稱東西二周。履至尊：登帝位。六合：上下前後左右，指天下。棰拊：棰指鞭子，拊指器物的把、柄。鞭笞：鞭打。

15 百越：古越族居於江、浙、閩、粵各地，種族繁多，統稱百越，也叫百粵。桂林、象郡：今廣西壯族自治區一帶，均為秦開置的新郡。

16 繫頸：頸上繫繩，表示投降。下吏：下級官吏。越人繫頸降服，聽從下吏支配。

17 蒙恬：秦將。始皇時領兵三十萬北逐匈奴，修築長城。藩籬：籬笆，此指邊疆。卻：使退卻。

18 彎弓：拉開弓。不敢報怨：不敢報被驅逐的怨恨。

19 黔首：秦朝對百姓的稱呼。

20 隳（huī）：毀壞。兵：兵器。銷毀兵器，鑄造為鐘和十二金人。

21 斬：踐。據守華山以為帝都東城。河：黃河。津：渡口。億丈之城、不測之谷：華山和黃河。

22 信臣：可靠的大臣。誰何：喝問他是誰，緝查盤問的意思。

23 關中：函谷關以西的雍州之地。金城：堅固的城池。

始皇既沒，餘威震於殊俗。[24] 陳涉，甕牖繩樞之子，氓隸之人，而遷徙之徒也，才能不及中人，非有仲尼、墨翟之賢，陶朱、猗頓之富；躡足行伍之間，而倔起什佰之中，率罷散之卒，將數百之眾，轉而攻秦，斬木為兵，揭竿為旗，天下雲集回應，贏糧而景從，山東豪俊遂並起而亡秦族矣。[25]

且夫天下非小弱也，雍州之地，崤函之固，自若也。[26] 陳涉之位，非尊于齊、楚、燕、趙、宋、衛、中山之君也；鋤耰棘矜，非銛於鉤戟長鎩也；謫戍之眾，非抗于九國之師；深謀遠慮行軍用兵之道，非及向時之士也。[27] 然而成敗異變，功業相反也。試使山東之國與陳涉度長絜大，比權量力，則不可同年而語矣。[28] 然秦以區區之地，千乘之權，招八州而朝同列，百有餘年矣。[29] 然後以六合為家，殽函為宮。一夫作難

---

24 既沒：死後。殊俗：不同的風俗，指邊遠之地。

25 甕牖（yǒu）繩樞：以破甕作窗戶，以草繩繫戶樞。氓（méng）：種田之人。隸：賤者。遷徙之徒：被徵發到邊地戍守之人，陳涉等被徵發戍守漁陽。中人：平常人。仲尼：孔子。墨翟：墨子。陶朱：越國的范蠡（lǐ），他幫助越王勾踐滅吳後，在陶（今山東省定陶縣的西北）經商致富。猗（yī）頓：魯人，以經營鹽業致富。躡足：用腳踏地，此指置身於。行伍：軍隊。倔起：起義。什佰：軍中小頭目。罷：通「疲」。兵：兵器。揭：舉。雲集回應：像雲集合，形容多，像回聲應和，形容快。贏：擔負。景：同「影」。此句是說人們擔着糧食如影隨形地跟從陳涉。山東：殽山以東的東方諸國。

26 小弱：變小變弱。

27 鋤耰（yōu）：古時農具，似耙而無齒。棘矜（qín）：用酸棗木做的棍子，此指起義隊伍的武器。銛（xiān）：鋒利。鉤：短兵器，似劍而曲。戟：以戈和矛合成一體的長柄兵器。鎩（shā）：長矛。謫戍：被徵發戍守邊地之兵。抗：同「亢」，高。向時：先前。

28 度（duó）長絜（xié）大：比較長短，衡量大小。絜：衡量。

29 區區：小。千乘：可出兵千輛戰車的國家。權：勢力。八州：古時天下分九州，秦居雍州，六國分別居於其他八州。朝：使入朝。同列：指六國諸侯。

而七廟隳，身死人手，為天下笑者，何也？[30] 仁義不施，而攻守之勢異也。

[30] 一夫作難：陳涉起義。七廟隳：宗廟毀滅，指國家滅亡。七廟：天子的宗廟。《禮記・王制》：「天子七廟。」

【賞析】

作為西部邊鄙之地的秦國，經七世凡百四十年而得天下，然十五年而亡天下，何興之久而亡之暴也？這是繼秦而立的西漢之初，始終縈繞在人們心頭的大問題。

賈誼《過秦論》三篇以雄駿宏肆、鋪張揚厲的氣勢總結了秦朝速亡的原因。本文是三篇之首，尤其氣勢充沛、縱橫捭闔。開篇以敍代議，梳理了秦孝公至秦始皇的霸業史。分三個階段：孝公時期、秦惠文王至秦昭襄王時期、始皇時期。

首先強調秦國的地理優勢，又用兩組對偶「席捲天下，包舉宇內，囊括四海之意，併吞八荒之心」表現秦併吞天下的野心。加上商鞅變法，內政外交兼修。三管齊下，地利人和，於是輕取魏國河西之地。

惠文王、昭襄王時期，秦人四面出擊，頻頻得手。與此同時，六國也英才薈萃。賈誼用盛大的鋪排展示了諸侯國中羣星閃耀的宗親公子、文臣武將，讀來咄咄逼人，銳不可當。面對秦的壓力，關東諸國的猶疑驚懼，反襯出秦國強大的戰鬥力、飽滿的自信心和對天下的控制力。揮手之間，伏屍百萬，流血漂櫓。秦與九國的穿插描述如蒙太奇，秦的從容、九國的敗落在並行對比中清晰呈現。

到了秦王政也就是後來統一天下的秦始皇時期，更以摧枯拉朽之勢滅東周而亡六國，「振長策而禦宇內，吞二周而亡諸侯，履至尊而制六合，執棰拊以鞭笞天下。」「廢先王之道，焚百家之言，以愚黔首。隳名城，殺豪傑，收天下之兵，聚之咸陽。」句式對偶，鋪張揚厲。

始皇既沒，文章以短篇幅概述陳涉起義，並不斷強調義軍之弱：不及中人、非有德才、士卒疲敝、武器粗劣。但天下竟紛紛響應，關東豪傑並起，秦帝國在很短的時間裏便土崩瓦解。

全文鋪敍至此，開始收束。秦國地險兵強，稱霸百年而有天下，結果卻經不得不期然的揭竿而起，何也？蓄勢至此，如滿弓聚力，唯欠一發。此時，「仁義不施而攻守之勢異也」，一句點破全文，格外警策。攻天下以強力，守天下以仁義，打天下與守天下截然相同。

秦朝速亡令人哀歎，賈誼之作《過秦論》，是希望漢文帝以此為鑒，在權貴豪門侵吞百姓土地、刑罰酷虐、百姓流離的情況下寬緩利民，博施仁政，以期社稷長安。然而攻守相異、取守不同的何止是天下呢？

報任安書

司馬遷

太史公牛馬走司馬遷再拜言。[1] 少卿足下：曩者辱賜書，教以順于接物、推賢進士為務。[2] 意氣勤勤懇懇，若望僕不相師，而用流俗人之言，僕非敢如此也。[3] 僕雖罷駑，亦嘗側聞長者遺風矣。[4] 顧自以為身殘處穢，動而見尤，欲益反損，是以獨鬱悒而與誰語。[5] 諺曰：「誰為為之？孰令聽之？」蓋鍾子期死，伯牙終身不復鼓琴，何則？士為知己者用，女為説己者容。[6] 若僕，大質已虧缺，雖才懷隨、和，行若由、夷，終不可以為榮，適足以見笑而自點耳。[7] 書辭宜

司馬遷（約公元前145或前135—前90）：字子長。西漢史學家、文學家，撰著《太史公書》，後世稱《史記》，是我國第一部紀傳體通史。

1 太史公：即太史令，司馬遷自稱。牛馬走：謙詞，意為像牛馬一樣以供奔走。

2 曩：從前。接物：待人接物。

3 望：怨。

4 罷駑：比喻才能低下。罷，通「疲」。駑：劣馬。

5 身殘處穢：指因受宮刑而身體殘缺，處於受侮辱的地位。見尤：被指責。

6 説：同「悦」。

7 大質：指身體。隨、和：隨侯之珠和和氏之璧。由、夷：許由和伯夷，在古代兩人被公認是品德高尚的人。點：玷污。

答，會東從上來，又迫賤事，相見日淺，卒卒無須臾之閑得竭指意。[8] 今少卿抱不測之罪，涉旬月，迫季冬；僕又薄從上雍，恐卒然不可為諱，是僕終已不得舒憤懣以曉左右，則長逝者魂魄私恨無窮。[9] 請略陳固陋，闕然久不報，幸勿為過。

僕聞之：「修身者，智之符也；愛施者，仁之端也；取與者，義之表也；恥辱者，勇之決也；立名者，行之極也。」[10] 士有此五者，然後可以托於世而列于君子之林矣。故禍莫憯于欲利，悲莫痛于傷心，行莫醜于辱先，詬莫大于宮刑。刑餘之人，無所比數，非一世也，所從來遠矣。昔衛靈公與雍渠同載，孔子適陳；[11] 商鞅因景監見，趙良寒心；同子參乘，爰絲變色：自古而恥之。[12] 夫以中材之人，事關於宦豎，莫不傷氣，而況於慷慨之士乎？如今朝雖乏人，奈何令刀

---

8 會東從上來：指太始四年（公元前93）三月漢武帝東巡泰山，四月又到海邊的不其山，五月間返回長安，司馬遷從駕而行。卒卒：同「猝猝」，匆匆忙忙的樣子。

9 季冬：冬季的第三個月，即十二月。漢律，每年秋冬季處決囚犯。薄：同「迫」。雍：地名，設有祭祀五帝的神壇五畤。漢武帝到雍祭祀，司馬遷隨行。卒然：猝然，突然。不可為諱：死的委婉說法，指任安就要被行刑。

10 符：符信，憑據。

11 衛靈公：春秋時衛國國君。雍渠：衛靈公寵愛的宦官。

12 景監：秦孝公寵信的宦官，曾向秦孝公推薦商鞅。趙良：秦國賢士。同子：指漢文帝的宦官趙談，因為與司馬遷的父親司馬談同名，避諱而稱「同子」。參乘：這裏指趙談與漢文帝同車陪乘。爰絲：即袁絲，亦即袁盎，漢文帝時大臣，有名於時。

鋸之餘，薦天下豪俊哉！僕賴先人緒業，得待罪輦轂下，二十餘年矣。[13]所以自惟：上之不能納忠效信，有奇策才力之譽，自結明主；次之又不能拾遺補闕，招賢進能，顯岩穴之士；外之又不能備行伍，攻城野戰，有斬將搴旗之功；下之不能積日累勞，取尊官厚祿，以為宗族交遊光寵。[14]四者無一遂，苟合取容，無所短長之效，可見如此矣。向者，僕亦嘗廁下大夫之列，陪外廷末議，不以此時引維綱，盡思慮；今已虧形為掃除之隸，在闒茸之中，乃欲仰首伸眉，論列是非，不亦輕朝廷、羞當世之士耶！[15]嗟乎！嗟乎！如僕尚何言哉！尚何言哉！

且事本末未易明也。僕少負不羈之行，長無鄉曲之譽，主上幸以先人之故，使得奏薄伎，出入周衛之中。[16]僕以為戴盆何以望天，故絕賓客之知，忘室家

---

13 緒業：遺業。待罪輦轂下：謙詞，指在皇帝身邊做官。輦轂：皇帝的車駕。

14 惟：思考。拾遺補闕：為皇帝補救過失。搴：拔取。

15 廁：參加。下大夫：太史令官位較低，屬下大夫。外廷：即外朝。漢武帝以侍中、常侍、給事中等近臣組成內朝，參與國家大事決策；丞相為首的外朝為執行一般政務的機關。維綱：國家的法令。茸：卑賤，低劣。

16 鄉曲：鄉里。漢代有鄉曲之譽者，可被舉薦授官。周衛：周密的護衛，即宮禁。

之業，日夜思竭其不肖之才力，務一心營職，以求親媚於主上。而事乃有大謬不然者。夫僕與李陵，俱居門下，素非能相善也。趣舍異路，未嘗銜杯酒，接殷勤之餘歡。[17] 然僕觀其為人：自守奇士，事親孝，與士信，臨財廉，取與義，分別有讓，恭儉下人；常思奮不顧身，以徇國家之急。[18] 其素所畜積也，僕以為有國士之風。夫人臣出萬死不顧一生之計，赴公家之難，斯已奇矣。今舉事一不當，而全軀保妻子之臣，隨而媒孽其短，僕誠私心痛之！[19] 且李陵提步卒不滿五千，深踐戎馬之地，足歷王庭，垂餌虎口，橫挑強胡，仰億萬之師，與單于連戰十有餘日，所殺過當，虜救死扶傷不給。[20] 旃裘之君長咸震怖，乃悉徵其左右賢王，舉引弓之民，一國共攻而圍之。轉鬥千里，矢盡道窮，救兵不至，士卒死傷如積；然陵一呼勞軍，士無不起，躬自流涕，沫血飲泣，更張空弮，冒白

---

17 趣：同「趨」。

18 下人：對人謙卑。

19 媒孽：本意指釀酒的酵母。這裏用作動詞，誇大的意思。

刃，北向爭死敵者。[21] 陵未沒時，使有來報，漢公卿王侯皆奉觴上壽。[22] 後數日，陵敗書聞，主上為之食不甘味，聽朝不怡；大臣憂懼，不知所出。僕竊不自料其卑賤，見主上慘愴怛悼，誠欲效其款款之愚。以為李陵素與士大夫絕甘分少，能得人死力，雖古之名將，不能過也。[23] 身雖陷敗，彼觀其意，且欲得其當而報於漢；事已無可奈何，其所摧敗，功亦足以暴於天下矣。僕懷欲陳之而未有路，適會召問，即以此指，推言陵之功，欲以廣主上之意，塞睚眥之辭；未能盡明，明主不深曉，以為僕沮貳師，而為李陵遊說，遂下於理。[24] 拳拳之忠，終不能自列，因為誣上，卒從吏議。家貧，貨賂不足以自贖；交遊莫救，左右親近不為一言。身非木石，獨與法吏為伍，深幽囹圄之中，誰可告愬者！[25] 此真少卿所親見，僕行事豈不然乎？李陵既生降，隤其家聲；而僕又佴之蠶室，重為天下

---

[20] 王庭：匈奴單于的居處。過當：超過相抵之數。

[21] 左右賢王：左賢王和右賢王，除單于外匈奴封號最高的貴族。張空弮：箭矢用盡，只拿着弓。弮：弩弓。

[22] 上壽：這裏指祝捷。

[23] 絕甘：捨棄甘美的食品。分少：即使所得甚少也分給眾人。

[24] 睚眥：怒目相視。這裏指怨恨。貳師：貳師將軍李廣利，漢武帝寵妃李夫人之兄。司馬遷為李陵辯解，武帝以為他有意詆毀李廣利。理：司法機關。

[25] 囹圄：監獄。

觀笑。[26]悲夫悲夫！事未易一二為俗人言也。

僕之先，非有剖符丹書之功，文史星曆，近乎卜祝之間，固主上所戲弄，倡優所畜，流俗之所輕也。[27]假令僕伏法受誅，若九牛亡一毛，與螻蟻何以異？而世又不與能死節者比，特以為智窮罪極，不能自免，卒就死耳。何也？素所自樹立使然也。人固有一死，或重於泰山，或輕於鴻毛，用之所趨異也。太上不辱先，其次不辱身，其次不辱理色，其次不辱辭令，其次屈體受辱，其次易服受辱，其次關木索、被棰楚受辱，其次剔毛髮、嬰金鐵受辱，其次毀肌膚、斷肢體受辱，最下腐刑極矣！[28]傳曰：「刑不上大夫。」[29]此言士節不可不勉勵也。猛虎在深山，百獸震恐；及在檻阱之中，搖尾而求食：積威約之漸也。[30]故士有畫地為牢，勢不入；削木為吏，議不可對：定計

---

26 隤：敗壞。佴之蠶室：初受腐刑的人怕風，須住蠶室。佴：相次，相隨。蠶室：溫暖密封的房子，像養蠶的房子。

27 剖符：把竹做的契約一剖為二，皇帝與大臣各執一塊，上面寫着同樣的誓詞，說永遠不改變立功大臣的爵位。丹書：把誓詞用丹砂寫在鐵製的契券上。凡持有剖符、丹書的大臣，其子孫犯罪可獲赦免。文史星曆：史籍和天文曆法，都屬太史令掌管。

28 理色：道理，臉色。易服：換上罪犯的服裝。關木索：木枷和繩索。剔毛髮：把頭髮剃光，即髡刑。嬰金鐵：頸上戴着鐵鏈服苦役，即鉗刑。嬰，環繞。

29 傳：指《禮記》。此句出自《禮記・曲禮上》：「禮不下庶人，刑不上大夫。」

30 檻：關獸的籠子。阱：捕獸的陷坑。

於鮮也。[31]今交手足，受木索，暴肌膚，受榜箠，幽於圜牆之中。當此之時，見獄吏則頭槍地，視徒隸則心惕息，何者？[32]積威約之勢也。及以至是，言不辱者，所謂強顏耳，曷足貴乎！且西伯，伯也，拘於羑里；李斯，相也，具於五刑；淮陰，王也，受械于陳；彭越、張敖，南面稱孤，繫獄抵罪；絳侯誅諸呂，權傾五伯，囚于請室；魏其，大將也，衣赭衣，關三木；季布為朱家鉗奴；灌夫受辱於居室。[33]此人皆身至王侯將相，聲聞鄰國，及罪至罔加，不能引決自裁，在塵埃之中，古今一體，安在其不辱也！[34]由此言之：勇怯，勢也；強弱，形也。審矣，何足怪乎？且人不能早自裁繩墨之外，以稍陵遲，至於鞭箠之間，乃欲引節，斯不亦遠乎！[35]古人所以重施刑于大夫者，殆為此也。

---

31 定計：事先打算。鮮：態度鮮明。即自殺，以示不受辱。

32 槍地：即搶地，頭觸地。惕息：膽戰心驚。

33 西伯：即周文王。伯：諸侯之長。羑里：在今河南湯陰縣，據説周文王曾被殷紂王囚禁於此。五刑：秦漢時五種刑罰，包括墨刑（臉上刺字）、劓刑（割鼻）、臏刑或斷趾、宮刑、大辟（死刑）。淮陰：指淮陰侯韓信。曾被封為楚王，後劉邦疑其謀反，在陳逮捕了他。彭越：幫助劉邦打敗項羽的重要功臣之一，封梁王。張敖：劉邦功臣張耳的兒子，襲父爵為趙王。兩人都曾因被告謀反，下獄定罪。絳侯：漢初功臣周勃，封絳侯。惠帝和呂後死後，呂后家族中呂產、呂祿等人謀奪漢室，周勃和陳平一起定計誅諸呂，迎立漢文帝，任右丞相。後被人誣告，一度下獄。五伯：即「五霸」。請室：請罪之室，即囚禁有罪官吏的牢獄。魏其：即竇嬰，漢景帝時被封為魏其侯。武帝時，被人誣告，下獄判處死罪。赭衣：囚衣。三木：頭枷、手銬、腳鐐。季布為朱家鉗奴：季布是項羽的大將，曾多次率兵圍困劉邦。項羽死後，劉邦出重金緝捕季布。季布改名換姓，受髡刑和鉗刑，賣身給魯人朱家為奴。灌夫受辱於居室：灌夫在漢景帝時為中郎將，武帝時官太僕。因得罪了丞相田蚡，被囚於居室，後受誅。居室，少府所屬的官署，為拘禁犯人的處所。

34 罔：即「網」，法網。

35 陵遲：同「陵夷」，衰落。引節：守節自殺。

夫人情莫不貪生惡死，念父母，顧妻子；至激于義理者不然，乃有不得已也。今僕不幸，早失父母，無兄弟之親，獨身孤立，少卿視僕于妻子何如哉？且勇者不必死節，怯夫慕義，何處不勉焉。僕雖怯懦欲苟活，亦頗識去就之分矣，何至自沉溺縲絏之辱哉！[36] 且夫臧獲婢妾，猶能引決，況若僕之不得已乎？[37] 所以隱忍苟活，幽於糞土之中而不辭者，恨私心有所不盡，鄙陋沒世而文采不表於後也。

古者富貴而名摩滅，不可勝記，唯倜儻非常之人稱焉。[38] 蓋西伯拘而演《周易》；仲尼厄而作《春秋》；屈原放逐，乃賦《離騷》；左丘失明，厥有《國語》；孫子臏腳，《兵法》修列；不韋遷蜀，世傳《呂覽》；韓非囚秦，《說難》《孤憤》；《詩》三百篇，大抵聖賢發憤之所為作也。[39] 此人皆意有所鬱結，不得通其

---

36 縲絏：捆綁犯人的繩子，引申為捆綁、牢獄。

37 臧獲：奴婢。

38 倜儻：豪邁不受拘束。

39 左丘失明，厥有《國語》：左丘明是春秋時魯國史官，有一種說法認為《國語》是他撰著。孫子臏腳，《兵法》修列：戰國時軍事家孫臏，被龐涓處以臏刑（割去膝蓋骨）。後撰有《孫臏兵法》。不韋遷蜀，世傳《呂覽》：呂不韋曾在秦為相國，後因罪被免職，被令舉家遷蜀，呂不韋自殺。呂不韋曾命門客編撰《呂氏春秋》一書，又名《呂覽》。韓非囚秦，《說難》《孤憤》：韓非是戰國後期韓國公子，曾從荀卿學，入秦被李斯所讒，下獄死。著有《韓非子》，《說難》《孤憤》是其中兩篇。

道，故述往事、思來者。乃如左丘無目，孫子斷足，終不可用，退論書策以舒其憤，思垂空文以自見。

僕竊不遜，近自托於無能之辭，網羅天下放失舊聞，略考其行事，綜其終始，稽其成敗興壞之紀。上計軒轅，下至於茲，為十表，本紀十二，書八章，世家三十，列傳七十，凡百三十篇。亦欲以究天人之際，通古今之變，成一家之言。[40] 草創未就，會遭此禍，惜其不成，是以就極刑而無慍色。僕誠以著此書，藏之名山，傳之其人，通邑大都，則僕償前辱之責，雖萬被戮，豈有悔哉！然此可為智者道，難為俗人言也。

且負下未易居，下流多謗議。僕以口語遇遭此禍，重為鄉黨所笑，以污辱先人，亦何面目復上父

---

40 究天人之際：探究天地自然與人類社會的關係。

母之丘墓乎？雖累百世，垢彌甚耳！是以腸一日而九回，居則忽忽若有所亡，出則不知其所往，每念斯恥，汗未嘗不發背沾衣也。身直為閨閣之臣，寧得自引深藏於岩穴耶？[41]故且從俗浮沉，與時俯仰，通其狂惑。今少卿乃教以推賢進士，無乃與僕私心剌謬乎？今雖欲自雕琢，曼辭以自飾，無益，於俗不信，只適足取辱耳！[42]要之，死日然後是非乃定。書不能悉意，略陳固陋。謹再拜。

[41] 直：同「值」，當值。閨閣之臣：指宮廷內的臣僕。

[42] 曼辭：美飾之辭。

【賞析】

《漢書・司馬遷傳》記司馬遷生平，至引錄《報任安書》後便戛然而止。這封信可以視為司馬遷的絕筆。任安是司馬遷的朋友，曾任益州刺史，是二千石的高官。不過當司馬遷給他寫這封回信時，他正在獄中，已被判處死刑。任安以前曾寫信給司馬遷，信中希望司馬遷能「推賢進士」。據《漢書》記載，漢武帝對司馬遷雖處以宮刑，但仍重視他的才能，任命他為中書謁者令，這是宮廷中的機要職務，司馬遷得以隨侍漢武帝左右。任安向司馬遷提出這一希望，便與司馬遷此時的地位有關。司馬遷收到信後，很長一段時間都沒有回覆。一方面如司馬遷所說，因為事務繁忙；另一方面，恐怕也因為任安的來信屬於泛泛之論，並非必須回覆不可。而就在任安被判處死刑且刑期臨近的時候，司馬遷卻想起了給老朋友回信。

在這封長達兩千多字的信中，司馬遷似乎認為老朋友即將被執行死刑這件事情不值一談，沒有任何安慰、同情之語。信的一開始看上去是對任安提出希望自己「推賢進士」的答覆，反復地向任安表示：我沒有資格推賢進士。而原因，就在於他遭受過宮刑，受過宮刑的人「無所比數」，「自古而恥之」，是這個世界上最卑賤最被鄙視的人。儘管司馬遷口口聲聲說自己「身殘處穢」，說自己居官一無是處，但顯然這並不是他內心的真實想法。從緊接着的「嗟乎！嗟乎」「尚何言哉！尚何言哉」的連連長歎中，我們能感受到此時他內心的無比悲憤。

假如司馬遷真的認為自己已墮入世界上最卑賤者之列，真的認為自己「尚何言哉」，那麼這封信寫到這裏也就可以結束了，因為他已經解釋了不能「推賢進士」的原因。但實際上這封信才剛剛開始。接下來司馬遷開始述說自己是如何陷入目前這種處境的，也就是他為李陵辯護而得罪的始末。任安既是朝廷高官，又是司馬遷老友，對於這件事情當然是清楚的。而司馬遷依然在信中詳述，只有一個原因可以解釋：司馬遷並非説給任安聽的，而是説給後人聽的。從司馬遷的敍述中，我們可以得知：第一，司馬遷從入仕起就感恩於漢武帝的識拔，對漢武帝一心盡忠；第二，李陵雖兵敗投降，但功大罪小，其人可敬，其行可恕；第三，司馬遷為李陵的辯護，沒有任何私心與私情，更多的是想寬慰漢武帝。

然而，漢武帝卻將李陵全家誅殺，將司馬遷判了死刑。按照漢朝法律，被判處死刑的人，有兩個途徑可以免死。其一是繳納贖金，其二是代之以宮刑。司馬遷付不出足夠的贖金，只能接受宮刑來換得一條生路。宮刑所帶來的恥辱，司馬遷內心十分清楚。他知道，身為士大夫的一員，任何損傷身體的刑罰都是不可接受的，因為這會使士大夫失去尊嚴，而失去尊嚴是比死亡還嚴重的事情。宮刑，又是所有刑罰中對人的侮辱最嚴重的一種。那麼，司馬遷為甚麼還會選擇宮刑呢？

司馬遷在這裏談到了他對生命價值的看法和對死亡的態度。他認為，一個人如果在這個世界上沒有任何建樹就默默無聞地死去，那麼他的生命就像一隻螻蟻一般沒有任何價值。對於司馬遷而言，現在還不能死去。他選擇了隱忍苟活，目的就是為了發憤著書，完成《史記》的著述。有一系列前賢給他做榜樣，周文王、孔子、屈原、左丘明等等，這些人生前都曾遭受厄運，但都有文化建樹存留後世。這些前賢給了司馬遷精神上的激勵，他希望自己也能通過文化上的建樹來達到不朽。為了完成《史記》，他願意付出任何代價，「是以就極刑而無慍色」。在某種意義上，司馬遷肉體的生命自受刑之後可謂苟延殘喘，而他的全部生命力已然轉入他精神的生命之中。

司馬遷付出了比死亡慘重萬倍的代價。雖然他並不後悔他的選擇，但《史記》的完成並不能抵消他所遭受的奇恥大辱，也絲毫不能減輕他日日夜夜所感受到的精神上的痛苦，就如他在文章最後所說的：「雖累百世，垢彌甚耳！是以腸一日而九回，居則忽忽若有所亡，出則不知其所往。每念斯恥，汗未嘗不發背沾衣也。」司馬遷如此曝露心聲，怕遠非僅是說給任安這位老友聽的，而更是留給後世的遺言。

答蘇武書

李陵

子卿足下：勤宣令德，策名清時，榮問休暢，幸甚幸甚。[1] 遠托異國，昔人所悲，望風懷想，能不依依！昔者不遺，遠辱還答，慰誨勤勤，有逾骨肉。陵雖不敏，能不慨然！[2]

自從初降，以至今日，身之窮困，獨坐愁苦。終日無睹，但見異類。[3] 韋韝毳幕，以禦風雨；羶肉酪漿，以充飢渴。[4] 舉目言笑，誰與為歡？胡地玄冰，邊土慘裂，但聞悲風蕭條之聲。[5] 涼秋九月，塞外草衰，

李陵（？—公元前 74）：字少卿。隴西成紀（今甘肅天水市秦安縣）人。漢武帝時將軍，名將李廣之孫，深入大漠與匈奴作戰，戰敗投降。

1 子卿：蘇武字。足下：古代用以稱上級或同輩的敬詞。令德：美德。令，美好的。策名：臣子的姓名書寫在國君的簡策上。這裏指做官。清時：政治清明的時世。榮問：好名聲。問通「聞」。休暢：吉祥順利。休：美。暢：通。

2 辱：承蒙，書信中常用的謙詞。

3 異類：古代對少數民族的貶稱，此處指匈奴。

4 韋韝（gōu）：皮革製的長袖套，用以束衣袖，以便射箭或其他操作。毳（cuì）幕：毛氈製成的帳篷。

夜不能寐，側耳遠聽，胡笳互動，牧馬悲鳴，吟嘯成羣，邊聲四起。[6]晨坐聽之，不覺淚下。嗟乎子卿，陵獨何心，能不悲哉！

與子別後，益復無聊，上念老母，臨年被戮；妻子無辜，並為鯨鯢。[7]身負國恩，為世所悲。子歸受榮，我留受辱，命也何如！身出禮義之鄉，而入無知之俗；違棄君親之恩，長為蠻夷之域。傷已！令先君之嗣，更成戎狄之族，又自悲矣！功大罪小，不蒙明察，孤負陵心區區之意。[8]每一念至，忽然忘生。陵不難刺心以自明，刎頸以見志，顧國家於我已矣，殺身無益，適足增羞，故每攘臂忍辱，輒復苟活。[9]左右之人，見陵如此，以為不入耳之歡，來相勸勉。異方之樂，只令人悲，增忉怛耳。[10]

---

5 玄冰：厚冰。形容冰結得厚實，極言天氣寒冷。

6 胡笳：古代我國北方民族的管樂，其音悲涼。

7 臨年：達到一定的年齡。此處指已至暮年。鯨鯢：鯨魚雄的稱「鯨」，雌的稱「鯢」。此處借指被牽連誅戮的人。

8 孤負：虧負。後世多寫作「辜負」。

9 攘臂：捋起袖口，露出手臂，是準備勞作或搏鬥的動作。

嗟乎子卿，人之相知，貴相知心，前書倉卒，未盡所懷，故復略而言之。昔先帝授陵步卒五千，出征絕域，五將失道，陵獨遇戰。而裹萬里之糧，帥徒步之師，出天漢之外，入強胡之域。以五千之眾，對十萬之軍，策疲乏之兵，當新羈之馬。然猶斬將搴旗，追奔逐北，滅跡掃塵，斬其梟帥。[11] 使三軍之士視死如歸。陵也不才，希當大任，意謂此時，功難堪矣。[12] 匈奴既敗，舉國興師，更練精兵，強逾十萬。[13] 單于臨陣，親自合圍。客主之形，既不相如；步馬之勢，又甚懸絕。疲兵再戰，一以當千，然猶扶乘創痛，決命爭首。[14] 死傷積野，餘不滿百，而皆扶病，不任干戈，然陵振臂一呼，創病皆起，舉刃指虜，胡馬奔走；兵盡矢窮，人無尺鐵，猶復徒首奮呼，爭為先登。[15] 當此時也，天地為陵震怒，戰士為陵飲血。[16] 單于謂陵不可復得，便欲引還，而賊臣教之，遂使復戰。[17] 故陵不免耳。

---

10 忉怛（dāo dá）：悲痛。

11 搴（qiān）：拔取。滅跡掃塵：喻肅清殘敵。梟帥：驍勇的將帥。

12 希：少，與「稀」通。難堪：難以相比。

13 練：同「揀」，挑選。

14 扶：支持，支撐。乘：凌駕，此處有不顧的意思。決命爭首：效命爭先。

15 徒首：光着頭，意指不穿防護的甲衣。

16 飲血：指飲泣。形容極度悲憤。

17 引還：退兵返回。引，後退。賊臣：指叛投匈奴的軍侯管敢。

18 高皇帝：即漢高祖劉邦。

19 當：如，像。

20 執事者：掌權者。苟：但，只。

21 捐妻子：捨棄妻子和兒女。

22 虛死：指無謂而死。滅名：使名聲泯滅。

23 昔范蠡不殉會稽之恥：指越王勾踐兵敗，向吳王夫差求和，范蠡作為人質前往吳國，並未因求和之恥自殺殉國。曹沫不死三敗之辱：曹沫為春秋時魯國人，曾與齊國作戰，三戰三敗，並不因屢次受辱而自殺身死。當齊桓公與魯莊公會盟於柯，曹沫以匕首劫持桓公，迫使他全部歸還戰爭中侵佔的魯國土地。

昔高皇帝以三十萬眾，困于平城，當此之時，猛將如雲，謀臣如雨，然猶七日不食，僅乃得免。[18] 況當陵者，豈易為力哉？[19] 而執事者云云，苟怨陵以不死。[20] 然陵不死，罪也；子卿視陵，豈偷生之士而惜死之人哉？寧有背君親，捐妻子，而反為利者乎？[21] 然陵不死，有所為也，故欲如前書之言，報恩于國主耳。誠以虛死不如立節，滅名不如報德也。[22] 昔范蠡不殉會稽之恥，曹沫不死三敗之辱，卒復勾踐之仇，報魯國之羞，區區之心，竊慕此耳。[23] 何圖志未立而怨已成，計未從而骨肉受刑，此陵所以仰天椎心而泣血也。[24]

足下又云：漢與功臣不薄。子為漢臣，安得不云爾乎？昔蕭、樊囚縶，韓、彭葅醢，鼂錯受戮，周、魏見辜。[25] 其餘佐命立功之士，賈誼亞夫之徒，皆信命世之才，抱將相之具，而受小人之讒，並受禍敗之

---

24 椎心、泣血：形容極度悲傷。椎，用椎打擊。泣血，悲痛無聲的哭。

25 蕭：蕭何，輔助劉邦建漢，封酇侯，曾因請求開放上林苑（專供皇族畋獵的場所）而遭囚禁。樊：樊噲，從劉邦起兵，封舞陽侯，曾因被人誣告與呂后家族結黨而被囚拘。韓：韓信，助劉邦擊敗項羽，先封齊王，又遷楚王，後貶為淮陰侯，終被呂后斬首。彭：彭越，秦末聚眾起兵，後歸劉邦，封梁王。後被處死，並夷三族。葅醢（zū hǎi）：剁成肉醬，為古代殘酷的死刑。鼂錯：漢景帝時任御史大夫，建議削各諸侯國封地。後吳楚等七國諸侯反，有人認為是削地所致，鼂錯因而被殺。周：周勃，從劉邦起事，拜絳侯，呂氏死，周勃與陳平共誅諸呂，立漢文帝，曾被誣告欲造反而下獄。魏：竇嬰，漢景帝時，平定吳楚七國之亂有功，封魏其侯，漢武帝時被誅。見：受。辜：罪。

辱，卒使懷才受謗，能不得展。[26]彼二子之遐舉，誰不為之痛心哉！[27]陵先將軍，功略蓋天地，義勇冠三軍，徒失貴臣之意，剄身絕域之表。[28]此功臣義士所以負戟而長歎者也！何謂不薄哉？且足下昔以單車之使，適萬乘之虜。遭時不遇，至於伏劍不顧，流離辛苦，幾死朔北之野。[29]丁年奉使，皓首而歸。[30]老母終堂，生妻去帷。[31]此天下所希聞，古今所未有也。蠻貊之人，尚猶嘉子之節，況為天下之主乎？[32]陵謂足下當享茅土之薦，受千乘之賞。[33]聞子之歸，賜不過二百萬，位不過典屬國，無尺土之封加子之勤。[34]而妨功害能之臣盡為萬户侯，親戚貪佞之類悉為廊廟宰。[35]子尚如此，陵復何望哉？且漢厚誅陵以不死，薄賞子以守節，欲使遠聽之臣望風馳命，此實難矣，所以每顧而不悔者也。陵雖孤恩，漢亦負德。[36]昔人有言：「雖忠不烈，視死如歸。」陵誠能安，而主豈復能眷眷乎？[37]男兒生

---

26 賈誼：漢文帝時召為博士，頗受器重，後被權貴排斥出朝廷，鬱鬱而死。亞夫：即周亞夫，封條侯，以軍令嚴整聞名，漢景帝時率軍平定七國叛亂，後被誣謀反，絕食而死。

27 二子：指賈誼、周亞夫。遐舉：原指遠行，此處兼指功業。

28 陵先將軍：指李廣。貴臣：指衛青。衛青為大將軍伐匈奴，李廣為前將軍，被遣出東道，因東道遠而難行，迷惑失路，被衛青追逼問罪，憤而自殺。

29 伏劍：以劍自殺。此指蘇武在被逼降時，引佩刀自刺的事。朔北：北方。這裏指匈奴地域。

30 丁年：成丁的年齡，即成年。這裏強調蘇武出使時正處壯年。

31 終堂：死在家裏。去帷：改嫁。去：離開。

32 蠻貊（mò）：泛指少數民族。這裏指匈奴。

33 茅土之薦：指賜土地、封諸侯。古代帝王社祭之壇共有五色土，分封諸侯則按封地方向取壇上一色土，以茅包之，稱茅土，給所封諸侯在國內立社壇。千乘之賞：也指封諸侯之位。

34 典屬國：官名，九卿之一，掌管民族交往事務。

35 廊廟：殿四周的廊和太廟，是帝王與大臣議論政事的地方，因此稱朝廷為廊廟。「廊廟宰」，即指朝廷中掌權的人。

36 孤恩：辜負恩情。

37 安：安於死，即視死如歸之意。

以不成名，死則葬蠻夷中，誰復能屈身稽顙，還向北闕，使刀筆之吏弄其文墨邪？[38]願足下勿復望陵！

嗟乎子卿，夫復何言！相去萬里，人絕路殊。生為別世之人，死為異域之鬼。長與足下生死辭矣！幸謝故人，勉事聖君。[39]足下胤子無恙，勿以為念。[40]努力自愛，時因北風，復惠德音。李陵頓首。[41]

38 稽顙（sǎng）：叩首，以額觸地。顙：額。北闕：原指宮殿北面的門樓，後借指帝王宮禁或朝廷。刀筆之吏：主辦文案的官吏。

39 幸：希望。謝：問候。故人：老朋友。

40 胤子：兒子。蘇武曾娶匈奴女為妻，生子名叫蘇通國，蘇武回國時他仍留在匈奴，漢宣帝時才回到漢朝。

41 頓首：叩頭，書信結尾常用作謙辭。

【賞析】

李陵出生於一個悲情的將門世家。他的祖父是被時人譽為「李廣才氣，天下無雙」，被匈奴人敬畏地稱作「漢飛將軍」的名將李廣。但李廣一生無緣封侯，最後一次征戰中因迷路誤期，不願面對刀筆吏責問而自殺。李陵的父親早死，李陵是遺腹子。當李陵成人之時，家門衰落，李陵肩上承擔着重振家族聲望的重任。天漢二年，李陵自告奮勇，率步卒五千，深入匈奴之地，遇到單于主力。單于召集數十倍於李陵的騎兵，付出死傷上萬的代價，最終擊破李陵的軍隊，李陵投降。李陵和蘇武是朋友，他投降的前一年，蘇武出使匈奴被扣留。李陵投降後，曾多次去看望蘇武。後蘇武回到漢朝，寫信勸李陵歸漢，李陵寫了此信作答。在信中，李陵詳細地描述了自己的作戰經過、失敗投降的心路歷程以及不能歸漢的原因。

史書記載，單于對李陵十分器重，封他為右校王，還將女兒嫁給他。但從信中來看，李陵卻並不以此感到快樂。相反，他的內心充滿了悲苦。他寫自己在匈奴的生活，飲食習俗、氣候環境都與漢地迥然相異，夜不能寐，晨起落淚。一方面他從內心抵觸匈奴的文化和風俗，他看到的是「異類」，聽到的是「異方之樂」，「蠻夷」和「戎狄」的一切都只會加重他內心的悲傷。但另一方面，他又無法回到漢朝，漢武帝由於他的投降而殺了他的全家，「上念老母，臨年被戮；妻子無辜，並為鯨鯢」，他與漢朝已恩斷義絕。全家被殺已令李陵痛不欲生，更讓他憤怒的是，他雖然戰敗投降，但自認為「功大罪小」，他不該受到如此嚴厲的處置。

為了證明自己「功大罪小」，李陵在信中詳細地描述了作戰的經過。這本是一次可以不必發生的戰役。漢武帝遣李廣利率漢軍主力西征天山，李陵最初的任務是為大軍負責輜重。這是一個沒有甚麼風險的任務，但也幾乎沒有機會參加對匈奴的戰鬥。急於恢復家門聲望的李陵對此自然不能滿意，遂主動請求僅率五千步兵北出大漠，攻擊單于王庭。也正如李陵所期待的，當他率軍向北進發三十多日後，遇到了匈奴單于所率領的三萬騎兵。在平坦的大草原上，騎兵對步兵本就具有兵種上的壓倒性優勢，更何況現在數量上也是匈奴騎兵佔據絕對優勢。所以匈奴騎兵迅速發動了攻擊，在他們看來，這應該是一場不費力氣的屠殺。但結果卻大大出乎意料，不僅進攻被打退，而且漢軍還對他們進行了追擊。單于一邊敗退，一邊從各部又調集了八萬騎兵。李陵此時「以五千之眾，對十萬之軍」，這才向漢地方向撤退。可以想見李陵軍隊面臨的兇險處境，孤軍深入，與數十倍於己的敵人作戰，騎兵強大的機動性使敵人一路尾隨不捨，隨時可以發起進攻，隨時可以撤出戰鬥。無論從哪方面來看，都應是匈奴人佔據絕對優勢和主動，但李陵的軍隊卻絲毫未落下風。正如李陵在信中描述的，「然猶斬將搴旗，追奔逐北，滅跡掃塵，斬其梟帥。使三軍之士視死如歸」。當撤至距離漢朝邊境不過一百多里時，李陵的軍隊已經筋疲力盡，而且面臨兩個致命的問題：第一，武器消耗殆盡；第二，沒有後援。但即使如此，每次戰鬥時李陵振臂一呼，漢軍仍然「創病皆起，舉刃指虜，胡馬奔走；兵盡矢窮，人無尺鐵，猶複徒首奮呼，爭為先登」。匈奴已陣亡上萬人，且越來越接近漢朝邊境，就在匈奴單於愈來愈心驚膽寒，準備退兵時，漢軍隊伍裏卻出了叛徒。這個叛徒將漢軍的虛實告訴了單于，最終，李陵兵敗被俘。

作為軍人，沒有比投降更大的恥辱了。李陵當然不甘心背負這樣的恥辱，至少，他希望別人能夠知道他的苦衷。他不是苟且偷生之人，戰敗而未死，是認為「虛死不如立節，滅名不如報德」，希冀着能像范蠡、曹沫那樣，忍辱負重，最終用大功來復仇雪恥。只是由於漢武帝不能體諒他的苦衷，殺了他的全家，使他過去所做的一切，以及本來所計劃的一切，都失去了意義。他失去了所有的親人，並將不得不永遠背負投降的恥辱，再也沒有機會洗刷。這讓他感到椎心泣血般的痛苦。

寫到此處，李陵再也壓抑不住他對漢武帝的憤恨，連帶着憤怒指責自漢高祖以來，漢朝歷代皇帝對功臣的刻薄寡恩。蕭何、樊噲從劉邦起兵之時就跟着劉邦出生入死，卻一度被投進監獄；韓信、彭越為劉邦打敗項羽立下了汗馬功勞，最後都被處死。周勃既是開國功臣，又在平定呂氏、迎立漢文帝的過程中起了重大作用，卻被漢文帝逮捕繫獄；賈誼為漢朝的治理殫精竭慮，卻被遠貶長沙，鬱鬱而終。漢景帝輕率地殺掉了他曾最為倚重的鼂錯，平定七國之亂的周亞夫被投入監獄，絕食而死。另一個在平定七國之亂中立下大功的魏其侯竇嬰，則被漢武帝殺掉。李陵還想到了自己的祖父李廣，一生為漢朝作戰，結局卻是憤而自殺。而漢朝對功臣刻薄的傳統，也延續到了蘇武身上。蘇武在漢武帝時出使被扣，十九年忠貞不屈，「至於伏劍不顧，流離辛苦，幾死朔北之野」，他的節義是「天下所希聞，古今所未有」，理應有封侯之賞，但他回到漢朝後，「賜不過二百萬，位不過典屬國」。

蘇武的來信沒有保留下來，但從李陵的回信推測，其主要內容應是勸李陵歸漢。李陵首先承認自己對匈奴的不認同，從飲食、氣候到文化，他都從內心感到抵觸。但想到漢朝對自己的不公正，想到全家被殺，想到漢朝歷代皇帝的刻薄寡恩，他毅然斷絕了返回漢朝的念頭。甚至對自己的投降行為也不感到後悔：「陵雖孤恩，漢亦負德。」因此，李陵最後給了蘇武斬釘截鐵的回答：「願足下勿復望陵！」

對於投降變節者，中國人似乎向來不惜以最嚴厲最苛刻的態度加以批判。但對李陵，卻多抱以深深的同情。

誡兄子嚴敦書

馬援

援兄子嚴、敦，並喜譏議，而通輕俠客。[1]援前在交趾，還書誡之曰：「吾欲汝曹聞人過失，如聞父母之名：耳可得聞，口不可得言也。[2]好議論人長短，妄是非正法，此吾所大惡也，寧死，不願聞子孫有此行也。[3]汝曹知吾惡之甚矣，所以復言者，施衿結縭，申父母之戒，欲使汝曹不忘之耳！[4]

「龍伯高敦厚周慎，口無擇言，謙約節儉，廉公有威。[5]吾愛之重之，願汝曹效之。杜季良豪俠好義，憂

馬援（公元前14—49）：東漢開國功臣之一，西破羌人，南征交趾，官拜伏波將軍。

1. 通輕俠客：通，交往；輕，輕佻；與俠士中輕佻之人交好。
2. 交趾：漢郡，在今越南北部。汝曹：你等，爾輩。
3. 是非：評論，褒貶。正法：正當的法制。大惡：深惡痛絕。
4. 施衿結縭，申父母之戒：衿：佩帶。縭：佩巾。古時禮俗，女子出嫁，母親把佩巾、帶子結在女兒身上，為其整衣。父戒女曰：「戒之敬之，夙夜無違命。」母戒女曰：「戒之敬之，夙夜無違宮事。」
5. 龍伯高敦厚周慎：龍伯高這個人敦厚誠實。龍伯高：東漢名士，史書上記載其「在郡四年，甚有治效」，「孝悌于家，忠貞于國，公明蒞臨，威廉赫赫」。周慎：周密，謹慎。口無擇言：說出來的話沒有敗壞的，意為所言皆善。擇：通「殬（dù）」，敗壞。

人之憂，樂人之樂，清濁無所失。[6] 父喪致客，數郡畢至。[7] 吾愛之重之，不願汝曹效也。效伯高不得，猶為謹敕之士，所謂『刻鵠不成尚類鶩』者也。[8] 效季良不得，陷為天下輕薄子，所謂『畫虎不成反類狗』者也。訖今季良尚未可知，郡將下車輒切齒，州郡以為言，吾常為寒心，是以不願子孫效也。」[9]

---

6 杜季良：東漢時期人，官至越騎司馬。清濁無所失：意為諸事處置得宜。

7 數郡畢至：很多郡的客人全都趕來了。

8 謹敕：謹慎。鵠：天鵝。鶩：野鴨子。此句比喻雖仿效不及，尚不失其大概。

9 郡將：郡守。郡守兼領武事，故稱。下車：指官員初到任。切齒：表示痛恨。以為言：把這作為話柄。

【賞析】

馬嚴、馬敦兄弟是馬援二哥的兒子。兄弟倆年幼時父母雙亡，寄養在表兄家。後馬援將馬嚴兄弟帶回洛陽，視同己出，嚴加教誨。馬援寫這封家書給兩個姪子，正是他率軍遠征交趾的時候。從信中內容看，馬援是因為兄弟二人有遊俠傾向而對他們進行告誡教導。

遊俠是戰國秦漢時有廣泛社會影響的一類人，《史記》和《漢書》中都曾為遊俠立傳。一方面遊俠重諾守信，溫良泛愛，急人之困，樂於為人排憂解難；同時能夠成為「俠」，還表現在結交廣泛，上至王侯公卿、地方官吏，下至無賴少年、亡命之徒。但另一方面，遊俠只重私義，蔑視法律，其行為往往違法犯禁，因而兩漢以來，中央王朝對遊俠都嚴厲打擊。

馬援在信中首先諄諄告誡兄弟二人不得「好議論人長短，妄是非正法」。這正是遊俠「結私交」的開端，通過臧否人物，妄議法律，形成一個有共同價值觀的羣體。馬援嚴厲禁止兄弟二人去議論別人，他把聽到別人的過錯比作如同聽到父母的名字。古人極重家諱，不要說父母的名字，就是父母名字中的某個字，也是不能說的。馬援為防微杜漸，甚至說出「寧死，不願聞子孫有此行」這樣的話。馬援此前一定已經對兄弟二人有過類似的教導，不憚其煩地一說再說，就是希望他們能把這些話記在心裏。

為了強調自己的看法，馬援舉了正反兩個例子。正面的例子是龍伯高，其為人敦厚謹慎，言論皆無可指摘，行事不張揚，但不失威嚴。馬援希望兩個姪子把龍伯高作為學習效仿的榜樣。反面例子是杜季良，這是一位當時的大俠，為人排憂解難，無論甚麼樣的人都結交，他的父親去世時，送喪的人來自遠近好幾個郡。馬援對杜季良也一樣敬重，但不希望兩個姪子效仿杜季良。第一個原因，是學習龍伯高不成，還能成為謹慎謙虛的人；效仿杜季良不成，就會成為品行輕薄的人。第二個原因，每一任地方長官都將杜季良視為眼中釘，隨時都在尋找機會捕殺他。即便能夠成為杜季良那樣州郡聞名的豪俠，將來恐怕也很難得以善終。

馬援並非危言聳聽。西漢以來，許多天下知名的大俠，如郭解、原涉等，最終的結局都是被朝廷拘拿正法。如果馬嚴、馬敦兄弟效仿杜季良，將來很可能招致「殺身亡宗」。馬援正是由於擔心這樣嚴重的後果，才在萬里之外，戎馬倥傯之際，給兩個姪子寫信勸告，反復叮嚀，言辭懇切。關切之情，也流露於字裏行間。

登樓賦

王粲

登茲樓以四望兮，聊暇日以銷憂。覽茲宇之所處兮，實顯敞而寡仇。[1] 挾清漳之通浦兮，倚曲沮之長洲。[2] 背墳衍之廣陸兮，臨皋隰之沃流。[3] 北彌陶牧，西接昭丘。[4] 華實蔽野，黍稷盈疇。[5] 雖信美而非吾土兮，曾何足以少留！[6]

遭紛濁而遷逝兮，漫踰紀以迄今。[7] 情眷眷而懷歸兮，孰憂思之可任！憑軒檻以遙望兮，向北風而開襟。平原遠而極目兮，蔽荊山之高岑。[8] 路逶迤而修

王粲（177—217）：字仲宣。山陽高平（今山東鄒縣）人。東漢末年文學家，「建安七子」之一，被稱為「七子之冠冕」。

1 仇：匹敵。

2 挾清漳之通浦：依傍着廣闊的漳水。挾：依傍。清漳：指漳水。通浦：兩條河流相通之處。倚曲沮之長洲：彎曲的沮水中間是一塊長形陸地。曲沮：彎曲的沮水。長洲：水中長形陸地。

3 背墳衍之廣陸：樓北是地勢較高的廣袤原野。背：背靠，指北面。墳：高。衍：平。廣陸：廣袤的原野。臨皋（gāo）隰（xí）之沃流：樓南是地勢低窪的低濕之地。臨：面臨，指南面。皋隰：水邊低窪之地。沃流：可以灌溉的水流。

4 北彌陶牧：北接陶朱公墓地所在。彌：盡於。陶牧：傳說陶朱公范蠡葬於此地。牧：郊外。昭丘：楚昭王的墳墓。

5 華實：花和果實。華：同「花」。黍（shǔ）稷（jì）盈疇：農作物遍佈田野。黍稷：泛指農作物。

6 信美：確實美。

7 遭紛濁而遷逝：生逢亂世到處遷徙流亡。逾

迴兮，川既漾而濟深。悲舊鄉之壅隔兮，涕橫墜而弗禁。昔尼父之在陳兮，有歸歟之歎音。[9]鍾儀幽而楚奏兮，莊舄顯而越吟。[10]人情同於懷土兮，豈窮達而異心！

惟日月之逾邁兮，俟河清其未極。[11]冀王道之一平兮，假高衢而騁力。[12]懼匏瓜之徒懸兮，畏井渫之莫食。[13]步棲遲以徙倚兮，白日忽其將匿。[14]風蕭瑟而並興兮，天慘慘而無色。獸狂顧以求羣兮，鳥相鳴而舉翼。原野闃其無人兮，征夫行而未息。[15]心悽愴以感發兮，意忉怛而憯惻。[16]循階除而下降兮，氣交憤於胸臆。[17]夜參半而不寐兮，悵盤桓以反側。[18]

紀：超過十二年。紀：十二年。

8 蔽荊山之高岑：高聳的荊山擋住了視線。

9 尼父：指孔子。

10 鍾儀幽而楚奏兮：楚人鍾儀被鄭國作為俘虜獻給晉國，晉侯讓他彈琴，他彈奏了楚國的樂曲。晉侯稱讚説：「樂操土風，不忘舊也。」莊舄（xì）顯而越吟：莊舄是越國人，在楚國做官時病了，病中思念越國，呻吟出越國的口音。

11 惟日月之逾邁兮：日月如梭，時光飛逝。俟河清其未極：黃河水還沒有到澄清的那一天。俟：等待。河清：比喻天下太平。未極：未至。

12 冀王道之一平：希望國家統一安定。冀：希望。假高衢而騁力：自己可以施展才能和抱負。假：憑藉。高衢：大道。

13 懼匏（páo）瓜之徒懸：擔心自己像匏瓜那樣被白白地掛在那裏。《論語・陽貨》：「吾豈匏瓜也哉？焉能系而不食？」比喻不為世所用。畏井渫（xiè）之莫食：害怕井淘好了，卻沒有人來打水吃。渫，淘井。《周易・井卦》：「井渫不食，為我心惻。」比喻一個潔身自持而不為人所重用的人。

14 步棲遲以徙倚：在樓上漫步徘徊。

15 闃（qù）：靜寂。

16 意忉怛（dāo dá）而憯（cǎn）惻：指心情悲痛，無限傷感。憯：通「慘」。

17 階除：階梯，台階。

18 悵盤桓以反側：惆悵難耐，輾轉反側。

【賞析】

王粲出身名門世家，年輕時即被當世名士蔡邕賞識。但生逢漢末亂世，為避戰亂，到荊州投靠劉表，在荊州流寓長達十五年。才華卓越而體貌短小的王粲，一直未被劉表重用。本文即作於寄居荊州期間，通過登樓望遠，抒發了思鄉之情和懷才不遇之感。

全賦一共三段，結構清晰，層次分明。第一段寫登樓四望所見景色。這座樓地處漳水和沮水兩條河的交匯處，地勢平坦，視野開闊，原野上處處是正在豐收時節的農田，一派安定美麗的景象。然而為了消解憂愁而登樓的作者反被這美麗的景色加重了憂思，讓他更鮮明地意識到這裏不是他的家鄉，他不屬於這裏。

第二段寫由景色觸發的流寓之感和懷歸之情。由於戰亂，作者離開家鄉已經十二年了。他向北遙望家鄉，可是山河邈遠，路途阻隔，不知何時是歸期。而思鄉，是人之常情。就像孔子周遊列國，在陳國遭到困厄，曾發出「回去吧！回去吧」的感歎；楚國樂官鍾儀成為晉國的階下囚，仍不忘彈奏楚國的樂曲；越國人莊舄在楚國做了高官，但病重時仍對越國念念不忘。可見遠離家鄉的人，不論境況如何，都會思鄉懷歸。

第三段抒寫渴望建功立業的志向和懷才不遇的悲憤。這一段的心情又是與思鄉懷歸之情緊密聯繫在一起。王粲的籍貫是山陽郡高平（今山東微山），但他長期生活在都城洛陽，又一度遷至長安，而這些地方在東漢末年長期陷於戰亂。王粲希望結束戰亂，恢復正常的王朝秩序，這樣他也能回到朝廷中施展他的才華。如今他在荊州，長期不受重用，白白地虛度光陰。但天下太平這件事就像他渴望返回家鄉一樣，是那麼的遙不可及。此時作者眼中又呈現出另一番景色：時近傍晚，天色黯淡，原野寂寥，烘托出作者內心的悽愴。那「狂顧以求」「相鳴而舉翼」的鳥獸，又何嘗不是作者孤獨、恓惶的內心世界的外化？

在賦的開篇，作者就說登樓的目的是為了「銷憂」，但到了下樓的時候，作者的內心反而越發不平靜了，以至於「氣交憤於胸臆」，直到深夜還在「悵盤桓以反側」。強烈的思鄉懷歸之情、濃重的懷才不遇之悲和渴望建立功業的迫切願望，都被疊加在了這個深夜獨自徘徊的身影之上。

前出師表

諸葛亮

先帝創業未半而中道崩殂，今天下三分，益州疲弊，此誠危急存亡之秋也。[1]然侍衛之臣不懈於內，忠志之士忘身於外者，蓋追先帝之殊遇，欲報之于陛下也。誠宜開張聖聽，以光先帝遺德，恢弘志士之氣，不宜妄自菲薄，引喻失義，以塞忠諫之路也。[2]

宮中府中，俱為一體；陟罰臧否，不宜異同。[3]若有作奸犯科及為忠善者，宜付有司論其刑賞，以昭陛下平明之理；不宜偏私，使內外異法也。[4]

諸葛亮（181—234）：字孔明，號臥龍。琅琊陽都（今山東沂南）人。三國時期蜀漢政治家。早年隱居襄陽，後出山輔佐劉備，奠定蜀漢基業；劉備去世，輔佐後主劉禪。

1. 崩殂（cú）：死。崩：古時指皇帝死亡。殂：死亡。
2. 開張聖聽：擴大聖明的聽聞，意請劉禪廣泛地聽取意見。妄自菲薄：過於看輕自己。菲薄：小看，輕視。引喻失義：言辭不當。
3. 宮：指皇宮。府：指丞相府。陟（zhì）：提升，獎勵。臧否（pǐ）：善惡，這裏用作動詞，評論人物好壞。
4. 作奸犯科：做奸邪事情，觸犯科條法令。有司：職有專司，指專門管理某種事情的官吏。內外異法：內宮和外府刑賞之法不同。內外：指內宮和外府。

侍中、侍郎郭攸之、費禕、董允等，此皆良實，志慮忠純，是以先帝簡拔以遺陛下。愚以為宮中之事，事無大小，悉以諮之，然後施行，必能裨補闕漏，有所廣益。

將軍向寵，性行淑均，曉暢軍事，試用於昔日，先帝稱之曰「能」，是以眾議舉寵為督。愚以為營中之事，悉以諮之，必能使行陣和睦，優劣得所。

親賢臣，遠小人，此先漢所以興隆也；親小人，遠賢臣，此後漢所以傾頹也。先帝在時，每與臣論此事，未嘗不歎息痛恨於桓、靈也。侍中、尚書、長史、參軍，此悉貞良死節之臣，願陛下親之信之，則漢室之隆，可計日而待也。

臣本布衣，躬耕於南陽，苟全性命於亂世，不求聞達于諸侯。[5] 先帝不以臣卑鄙，猥自枉屈，三顧臣於草廬之中，諮臣以當世之事，由是感激，遂許先帝以驅馳。[6] 後值傾覆，受任於敗軍之際，奉命於危難之間，爾來二十有一年矣。[7]

先帝知臣謹慎，故臨崩寄臣以大事也。受命以來，夙夜憂歎，恐託付不效，以傷先帝之明；故五月渡瀘，深入不毛。[8] 今南方已定，兵甲已足，當獎率三軍，北定中原，庶竭駑鈍，攘除奸凶，興復漢室，還於舊都。[9] 此臣所以報先帝而忠陛下之職分也。至於斟酌損益，進盡忠言，則攸之、禕、允之任也。

願陛下托臣以討賊興復之效，不效，則治臣之罪，以告先帝之靈。若無興德之言，則責攸之、禕、

---

5 布衣：平民百姓。

6 卑鄙：身份低微，見識短淺。猥：辱，這裏有降低身份的意思。枉屈：枉駕屈就。感激：有所感而情緒激動。

7 傾覆：指建安十三年（208），劉備在當陽長阪坡被曹操擊潰，逃奔至夏口。後派諸葛亮赴東吳，與孫權建立聯盟，共同抗曹。

8 夙夜憂歎：早晚憂慮歎息。瀘：瀘水，即金沙江。

9 獎率：獎賞率領。庶：希望。竭：竭盡。駑鈍：比喻才能平庸。攘除：排除，剷除。奸凶：奸邪兇惡之人，此指曹魏政權。

允等之慢，以彰其咎；陛下亦宜自謀，以諮諏善道，察納雅言，深追先帝遺詔。[10]臣不勝受恩感激。今當遠離，臨表涕零，不知所言。

[10] 諮諏（zōu）善道：詢問（治國的）良策。諏：詢問，諮詢。察納：識別採納。察：明察。雅言：正確的言論，合理的意見。先帝遺詔：劉備給後主的遺詔。

【賞析】

歷史上幼主和顧命大臣的關係，常常是一個死結。有時候是顧命大臣廢掉幼主，篡位自立；有時候是幼主殺掉擅權的顧命大臣。諸葛亮在劉備臨終時受託，輔佐後主劉禪。而且劉備還明確地說劉禪可輔則輔，不可輔則諸葛亮可以取而代之。劉禪即位時剛十七歲，從此蜀漢軍政大權被諸葛亮獨攬，即便劉禪成年之後，諸葛亮也沒有讓劉禪親政，「政事無巨細，咸決於亮」。但諸葛亮並沒有因為大權在握而對皇位生出覬覦之心，後主也沒有牽制乃至除掉諸葛亮，即使在諸葛亮故去後，劉禪繼續做皇帝近三十年，也沒有在政治上清算諸葛亮的舉動。

如果放在別的朝代，諸葛亮的行為無疑是一個飛揚跋扈的權臣。但在後世，諸葛亮卻被視為忠君典範，得到無數人景仰。杜甫一生對諸葛亮充滿景仰之情，吟詠或提到諸葛亮的詩篇有二十多篇，像「諸葛大名垂宇宙，宗臣遺像肅清高」這樣的詩句，將諸葛亮的歷史地位推崇到無以復加的地步；朱熹作為一名理學家，評價古今人物時的道德要求極為苛刻，從古今人物中評選用心「光明正大，疏暢洞達，磊磊落落而不可掩者」，第一位就是諸葛亮，和杜甫、顏真卿、韓愈、范仲淹並稱「五君子」。諸葛亮的這種人格魅力、道德風範，既體現在他一生行事上，也流露在他的文章裏，《前出師表》便是其中最著名的一篇。

《前出師表》作於諸葛亮第一次北伐前夕，是一封請求後主劉禪允許自己領軍出征的奏章。由於軍政大權都掌握在諸葛亮手裏，北伐之事僅僅是請後主形式上批准，所以這封奏章中並沒有陳述北伐的具體事務，而更多的是以長輩口吻，用了一連串的「宜」和「不宜」，教導後主如何做一個好皇帝，但又不是板起面孔說教，不時提及劉備，回憶過往，充滿殷勤懇切的情意。文章以分析當時形勢開頭，指出劉備去世，益州疲弱，形勢危急；但由於受到劉備恩遇，現在羣臣上下都忠心耿耿，仍有進取的可能。在這種形勢下，後主應該怎麼做呢？諸葛亮提出三條建議：第一條是發揚劉備遺德，廣開言路；第二條是賞罰公正嚴明，尤其是對內廷和外朝的官員要一視同仁，不能因個人情感而偏私；第三條是親賢臣，遠小人，宮中賢臣有郭攸之、費禕、董允，軍中賢臣有向寵，遇事應該向他們諮詢。東漢的歷史經驗也表明，親賢遠佞才能使國家興隆。

接下來諸葛亮又追敍往事，回憶劉備對自己的知遇之恩。他自稱「苟全性命於亂世，不求聞達于諸侯」，顯然和事實不符。諸葛亮年輕的時候「每自比於管仲、樂毅」，他其實是胸懷大志的。但這樣說，更能體現出劉備「三顧」的知遇之恩，也更能表達他對劉備的感激之情。知遇之恩再加之以託孤之任，使諸葛亮以「興復漢室」為己任，只有這樣，才能算是「報先帝」「忠陛下」。

最後，為了完成興復大業，諸葛亮提出了朝廷上下要職責分明，自己承擔「討賊興復之效」，朝中諸臣要進「興德之言」；後主也應「自謀」，繼承劉備遺志。結尾「今當遠離，臨表涕零，不知所言」一句，本是公文套語，但由於前文的言辭懇切，在這裏也顯得自然深情。

《出師表》中既有諸葛亮作為臣子對劉氏父子的忠心，也有作為長輩對劉禪諄諄教導的苦心。「報先帝」「忠陛下」思想貫穿全文，反復勸勉後主要繼承劉備的遺志，完成「興復漢室」的大業。誠摯懇切的深情溢於言表，其忠義之心不知令後世多少仁人志士動容。故古人有「讀《出師表》而不墮淚者，其人必不忠」的說法。陸游《書憤》中有「出師一表真名世，千載誰堪伯仲間」之句，的確不是虛美。

洛神賦

曹植

黃初三年，余朝京師，還濟洛川。[1]古人有言，斯水之神，名曰宓妃。[2]感宋玉對楚王神女之事，遂作斯賦，其詞曰：[3]

余從京域，言歸東藩，背伊闕，越轘轅，經通谷，陵景山。[4]日既西傾，車殆馬煩。[5]爾乃稅駕乎蘅皋，秣駟乎芝田，容與乎陽林，流眄乎洛川。[6]於是精移神駭，忽焉思散。[7]俯則未察，仰以殊觀。[8]睹一麗人，於岩之畔。[9]

洛神：傳説古帝宓(fú)羲氏之女溺死洛水而為神，故名洛神，又名宓妃。

曹植(192—232)：字子建。沛國譙(今安徽亳縣)人。曹操第三子，封陳王，謚曰思，故世稱陳思王。

1 黃初：魏文帝曹丕年號，公元220年至226年。京師：京城，魏都洛陽。濟：渡。洛川：洛水，源出陝西，流經河南洛陽。

2 斯水：此水，指洛川。

3 傳為宋玉所作的《高唐賦》和《神女賦》，記載了宋玉與楚襄王有關夢遇巫山神女的對答。

4 京域：京都地區，指洛陽。言：語助詞。東藩：東方藩國，曹植的封地。黃初三年，曹植被立為鄄(juàn)城(即今山東鄄城縣)王，城在洛陽東北方向，故稱東藩。伊闕：山名，又稱闕塞山、龍門山，在河南洛陽南。轘(huán)轅：山名，在今河南偃師縣東南。通谷：山谷名，在洛陽城南。陵：登。景山：在今偃師縣南。

5 殆：通「怠」，疲倦。煩：疲乏。車夫和馬都疲倦了。

乃援禦者而告之曰：「爾有覿於彼者乎？彼何人斯，若此之豔也！」[10] 禦者對曰：「臣聞河洛之神，名曰宓妃。然則君王所見，無乃是乎？[11] 其狀若何，臣願聞之。」

余告之曰：其形也，翩若驚鴻，婉若游龍，榮曜秋菊，華茂春松。[12] 彷彿兮若輕雲之蔽月，飄颻兮若流風之回雪。[13] 遠而望之，皎若太陽升朝霞；迫而察之，灼若芙蕖出淥波。[14] 穠纖得衷，修短合度。肩若削成，腰如約素。[15] 延頸秀項，皓質呈露，芳澤無加，鉛華弗

---

6 爾乃：於是就。稅駕：停車。稅：置。蘅皋：生杜蘅的岸。蘅：杜蘅，香草名。皋：岸。秣駟：餵馬。駟：一車四馬，此泛指馬。芝田：種靈芝草的田地，此指野草繁茂之地。容與：悠然安閒貌。陽林：地名。流眄：縱目四望。眄：斜視。

7 「於是」二句：眺望之時，忽然精神恍惚，思緒分散。

8 「俯則」二句：低頭時還未看到甚麼，一抬頭則景觀異常。

9 岩之畔：山岩邊。

10 援：以手牽引。禦者：車夫。覿（dí）：看見。

11 然則：既然這樣那麼。無乃：大概。是：這，此指宓妃。

12 「翩若」二句：翩然若驚飛的鴻雁，蜿蜒如遊動的蛟龍，形容體態輕盈宛轉。翩：鳥疾飛。婉：曲折。榮：盛。曜（yào）：日光照耀。華茂：華美茂盛。這兩句形容洛神容光煥發，如秋菊、春松。

13 彷彿：若隱若現。飄颻：飛翔。回：旋轉。這兩句形容行動的飄忽迴旋。

14 皎：潔白光亮。太陽升朝霞：太陽升起於朝霞之中。迫：靠近。灼：鮮明。芙蕖：荷花。淥（lù）：水清。

15 穠：花木繁盛，此指人體豐腴。纖：細小，此指苗條。衷：中。削成：削刻而成。約：束。素：白細絲織品。這兩句形容肩膀和腰肢的線條圓美。

禦。[16]雲髻峨峨，修眉聯娟。丹唇外朗，皓齒內鮮。[17]明眸善睞，輔靨承權。瓌姿豔逸，儀靜體閑。[18]柔情綽態，媚於語言。奇服曠世，骨像應圖。[19]披羅衣之璀粲兮，珥瑤碧之華琚。戴金翠之首飾，綴明珠以耀軀。踐遠遊之文履，曳霧綃之輕裾。微幽蘭之芳藹兮，步踟躕於山隅。[20]於是忽焉縱體，以遨以嬉。左倚采旄，右蔭桂旗。攘皓腕於神滸兮，采湍瀨之玄芝。[21]

余情悅其淑美兮，心振盪而不怡。無良媒以接歡兮，托微波而通辭。[22]願誠素之先達兮，解玉佩以要之。嗟佳人之信修，羌習禮而明詩。[23]抗瓊珶以和予兮，指潛淵而為期。執眷眷之款實兮，懼斯靈之我欺。[24]感交甫之棄言兮，悵猶豫而狐疑。收和顏而靜志兮，申禮防以自持。[25]

---

16 延、秀：長。這兩句說，潔白的長頸，露在衣領外。芳澤：香油。鉛華：粉。古代燒鉛成粉，故稱鉛華。弗禦：不施。這兩句寫洛神不施粉黛，自然天成。

17 雲髻：髮髻如雲。峨峨：高聳貌。聯娟：微曲。

18 眸：目瞳子。睞（lài）：顧盼。靨（yè）：酒窩。輔：面頰。權：顴骨。這句是說：顴骨有酒窩承接。瓌：同「瑰」，奇妙。豔逸：豔麗飄逸。儀：儀態。閑：嫻雅。

19 綽：寬緩。曠世：舉世無有。曠：久遠。骨像：骨格形貌。應圖：與畫中人相當。

20 璀粲（cuǐ càn）：鮮明。珥：珠玉耳飾，此作動詞，佩戴。瑤：美玉。碧：碧玉。琚：美玉。踐：踏，腳穿。遠遊：鞋名。文履：飾有花紋圖案的鞋。曳：拖。霧綃：輕薄如霧的綃。綃：生絲。裾：裙邊。芳藹：香氣。踟躕：徘徊。隅：角。

21 縱體：輕舉。遨、嬉：遊。采旄（máo）：彩旗。旄：旗竿上旄牛尾飾物，此處指旗。桂旗：以桂木做旗竿的旗，形容旗的華美。攘：挽袖。滸：水邊地。洛神遊歷，故稱神滸。湍瀨：石上急流。玄芝：黑色芝草，相傳為神草。

22 「余情」二句：我喜歡她的淑美，又擔心不被接受，故心內振盪不樂。「無良媒」二句：沒有合適的媒人去通接歡情，只能借微波來傳遞話語。微波一說指目光。

於是洛靈感焉，徙倚彷徨。神光離合，乍陰乍陽。[26] 竦輕軀以鶴立，若將飛而未翔。踐椒塗之郁烈，步蘅薄而流芳。超長吟以永慕兮，聲哀厲而彌長。[27]

爾乃眾靈雜遝，命儔嘯侶。[28] 或戲清流，或翔神渚。或采明珠，或拾翠羽。[29] 從南湘之二妃，攜漢濱之

---

23 誠素：真誠的情意。素：同「愫」，真情。要：同「邀」。信修：確實美好。羌：發語詞。習禮明詩：文化修養良好。

24 抗：舉起。瓊珶（dì）：美玉。和：應答。潛淵：深淵。期：會。這句意為：指深水發誓，約期相會。眷眷：嚮往的樣子。欵實：誠實的心意。斯靈：此神，指宓妃。我欺：即欺我。

25 交甫：鄭交甫。傳說鄭交甫在漢水邊遇二遊女，贈玉於交甫；交甫受而置於懷中，走了十步，玉佩沒了，女亦不見。棄言：被背棄承諾。狐疑：疑慮不定。想到鄭交甫曾被仙女遺棄，故內心疑慮不定。收和顏：收起和悅的容顏。靜志：鎮定情志。申：施展。禮防：禮義的防界。自持：自我約束。

26 徙倚：留連徘徊。「神光」二句：洛神身上放出的光彩若隱若現，忽明忽暗。

27 竦（sǒng）：聳。鶴立：輕盈飄舉，如鶴之立。椒：花椒。鬱烈：馥鬱濃烈。蘅：杜蘅。薄：草木叢生處。流芳：散發香氣。超：惆悵。永慕：長久思慕。厲：疾。彌：久。

28 眾靈：眾仙。雜遝（tà）：多而亂。命儔嘯侶：招呼同伴。儔：夥伴，同類。

29 渚：水中高地。翠羽：翠鳥的羽毛。

遊女。歎匏瓜之無匹兮，詠牽牛之獨處。揚輕袿之猗靡兮，翳修袖以延佇。[30] 體迅飛鳧，飄忽若神。凌波微步，羅襪生塵。動無常則，若危若安。進止難期，若往若還。[31] 轉眄流精，光潤玉顏。含辭未吐，氣若幽蘭。華容婀娜，令我忘餐。[32]

於是屏翳收風，川後靜波。馮夷鳴鼓，女媧清歌。[33] 騰文魚以警乘，鳴玉鸞以偕逝。六龍儼其齊首，載雲車之容裔。鯨鯢踴而夾轂，水禽翔而為衛。[34] 於是越北沚，過南岡，紆素領，回清陽，動朱唇以徐言，陳交接之大綱。[35] 恨人神之道殊兮，怨盛年之莫當。抗羅袂以掩涕兮，淚流襟之浪浪。悼良會之永絕兮，哀一逝而異鄉。無微情以效愛兮，獻江南之明璫。[36] 雖潛處於太陰，長寄心於君王。忽不悟其所舍，悵神宵而蔽光。[37]

---

30 南湘之二妃：娥皇和女英。據劉向《列女傳》載，堯以長女娥皇和次女女英嫁舜，後舜南巡，死於蒼梧，二妃往尋，自投湘水而死，為湘水之神。漢濱之遊女：漢水之女神，即前注中鄭交甫所遇之神女。「歎匏瓜」二句：為匏瓜星的無偶而歎息，為牽牛星的獨處哀詠。匏瓜：星名，又名天雞，獨在河鼓星東，故曰無匹。牽牛：星名，又名天鼓，與織女星分處天河兩旁，相傳每年七月七日才得一會。袿（guī）：婦女的上衣。猗（yǐ）靡：隨風飄動的樣子。翳（yì）：遮蔽。延佇：久立。

31 鳧：野鴨。「凌波」二句：在水波上細步行走，濺起的水沫附在羅襪上如同塵埃。凌：超越。常則：固定的規則。難期：難料。

32 轉眄流精：顧盼間流露出奕奕神采。流精：目光流轉而有光彩。辭：言辭。氣若幽蘭：氣息香馨幽微如蘭。

33 屏翳：風神。川後：河神。馮（píng）夷：河伯的名字。女媧：女神名，相傳笙簧是她所造。

34 「騰文魚」二句：飛騰的文魚是洛神的車乘的警衛，眾神隨着叮噹的玉鸞一齊離去。騰：升。文魚：神話中的飛魚。警乘：警衛車乘。玉鑾：鸞鳥形的玉製車鈴。偕逝：俱往。儼：莊嚴的樣子。齊首：六龍齊頭並進。雲車：神以雲為車。容裔（yì）：行進中高低起伏的樣子。鯨鯢（ní）：水棲哺乳動物，雄者稱鯨，雌者稱鯢。轂（gǔ）：車輪中用以貫軸的圓木，這裏指車。

於是背下陵高，足往神留。遺情想像，顧望懷愁。[38] 冀靈體之復形，御輕舟而上溯。浮長川而忘返，思綿綿而增慕。夜耿耿而不寐，沾繁霜而至曙。[39] 命僕夫而就駕，吾將歸乎東路。攬騑轡以抗策，悵盤桓而不能去。[40]

---

35 沚：水中小塊陸地。「紆素領」二句：洛神回首顧盼。紆：回。素領：白皙的頸項。清陽：形容女性清秀的眉目。這句說：陳述結交往來的綱要。

36 這句說：遺憾在此壯盛之年，不得與君結合。抗：舉。羅袂（mèi）：羅袖。浪浪：水流不斷的樣子。效愛：致愛慕之意。璫（dāng）：耳珠。

37 太陰：眾神所居之處，非常幽遠，故稱太陰。不悟：不見。所舍：停留之處。宵：暗冥。一說通「消」，消失。蔽光：隱去光彩。

38 背下：離開低地。陵高：登上高處。遺情：留情，情思留連。想像：思念洛神的美好形象。

39 靈體：指洛神。此句希望洛神再次出現。上溯：逆流而上。長川：指洛水。反：通「返」。耿耿：心神不安的樣子。

40 東路：東藩之路。鄄城在洛陽東北，故稱東路。騑（fēi）：車旁之馬。轡（pèi）：馬韁繩。抗策：舉鞭。盤桓：徘徊不進。這兩句說：當手執馬韁、舉鞭欲策時，又悵然若失，徘徊依戀，無法離去。

【賞析】

自洛陽出發返回封地，車馬勞頓時，曹植恍惚之間睹一麗人，驚問車夫「彼何人斯」。答曰：洛水之神名曰宓妃，君王所見想必即是，不知容貌如何？

翩若驚鴻，婉若游龍，輕雲蔽月，回雪流風。曹植用最華美的辭藻和最豐富的想像描摹了洛神的氣質、形體、面容、衣着和動作。

曹植相當心儀，卻無良媒以接歡，只能托微波而通辭。不料洛神舉瓊珶以回應，指潛淵而為期。但此時，曹植卻「悵猶豫而狐疑，申禮防以自持」。自重矜持的背後是內心憂懼的投射。曹植曾因才華橫溢被父親曹操寵愛，幾為太子者數矣，卻因任性，且非長子，未能繼位。曹丕登基同年即誅殺曹植心腹丁儀兄弟，並強令曹植等諸侯王離開京城，回到封地。次年，貶曹植為安鄉侯，同年改封鄄城侯。黃初三年，立為鄄城王。四年，又徙封雍丘王。封地一再遷徙，封號頻繁改換。寫作《洛神賦》時，曹植已不復當年任氣豪俠，成了謹言慎行、動輒得咎的王侯。

洛神感焉，徙倚彷徨。由眾靈陪伴而來，行止縹緲，氣勢盛大。她靠近時，一切都安靜下來，眾神退去。她轉動潔白的脖頸，回過清秀的眉目，朱唇微啟，緩緩地陳說心中遺憾和款款深情：人神有別，無法結合，獻上明璫，寄心君王。言畢消失。曹植盤桓留戀，在眷眷不捨中奔赴封地。

《洛神賦》講述了人神彼此鍾情又各有顧慮的故事，富於傳奇色彩，但更富抒情氣質。它表現了曹植熱烈的追求與讚美、憂懼與遲疑，對彼此無法接通的無奈，和對洛神的不捨與眷戀。至於洛神具體所指，是政治中的自我實現，還是其他，就眾說紛紜了。但《洛神賦》確如預言一般，其思其情象徵了曹植後半生的心境。

與山巨源絕交書

嵇康

康白：足下昔稱吾於潁川，吾常謂之知言，然經怪此意尚未熟悉于足下，何從便得之也？[1] 前年從河東還，顯宗、阿都說足下議以吾自代，事雖未行，知足下故不知之。[2] 足下傍通，多可而少怪，吾直性狹中，多所不堪，偶與足下相知耳。[3] 間聞足下遷，惕然不喜，恐足下羞庖人之獨割，引尸祝以自助，手薦鸞刀，漫之羶腥，故具為足下陳其可否。[4]

山巨源：山濤（205—283）的字，「竹林七賢」之一，在調任大將軍從事中郎時，薦舉嵇康代其原職選曹郎。嵇康寫此公開信拒絕。

嵇康（223—262）：字叔夜。「竹林七賢」之一。曾為中散大夫，世稱嵇中散。他是曹魏宗室的女婿，學問淵博，性格峻潔剛直，因拒絕與當時掌權的司馬氏合作而被誣陷，最終遭到殺害。

1 稱：指稱說嵇康不願出仕。潁川：指山嶔，山濤叔父，曾任潁川太守。知言：相知之言。經：常常。此意：指嵇康不願出仕的心意。

2 河東：黃河流經山西，河以東的地區稱河東。顯宗：公孫崇，字顯宗，譙國人，曾為尚書郎。阿都：呂安，字仲悌，小名阿都，東平人，嵇康好友。以吾自代：山濤擬推薦嵇康以代其職。

3 傍通：善於應變。可而少怪：多有許可而少有責怪，對人寬容。狹中：心地狹窄。

4 間：近來。遷：升官。惕（tì）然：憂懼的樣子。這兩句語出《莊子・逍遙遊》：「庖人雖不治庖，尸祝不越樽俎而代之（廚師即使不準備好食物祭品，祭師也不應該越職替代）」，諷刺山濤推薦自己做官，就好像廚師拉祭師來準備食物祭品一樣。薦：舉。鸞刀：刀柄綴有鸞鈴的屠刀。漫：沾染。具：詳細地。足下：您。陳：陳述。

吾昔讀書，得並介之人，或謂無之，今乃信其真有耳。[5] 性有所不堪，真不可強；今空語同知有達人，無所不堪，外不殊俗而內不失正，與一世同其波流而悔吝不生耳。[6] 老子、莊周，吾之師也，親居賤職；柳下惠、東方朔，達人也，安乎卑位，吾豈敢短之哉！[7] 又仲尼兼愛，不羞執鞭；子文無欲卿相，而三登令尹，是乃君子思濟物之意也。[8] 所謂達則兼善而不渝，窮則自得而無悶。[9] 以此觀之，故堯、舜之君世，許由之岩棲，子房之佐漢，接輿之行歌，其揆一也。[10] 仰瞻數君，可謂能遂其志者也。故君子百行，殊途而

---

5 並介之人：兼濟天下而又耿介孤直的人。此指山濤，後文「性所不堪」指自己。

6 以上五句的意思是：現在聽說有人對世事能夠通達，沒有甚麼不能接受，外表和俗人沒甚麼兩樣，而內心仍能保持自己的主張，能夠與世浮沉又沒甚麼遺憾。但這只是一種空話而已。

7 老子：姓李名耳，為周朝的守藏史，著《老子》。莊周：曾為蒙漆園吏，著《莊子》。柳下惠：即展禽，名獲，春秋時魯國人，為魯國典獄官，曾被罷職三次，有人勸他到別國去，他自己卻不以為意。居於柳下，死後謚「惠」，故稱柳下惠。東方朔：字曼卿，漢武帝時人，常為侍郎。二人職位都很低下，故曰「安乎卑位」。短：輕視。

8 這兩句意為：孔子博愛無私，不以執鞭的賤職為羞。《論語・述而》：「子曰：『富而可求也，雖執鞭之士，吾亦為之。』」子文：姓鬬，名穀於菟，春秋時楚人。令尹：楚國執政的上卿。《論語・公冶長》：「令尹子文，三仕為令尹，無喜色；三已之，無慍色。」濟物：救世濟人。

9 達：顯達。不渝：不改變。窮：不得志。

10 君世：為君於世。「君」做動詞用。許由：堯時隱士。堯想把天下讓給他，他不肯接受，就到箕山去隱居。岩棲：隱居山林。子房：張良的字，曾幫助漢高祖劉邦平定天下。接輿：春秋時楚國隱士。孔子遊宦楚國時，接輿唱着諷勸孔子的歌從其車邊走過。揆（kuí）：道。這些人表現不一，但處世之道都是順乎本性。

同致。[11] 循性而動，各附所安。故有處朝廷而不出，入山林而不反之論。[12] 且延陵高子臧之風，長卿慕相如之節，志氣所托，不可奪也。[13]

吾每讀尚子平、台孝威傳，慨然慕之，想其為人。[14] 加少孤露，母兄見驕，不涉經學，性復疏懶，筋駑肉緩，頭面常一月十五日不洗，不大悶癢，不能沐也。[15] 每常小便，而忍不起，令胞中略轉乃起耳。[16] 又縱逸來久，情意傲散，簡與禮相背，懶與慢相成，而為儕類見寬，不攻其過。[17] 又讀莊、老，重增其放，故使榮進之心日頹，任實之情轉篤。[18] 此由禽鹿少見馴育，則服從教制，長而見羈，則狂顧頓纓，赴蹈湯火，雖飾以金鑣，饗以嘉肴，愈思長林而志在豐草也。[19]

---

11 遂其志：實現他們的心願。百行：各種行為。殊途而同致：取徑不同而目的相同。

12 這兩句語出《韓詩外傳》卷五：「朝廷之人為祿，故入而不出；山林之士為名，故往而不返。」

13 延陵：名季劄，春秋時吳國公子，居於延陵，人稱延陵季子。子臧：曹國公子欣時。曹宣公卒，曹人要立子臧為君，子臧拒不接受，離國而去。季劄的父兄要立季劄為嗣君，季劄自比子臧，拒不接受。長卿：漢司馬相如的字。相如：指戰國時趙國人藺相如，以「完璧歸趙」功拜上大夫。《史記・司馬相如傳》：「(司馬)相如既學，慕藺相如之為人，更名相如。」節：氣概。

14 尚子平：東漢時人。古時候的《英雄記》說他「有道術，為縣功曹，休歸，自入山擔薪，賣以供食飲」。《後漢書・逸民傳》作「向子平」，說他在兒女婚嫁後，即不再過問家事，恣意遊五嶽名山，不知所終。台孝威：名佟，東漢時人。隱居武安山，鑿穴而居，以採藥為業。

15 孤：幼年喪父。露：暴露，無人庇護曰露。兄：指嵇喜。見驕：驕縱我。駑：劣馬，此指遲鈍。緩：鬆弛。能：通「耐」。不能：沒耐心，不願。

16 胞：原指胎衣，這裏指膀胱。這三句意為：小便常忍到膀胱脹得幾乎轉動，才起身如廁。

17 簡：簡略。慢：怠慢。儕 (chái) 類：同輩朋友。

18 任實：指放任本性。

19 禽：古代對鳥獸的通稱。一說通「擒」。少：小時候。見：被。狂顧：急劇地四面張望。頓阮嗣宗口不論人過，吾每師之而未能及；至性過人，與物無傷，唯飲酒過差耳。[20]至為禮法之士所繩，疾之如仇，幸賴大將軍保持之耳。[21]吾不如嗣宗之資，而有慢弛之闕，又不識人情，暗於機宜，無萬石之慎，而有好盡之累。[22]久與事接，疵釁日興，雖欲無患，其可得乎？[23]

又人倫有禮，朝廷有法，自惟至熟，有必不堪者七，甚不可者二：臥喜晚起，而當關呼之不置，一不堪也。[24]抱琴行吟，弋釣草野，而吏卒守之，不得妄動，二不堪也。[25]危坐一時，痹不得搖，性復多虱，把搔無已，而當裹以章服，揖拜上官，三不堪也。[26]素不便書，又不喜作書，而人間多事，堆案盈機，不相酬答，則犯教傷義，欲自勉強，則不能久，四不堪也。[27]不喜弔喪，而人道以此為重，已為未見恕者所

纓：掙脫羈索。金鑣（biāo）：金屬製作的馬籠頭，這裏指鹿籠頭。饗（xiǎng）：用酒食款待，此指餵。嘉肴：此指精美飼料。

[20] 阮嗣宗：阮籍，字嗣宗，與嵇康同為「竹林七賢」，不拘禮法，常以醉酒和「口不論人過」來避禍。過差：猶過度。

[21] 繩：糾人之失。何曾在司馬昭面前曾說阮籍任性放蕩，「宜投之四裔，以絜王道」；司馬昭答曰「此賢素羸弱，君當恕之」。疾：憎恨。大將軍：司馬昭。保持：保護。

[22] 慢弛之闕：傲慢懶散的缺點。暗於機宜：不懂得隨機應變。萬石：漢朝石奮歷仕高祖、文帝、景帝，以謹慎著稱。他和四個兒子都官至二千石，共一萬石，所以漢景帝稱之「萬石君」。好盡：盡情直言，不知忌諱。累：過失。

[23] 事：官場俗事。接：交接。疵（cī）：缺點。釁（xìn）：仇隙。

[24] 惟：思慮。熟：仔細。當關：守門的差役。不置：不放。

[25] 弋（yì）：繫有繩子的箭，用來射鳥。

[26] 危坐：端端正正地坐。痹（bì）：麻木。章服：冠服，指官服。

[27] 不便：不習。書：信。機：同「几」，几案。

怨，至欲見中傷者。[28] 雖瞿然自責，然性不可化，欲降心順俗，則詭故不情，亦終不能獲無咎無譽如此，五不堪也。[29] 不喜俗人，而當與之共事，或賓客盈坐，鳴聲聒耳，囂塵臭處，千變百伎，在人目前，六不堪也。[30] 心不耐煩，而官事鞅掌，機務纏其心，世故繁其慮，七不堪也。[31] 又每非湯武而薄周孔，在人間不止，此事會顯，世教所不容，此甚不可一也。[32] 剛腸疾惡，輕肆直言，遇事便發，此甚不可二也。以促中小心之性，統此九患，不有外難，當有內病，寧可久處人間邪？[33] 又聞道士遺言，餌術黃精，令人久壽，意甚信之；遊山澤，觀魚鳥，心甚樂之。[34] 一行作吏，此事便廢。安能舍其所樂而從其所懼哉？

夫人之相知，貴識其天性，因而濟之。[35] 禹不逼伯成子高，全其節也；仲尼不假蓋于子夏，護其短也；

---

28 這句說：已經被不見諒的人們怨恨。

29 瞿然：驚懼的樣子。化：改變。降心：抑制自己的心意。詭故：違背本性。不情：不合常情。無咎無譽：沒有過錯也沒有讚譽。

30 聒（guō）：喧鬧。囂塵：嘈雜多塵。伎：伎倆機巧。

31 鞅（yāng）掌：事務煩忙。機務：政務。

32 非：非難。湯：成湯，推翻夏桀統治，建立商朝。武：周武王，推翻商紂王統治，建立西周。此處暗指對弒君開國的西晉不滿。周：周公旦，輔助武王滅紂。孔：孔子。西晉宗室司馬氏族推崇儒家，儒家尤推周公和孔子，而嵇康卻自稱「薄周孔」，隱然相抗。此事：非難湯武鄙薄周孔。會顯：會當顯著，為眾所知。

33 促中小心：心胸狹隘。

34 餌（ěr）：服食。術、黃精：兩種中草藥名，古人認為服食後可以輕身延年。

35 濟：成全。

36 禹：治水的大禹，建立夏朝。伯成子高：禹時隱士。《莊子・天地》記載伯成子高曾辭諸侯之位而從事農耕。假：借。蓋：雨傘。子夏：孔子弟子卜商的字。《孔子家語・致思》：「孔子將行，雨而無蓋。門人曰：『商也有之。』孔子曰：『商之為人也，甚吝於財。吾聞與人交，推其長者，違其短者，故能久也。』」孔明：諸葛亮的字。元直：徐庶的字。兩人都在劉備部下，後來徐庶的母親被曹操捉去，因而辭別劉備而投奔曹操，諸葛亮沒有加以阻留。華子近諸葛孔明不逼元直以入蜀，華子魚不強幼安以卿相，此可謂能相終始、真相知者也。[36]足下見直木不可以為輪，曲木不可以為桷，蓋不欲以枉其天才，令得其所也。[37]故四民有業，各以得志為樂，唯達者為能通之，此足下度內耳。[38]不可自見好章甫，強越人以文冕也；己嗜臭腐，養鵷鶵以死鼠也。[39]吾頃學養生之術，方外榮華，去滋味，遊心于寂寞，以無為為貴。[40]縱無九患，尚不顧足下所好者。[41]又有心悶疾，頃轉增篤，私意自試，不能堪其所不樂。[42]自卜己審，若道盡途窮則已耳，足下無事冤之，令轉於溝壑也。[43]吾新失母兄之歡，意常淒切。女年十三，男年八歲，未及成人，況復多病，顧此悢悢，如何可言！[44]今但願守陋巷，教養子孫，時與親舊敘離闊，陳說平生，濁酒一杯，彈琴一曲，志願畢矣。[45]足下若嬲之不置，不過欲為官得人，以益時用耳。[46]足下舊知吾潦倒粗疏，不切

魚：三國時華歆的字。幼安：管寧的字。兩人為同學好友，魏文帝時，華歆為太尉，想推舉管寧接任自己的職務，管寧辭不受，華歆也不加強迫。

37 桷（jué）：屋上承瓦的椽子。枉：屈。天才：本性。

38 四民：指士、農、工、商。度內：意料之中，想得到。

39 章甫：殷朝的帽子。強：勉強。越人：指今浙江、福建一帶居民。文冕（miǎn）：飾有花紋的帽子。語出《莊子・逍遙遊》：「宋人資章甫而適諸越，越人斷髮文身，無所用之。」鵷鶵（yuān chú）：傳說中像鳳凰的鳥。語出《莊子・秋水》：惠子做了梁國的相，害怕莊子來奪他的相位，便派人搜尋莊子，莊子往見惠子曰：「南方有鳥，其名為鵷……非梧桐不止，非練實不食，非醴泉不飲。於是鴟得腐鼠，鵷過之，仰而視之，曰：『赫！』」

40 方：正。外：疏遠，排斥。滋味：美味。寂寞：安靜。

41 九患：上文七不堪和二甚不可。

42 增篤：加重。自試：自己設想。

43 卜：考慮。審：明確。無事：不要。冤：委屈。轉於溝壑：流轉在山溝河谷之間，指流離而死。

44 悢悢（liàng）：悲恨。

45 敘離闊：敘述離別之情。

46 嬲（niǎo）：糾纏。不置：不放。

事情，自惟亦皆不如今日之賢能也。[47] 若以俗人皆喜榮華，獨能離之，以此為快，此最近之，可得言耳。然使長才廣度，無所不淹，而能不營，乃可貴耳。[48] 若吾多病困，欲離事自全，以保餘年，此真所乏耳，豈可見黃門而稱貞哉！[49] 若趣欲共登王塗，期於相致，時為歡益，一旦迫之，必發其狂疾，自非重怨，不至於此也。[50] 野人有快炙背而美芹子者，欲獻之至尊，雖有區區之意，亦已疏矣。[51] 願足下勿似之。其意如此，既以解足下，並以為別。[52] 嵇康白。

---

47 潦倒粗疏：放任散漫。切事情：貼合世故人情。惟：想。

48 此最近之：這樣講最接近我的本情。長才廣度：有高才大度的人。淹：精深。不營：不求仕進。

49 此真所乏：這的確是我本性有所欠缺。黃門：宦官。稱貞：稱讚其有貞節。

50 趣：通「促」，急。登王塗：任職朝廷。塗：途。期：希望。相：偏指一方，此指「我」。致：招致。歡益：歡悅。這兩句意為：假如你不是對我有重怨，不會逼我發狂疾。

51 野人：田夫。快炙（zhì）背：對太陽曬背感到快意。美芹子：以芹菜為美味。語出《列子・楊朱》：「宋國有田夫，常衣緼黂，僅以過冬。暨春東作，自曝於日，不知天下之有廣廈隩室，綿纊狐狢，顧謂其妻曰：『負日之暄，人莫知者，以獻吾君，將有重賞。』里之富室告之曰：『昔人有美戎菽、甘枲莖芹萍子者，對鄉豪稱之；鄉豪取而嘗之，蜇於口，慘於腹，眾哂而怨之，其人大慚。子此類也。』」至尊：君主。區區：微小而懇切。疏：遠於事理。

52 解：解釋。足下：您。別：告別，絕交的婉辭。

【賞析】

嵇康高調宣稱自己的散漫懶惰不寬容，並公然要求大家的包容和愛護，如此理直氣壯的傲嬌為何會成為千古名文呢？

文章妙在嵇康的真率坦蕩，他對自己的缺點毫不掩藏躲閃，反倒天真可愛，絕不猥瑣。這率性源於他從另一個維度將堯舜和狂人接輿等量齊觀。無論是身居賤職的老莊，還是三登令尹的子文，無論是安乎卑位的柳下惠，還是輔佐劉邦的張良，他們都「循性而動，各附所安」。「性」為天性，「安」為價值觀。他們順應自己獨特的天賦個性，用一生順遂其志，實現自己的價值維度，成就了自己獨特而鮮明的人格形象。王弼說「聖人茂于人者神明也」。聖人之所以超越芸芸眾生，正在於其發揚天性，實現自我，內在豐茂，志氣如神。

由此，嵇康坦然地展示自己的天性：縱逸簡傲、不識人情、喜晚起、好行吟、不喜弔喪、不喜俗人、剛腸疾惡、輕肆直言，總之就是文章開篇的自述「直性狹中，多所不堪」。這天性固不美好，「不如嗣宗之資，而有慢弛之闕，好盡之累」，但自有詩意瀟灑，不願被官場戕害。更何況人與人之間的相處「貴識其天性，因而濟之」，尊重天性，不加勉強，各得其所，方為真相知也。一千多年過去了，親子、夫妻、朋友、師生間的相處之道仍是如此，可見這封書信所能引起的後世共鳴，及其永恆價值。

嵇康對山濤傲慢，不僅為伸張自己的人生哲學，作為公開信，其不合作的態度毋寧說是對朋友，不如說是針對山濤所服務的司馬政權。司馬政權推崇儒學，而嵇康卻力主老莊。生活習性的展示背後是意識形態的對抗。「非湯武而薄周孔」更是直指崇尚孝道卻弒主篡位的虛偽的司馬氏。明乎此，其傲岸懶散就不僅是膚淺的任性偏頗，更有士人面對不正義的政權的不屈精神和獨立姿態。散淡背後的精神力量卓然挺立，這便是《與山巨源絕交書》的意義所在吧。

思舊賦 並序

向秀

向秀（227—272）：字子期。河內懷縣（今河南武陟西南）人。魏晉之際哲學家、文學家，與嵇康、呂安友善，為「竹林七賢」之一。

余與嵇康、呂安居止接近，其人並有不羈之才。[1]然嵇志遠而疏，呂心曠而放，其後各以事見法。[2]嵇博綜技藝，於絲竹特妙。臨當就命，顧視日影，索琴而彈之。[3]余逝將西邁，經其舊廬。[4]于時日薄虞淵，寒冰淒然。[5]鄰人有吹笛者，發音寥亮。追思曩昔遊宴之好，感音而歎，故作賦云：[6]

將命適於遠京兮，遂旋反而北徂。[7]濟黃河以泛舟

1 呂安：字仲悌。其妻貌美，呂安之兄呂巽與之有染，事發，呂巽反誣呂安不孝，嵇康辯其無辜。因嵇康一貫的不合作態度，司馬昭借機一併殺了二人。居止：居住的地方。

2 以：因。事：二人被誣之事。法：刑。

3 就命：就死。《世說新語・雅量》記載：「嵇中散臨刑東市，神氣不變，索琴彈之，奏《廣陵散》。曲終，曰：『袁孝尼嘗請學此散，吾靳固不與，《廣陵散》於今絕矣！』」

4 逝將西邁：由家鄉西行入洛陽。經其舊廬：從洛陽返回時路過嵇康的舊宅。

5 薄：迫近。虞淵：傳說中的日落之處。

6 曩（nǎng）昔：從前。

7 將命：奉命。適：往。旋反：回來，指從洛陽回鄉。徂（cú）：往。

兮，經山陽之舊居。8 瞻曠野之蕭條兮，息余駕乎城隅。9 踐二子之遺跡兮，歷窮巷之空廬。10

歎《黍離》之湣周兮，悲《麥秀》於殷墟。11 惟古昔以懷今兮，心徘徊以躊躇。12 棟宇存而弗毀兮，形神逝其焉如。13

昔李斯之受罪兮，歎黃犬而長吟。14 悼嵇生之永辭兮，顧日影而彈琴。托運遇于領會兮，寄餘命於寸陰。15

聽鳴笛之慷慨兮，妙聲絕而復尋。停駕言其將邁兮，遂援翰而寫心。16

---

8 山陽：地名，在今河南。嵇康原隱居在山陽嵇山之下。

9 息：安放。城隅：城牆角。

10 二子：指嵇康和呂安。

11 《黍（shǔ）離》：《詩經》中感歎周朝覆亡的詩歌，「知我者謂我心憂，不知我者謂我何求。悠悠蒼天，此何人哉！」湣（mǐn）：通「憫」，同情。殷墟：殷都舊址，在今河南安陽市小屯村。麥秀：指麥子秀發而未實。《史記・宋微子世家》：「箕子朝周，過故殷墟，感宮室毀壞，生禾黍，箕子傷之，欲哭則不可，欲泣為其近婦人，乃作《麥秀》之詩以歌詠之。」

12 惟：思。古昔：上文的商周舊事。懷今：有感於古人事而懷念嵇康和呂安。

13 焉如：何往。

14 李斯臨刑前對兒子説：「吾欲與若復牽黃犬，俱出上蔡東門逐狡兔，豈可得乎！」父子相哭。

15 運遇：命運遭遇。領會：對於命運的領悟和理解。寸陰：極短的時光，指臨刑前片刻。

16 將邁：將要出發。援：提。翰：筆。寫心：描述自己的心境。

【賞析】

劉禹錫「懷舊空吟聞笛賦」詩句，典出向秀的《思舊賦》。其中「空吟」二字正是向秀此刻的心境。曾經嵇康打鐵，向秀鼓風，相對欣然，旁若無人。又與呂安共灌園於山陽。三人志同道合，志遠心放，散淡瀟灑。直至康、安被誅，天下警動，向秀遂入京領職。司馬昭嘲弄他說：「聽說你有隱居之志，何以在此？」向秀答：「未達堯心，豈足多慕。」帝甚悦。但向秀心中的屈辱向何人道？故友已逝，世無知音。向秀只能北上山陽舊居寄託對故友、對自己的哀思。「踐二子之遺跡兮，歷窮巷之空廬」，「棟宇存而弗毀兮，形神逝其焉如」。棟宇依舊，笛聲寥亮，曾經打鐵灌園的情景、曾經瀟脱傲岸的意氣還歷歷在目，現在卻都已是前塵夢影，如電如幻，想來如何不淒惻，不憮然？魯迅説：「年輕時讀向子期《思舊賦》，很怪他為甚麼只有寥寥的幾行，剛開頭卻又煞了尾。然而，現在我懂得了。」在好友死亡的陰影下做的政治妥協，雖有強烈的不甘和沉痛，然而只能妥協。《思舊賦》從第一句「余與嵇康、呂安居止接近」開始，筆觸就是隱忍和克制，但克制裏猶流露出止不住的悲傷，「日薄虞淵，寒冰淒然」，「追思曩昔遊宴之好，感音而歎」，「惟古昔以懷今兮，心徘徊以躊躇」。越克制，就越悲愴，越悲愴，越要克制，最後對着形神皆逝的空境無言慨歎，大概就是「空吟」吧。

唯一令人欣慰的是「悼嵇生之永辭兮，顧日影而彈琴。托運遇於領會兮，寄餘命於寸陰」。嵇康雖然永辭，但臨刑前的索琴而彈，貫徹了他一生對美的珍視和追求。「廣陵散於今絕矣」，這個高貴的瞬間成了後人心中嵇康永恒的姿態。

陳情表

李密

臣密言：臣以險釁，夙遭閔凶。[1] 生孩六月，慈父見背；行年四歲，舅奪母志。[2] 祖母劉愍臣孤弱，躬親撫養。[3] 臣少多疾病，九歲不行，零丁孤苦，至於成立。[4] 既無伯叔，終鮮兄弟，門衰祚薄，晚有兒息。[5] 外無期功強近之親，內無應門五尺之僮，煢煢孑立，

李密（224—287）：字令伯。西晉時犍為武陽（今四川彭山縣東）人。少仕蜀為郎，蜀漢滅亡之後，以父亡母嫁祖母無所依託，上表陳情辭卻晉武帝太子洗（xiǎn）馬的職位徵召。陳：陳述。表：古代奏章的一種。

1 險釁（xìn）：艱難禍患。很早遭到不幸。夙：早。閔，通「憫」，可憂患的事（多指疾病死喪）。凶：不幸。

2 生孩：生下來還是嬰孩時。見背：棄我而死去。行年：經歷的年歲。舅奪母志：指由於舅父強行改變了李密母親守節的志向。這是對母親改嫁的委婉説法。

3 愍：憐惜。

4 不行：不能行走。意思是柔弱。零丁：通「伶仃」，孤獨的樣子。成立：成人自立。

5 終鮮（xiǎn）：最終也很少。家門衰微，福分淺薄。祚（zuò）：福分。兒息：兒子。

形影相弔。6 而劉夙嬰疾病，常在牀蓐，臣侍湯藥，未曾廢離。7

逮奉聖朝，沐浴清化。8 前太守臣逵，察臣孝廉，後刺史臣榮，舉臣秀才，臣以供養無主，辭不赴命。9 詔書特下，拜臣郎中，尋蒙國恩，除臣洗馬。10 猥以微賤，當侍東宮，非臣隕首所能上報。11 臣具以表聞，辭不就職。12 詔書切峻，責臣逋慢。13 郡縣逼迫，催臣上道；州司臨門，急於星火。14 臣欲奉詔奔馳，則劉病日篤；欲苟順私情，則告訴不許。15 臣之進退，實為狼狽。16

---

6 外無期（jī）功強近之親：沒甚麼近親。外：自己一房以外的親族。古代以親屬關係的遠近規定服喪時間長短，服喪一年稱「期」，九月稱「大功」，五月稱「小功」。強近：勉強算接近的。應門五尺之僮：照應門戶的五尺高的小孩。僮：童僕。煢（qióng）煢孑（jié）立：孤單無依靠地獨自生活。形影相弔：只有身體和影子相互安慰。弔：安慰。

7 嬰：被纏繞。早被疾病纏繞，指得病多年。蓐：草蓆。廢離：廢養遠離。

8 逮：及至。奉：事奉。聖朝：晉朝。清化：清明的政治教化。

9 前太守臣逵：前任太守名逵的。察：考察推舉。孝廉：漢代以來舉薦人才的一種科目，舉用孝順父母、品行方正的人。後刺史臣榮：後任刺史名榮的人。秀才：當時地方選拔人才的一種科目，這裏是優秀人才的意思。供養無主：供養祖母的事無人來做。主：主持。辭：辭謝。

10 拜：授官。郎中：尚書省的屬官。尋：不久。蒙：蒙受。除：任命。洗馬：文中指太子洗馬，掌管圖書，祭奠先聖先師，講經，太子出行為先驅。

11 猥（wěi）：自謙之詞。擔任侍奉太子的職務。當：任，充當。東宮：太子居東宮，這裏指太子。此恩不是我殺身所能報答的。隕（yǔn）首：喪命。

12 將有關情況在奏表中一一呈報。具：詳盡。聞：使……知道。

伏惟聖朝以孝治天下，凡在故老，猶蒙矜育，況臣孤苦，特為尤甚。17 且臣少仕偽朝，歷職郎署，本圖宦達，不矜名節。18 今臣亡國賤俘，至微至陋，過蒙拔擢，寵命優渥，豈敢盤桓，有所希冀。19 但以劉日薄西山，氣息奄奄，人命危淺，朝不慮夕。20 臣無祖母，無以至今日，祖母無臣，無以終餘年。母孫二人，更相為命，是以區區不能廢遠。21

---

13 切峻：急切嚴厲。逋（bū）慢：迴避怠慢。

14 郡縣：郡縣的官員。州司：州官。急於星火：比流星墜落還要急。

15 日篤：一天天加重。苟順：姑且遷就。告訴不許：申訴不被准許。

16 狼狽：進退兩難。

17 伏惟：舊時奏疏、書信中下級對上級常用的敬語。故老：年老有功的舊臣。猶蒙矜育：尚且蒙受憐惜撫育。

18 偽朝：對晉稱呼被滅的蜀漢。郎署：郎官的衙署。署：官署衙門。李密在蜀國曾擔任郎中與尚書郎。本來就希望官職顯達。矜：矜持愛惜。

19 擢（zhuó）：提拔。寵命：恩命，指拜郎中、洗馬等官職。優渥（wò）：優厚。盤桓：逗留、徘徊不進的樣子。希冀：希望，企圖，指非分的願望。

20 日薄西山：太陽接近西山。比喻人的壽命即將終了。薄：迫近。奄奄：氣息微弱的樣子。危淺：活不長。危：危險。淺：指不長。

21 區區：拳拳。形容自己的私情。

臣密今年四十有四，祖母今年九十有六，是臣盡節于陛下之日長，報劉之日短也。[22] 烏鳥私情，願乞終養。[23] 臣之辛苦，非獨蜀之人士及二州牧伯所見明知，皇天后土，實所共鑒。[24] 願陛下矜憫愚誠，聽臣微志，庶劉僥倖，保卒餘年。[25] 臣生當隕首，死當結草。[26] 臣不勝犬馬怖懼之情，謹拜表以聞。[27]

---

22 有：通「又」。

23 烏鳥私情：烏鴉反哺之情，比喻人的孝心。願乞終養：希望求得奉養祖母到最後。

24 辛苦：辛酸苦楚。二州：益州和梁州。牧伯：太守和刺史。天地神明也都看得清清楚楚的。

25 矜：憐憫。愚誠：愚拙的至誠之心。聽：聽許，同意。庶：或許。或許祖母劉氏能僥倖壽終。

26 活着將不惜為國事獻出生命，死後也當結草報恩。《左傳・宣公十五年》記載，晉國大夫魏武子臨死的時候，囑咐他的兒子魏顆（huǒ）把武子的愛妾殺了殉葬。魏顆沒有照辦。後來魏顆跟秦將杜回作戰，看見一個老人結草把杜回絆倒，杜回因此被擒。魏顆夜間夢見結草的老人，自稱是再嫁之妾的父親，特來報恩。後世用以指報恩。

27 犬馬：作者自比，表示謙卑。拜表：拜上表章。

【賞析】

這是一封讓人無法拒絕的上書，因為誰都無法拒絕親情的報恩。

出生六個月，父親離世。四歲時母親被逼改嫁。《晉書》記載：「密時年數歲，感戀彌至，烝烝之性，遂以成疾。」體弱多病，家門不興，他是個幾乎被遺棄的孩子。在這樣的境況下，祖母劉氏躬親撫養，至於其成人，恩情有如再造。李密成人時，祖母已七十歲。人生七十古來稀。對於恩重如山又來日不知其幾的祖母，李密自當滴水之恩，湧泉相報。《晉書・李密傳》記載：「密奉事以孝謹聞。劉氏有疾，則涕泣側息，未嘗解衣，飲膳湯藥必先嘗後進。」可見文中說「劉夙嬰疾病，常在牀蓐，臣侍湯藥，未曾廢離」，並非虛言。

時值故國西蜀敗亡，西晉新立。李密曾出使東吳以才辯著稱，在西蜀又以孝道聞名。對馳名兩國、德才兼備的名士，西晉政府當然禮遇拉攏，安撫人心。因此長官多番推舉，「察臣孝廉」、「舉臣秀才」。李密「辭不赴命」後，政府更是直接徵召，「拜臣郎中」，「除臣洗馬」。甚至於「郡縣逼迫，催臣上道；州司臨門，急於星火」。李密雖然「辭不就職」，但始終言辭懇切。無論是「進退狼狽」還是「不矜名節」，他的自白看似謙卑，但在皇帝眼中自有不卑不亢的氣度。這氣度背後則是孝道這一永恆價值的力量：「但以劉日薄西山，氣息奄奄，人命危淺，朝不慮夕。臣無祖母，無以至今日，祖母無臣，無以終餘年。母孫二人，更相為命，是以區區不能廢遠。」親情的力量噴湧而出，皇權也無法阻攔。

最後李密根據年齡提出先盡孝、後盡忠的方案，情理兼備，懇切動人。

蘭亭集・序

王羲之

永和九年，歲在癸丑，暮春之初，會於會稽山陰之蘭亭，修禊事也。[1]羣賢畢至，少長咸集。[2]此地有崇山峻嶺，茂林修竹，又有清流激湍，映帶左右，引以為流觴曲水，列坐其次。[3]雖無絲竹管弦之盛，一觴一詠，亦足以暢敘幽情。[4]是日也，天朗氣清，惠風和暢，仰觀宇宙之大，俯察品類之盛，所以遊目騁懷，足以極視聽之娛，信可樂也。[5]

三月三上巳節，王羲之與謝安、孫綽、支遁等名士四十餘人在蘭亭集會，舉行禊禮，飲酒賦詩，作品結為一集，王羲之作序總述其事。王羲之（303—361，一說321—379）：字逸少。琅琊臨沂（今屬山東）人。出身東晉世家大族，中國歷史上最著名的書法家之一。

1 永和：東晉穆帝年號（345—356）。九年：公元353年。癸丑：古人以天干地支相配紀年，永和九年正當癸丑。會（kuài）稽：東晉郡名，轄地今浙江北部和江蘇東南部。山陰：今浙江紹興。蘭亭：位於今紹興西南蘭渚。修禊（xì）：三月上旬巳日（魏以後定為三月三日）古人臨水行祭，以祓除不祥。

2 羣賢：指謝安、孫綽、支遁等名流。畢：全。咸：都。

3 修竹：高聳的竹子。激湍：很急的水流。映帶：映襯，圍繞。流觴：隨水流動的酒杯。曲水：環曲的水流。酒杯停在誰面前，就得引杯飲酒。次：旁邊，水邊。

4 絲竹管弦：管樂和絃樂，這裏泛指音樂。一觴一詠：喝酒作詩。幽情：幽深內藏的感情。

5 惠風：和煦的風。品類：自然界的萬物。所夫人之相與，俯仰一世。[6]或取諸懷抱，悟言一室之內，或因寄所托，放浪形骸之外。[7]雖趣舍萬殊，靜躁不同，當其欣於所遇，暫得於己，快然自足，不知老之將至。[8]及其所之既倦，情隨事遷，感慨係之矣。[9]向之所欣，俯仰之間，已為陳跡，猶不能不以之興懷，況修短隨化，終期於盡。[10]古人云：死生亦大矣。[11]豈不痛哉！每覽昔人興感之由，若合一契，未嘗不臨文嗟悼，不能喻之於懷。[12]固知一死生為虛誕，齊彭殤為妄作。[13]後之視今，亦猶今之視昔，悲夫！故列敘時人，錄其所述，雖世殊事異，所以興懷，其致一也。[14]後之覽者，亦將有感于斯文。

以：用來。遊目：縱目觀望。騁懷：舒展懷抱。極：窮盡。信：實在。

6 相與：相處。俯仰：低頭抬頭，極言時間短促。

7 悟言：心領神會的妙談。因寄：有所依託。所托：所愛好的事物。放浪：無拘束。形骸：身軀。

8 趣舍：取捨。萬殊：千差萬別。靜躁：安靜與躁動。不知老之將至：語出《論語・述而》「其為人也，發憤忘食，樂以忘憂，不知老之將至云爾」。

9 所：意。係之：隨之而來。

10 向：過去。猶：尚且。興懷：引發感觸。修短：生命長短。隨化：順隨造化。期：至。

11 「死生」句，語出《莊子・德充符》：「仲尼曰：『死生亦大矣，而不得與之變。』」

12 契：符契。由兩半合成，雙方各執一半，以資取信。臨文：看到文章。嗟悼：歎息哀傷。喻之：明白悲傷的原因。

13 固：本來。一死生：把生死存亡看作一樣。語出《莊子・德充符》「以死生為一條」。齊彭殤（shāng）：把長壽和短命等量齊觀。彭：彭祖，相傳活了八百年。殤：夭折的人。語出《莊子・齊物論》：「莫壽乎殤子，而彭祖為夭。」

14 列敘時人：一一記下當時的與會者。雖世殊事異：即使時代和事情不同。

【賞析】

永和九年三月三日，王羲之以會稽內史身份主持了大規模的文人集會，一代名流雲集蘭亭，謝安、孫綽、許詢等共四十一位。此次集會臨流暢飲，遊賞風物，賦詩抒懷，最後將詩作彙編成集，由王羲之撰寫序文。

序文先以洗練的文字交代雅集的時間地點、緣由人物和環境感受，整體而凸顯的是「樂」：「足以極視聽之娛，信可樂也。」

然而樂不持久，想及此，便產生深刻的悲哀。無論「悟言一室之內」還是「放浪形骸之外」，當年不知老之將至的快然自足都會隨着時光流逝而改變，物是人非，物非人是，甚或人物皆非。「及其所之既倦，情隨事遷，感慨係之矣。」外物與自己的那段美好遇合永遠地消失在時光長流中，留不住。而自己的生命與這個世界的遇合又何嘗不是如此？「俯仰之間，已為陳跡」，轉瞬間生命就消失了蹤影。再多留戀，也如握沙捕風，逝而難返。想及此，「死生亦大矣，豈不痛哉」！

對美好、對生命的深刻眷戀使王羲之不甘在時光之流中暗滅。他要執着地留下痕跡，來對抗這裹挾萬物逝而不返的時光。「故列敍時人，錄其所述，雖世殊事異，所以興懷，其致一也。後之覽者，亦將有感于斯文。」千年已逝，滄海桑田，但我們仍然有感於斯文，有感於暮春之初的美好，更有感於王羲之對美好的執着與眷戀。

歸去來兮辭 並序

陶淵明

余家貧，耕植不足以自給。幼稚盈室，瓶無儲粟，生生所資，未見其術。[1] 親故多勸余為長吏，脱然有懷，求之靡途。[2] 會有四方之事，諸侯以惠愛為德，家叔以余貧苦，遂見用於小邑。[3] 于時風波未靜，心憚遠役，彭澤去家百里，公田之利，足以為酒。[4] 故便求之。及少日，眷然有歸歟之情。[5] 何則？質性自然，非矯厲所得；饑凍雖切，違己交病。[6] 嘗從人事，皆口腹自役。[7] 於是悵然慷慨，深愧平生之志。猶望一稔，當斂裳宵逝。[8] 尋程氏妹喪于武昌，情在駿奔，自免去職。[9] 仲秋至冬，在官八十餘日。[10] 因事順心，命

歸去來：即歸去，「來」是語助詞。

陶淵明（365—427）：字元亮，又名潛，世稱靖節先生。潯陽柴桑（今江西九江）人。東晉詩人，風格質樸自然，開創田園詩的新境界。

1 瓶：儲糧容器。生生：維持生計。資：憑藉。

2 脱然：不經意的樣子。有懷：有做官之念。靡途：沒有門路。

3 會：適逢。四方之事：奉命出使。諸侯：州郡長官。家叔：陶夔（kuí），時任太常卿。以：因為。見：被。

4 憚：害怕。役：服役。彭澤：縣名，今江西省彭澤縣西南。

5 歸歟（yú）之情：歸隱之心。

6 矯厲：勉強致力事務。切：迫切。違己：違反自己本心。交病：指思想上遭受痛苦。

7 口腹自役：為了滿足口腹的需要而驅使自己。

8 望：觀望。一稔（rěn）：公田收穫一次。稔：穀物成熟。斂裳：收拾行裝。宵：星夜。逝：離去。

9 尋：不久。程氏妹：嫁給程家的妹妹。武昌：今湖北省鄂城縣。情：弔喪的心情。駿奔：疾

篇曰《歸去來兮》。[11] 乙巳歲十一月也。[12]

歸去來兮，田園將蕪胡不歸！[13] 既自以心為形役，奚惆悵而獨悲？[14] 悟已往之不諫，知來者之可追。[15] 實迷途其未遠，覺今是而昨非。舟遙遙以輕颺，風飄飄而吹衣。[16] 問征夫以前路，恨晨光之熹微。[17]

乃瞻衡宇，載欣載奔。僮僕歡迎，稚子候門。[18] 三徑就荒，松菊猶存。[19] 攜幼入室，有酒盈樽。引壺觴以自酌，眄庭柯以怡顏。[20] 倚南窗以寄傲，審容膝之易安。[21] 園日涉以成趣，門雖設而常關。策扶老以流憩，時矯首而遐觀。[22] 雲無心以出岫，鳥倦飛而知還。[23] 景

如奔馬。

10 仲秋：農曆八月。

11 事：辭官。順：順遂。心：心願。

12 乙巳歲：晉安帝義熙元年。

13 胡：通「何」。

14 以心為形役：本心不願做官，但為生計奔走，所以說心神被形體役使。奚：何，為甚麼。惆悵：感傷。

15 這兩句意為：覺悟到過去的錯誤已不可挽回，知道未來的事還可以補救。

16 颺（yáng）：飛揚，形容船行輕快。

17 征夫：行人。熹微：天色微明。

18 衡宇：橫木為門的房屋，指簡陋的房屋。

19 三徑：漢蔣詡（xǔ）隱居時，在屋前竹下開了三條小路，只與求仲、羊仲往來，後人遂將隱士居所稱為三徑。

20 引：拿來。觴（shāng）：酒杯。眄：斜視。柯：樹枝。以：為了。怡顏：面色愉快。

21 審：明白。容膝：僅容膝跪坐的空間，極言其狹小。

22 策：拄着。扶老：手杖。憩（qì）：休息。流憩：遊息，到處走走歇歇。矯首：舉頭。遐：遠。

23 岫（xiù）：山峰。雲無心以出岫：雲氣自然而然地從山裏冒出。

翳翳以將入，撫孤松而盤桓。[24]

歸去來兮，請息交以絕遊。[25]世與我而相違，復駕言兮焉求？[26]悅親戚之情話，樂琴書以消憂。[27]農人告余以春及，將有事於西疇。[28]或命巾車，或棹孤舟。[29]既窈窕以尋壑，亦崎嶇而經丘。[30]木欣欣以向榮，泉涓涓而始流。[31]善萬物之得時，感吾生之行休。[32]

已矣乎，寓形宇內復幾時！[33]曷不委心任去留，胡為乎遑遑欲何之？[34]富貴非吾願，帝鄉不可期。[35]懷良辰以孤往，或植杖而耘耔。[36]登東皋以舒嘯，臨清流而賦詩。[37]聊乘化以歸盡，樂夫天命復奚疑！[38]

---

24 景：日光。翳翳：陰暗的樣子。將入：太陽要落山了。盤桓：徘徊，留戀不去。

25 息交：停止與官場來往交遊。

26 駕言：出遊。言：助詞。焉求：何求。

27 情話：知心話。

28 春及：春天到了。有事：有耕種之事。疇：田地。

29 或：有時。巾車：有篷的車子。棹：船槳，這裏名詞做動詞，划船。

30 窈窕：山路幽深。壑（hè）：山溝。

31 欣欣、向榮：草木滋長茂盛。涓涓：水流細微的樣子。

32 善：歡喜，羨慕。行休：行將結束。

33 已矣乎：算了吧！寓形：寄生。宇內：天地之間。

34 曷（hé）不：何不。委心：隨心。去留：生死。任去留：不以生死為意。胡：為甚麼。遑遑：不安的樣子。之：往。

35 帝鄉：神仙居住的地方。期：企及。

36 懷：愛惜。良辰：萬物得時的春天。孤往：獨自外出。植：置。植杖：放掉手杖（而拿起農具）。耘：除草。耔：培土。

37 皋（gāo）：高地。舒：放。嘯：撮口發出長而清越的聲音。

38 聊：姑且。乘化：隨順大自然的運轉變化。歸盡：到死。盡：死亡。

【賞析】

陶淵明是中國古代最著名的隱逸詩人，但在他最終歸隱田園之前，他其實經歷了多次出仕為官和退隱家園的糾結。《歸去來兮辭》是陶淵明徘徊於仕隱之間十年之後，終於奔向田園的心聲發露。

最終，陶淵明決定直面內心的召喚，依從自己喜好自然的本性，痛感「今是而昨非」，過去的已無法追回，能把握的只有未來，所以他決意歸去田園。

陶淵明棄官彭澤，是借他妹妹去世之機，但他奔向自己人生真正的歸宿——田園——則是欣然的。舟之輕快與衣之飄颻，似乎都表露着這樣的情緒；望見家門時更可以説是欣喜，所謂「載欣載奔」。這裏有家人、童僕和美酒。小酌怡情，詩酒人生。歸來的狂喜終於平靜下來，倚窗寄傲，涉園成趣，雲飛鳥還，矯首遐觀，平靜中自有悠長的樂趣。終於回到心之所向的田園，離開仕途紅塵，揮揮手，不留戀，而轉向享受田園，田園的景物和人的生命本身，都充溢着歡悦：「木欣欣以向榮，泉涓涓而始流。善萬物之得時，感吾生之行休。」

面對有限的生命，人會剝離一切虛榮和矯飾，何不任從自己的心性，勇敢地直面內心，任真率性，堅定地做自己：登皋長嘯，臨流賦詩，享受這生命的快樂吧。

桃花源記

陶淵明

晉太元中，武陵人捕魚為業，緣溪行，忘路之遠近。[1] 忽逢桃花林，夾岸數百步，中無雜樹，芳草鮮美，落英繽紛；漁人甚異之。[2] 復前行，欲窮其林。林盡水源，便得一山，山有小口，彷彿若有光；便舍船從口入。初極狹，才通人。[3] 復行數十步，豁然開朗。土地平曠，屋舍儼然，有良田美池桑竹之屬；阡陌交通，雞犬相聞。[4] 其中往來種作，男女衣着，悉如外人；黃髮垂髫，並怡然自樂。[5] 見漁人，乃大驚；問所

---

1 太元：東晉孝武帝的年號（376—396）。武陵：郡名，今武陵山區或湖南常德一帶。緣：沿着。

2 落英：落花。異：認為特別。

3 才通人：僅容一人通過。

4 儼（yǎn）然：整齊的樣子。之屬：這類。阡陌：田間小路，南北走向的叫阡，東西走向的叫陌。交通：交錯相通。

5 悉：全，都。黃髮：老人，人老則髮色轉黃。垂髫（tiáo）：兒童。髫：小孩的垂髮。

從來，具答之。[6]便要還家，設酒殺雞作食。[7]村中聞有此人，咸來問訊。[8]自云先世避秦時亂，率妻子邑人來此絕境，不復出焉；遂與外人間隔。[9]問今是何世，乃不知有漢，無論魏、晉。[10]此人一一為具言所聞，皆歎惋。[11]餘人各復延至其家，皆出酒食。[12]停數日，辭去。此中人語云：「不足為外人道也。」

既出，得其船，便扶向路，處處志之。[13]及郡下，詣太守說如此。[14]太守即遣人隨其往，尋向所志，遂迷不復得路。[15]南陽劉子驥，高尚士也；聞之，欣然規往。[16]未果，尋病終，後遂無問津者。[17]

---

6 從來：從哪裏來。具：詳細地。

7 要（yāo）：邀請。

8 咸：都。問訊：詢問消息，打聽消息。

9 率：率領。妻子：妻室與子女。邑人：同鄉人。絕境：與外界的隔絕之處。

10 乃：竟。無論：更不用說。

11 具言：詳細地說出。所聞：漁人知道的世事。聞：聽說。

12 延：邀請。

13 扶：沿着。向路：前時來路。志：做標記。

14 及郡下：到了郡城。郡下：指武陵郡。詣（yì）：到，往見。

15 尋所向志：尋找之前做的標記。遂迷：竟然迷路。

16 南陽：今河南省南陽市。劉子驥：隱士，好游山澤。規：計劃。

17 尋：不久。終：死亡。問津：問路，這裏指訪求。津：渡口。

【賞析】

一千多年前，陶淵明編織了一個詩化田園的夢，使無數後人心向往之，卻又追索不得。

夢分三段，溪行捕魚、桃源仙境、重尋迷路，均以寫實交代人物、動作、細節。虛景實寫，彷彿確有其人，真有其事。

夢由「忘」字開始。人世煩雜，得失心算計心，烏煙瘴氣盡由此出。然一「忘」字使漁人機心頓失，算計全無，爛漫起來。於是「忽逢」桃花林，「芳草鮮美，落英繽紛」。更讓漁人驚異的是「中無雜樹」，一片純粹，沒有雜質。漁人以孩童般的好奇心穿過桃林、山洞，找到桃花源。此處「土地平曠，屋舍儼然，有良田美池桑竹之屬；阡陌交通，雞犬相聞」。更令人心動的是，桃源的老人孩子「並怡然自樂」。桃源人見到漁人後「大驚，問所從來」，「具要還家」，「咸來問訊」，情真意切，洋溢着濃郁的生活氣息。

桃源人又「問今是何世，乃不知有漢，無論魏、晉」。歷史的翻雲覆雨，看多了，看透了，在獲得智慧的同時，往往使人萌發種種機心。桃源中人的真淳自足、恬淡自在也許正源於「不知有漢，無論魏、晉」。《歸去來兮辭》中陶淵明「請息交以絕遊」，卻與農人往來(「農人告余以春及，將有事於西疇」)，大概也因農人雖然知識不多，卻有真淳的心靈和生活的誠意，恬淡自足，不務外求。

漁人在桃花源中「停數日，辭去」。返程路上便機心四起，「處處志之」，違背了桃源人「不為外人道」的叮囑。「及郡下，詣太守」，求恩賞。桃花源遂不復出現。

漁人因「忘」機心而尋到桃花源，又因「處處志之」「詣太守」而失去桃花源。得失之間，恍如一夢。「一語天然萬古新，豪華落盡見真淳。」桃源所貴，唯「真淳」二字。

五柳先生傳

陶淵明

先生不知何許人也，亦不詳其姓字，宅邊有五柳樹，因以為號焉。[1]閒靜少言，不慕榮利。好讀書，不求甚解。每有會意，便欣然忘食。[2]性嗜酒，家貧不能常得。親舊知其如此，或置酒而招之。造飲輒盡，期在必醉。[3]既醉而退，曾不吝情去留。[4]環堵蕭然，不蔽風日。[5]短褐穿結，簞瓢屢空，晏如也。[6]常著文章自娛，頗示己志。忘懷得失，以此自終。

贊曰：黔婁之妻有言，不戚戚于貧賤，不汲汲于

---

1. 許：處。
2. 會意：心得體會。
3. 造：到。
4. 曾不：一點也不。吝情：感情上計較。
5. 環堵：四壁。蕭然：空無一物。
6. 短褐：粗布短衣。穿：破洞。結：縫補，連綴。簞：盛飯竹器。晏如：安然自在的樣子。

富貴。[7] 其言茲若人之儔乎？銜觴賦詩，以樂其志，無懷氏之民歟？葛天氏之民歟？[8]

【賞析】

五柳先生是一位隱士，隱士最被人稱道的德行是「不慕榮利」。因為不慕榮利，他連籍貫姓氏都放棄了，在那個極端重視家族門第的時代，這無異於自我取消在世俗社會中的價值和地位。因為不慕榮利，他讀書只為了快樂，沒有追求學問的負擔，更沒有獲取功名的目的。因為不慕榮利，他率性自然，不虛偽矯飾，被別人請去喝酒，當飲則飲，當去則去。因為不慕榮利，他安貧樂道，極度貧困、極度匱乏的物質生活中，他能安然恬淡，不改其樂。因為不慕榮利，他可以無須計較人生中的利益得失，就這樣快樂地度過一生。

五柳先生既不屑於追求富貴的生活，亦不憂於貧賤的處境，他陶然自足，自得其樂。作者說，這樣的人，恐怕只有在還保持着人類高貴完美天性的遠古洪荒時代才有吧？

這篇小傳向來被視為陶淵明的自傳，率性自然的性格，安詳沉穩的情態，貧困匱乏卻又不乏閒適詩意的日常生活，的確是陶淵明自我的寫照。

---

7 贊：史傳後附讚語，用於對人物事件的總結和評述。黔婁：春秋時的高士，清貧而不求仕進。戚戚：憂懼。汲汲：急於追求的樣子。

8 銜觴：即飲酒。無懷氏：無懷氏、葛天氏都是傳說中的上古太平盛世的帝王。

別賦

江淹

黯然銷魂者，唯別而已矣。[1] 況秦吳兮絕國，復燕宋兮千里。[2] 或春苔兮始生，乍秋風兮暫起。是以行子腸斷，百感淒惻。風蕭蕭而異響，雲漫漫而奇色。舟凝滯于水濱，車逶遲于山側，棹容與而詎前，馬寒鳴而不息。[3] 掩金觴而誰禦，橫玉柱而沾軾。[4] 居人愁臥，怳若有亡。[5] 日下壁而沈彩，月上軒而飛光。[6] 見紅蘭之受露，望青楸之離霜。[7] 巡曾楹而空揜，撫錦幕而虛涼。[8] 知離夢之躑躅，意別魂之飛揚。[9]

江淹（444—505）：字文通。歷仕南朝宋、齊、梁三代，南朝著名文學家。

1 黯然：心神沮喪，形容慘戚之狀。銷魂：形容極度的悲傷愁苦。

2 絕國：隔絕遙遠的邦國。

3 逶遲：徘徊不行的樣子。棹：船槳，這裏指代船。容與：緩慢盪漾不前的樣子。詎：豈，怎。

4 掩：覆蓋。觴：酒杯。禦：進用。玉柱：琴瑟上的繫弦之木，這裏指的是琴。軾：車前的橫木。

5 怳（huǎng）：喪神失意的樣子。

6 沈彩：日光西沉。沈：同「沉」。

7 離：同「罹」，遭受。

8 曾楹：高高的樓房。曾：通「層」。楹：屋前的柱子，此指房屋。

9 意：同「臆」，料想。

故別雖一緒，事乃萬族：[10]

至若龍馬銀鞍，朱軒繡軸，帳飲東都，送客金谷。[11] 琴羽張兮簫鼓陳，燕趙歌兮傷美人；珠與玉兮豔暮秋，羅與綺兮嬌上春。[12] 驚駟馬之仰秣，聳淵魚之赤鱗。[13] 造分手而銜涕，感寂漠而傷神。[14]

乃有劍客慚恩，少年報士，韓國趙廁，吳宮燕市，割慈忍愛，離邦去里，瀝泣共訣，抆血相視。[15] 驅征馬而不顧，見行塵之時起。方銜感於一劍，非買價

---

10 萬族：繁多的種類。

11 龍馬：據《周禮・夏官・廋人》載，馬八尺以上稱「龍馬」。朱軒繡軸：指車駕之華貴。帳飲東都：西漢疏廣告老還鄉時，公卿大夫和故舊同鄉等在長安東都門為他餞行，來送行的人很多，所乘車有數百輛。送客金谷：西晉石崇在洛陽西北金谷造有金谷園，當他出為征虜將軍時，送行的人很多，石崇與送行者在金谷園設帳宴飲。

12 琴羽：指琴中彈奏出羽聲。羽：五音之一，聲最細切，宜於表現悲戚之情。上春：即初春。

13 仰秣：吃草時抬起頭。語出《淮南子・説山訓》：「伯牙鼓琴，駟馬仰秣。」形容琴聲把駕車的馬都感動了。

14 造：等到。銜涕：含淚。寂漠：即「寂寞」。

15 韓國：指戰國時聶政受韓國嚴仲子之請，刺殺韓相俠累成功後自殺身亡。趙廁：指戰國初期，豫讓因自己的主人智氏為趙襄子所滅，乃變姓名為刑人，入宮中廁，挾匕首欲刺死趙襄子，未能成功。吳宮：指春秋時專諸為吳國公子光刺殺吳王僚一事。燕市：指荊軻與朋友高漸離等飲於燕國集市，後為燕太子丹至秦刺秦王政未成，被殺；高漸離後亦因刺殺秦始皇未遂而被殺。抆血：淚盡繼之以血。抆（wěn）：擦拭。

於泉裏。[16] 金石震而色變，骨肉悲而心死。[17]

或乃邊郡未和，負羽從軍。[18] 遼水無極，雁山參雲。閨中風暖，陌上草薰。日出天而耀景，露下地而騰文，鏡朱塵之照爛，襲青氣之煙熅。[19] 攀桃李兮不忍別，送愛子兮沾羅裙。[20]

至如一赴絕國，詎相見期。視喬木兮故里，決北梁兮永辭。[21] 左右兮魂動，親賓兮淚滋。可班荊兮贈恨，惟樽酒兮敘悲。[22] 值秋雁兮飛日，當白露兮下時。怨復怨兮遠山曲，去復去兮長河湄。[23]

---

16 買價：指以生命換取金錢。泉裏：黃泉。

17 金石震：鐘、磬等樂器齊鳴。此句典出小說《燕丹太子》：「荊軻與武陽入秦，秦王陛戟而見燕使，鼓鐘併發，羣臣皆呼萬歲，武陽大恐，面如死灰色。」骨肉：指死者親人。此句典出《史記・刺客列傳》，聶政刺殺韓相俠累後，屠腸毀容自殺，以免牽累親人。而聶政姐姐聶嫈不肯僅顧自身安危而使弟弟義舉隱沒無聞，故趕到韓國指認弟弟，伏屍而哭，自殺其旁。

18 負羽：攜帶弓箭。

19 耀景：光芒照耀。騰文：指露水在陽光下反射出絢爛的色彩。朱塵：塵土。照爛：鮮明絢爛之色。襲：籠罩。青氣：春天草木上騰起的煙靄。煙熅：通「氤氳」，雲氣籠罩瀰漫的樣子。

20 愛子：愛人，指征夫。

21 喬木：高大的樹木。古代以喬木作為故鄉的標誌。見王充《論衡・佚文》：「睹喬木，知舊都。」

22 班荊：據《左傳・襄公二十六年》，楚國伍舉與聲子相善。伍舉將奔晉，遇聲子於鄭郊。兩人「班荊相與食」，即荊草鋪地，坐在上面。後遂以「班荊道故」喻親舊惜別之悲痛。班：鋪設。

23 曲：山角。湄：水邊。

24 淄右：淄水西面。在今山東境內。河陽：黃河北岸。

又若君居淄右，妾家河陽。[24] 同瓊佩之晨照，共金爐之夕香。君結綬兮千里，惜瑤草之徒芳[25]。慚幽閨之琴瑟，晦高台之流黃。[26] 春宮此青苔色，秋帳含茲明月光，夏簟清兮晝不暮，冬釭凝兮夜何長！[27] 織錦曲兮泣已盡，迴文詩兮影獨傷。[28]

儻有華陰上士，服食還山。[29] 術既妙而猶學，道已寂而未傳。[30] 守丹灶而不顧，煉金鼎而方堅，駕鶴上漢，驂鸞騰天。[31] 暫遊萬里，少別千年。[32] 惟世間兮重別，謝主人兮依然。[33] 下有芍藥之詩，佳人之歌。[34] 桑中衛女，上宮陳娥。[35] 春草碧色，春水淥波，送君南

---

[25] 結綬：指出仕做官。綬：繫官印的絲帶。

[26] 晦：昏暗不明。流黃：黃色絲絹，這裏指黃絹做成的帷幕。

[27] 春宮：指閨房。：關閉。青苔色：因無人往來，台階上長滿青苔。簟（diàn）：竹蓆。釭（gāng）：燈。

[28] 織錦曲：前秦苻堅時，刺史竇滔被徙沙漠，妻蘇蕙織錦為迴文詩寄贈。

[29] 儻（tǎng）：倘使。華陰：即華山。上士：道士：求仙的人。服食：道家以為服食丹藥可以長生不老。還山：即成仙。

[30] 寂：進入微妙之境。未傳：未獲真傳。

[31] 丹灶：煉丹爐。不顧：不顧問塵俗之事。煉金鼎：在金鼎裏煉丹。驂：三匹馬駕車稱「驂」。鸞：古代神話傳說中鳳凰一類的鳥。

[32] 少別：小別。

[33] 謝：辭別。依然：依戀不捨貌。

[34] 芍藥之詩：語出《詩經・鄭風・溱洧》：「維士與女，伊其相謔，贈之以芍藥。」佳人之歌：指漢代李延年所唱的歌：「北方有佳人，絕世而獨立。一顧傾人城，再顧傾人國。寧不知傾城與傾國？佳人難再得。」

[35] 桑中：衛國地名。上宮：陳國地名。衛女、陳娥：均指戀愛中的少女。《詩經・鄘風・桑中》：「云誰之思？美孟姜矣。期我乎桑中，要我乎上宮。」

浦，傷如之何！[36] 至乃秋露如珠，秋月如珪，明月白露，光陰往來，與子之別，思心徘徊。[37]

是以別方不定，別理千名，有別必怨，有怨必盈，使人意奪神駭，心折骨驚。[38] 雖淵、雲之墨妙，嚴、樂之筆精，金閨之諸彥，蘭台之羣英，賦有凌雲之稱，辯有雕龍之聲，誰能摹暫離之狀，寫永訣之情者乎！[39]

【賞析】

「黯然銷魂」，四個字寫足了離別之人的情狀。離別之時的不捨，離別之後的思念，全在這四個字中了。多少人寫離別，不論是「一日不見，如隔三秋」的短暫分離，還是「此去經年，應是良辰好景虛設」的後會無期，都是寫自己身在其中經歷，從一個離別者的角度抒發自己所深味的離別之情。而江淹的《別賦》，卻是站在第三方的立場，他似乎在觀察着並記錄着人間

---

[36] 淥波：清澈的水波。南浦：見《楚辭‧九歌‧河伯》：「子交手兮東行，送美人兮南浦。」後以「南浦」泛指送別之地。

[37] 珪：一種潔白晶瑩的圓形美玉。

[38] 別方：別離的雙方。名：種類。心折骨驚：即「心驚骨折」，形容創痛極深。

[39] 淵：即王褒，字子淵。雲：即揚雄，字子雲。兩人都是漢代著名的辭賦家。嚴：嚴安。樂：徐樂。兩人均為漢代著名文章家。金閨：指漢代長安金馬門，漢官署名，是聚集才識之士以備漢武帝詔詢的地方。彥：有學識才幹的人。蘭台：漢代朝廷中藏書和討論學術的地方。凌雲：司馬相如作《大人賦》，漢武帝讀後「飄飄有凌雲之氣，似遊天地之間」。雕龍：戰國騶奭作文，善閎辯，故齊人稱之為「雕龍奭」。

的一場場離別，每一場離別都是不同的，時間不同，地點不同，原因不同，離別的人也不同；每一場離別又都是相同的，離別的人都沉浸在離別的悲傷之中，無可逃脫。

江淹先根據離別後的情境，把所有離別的人分為兩類：一類是離家遠行的「行子」，一類是在家守候的「居人」。行子淒然趕路，一路上觸景生情，便是飲酒彈琴，也排遣不掉心中的離愁。在家的居人，獨守空閨，看着日落月升，春去秋來，不知多少回夢見行子歸來。

可是「別雖一緒，事乃萬族」，相同的離情別緒，由於離別者的不同身份、離別原因的千差萬別，又會產生在種種不同的行為，表現出種種不同的情狀。江淹鋪排了七種離別場景，描摹了各種離別的環境，渲染了各種離別的氣氛，展示出了不同人物的離別之情。這七種離別分別是富貴者之別、劍客之別、征人之別、逃亡者之別、宦遊之別、方外之別和情侶之別：

富貴者的離別場面是盛大熱鬧的，送行者雲集，宴飲作樂，美妙動聽的音樂，嬌嬈的歌兒舞女，但所有這些都抵消不了離別的感傷，分手時仍止不住潸然淚下；劍客秉持着「士為知己者死」的信念，或為報恩，或為報仇，他們的離別是死別，所以分別時更為悲痛，但他們視死如歸，慷慨赴義；

征人將奔赴遙遠的邊塞，等待他的是苦寒之地和生死未卜的未來，而家鄉正是春光燦爛，妻子含淚相送，依依不捨；

逃亡者無法在國內立足，被迫離開家園，流亡到遙遠的國家，親友相送，秋日蕭索，而逃亡之路漫漫無期；

宦遊者為了功名利祿，到千里之外任職，留下曾經朝夕相處的妻子，年復一年，在寂寞中等待，在思念和期盼中韶華流逝；

方外之士專注於學道求仙，他們已獲得長生妙術，在天地之間來去自如，對於離別並不掛懷，但在與世間之人離別時，依然不能不被離別的悲傷影響；年輕的情侶在幽期密會時曾經有過多少歡愉的時光，而這些在離別時都化作了難以承受的感傷，從春到秋，離別之後的相思綿綿不絕。

江淹把離別寫得很悲傷，也很美麗。種種離別的情境，如在眼前；各類離別的人，聲情宛然；而所有的離別，所有離別的人，都不出開篇那四個字：黯然銷魂。

與陳伯之書

丘遲

遲頓首。[1]陳將軍足下：無恙，幸甚，幸甚！[2]將軍勇冠三軍，才為世出，棄燕雀之小志，慕鴻鵠以高翔！[3]昔因機變化，遭遇明主，立功立事，開國稱孤，朱輪華轂，擁旄萬里，何其壯也！[4]如何一旦為奔亡之虜，聞鳴鏑而股戰，對穹廬以屈膝，又何劣邪！[5]

丘遲（464—508）：南朝齊梁時文學家，擅詩賦文章。

1. 頓首：叩拜。這是古人書信開頭和結尾常用的客氣語。
2. 陳將軍：即陳伯之，曾被南齊東昏侯任命率軍對抗蕭衍，後投降蕭衍，但入梁不久又叛逃至北魏。
3. 才為世出：此喻陳伯之才能傑出於當世。
4. 開國稱孤：開建邦國。指陳伯之入梁後被梁武帝封為豐城縣公。朱輪華轂：華貴的車駕。擁旄：指高級武將持朝廷頒發的旄節統制一方。旄：用犛牛尾裝飾的旗子，此指旄節。
5. 一旦為奔亡之虜：指陳伯之叛梁降魏。鳴鏑（dí）：響箭。股戰：大腿顫抖。

尋君去就之際，非有他故，直以不能內審諸己，外受流言，沈迷猖蹶，以至於此。[6] 聖朝赦罪責功，棄瑕錄用，推赤心于天下，安反側于萬物，將軍之所知，不假僕一二談也。[7] 朱鮪涉血于友于，張繡剚刃於愛子，漢主不以為疑，魏君待之若舊。[8] 況將軍無昔人之罪，而勳重於當世。夫迷途知返，往哲是與，不遠而復，先典攸高。[9] 主上屈法申恩，吞舟是漏；將軍松柏不剪，親戚安居，高台未傾，愛妾尚在。[10] 悠悠爾心，亦何可言！

今功臣名將，雁行有序，佩紫懷黃，贊帷幄之謀；乘軺建節，奉疆埸之任，並刑馬作誓，傳之子孫。[11] 將軍獨靦顏借命，驅馳氈裘之長，寧不哀哉！[12] 夫以慕容超之強，身送東市；姚泓之盛，面縛西都。[13] 故知霜露所均，不育異類；姬漢舊邦，無取雜種。北

---

6 去就：指陳伯之棄梁投降北魏事。猖蹶：傾覆、失敗。

7 推赤心于天下，安反側於萬物：這是說梁朝以赤心待人，對一切都既往不咎。不假：不借助，不需要。

8 朱鮪涉血于友于：朱鮪（wěi）是王莽末年綠林軍將領，曾勸說劉玄殺死了劉秀的哥哥。劉秀攻洛陽，朱鮪拒守，劉秀遣岑彭前去勸降，寬赦其罪，朱鮪乃降。友于：即兄弟。張繡剚刃於愛子：三國時割據宛城的張繡投降曹操後再次反叛，攻打曹操，曹操的長子曹昂和姪子曹安民在亂戰中被殺，後張繡二次率眾降，被封列侯。剚（zì）刃：用刀刺入人體。

9 與：贊同。不遠而復：指迷途不遠而返回。《易・復卦》：「不遠復，無祇悔，元吉。」先典：古代典籍，指《易經》。攸高：嘉許。

10 吞舟：這裏指能吞舟的大魚。松柏不剪：指陳伯之祖先的墳墓未曾受到毀壞。松柏：古人常在墳墓邊植以松柏，因而以松柏指墳墓。

11 紫：紫綬，繫官印的絲帶。黃：黃金印。乘軺（yáo）：乘坐使節之車。建節：將皇帝賜予的符節插立車上。疆埸（yì）：邊境。刑馬作誓：殺白馬飲血以立誓。

12 靦（miǎn）顏：厚着臉。

13 慕容超：東晉十六國時南燕君主。劉裕北伐將他擒獲，解至建康斬首。姚泓：後秦君主。劉裕北伐破長安，姚泓出降。面縛：面朝前，雙手反縛於後。西都：長安。

虜僭盜中原，多歷年所，惡積禍盈，理至焦爛。[14] 況偽孽昏狡，自相夷戮，部落攜離，酋豪猜貳。[15] 方當繫頸蠻邸，懸首槁街，而將軍魚游於沸鼎之中，燕巢於飛幕之上，不亦惑乎？

暮春三月，江南草長，雜花生樹，羣鶯亂飛。見故國之旗鼓，感平生於疇日，撫弦登陴，豈不愴悢！[16] 所以廉公之思趙將，吳子之泣西河，人之情也，將軍獨無情哉？[17]

想早勵良規，自求多福。當今皇帝盛明，天下安樂。白環西獻，楛矢東來；夜郎滇池，解辮請職；朝鮮昌海，蹶角受化。[18] 唯北狄野心，掘強沙塞之間，欲延歲月之命耳！[19] 中軍臨川殿下，明德茂親，總茲戎

---

14 焦爛：潰敗滅亡。

15 自相夷戮：指北魏內部的自相殘殺。攜離：四分五裂。攜：離。猜貳：猜忌別人有二心。

16 陴（pí）：城上女牆。

17 廉公之思趙將：廉頗本是趙國良將，趙王中秦國反間計，不信任廉頗，廉頗奔魏，魏不能信用。又入楚為楚將，無功。不論在魏還是在楚，廉頗都想復回趙國為將。吳子之泣西河：據《呂氏春秋・觀表》，吳起為魏國守西河，魏武侯聽信讒言，使人召回吳起。吳起預料西河必為秦所奪取，故車至於岸門，望西河而泣。後西河果為秦所得。

18 白環西獻：傳説在舜時，西王母來朝，獻白環、玉玦。楛矢東來：武王克商，東北的肅慎氏進貢楛矢石砮。楛（hù）矢：用楛木做的箭。夜郎：古夜郎國，今貴州桐梓縣一帶。滇池：古滇池國，今雲南昆明市附近。都是漢代西南方國名。解辮請職：解開盤結的髮辮，請求封職，即表示改易風俗，願意歸順。昌海：西域國名，即今新疆羅布泊。蹶角：以額角叩地。受化：接受教化。

19 掘強：即倔強。

重，吊民洛汭，伐罪秦中，若遂不改，方思僕言。[20]聊布往懷，君其詳之。[21]丘遲頓首。

【賞析】

這是一封勸降書，一封收到了實際效果的勸降書。梁天監四年（505），梁朝北伐，當時北魏前線與梁對抗的主將是天監元年自梁降魏的陳伯之。陳伯之本來是南齊將領，在梁武帝蕭衍起兵伐齊自立的過程中，幾經猶豫，最終擁戴蕭衍，所以蕭衍即位建立梁朝後，論功行賞，任命陳伯之為江州刺史，並封為豐城縣公。但陳伯之對梁武帝心懷疑慮，在南朝不自安，投降北魏，北魏任命他為平南將軍，都督淮南諸軍事，實際上是將他置於與梁朝衝突的戰場前沿。梁軍統帥臨川王蕭宏就是在這種背景下命記室丘遲寫信給陳伯之勸降。

勸人投降，必須要有充足而且強大的理由。要知道，此時梁與北魏相比，在軍事實力上並不佔優，而且自東晉以來，南朝政權在與北方的戰爭中，也是敗多勝少。更何況陳伯之本是叛變梁朝投敵的將領，對於梁朝必然顧慮重重。

丘遲此信，確實給出了強大的理由，但角度卻出人意料。兩軍對壘，丘遲在信中並未寫

---

20 中軍臨川殿下：指蕭宏。時臨川王蕭宏任中軍將軍。茂親：至親。指蕭宏為武帝之弟。戎重：軍事重任。吊民：慰問老百姓。汭（ruì）：水流隈曲處。洛汭：洛水匯入黃河的洛陽、鞏縣一帶。秦中：今陝西中部地區，這裏指北魏。

21 聊布：聊且陳述。往懷：往日的友情。

得劍拔弩張，以勢壓人；也沒有空口許諾，誘之以利。而是設身處地，處處從陳伯之的處境出發，曉之以理，動之以情。

丘遲的說理有三層。第一層直接從陳伯之變節的歷史落筆，對比陳伯之投敵前後、在梁朝與居北魏的處境，在南時「朱輪華轂，擁旄萬里，何其壯也」，降北後「聞鳴鏑而股戰，對穹廬以屈膝，又何劣邪」，雖稍嫌誇張，卻也是有事實基礎的。而一壯一劣的鮮明對比，又讓陳伯之不得不反思自己此前的投降行為是否明智。第二層善意地推測陳伯之當初之所以投降是由於受了他人蠱惑，並非出於本意。梁朝的政策是既往不咎、寬大為懷，並以光武帝劉秀勸降曾殺害其兄長的主謀朱鮪以及曹操接納曾殺害其長子的張繡的歷史典故，以及陳伯之奔北後其在南方的祖墳和家人都安然無恙的事實為證據，來打消陳伯之對梁朝態度的顧慮。第三層從反面分析，指出梁朝必能滅亡北魏，如果陳伯之執迷不悟，那將把自己置於危險處境。

在說理完畢後，丘遲又動之以情，這是全文最有感染力的部分，「暮春三月，江南草長，雜花生樹，羣鶯亂飛」，僅僅一句話，卻形神兼備地寫出江南春天的圖景，由此再追問一句：你不想念家鄉嗎？丘遲就像一位至交老友一樣，為陳伯之分析形勢，陳述利害，娓娓道來，情理兼備，使這一封信具有了讓人難以拒絕的說服力和感染力。史載，翌年三月，陳伯之在壽陽（今安徽壽縣附近）率本部八千士兵降梁。

答謝中書書

陶弘景

山川之美，古來共談。高峰入雲，清流見底。兩岸石壁，五色交輝；青林翠竹，四時俱備。曉霧將歇，猿鳥亂鳴；夕日欲頹，沉鱗競躍。實是欲界之仙都。[1]自康樂以來，未復有能與其奇者。[2]

謝中書（500—536）：謝微，陶弘景的好友，曾任中書舍人。陶弘景（456—536）：字通明，號華陽隱居。丹陽秣陵（今江蘇南京）人。南朝齊梁時著名隱士，與齊梁帝王多有交遊，人稱「山中宰相」。

1 欲界之仙都：即人間仙境。欲界：佛教語，指人間。

2 康樂：指南朝著名山水詩人謝靈運，他繼承他祖父謝玄的爵位，被封為康樂公。與（yù）：參與，這裏有欣賞領略之意。

【賞析】

本文是陶弘景給謝中書的一封回信。陶弘景是山中隱士，謝中書是朝中顯宦，信中沒有一句寒暄，更沒有一句談及世務，字裏行間流露出超塵脫俗的情懷。

全文很短，只有六十八字。以「山川之美」起首，開篇點明主題。第二句「高峰入雲，清流見底」承接第一句，總寫山水。接下來第三、四兩句彷彿徐徐展開的畫面，呈現出色彩豐富的石壁和四季常青的草木。第五、六句寫這並非一幅沉寂的畫面，而是充滿了自由活潑的生靈，從早到晚，林間有「猿鳥亂鳴」，水中有「沉鱗競躍」。

這一段景色描寫，所寫不必作一時一地看，更像是對江南山水的概括，一句一景，每一景都體現出江南山水清麗優美、雅致玄遠的特徵。作者以「欲界之仙都」做比，一方面是在稱讚景色之奇美，另一方面也暗示只有超然物外、棄絕名利的人才能體會到。

與朱元思書

吳均

風煙俱淨，天山共色，從流飄蕩，任意東西。[1] 自富陽至桐廬，一百許里，奇山異水，天下獨絕。[2] 水皆縹碧，千丈見底。[3] 游魚細石，直視無礙。急湍甚箭，猛浪若奔。[4] 夾嶂高山，皆生寒樹，負勢競上，互相軒邈，爭高直指，千百成峰。[5] 泉水激石，泠泠作響；好鳥相鳴，嚶嚶成韻。[6] 蟬則千轉不窮，猿則百叫無

朱元思：吳均友人，一本宋元思。書：信。

吳均（469—520）：字叔庠（xiáng）。吳興故鄣（今浙江安吉）人。南朝文學家，出身寒微，富於文才。

1. 從流：隨流。東西：做動詞，漂向東或向西。
2. 富陽：今浙江富陽縣，在富春江北岸。桐廬：今浙江桐廬縣，在富陽西南。許：左右。
3. 縹（piǎo）碧：縹為淡青色，碧是青綠色。
4. 湍（tuān）：山間急流。甚箭：甚於箭，比箭還快。奔：動詞名詞，奔馬。
5. 負勢競上：高山憑依地勢，爭着向上。軒：高聳。邈（miǎo）：遠展。兩字皆活用作動詞。
6. 激：擊。泠泠（líng）：水聲清越。嚶嚶（yīng）：鳥鳴聲。

絕。[7] 鳶飛戾天者，望峰息心；經綸世務者，窺谷忘反。[8] 橫柯上蔽，在晝猶昏；疏條交映，有時見日。[9]

【賞析】

《與朱元思書》清新俊朗，明淨有力。在雕繢滿眼的南朝駢文中猶似清水芙蓉，天然可愛。「風煙俱淨，天山共色」首句霜輕塵斂，明淨如洗。「從流飄蕩，任意東西」次句自在灑脫，宛如山溪。「奇山異水，天下獨絕」收束前文，總起後文：水、山各三句，平行展開。「水皆縹碧，千丈見底。游魚細石，直視無礙。急湍甚箭，猛浪若奔。」對水的描摹由靜而動，由清澈而奔流。「夾岸高山」從水過渡到山。「皆生寒樹，負勢競上，互相軒邈。爭高直指，千百成峰。」脫離官場徜徉於奇山秀水中，吳均感到內心昂揚向上、超然不羈。他便將內具的精神投射於山峰之上，使山峰充滿了動感和蓬勃的生氣。

之後三句是活潑的聲響。「泉水激石，泠泠作響；好鳥相鳴，嚶嚶成韻。蟬則千轉不窮，猿則百叫無絕。」後兩句用六言調整作品節奏，並為緊接的「鳶飛戾天」做鋪墊。

「鳶飛戾天者，望峰息心；經綸世務者，窺谷忘反。」奇山異水間，人世的是非彼我，榮

---

7 轉：通「囀」（zhuàn），婉轉動聽的鳴聲。

8 鳶（yuān）：鷹類猛禽。戾（lì）：至。鳶飛戾天者，指追求名利極力攀高的人。息心：追逐名利的心就平靜下來。經：織物縱線，做動詞，整理。綸（lún）：絲緒，做動詞，整理。經綸世務：規劃世間事務。窺：看。反：通「返」。

辱毀譽，都變得虛幻而微渺了。煩慮頓消，心境澄明。只見「橫柯上蔽，在晝猶昏；疏條交映，有時見日」。陽光在濃蔭中乍隱乍現，自有活潑的情趣。

水經注·三峽

酈道元

自三峽七百里中，兩岸連山，略無闕處。1 重岩疊嶂，隱天蔽日，自非亭午夜分，不見曦月。2 至於夏水襄陵，沿溯阻絕。3 或王命急宣，有時朝發白帝，暮到江陵，其間千二百里，雖乘奔禦風，不以疾也。4 春冬之時，則素湍綠潭，回清倒影。絕巘多生怪柏，懸泉瀑布，飛漱其間，清榮峻茂，良多趣味。5 每至晴初霜旦，林寒澗肅，常有高猿長嘯，屬引凄異，空谷傳響，哀轉久絕。6 故漁者歌曰：「巴東三峽巫峽長，猿鳴三聲淚沾裳！」

酈道元（約470—527）：字善長。范陽涿（zhuō）州（今河北涿州）人。北魏地理學家、散文家。撰《水經注》四十卷，既是地理學名著，也是山水散文的彙集。

1 略無：毫無。闕：通「缺」，空缺。
2 自非：如果不是。亭午：正午。夜分：半夜。曦：早晨的陽光，這裏指太陽。
3 襄：上，這裏指漫上。陵：大的土山，這裏泛指山陵。沿：順流而下。溯：逆流而上。
4 奔：賓士的快馬。不以：不如。
5 絕巘（yǎn）：極高的山峰。良：實在，的確。
6 屬引：連續不斷。屬（zhǔ）：動詞，連接。引：延長。凄異：凄涼怪異。哀轉久絕：悲哀婉轉，猿鳴聲很久才消失。絕：消失，停止。轉：通「囀」，鳴叫。

【賞析】

全文總計不過一百五六十字，描寫了三峽風貌。三峽全長七百里這是按照古人的度量標準，大約相當於今天的四百里船行峽中，所見無非長江和長江兩岸的高山。這段文字極其精練、傳神地寫出了三峽山水的特徵。

先寫山，寫對山的總體印象。三峽的山第一是「連」，沿着長江連綿不斷幾百里，沒有缺口處。第二是「高」，高到隱天蔽日，只有在正午太陽升到天空最高處和半夜月亮升到最高處時，才能看見它們。兩句話寫出了三峽高山的逶迤雄險的氣勢。

然後寫水，三峽中的江水在不同季節的特徵不同。夏天的江水漫上丘陵，來往的船隻都被阻絕了，可見水勢的險惡。當迫不得已在此時乘船而下時，「朝發白帝，暮到江陵」，船行的速度比騎着快馬奔馳、比乘着疾風飛翔還要快，可見水流的湍急。而在春天和冬天，水勢減小的三峽，則是另一番面貌，浪花潔白，江水深碧，清波迴旋，平靜的江面映出兩岸高山的倒影。此時的三峽，是清秀的。

接着作者又把筆觸移向兩岸的崖壁。所見有「怪柏」「懸泉」「瀑布」，草木茂盛，景物繁多，「良多趣味」。寫三峽，自然不能缺少幾乎成為三峽標籤的猿鳴。而猿聲是一種向來和悲傷聯繫在一起的意象，作者特意將其置於秋天的淒寒景物中來描寫，並引漁歌為證，更增淒涼蕭瑟的氣氛。

酈道元作為北魏人，在那個南北分裂的時代，沒有機會親身到三峽考察。這段向來被繫於他名下的文字，其實是引自南朝盛弘之的《荊州記》。盛弘之也不是原創，他是從東晉袁山松《宜都山川記》中引用的。這段文字又成為李白《早發白帝城》一詩的藍本，由此足見這段文字的魅力。

秋日登洪府滕王閣餞別序

王勃

豫章故郡，洪都新府。1 星分翼軫，地接衡廬。2 襟三江而帶五湖，控蠻荊而引甌越。3 物華天寶，龍光射牛斗之墟；人傑地靈，徐孺下陳蕃之榻。4 雄州霧列，俊采星馳。5 台隍枕夷夏之交，賓主盡東南之美。6 都督閻公之雅望，棨戟遙臨；宇文新州之懿範，襜帷暫駐。7 十旬休暇，勝友如雲；千里逢迎，高朋滿座。8 騰蛟起鳳，孟學士之詞宗；紫電青霜，王將軍之武庫。9 家君作宰，路出名區；童子何知，躬逢勝餞。10

王勃（約650—676）：字子安。絳州龍門（今山西河津）人。與楊炯、盧照鄰、駱賓王合稱「初唐四傑」。

1 豫章故郡，洪都新府：滕王閣在今江西省南昌市，南昌為漢豫章郡治，隋唐改豫章郡為洪州。

2 星分翼軫：翼和軫是二十八宿中的兩個星宿，古人習慣以天上星宿與地上區域對應，洪州對應着天上的翼和軫兩個星宿。衡廬：衡山和廬山。這裏指衡山所在的衡州和廬山所在的江州。

3 襟三江而帶五湖：以三江為衣襟，以五湖為衣帶。此句指洪州處於三江五湖之間。控蠻荊而引甌越：蠻荊指古代楚地，今湖北、湖南一帶。甌越指古代越地，今浙江地區。此句指洪州連接着楚地和越地。

4 龍光射牛斗之墟：龍光，指劍氣。牛、斗，星宿名。墟，地域。據傳西晉張華看到牛、斗二星宿之間常有紫氣，就命雷煥到豐城（今江西省豐城市，古屬豫章郡），掘得龍泉、太阿二劍。後這對寶劍入水化為雙龍。徐孺下陳蕃之榻：徐孺即徐孺子的省稱，東漢隱士。陳蕃為豫章

時維九月，序屬三秋。[11] 潦水盡而寒潭清，煙光凝而暮山紫。儼驂騑于上路，訪風景于崇阿。[12] 臨帝子之長洲，得仙人之舊館。[13] 層巒聳翠，上出重霄；飛閣流丹，下臨無地。[14] 鶴汀鳧渚，窮島嶼之縈回；桂殿蘭宮，即岡巒之體勢。

太守，專為徐孺子來訪時設一榻，徐孺子去後又懸起。

5 霧列：房屋像霧一樣羅列。形容洪州之繁華。俊采：傑出的人才。

6 台隍：指洪州城池。夷夏之交：指荊楚地區和揚州。此句指洪州地處要衝。

7 棨戟：外有赤黑色繒作套的木戟，這裏指高官的儀仗。懿範：美好的榜樣。襜帷：車上的帷幕，這裏代指車馬。

8 十旬休暇：唐代十日為一旬，遇旬日則官員休沐，稱為「旬休」。

9 騰蛟起鳳：宛如蛟龍騰躍、鳳凰起舞，形容富有文采。詞宗：文壇宗匠，這裏指參與宴會的孟學士等文官都是文章高手。紫電青霜：紫電，寶劍名。青霜：形容寶劍鋒利。武庫：武器庫，這裏指參與宴會的王將軍等武將都富於謀略。

10 家君作宰：王勃之父擔任交趾縣的縣令。家君：對自己父親的稱呼。

11 三秋：即秋季，包括孟秋、仲秋、季秋三個月。

12 潦水：雨後的積水。儼：整齊的樣子。驂騑：駕車的馬匹。崇阿：高大的山陵。

13 帝子：和下一句中的「仙人」都指滕王閣的修建者、唐高祖李淵的兒子滕王李元嬰。

14 流丹：形容閣樓上的彩繪鮮豔欲滴。

披繡闥，俯雕甍。[15] 山原曠其盈視，川澤紆其駭矚。[16] 閭閻撲地，鐘鳴鼎食之家；舸艦迷津，青雀黃龍之舳。[17] 雲銷雨霽，彩徹區明。[18] 落霞與孤鶩齊飛，秋水共長天一色。漁舟唱晚，響窮彭蠡之濱，雁陣驚寒，聲斷衡陽之浦。[19]

遙吟甫暢，逸興遄飛。[20] 爽籟發而清風生，纖歌凝而白雲遏。[21] 睢園綠竹，氣凌彭澤之樽；鄴水朱華，光照臨川之筆。[22] 四美具，二難並。[23] 窮睇眄于中天，極娛游于暇日。天高地迥，覺宇宙之無窮；興盡悲來，識盈虛之有數。[24] 望長安於日下，目吳會於雲間。[25] 地勢極而南溟深，天柱高而北辰遠。[26] 關山難越，誰悲失路之人；萍水相逢，盡是他鄉之客。[27] 懷帝閽而不見，奉宣室以何年？[28]

---

15 繡闥：繪飾華美的門。雕甍：雕飾華美的屋脊。

16 駭矚：對所見的景物感到驚駭。

17 閭閻：裏門，這裏代指房屋。撲地：遍地都是。鐘鳴鼎食之家：指富貴人家。迷津：船隻排滿港口。青雀黃龍之舳：雕有青雀黃龍紋飾的大船。舳（zhú）：船尾把舵處，這裏代指船隻。

18 霽：雨過天晴。彩：日光。徹：貫通。區：天空。

19 彭蠡：彭蠡湖，鄱陽湖的另一名稱。衡陽：在今湖南省，據說境內有回雁峰，每年秋天大雁到此不再南飛，等到第二年春天北返。

20 甫：頓時。暢：舒暢。遄（chuán）：迅速。

21 爽籟：清脆的樂聲。籟：古代的一種簫。白雲遏：形容歌聲優美動聽，引得行雲停飛。

22 睢園：即漢梁孝王菟園，梁孝王曾在園中聚集文人飲酒賦詩。彭澤：指陶淵明，曾官彭澤縣令。鄴水朱華：鄴為曹操封地，曹丕、曹植兄弟與曹操幕下文人在鄴交遊，曹植曾著《公宴詩》：「秋蘭被長阪，朱華冒綠池。」朱華：即荷花。臨川：指謝靈運，曾任臨川內史。

23 四美：指良辰、美景、賞心、樂事。二難：指賢主、嘉賓難得。

24 識盈虛之有數：認識到萬事萬物的消長興衰是有定數的。數：定數，命運。

25 吳會：會稽，今浙江紹興地區。

26 南溟：即「南冥」，南方的大海。天柱：傳說中昆侖山高聳入天的銅柱。北辰：北極星，比喻天子。

嗟乎！時運不齊，命途多舛。馮唐易老，李廣難封。[29] 屈賈誼于長沙，非無聖主；竄梁鴻于海曲，豈乏明時？[30] 所賴君子見機，達人知命。老當益壯，甯移白首之心？窮且益堅，不墜青雲之志。酌貪泉而覺爽，處涸轍以猶歡。[31] 北海雖賒，扶搖可接；東隅已逝，桑

---

27 萍水相逢：浮萍隨水漂泊，聚散不定。比喻向來不認識的人偶然相遇。

28 帝閽：天帝的守門人。此處借指皇帝的宮門。宣室：漢未央宮正殿，賈誼遷謫長沙四年後，漢文帝復召他回長安，於宣室中問鬼神之事。此代指皇帝。

29 馮唐易老：馮唐在漢文帝、漢景帝時不被重用，漢武帝時被舉薦，已是九十多歲。李廣難封：李廣為一代名將，平生參與歷次對匈奴作戰，他的同僚和部下因軍功封侯者很多，他卻始終未能封侯。

30 屈賈誼于長沙：賈誼才華橫溢，深受漢文帝器重，但受到朝廷大臣的嫉妒和排擠，被貶為長沙王太傅。竄梁鴻于海曲：東漢高士，看到朝廷修建宮殿無有休止，作《五噫歌》諷刺，漢章帝聞知後欲捉拿治罪，梁鴻攜妻子避居吳中。

31 貪泉：在廣州附近，傳說人飲此水會變得貪得無厭。《晉書・吳隱之傳》載吳隱之赴廣州刺史任，飲貪泉之水後，作詩表示廉者不會因飲下此水而變易操守。涸轍：乾涸的車轍，比喻困境。《莊子・外物》有鮒魚困於涸轍之中的故事。

榆非晚。[32] 孟嘗高潔，空餘報國之情；阮籍倡狂，豈效窮途之哭！[33]

勃，三尺微命，一介書生。[34] 無路請纓，等終軍之弱冠；有懷投筆，慕宗慤之長風。[35] 舍簪笏於百齡，奉晨昏於萬里。[36] 非謝家之寶樹，接孟氏之芳鄰。[37] 他日趨庭，叨陪鯉對；今兹捧袂，喜托龍門。[38] 楊意不逢，撫凌雲而自惜；鍾期既遇，奏流水以何慚？[39]

---

32 北海雖賒，扶搖可接：北海雖然遙遠，但乘着大風可以到達。賒：遠。扶搖：旋風。語出《莊子・逍遙遊》，大鵬自北海起飛往南海，「摶扶搖而上者九萬里」。東隅已逝，桑榆非晚：早晨雖已過去，但只要珍惜黃昏仍然為時不晚。東隅：日出處，表示早晨，引申為「早年」。桑榆：日落處，表示傍晚，引申為「晚年」。語出《後漢書・馮異傳》：「失之東隅，收之桑榆。」

33 孟嘗：東漢會稽上虞人，曾任合浦太守，以廉潔奉公著稱，後因病隱居。桓帝時，雖有人屢次薦舉，終不見用。窮途之哭：阮籍不滿世事，佯裝狂放，常駕車出遊，路不通時就痛哭而返。

34 三尺：衣帶下垂的長度。微命：即「一命」，周朝官階制度是從一命到九命，一命是最低級的官職。

35 終軍：漢武帝時主動請命出使南越，「願受長纓，必羈南越王而致之闕下」。投筆：東漢班超年輕時家貧，受僱為官府抄書，自感庸碌無為，投筆於地，立志效法張騫、傅介子往西域立功。宗慤：南朝宋南陽人，年少時叔父問其志向，回答説「願乘長風破萬里浪」。

36 簪笏：冠簪，手板，代指官職地位。百齡：百年，一生。奉晨昏：侍奉父母。《禮記・曲禮上》：「凡為人子之禮……昏定而晨省。」

嗚呼！勝地不常，盛筵難再；蘭亭已矣，梓澤丘墟。[40]臨別贈言，幸承恩於偉餞；登高作賦，是所望於羣公。敢竭鄙懷，恭疏短引；一言均賦，四韻俱成。[41]請灑潘江，各傾陸海云爾。[42]

---

37 謝家之寶樹：東晉謝安曾問家人為何人們都希望自己的孩子優秀，他的姪子謝玄回答說子弟就像芝蘭玉樹，誰都希望長在自家庭院前。此處以「謝家之寶樹」比喻好子弟。孟氏之芳鄰：孟母為教育兒子而三遷擇鄰，最後定居於學宮附近。

38 他日趨庭，叨陪鯉對：鯉，孔鯉，孔子之子。趨庭，受父親教誨。《論語・季氏》載孔子立庭中，孔鯉趨而過，孔子教導他要學詩、學禮。捧袂：舉起雙袖，表示恭敬的姿勢。喜托龍門：《後漢書・李膺傳》：「膺獨持風裁，以聲名自高，士有被其容接者，名為登龍門。」

39 楊意不逢，撫凌雲而自惜：楊意，楊得意的省稱。司馬相如經楊得意引薦，入朝見漢武帝。凌雲：指司馬相如作《大人賦》，漢武帝讀《大人賦》，飄飄有凌雲之意。鍾期：鍾子期的省稱。俞伯牙善鼓琴，視鍾子期為知音。

40 蘭亭：王羲之與羣賢宴集於此，並寫下了著名的《蘭亭集序》。梓澤：即西晉石崇的金谷園，石崇常與朋友在此宴飲集會。

41 恭疏短引：恭敬地寫下一篇小序，即指本序。一言均賦：每人都寫一首詩。

42 請灑潘江，各傾陸海云爾：鍾嶸《詩品》稱陸機之才如海，潘岳之才如江。這裏形容參加此次宴集的賓主的文采。

【賞析】

王勃是一個短命的天才，短短二十七年的生命歷程，就像一顆耀眼的流星，劃過初唐的天空。他少年成名，佳作迭出，給宮體詩風和宮廷文人統治的文壇注入了新鮮的活力。但是他也命途多舛，接連兩次遭受嚴重的仕途挫折。二十七歲時前往交趾（今越南北部）探望父親，渡海時溺水，受到驚嚇而死。

本篇《秋日登洪府滕王閣餞別序》（簡稱《滕王閣序》）是王勃前往交趾省親途中，路過洪州，恰逢都督閻公在滕王閣大宴賓客，應邀即席而作。從題目的「餞別序」看，這是一篇應酬性文章，文章第一部分也確實是應酬性文字，從讚美東道主寫起，敍及洪州地理位置重要、物產珍異、歷史上人物傑出以及眼前賓主尊貴。這些都是作為一篇應酬性文字的套路，王勃只是寫得更漂亮得體。

王勃的天才從第二部分開始顯現，第二部分由眼前的宴會跳開去寫滕王閣的景色。在王勃筆下，滕王閣被置於遼闊的天地山水之間，景物有條不紊地一一展開。王勃先寫自己一路走來，在山水迤邐中，遠眺滕王閣，「層巒聳翠，上出重霄；飛閣流丹，下臨無地」；再寫登臨滕王閣，自閣上遠眺，由近及遠，山原川澤，盡收眼底，一直遠至秋水長天：「落霞與孤鶩齊飛，秋水共長天一色。」至於「漁舟唱晚」「雁陣驚寒」，就更是出於想像的虛寫，卻勾勒出了一個無比浩渺的空間。

據說這次滕王閣宴會，本是閻都督為了向大家誇耀女婿才學，已經讓女婿事先準備好一篇序文，席上閻都督假意請王勃為這次盛會作序，王勃竟不推辭，欣然領命。閻都督很是惱火，拂衣離席，叫人向自己匯報王勃寫些甚麼。聽說王勃開首寫「豫章故郡，洪都新府」，都督很不以為然，說：不過是老生常談。等聽到「落霞與孤鶩齊飛，秋水共長天一色」，都督大驚歎服：「此真天才，當垂不朽！」

不過這篇序最感人的力量還是在後半部分。王勃寫這篇文章時，已經遭受過兩次仕途上的嚴重挫折。第一次是任沛王府修撰時，為沛王寫了一篇《檄英王雞》的遊戲文字，觸怒唐高宗，被逐出沛王府；第二次是在虢州參軍任上，殺死自己藏匿的官奴，被下獄，險些處死，並連累父親被遠貶交趾。所以身處冠蓋雲集的盛宴，眺望天高地遠的世界，王勃不由得「興盡悲來」，聯想到自己的命運，他發出了懷才不遇的感慨，但他並沒有沉淪，也沒有怨天尤人。他仍然懷着「青雲之志」，在鬱鬱不得志的處境中堅守高貴的品行。他也把這次宴會視作一次干謁的機會，表達了自己「請纓」「投筆」的意願，熱切地希望在場的官員中能有賞識舉薦自己的「知音」。

這篇文章把駢文句式工整、對偶精美、用典貼切、富麗典雅的特點發揮到了極致，同時在駢文四字句、六字句的基本句式的基礎上，增加了大量三字句、七字句，並運用了單句對、複句對、本句對、隔句對等靈活多樣的對偶形式，使文章又兼具了錯綜多變、節奏明快的風格。而在交際酬贈的文體內，又抒發了懷才不遇的失意、命途多舛的悲慨、窮且益堅的信念、積極進取的決心，這一系列深沉的情感，使這篇駢文具有了堅實的內容。閻都督所言非虛：此真天才，當垂不朽！

山中與裴秀才迪書

王維

近臘月下，景氣和暢，故山殊可過。[1] 足下方溫經，猥不敢相煩，輒便往山中，憩感配寺，與山僧飯訖而去。[2]

北涉玄灞，清月映郭。[3] 夜登華子岡，輞水淪漣，與月上下；寒山遠火，明滅林外；深巷寒犬，吠聲如豹；村墟夜舂，復與疏鐘相間。[4] 此時獨坐，僮僕靜默，多思曩昔，攜手賦詩，步仄徑，臨清流也。[5]

裴秀才：裴迪，王維的詩友和道友。秀才：唐代參加進士科考試的人。書：信劄。

王維（701—761）：字摩詰，號摩詰居士。太原祁縣（今山西運城）人。以詩、畫著名，蘇軾稱其「詩中有畫，畫中有詩」。

1 臘月：農曆十二月。年末「臘祭」，故稱十二月為臘月。景氣：暖風。故山：舊日所居之山，指與裴迪同隱的藍田輞川別業，在長安東南藍田縣南郊二十里。殊：很。可過：值得遊覽。

2 足下：您，表示對人的尊稱。方溫經：正在溫習經書。方：正。猥：自謙，指細瑣小事。相煩：打擾你。輒（zhé）便：同義複詞，也就。憩：休息。感配寺：在藍田縣城。飯訖（qì）：吃完飯。

3 涉：渡水。玄灞（bà）：青黑的灞水，冬天與玄色相配；藍田在灞水北岸。郭：外城牆。

4 華子岡：輞川二十景之一。輞（wǎng）水：輞川，灞水支流。淪漣：水波粼粼。村墟：村莊。舂（chōng）：在石臼中搗穀，用杵搗去穀物外殼。疏鐘：間隔較長的鐘聲。

當待春中，草木蔓發，春山可望，輕鰷出水，白鷗矯翼，露濕青皋，麥隴朝雊。[6] 斯之不遠，儻能從我遊乎？[7] 非子天機清妙者，豈能以此不急之務相邀？[8] 然是中有深趣矣！無忽。[9] 因馱黃檗人往，不一。[10] 山中人王維白。[11]

【賞析】

書箚不長，卻情韻盎然。王維對自然和友人都深情又克制。「足下方溫經，猥不敢相煩，輒便往山中。」於是王維孤身前往藍田。夜色四合，灞水泛着青黑的寒光，月亮的清輝映在城郭上。王維沉入了一種神秘的體驗，明月被輞水淪漣揉碎，柔和地隨波上下；冬山寒寂，但有俗世熱鬧的火光在林外明滅。冷與熱，明與暗，交織如夢幻。小巷深處的犬吠在深山中大如豹聲，打穀聲在迴蕩的鐘磬音中尤顯親切。虛靜中有生機，冷寂外有人煙，正如「深林人不知，明月來相照」。世間兼有冷寂與暖意，悲涼與喜悅，放下定見，心懷慈悲，便能體會細微的變化、交錯的真實。禪意般的領悟使王維不由思念此行想約而未約的好友裴迪。

---

5 仄徑：狹窄的小路。

6 輕鰷（tiáo）：白色細長的魚。矯翼：張開翅膀。矯：舉。青皋：青草地。皋：水邊高地。麥隴：麥田裏。朝雊（gòu）：野雞晨啼。

7 斯：上述春景。儻：通「倘」，或許。

8 子：對男子的尊稱。天機：天賦的感悟力。清妙：聰穎靈妙，超塵拔俗。

9 是中：這中間。無：通「毋」。無忽：別忘了。

10 因：借。黃檗（bò）人：採藥為生的山農。黃檗是一種藥材。不一：古人書信結尾用語，不一一詳述之意。

11 白：古人書信末署名後用語，對同輩人使用。

想到知己，王維就不由明媚起來，「多思曩昔，攜手賦詩，步仄徑，臨清流」，節奏都輕快了起來。等你溫書完畢，正是不久後的春天，那時「草木蔓發，春山可望，輕鯈出水」，植物和動物都生機勃勃，「白鷗矯翼，露濕青皋，麥隴朝雊」，白與青對比，色彩明麗，蟲鳴雞啼，熱鬧非凡。這樣的春天豈能辜負，你來和我共遊吧？若非你天機神妙，我又怎會冒昧相邀？相信我，此行會很有趣。春山如此明快，邀約又如此誠摯，想必裴迪會莞爾一笑，無法拒絕的吧？

春夜宴諸從弟桃李園序

李白

夫天地者，萬物之逆旅；光陰者，百代之過客。[1] 而浮生若夢，為歡幾何？古人秉燭夜遊，良有以也。[2] 況陽春召我以煙景，大塊假我以文章。[3] 會桃李之芳園，序天倫之樂事。[4] 羣季俊秀，皆為惠連；吾人

李白（701—762）：字太白，號青蓮居士。有「詩仙」之譽。

1 逆旅：旅館，暫時歇息之所。逆：迎，迎止賓客之意。

2 秉燭夜遊：及時行樂。秉（bǐng）：執。《古詩十九首》之十五：「生年不滿百，常懷千歲憂。晝短苦夜長，何不秉燭遊！」良：的確。以：道理。

3 陽春：溫暖的春天。大塊：大自然。假：借。文章：錯雜的色彩花紋，此指錦繡般的自然景物。

4 序：敍説。天倫：指父子、兄弟等親屬關係。

5 羣季：諸弟。古人兄弟以伯仲叔季排行，因以季指弟。惠連：南朝宋文學家謝惠連，十歲能文，為族兄謝靈運所賞愛。此以惠連指代族弟，讚譽其才華。康樂：謝靈運，名將謝玄之孫，襲封康樂公，故稱。此以謝靈運自比，又自愧不如，是謙辭。

詠歌，獨慚康樂。[5] 幽賞未已，高談轉清。[6] 開瓊筵以坐花，飛羽觴而醉月。[7] 不有佳作，何伸雅懷？[8] 如詩不成，罰依金谷酒數。[9]

6 幽賞：對幽美景物的欣賞。

7 瓊筵：美好的筵席。坐花：坐在花間。飛：形容不斷地舉杯。羽觴：兩邊有耳的杯子。醉月：醉於月下。

8 伸：抒發。雅懷：高雅的情懷。

9 金谷：西晉石崇築園於金谷澗（今河南洛陽西北），石崇常設宴賦詩於園中，《金谷詩序》曰「遂各賦詩，以敍中懷，或不能者，罰酒三鬥」。

【賞析】

天地，是萬物之逆旅。於永恆光陰，百代只是過客。面對宇宙光年、天地玄黃，李白並不流於人生如寄的感傷。他將天地、光陰置於句首，用豪邁的不容置疑的判斷口吻定義二者。此刻他的精神已超越個體，與宇宙冥合，彷彿與天地一同俯瞰萬物生滅，百代更迭。但他終究是個體，浮生若夢，歡會聚首的樂事能有幾何？古人燃燈夜遊，確實有其道理。盡情歡娛吧，只是這歡娛背後滲透着生命短暫的焦慮與不安。

但那是李白，青春昂揚、光明熱烈的李白。他總能輕輕揮去寵辱浮沉，瀟灑縱橫。溫煦的春天用美景召喚着我們，大自然將美好聲色展示給我們，青煙醉柳，桃李芬芳。如此良夜，豈能辜負？於是李白豪邁地對堂弟們說：「羣季俊秀，皆為惠連；吾人詠歌，獨慚康樂」，「開瓊筵以坐花，飛羽觴而醉月。不有佳作，何伸雅懷？如詩不成，罰依金谷酒數」！桃李園中，各賦新詩，詩不成者，罰酒三斗！一時間笑聲盈盈，確是人生一大樂事。

全文筆勢大開大合，如行雲流水，豪氣縱橫。飽滿的熱情、清新的風格、昂揚的精神，讀來不由人酣暢淋漓，神清氣爽。

祭十二郎文

韓愈

年月日，季父愈聞汝喪之七日，乃能銜哀致誠，使建中遠具時羞之奠，告汝十二郎之靈：[1]

嗚呼！吾少孤，及長，不省所怙，惟兄嫂是依。[2] 中年兄歿南方，吾與汝俱幼，從嫂歸葬河陽，既又與汝就食江南；零丁孤苦，未嘗一日相離也。[3] 吾上有三兄，皆不幸早世。承先人後者，在孫惟汝，在子惟吾，兩世一身，形單影隻，嫂嘗撫汝指吾而言曰：「韓氏兩世，惟此而已！」[4] 汝時尤小，當不復記憶；吾時

韓愈（768—824）：字退之。河南南陽（今河南孟州市南）人。中唐著名文學家，世稱韓昌黎、韓吏部；宣導古文運動，被譽為「文起八代之衰」，與柳宗元並稱「韓柳」，為「唐宋八大家」之一。

1. 年月日：指寫此祭文的時間。建中：當為韓愈家中僕人。時羞：應時的鮮美佳餚。羞：通「饈」。
2. 省（xǐng）：知道，明白。怙（hù）：《詩・小雅・蓼莪》：「無父何怙，無母何恃。」後世因用「怙」代父，「恃」代母。
3. 中年兄歿南方：代宗大曆十二年（777），韓愈兄長韓會貶為韶州（今廣東韶關）刺史，次年死於任所，年四十三。時韓愈十一歲，隨兄在韶州。河陽：今河南孟縣西。就食江南：唐德宗建中二年（781），北方藩鎮李希烈反叛，中原局勢動盪，韓愈隨嫂遷家避居宣州（今安徽宣城）。
4. 兩世一身：子輩和孫輩均只剩一個男丁。

雖能記憶，亦未知其言之悲也。

吾年十九，始來京城。[5] 其後四年，而歸視汝。又四年，吾往河陽省墳墓，遇汝從嫂喪來葬。[6] 又二年，吾佐董丞相幕于汴州，汝來省吾；止一歲，請歸取其孥。[7] 明年，丞相薨，吾去汴州，汝不果來。[8] 是年，吾又佐戎徐州，使取汝者始行，吾又罷去，汝又不果來。[9] 吾念汝從於東，東亦客也，不可以久；圖久遠者，莫如西歸，將成家而致汝。嗚呼！孰謂汝遽去吾而歿乎！[10] 吾與汝俱少年，以為雖暫相別，終當久相與處，故舍汝而旅食京師，以求斗斛之祿；誠知其如此，雖萬乘之公相，吾不以一日輟汝而就也。[11]

去年孟東野往，吾書與汝曰：「吾年未四十，而視茫茫，而髮蒼蒼，而齒牙動搖。[12] 念諸父與諸兄，皆康

---

5 始來京城：韓愈十九歲赴長安參加進士考試。

6 省（xǐng）：探望，此引申為憑弔。遇汝從嫂喪來葬：韓愈往河陽祭掃祖墳，遇十二郎送其母靈柩自宣州歸葬。

7 董丞相：指董晉。貞元十二年（796），董晉以檢校尚書左僕射，同中書門下平章事任宣武軍節度使，汴、宋、亳、潁等州觀察使。時韓愈在董晉幕中任節度推官。汴州，今河南開封。取其孥（nú）：把家眷接來。孥：妻和子女的統稱。

8 薨（hōng）：古時諸侯或二品以上大官死曰薨。

9 佐戎：輔助軍務。

10 孰謂：誰料到。遽（jù）：驟然。

11 斗斛（hú）：唐時十斗為一斛。斗斛之祿：指微薄的俸祿。

12 孟東野：即孟郊。

強而早世，如吾之衰者，其能久存乎？吾不可去，汝不肯來；恐旦暮死，而汝抱無涯之戚也。」孰謂少者歿而長者存，強者夭而病者全乎？嗚呼！其信然邪？其夢邪？其傳之者非其真邪？信也，吾兄之盛德，而夭其嗣乎？汝之純明，而不克蒙其澤乎？[13] 少者強者夭歿，長者衰者而存全乎？未可以為信也。夢也，傳之非其真也？東野之書，耿蘭之報，何為而在吾側也？[14] 嗚呼！其信然矣！吾兄之盛德，而夭其嗣矣！汝之純明宜業其家者，不克蒙其澤矣！[15] 所謂天者誠難測，而神者誠難明矣！所謂理者不可推，而壽者不可知矣！雖然，吾自今年來，蒼蒼者或化而為白矣，動搖者或脫而落矣。毛血日益衰，志氣日益微，幾何不從汝而死也！死而有知，其幾何離？[16] 其無知，悲不幾時，而不悲者無窮期矣。汝之子始十歲，吾之子始五歲，少而強者不可保，如此孩提者又可冀其成立邪？

---

13 純明：純正賢明。不克：不能。蒙：承受。

14 耿蘭：當是宣州韓氏別業的管家人。

15 業：用如動詞，繼承之意。

16 其幾何離：分離會有多久呢？意謂死後仍可相會。

嗚呼哀哉！嗚呼哀哉！

汝去年書云：「比得軟腳病，往往而劇。」[17]吾曰：「是疾也，江南之人，常常有之。」未始以為憂也。嗚呼！其竟以此而殞其生乎？抑別有疾而至斯極乎？汝之書，六月十七日也。東野云：汝歿以六月二日。耿蘭之報無月日。蓋東野之使者不知問家人以月日；如耿蘭之報，不知當言月日。東野與吾書，乃問使者，使者妄稱以應之耳。其然乎？其不然乎？

今吾使建中祭汝，吊汝之孤與汝之乳母。[18]彼有食可守以待終喪，則待終喪而取以來；如不能守以終喪，則遂取以來。[19]其餘奴婢，並令守汝喪。吾力能改葬，終葬汝于先人之兆，然後惟其所願。[20]

---

[17] 比（bì）：近來。軟腳病：即腳氣病。

[18] 吊：此指慰問。孤：指十二郎的兒子。

[19] 終喪：守滿三年喪期。

[20] 兆：葬域，墓地。

嗚呼！汝病吾不知時，汝歿吾不知日；生不能相養以共居，歿不能撫汝以盡哀，斂不得憑其棺，窆不得臨其穴。[21]吾行負神明，而使汝夭，不孝不慈，而不得與汝相養以生，相守以死；一在天之涯，一在地之角，生而影不與吾形相依，死而魂不與吾夢相接，吾實為之，其又何尤！[22]彼蒼者天，曷其有極！[23]自今已往，吾其無意于人世矣！當求數頃之田于伊、潁之上，以待餘年，教吾子與汝子，幸其成；長吾女與汝女，待其嫁，如此而已！[24]嗚呼！言有窮而情不可終，汝其知也耶？其不知也耶？嗚呼哀哉！尚饗。[25]

[21] 斂：同「殮」。為死者更衣稱小殮，屍體入棺材稱大殮。窆（biǎn）：下棺入土。

[22] 何尤：怨恨誰？

[23] 彼蒼者天，曷其有極：意謂你青蒼的上天啊，我的痛苦哪有盡頭啊。

[24] 伊、潁：伊水和潁水，均在今河南省境。此指故鄉。

[25] 尚饗：古代祭文結語用辭，意為希望死者享用祭品。

【賞析】

「十二郎」即韓老成，是韓愈的姪子。兩人雖為叔姪，但年齡相仿，自幼相依為命，感情深厚。此篇祭文是韓愈得知韓老成死訊七日之後所作，充滿了對往事的回憶和對韓老成過世的悲痛欲絕之情。如《古文觀止》編者所評：「讀此等文，須想其一面哭，一面寫，字字是血，字字是淚。」祭文一般體例，內容往往讚頌死者的生前功業或德行。但韓愈此文中，卻只有一重又一重不能自抑的悲傷。

韓愈的第一重悲傷，是由十二郎之死而念及的家世之悲。韓愈三歲即喪父失母，由兄嫂撫養，後兄長韓會被貶為韶州刺史，韓愈隨兄到韶州（今廣東韶關），而不久兄長歿於任上，韓愈和十二郎隨寡嫂將兄長靈柩送回家鄉後，又為避戰亂，隨寡嫂「就食江南」，遷居於今安徽宣城。在顛沛流離中，全賴寡嫂含辛茹苦的撫養。家庭的喪亂，時代的動盪，韓愈的早年備嘗艱辛與淒苦。

成年後與十二郎的聚少離多，是韓愈的第二重悲傷。韓愈自十九歲進京參加科舉考試，至三十六歲任監察禦史，韓老成病亡，兩人十七年間只有過三次短暫的相會。韓愈的科舉之路和早期仕途並不順暢，他四次參加科舉考試才考取進士，又三次參加吏部銓選均未通過，為生計所迫，不得已於二十九歲後往汴州、徐州等地任地方大員的幕僚。這期間韓愈也曾多次謀劃接韓老成及其家人同住，但由於種種原因未果。韓愈以為來日方長，與十二郎的分別只是暫別，等到十二郎猝然離世，才驚覺暫別已成永別，痛悔自己不應為了仕途而離開十二郎。

韓愈的第三重悲傷即死別之悲，寫得尤其感人。他寫自己不能相信十二郎的噩耗，他不能相信「少者歿而長者存，強者夭而病者全」，他發出一連串的疑問拒絕相信。他提出一連串的質疑，試圖證明十二郎不該夭亡。然而告知十二郎死訊的「東野之書，耿蘭之報」就在眼前，不得不信。而不得不接受了十二郎已然不在人世的事實後，他頓覺生無可戀。甚至覺得死是一種解脱，「死而有知，其幾何離？其無知，悲不幾時，而不悲者無窮期矣」。在如訴如泣之中，想到他自己的和十二郎的子女尚幼，想到竟還不清楚十二郎的死因，想到十二郎的後事尚需安排，更為悲慟。

對於十二郎的死，韓愈不僅感到悲傷，還感到愧疚，他陷於深深的悔恨與自責之中，悔恨沒能親自照顧十二郎，沒能見到十二郎最後一面，沒能為十二郎送葬盡哀。自責自己「行負神明」「不孝不慈」，導致了十二郎的早逝。如果説韓愈在抒寫前面三重悲傷時還竭力克制，吞聲嗚咽，行文至此，則再也克制不住，終於一發不可收拾，以至於捶胸頓足，號啕痛哭。

文章雖是祭文，但圍繞着對十二郎的哀思，韓愈還寫入了家世之悲、宦海浮沉、生活艱辛乃至人生無常等感慨，故而情感極其濃烈而深厚。恰如結尾所言，整篇文章「言有窮而情不可終」，被古人讚為「祭文中千年絕調」。

雜說四（世有伯樂）

韓愈

世有伯樂，然後有千里馬。[1]千里馬常有，而伯樂不常有。故雖有名馬，只辱于奴隸人之手，駢死於槽櫪之間，不以千里稱也。[2]馬之千里者，一食或盡粟一石。[3]食馬者不知其能千里而食也。[4]是馬也，雖有千里之能，食不飽，力不足，才美不外見，且欲與常馬等不可得，安求其能千里也？[5]

---

1 伯樂：古時著名的擅長相馬的人。

2 駢死於槽櫪之間：（和普通的馬）一同死在馬廄裏。駢：兩馬並駕。槽櫪：餵牲口用的食器，引申為馬廄。

3 石：容量單位，十斗為一石，一石約等於一百二十斤。

4 食馬者：餵馬的人。

5 外見：表現在外面。見：通「現」。

策之不以其道，食之不能盡其材，鳴之而不能通其意，執策而臨之，曰：「天下無馬！」嗚呼！其真無馬邪？其真不知馬也！

【賞析】

從字面看，這篇文章傾訴了千里馬的不幸。

第一段寫千里馬面臨着必然被埋沒的不幸命運，因為千里馬只有依靠伯樂才能被大家認識到牠的才能，而伯樂並不常見，那麼千里馬落入奴隸人之手，牠的結局只能是像普通馬那樣死在馬棚裏，到死牠的才能也沒有機會施展。

第二段寫千里馬為甚麼在普通的食馬者那裏不能施展出牠的才能。這是由於千里馬的食量大大超過普通的馬，而食馬者按照普通馬的食量來餵養千里馬，千里馬「食不飽，力不足」，才能就無法發揮出來。

第三段則用漫畫式的手法嘲諷了那些食馬者，他們對千里馬毫不瞭解，千里馬就在眼前，他們卻還裝模作樣地感歎「天下無馬」，這是多麼無知、淺妄啊！而被他們埋沒的千里馬又是多麼不幸啊！

然而這篇文章又不僅僅是在寫馬。《戰國策・楚策》裏就已經有一個叫汗明的人在拜見春申君時，用驥和伯樂來比喻兩個人的關係了。所以在中國文化裏，千里馬和伯樂很早就具有了特定的寓意，韓愈的這篇文章也不例外：千里馬實際上是指人才，伯樂是指能夠識別人才、重用人才的人，而那些不識千里馬的食馬者，指的自然就是那些愚妄淺薄、不識人才甚至摧殘人才的統治者。

作者用千里馬不遇伯樂，比喻賢才難遇明主，用千里馬的悲慘命運，表現了有才能之士遭受的不公正待遇和不幸的處境，通過嘲諷食馬者的無知淺妄，諷刺在上者埋沒、摧殘人才。全文寄託了作者強烈的不平和懷才不遇的悲憤。

送李愿歸盤谷序

韓愈

太行之陽有盤谷，盤谷之間，泉甘而土肥，草木叢茂，居民鮮少。[1]或曰：「謂其環兩山之間，故曰盤。」或曰：「是谷也，宅幽而勢阻，隱者之所盤旋。」友人李愿居之。

愿之言曰：「人之稱大丈夫者，我知之矣。利澤施于人，名聲昭于時，坐於廟朝，進退百官，而佐天子出令。[2]其在外，則樹旗旄，羅弓矢，武夫前呵，從者塞途；供給之人，各執其物，夾道而疾馳。喜有

---

[1] 陽：山的南面叫陽。盤谷：在今河南濟源北二十里。

[2] 廟朝：宗廟和朝廷。進退：這裏指任免升降。

賞，怒有刑。才畯滿前，道古今而譽盛德，入耳而不煩。[3] 曲眉豐頰，清聲而便體，秀外而惠中，飄輕裾，翳長袖，粉白黛綠者，列屋而閒居，妒寵而負恃，爭妍而取憐。[4] 大丈夫之遇知于天子、用力于當世者之所為也。吾非惡此而逃之，是有命焉，不可幸而致也。

「窮居而野處，升高而望遠，坐茂樹以終日，濯清泉以自潔。采于山，美可茹；釣于水，鮮可食。起居無時，惟適之安。與其有譽於前，孰若無毀於其後。與其有樂於身，孰若無憂於其心。車服不維，刀鋸不加，理亂不知，黜陟不聞。[5] 大丈夫不遇于時者之所為也，我則行之。伺候於公卿之門，奔走於形勢之途，足將進而趑趄，口將言而囁嚅，處穢汙而不羞，觸刑辟而誅戮，僥倖于萬一，老死而後止者，其于為人，賢不肖何如也！」[6]

---

3 才畯：才能出眾的人。畯：通「俊」。

4 便（pián）體：輕盈的體態。惠中：聰慧的資質。惠：通「慧」。裾：衣服的前後襟。黛：青黑色顏料。古代女子用以畫眉。

5 車服：車輛與服飾，代指官職。古代以官職的品級高下，確定所用車子和服飾。刀鋸：指刑具。黜陟（zhì）：指官吏的進退或升降。

6 形勢：地位和威勢。趑趄（zī jū）：躊躕不前。囁嚅（niè rú）：欲言又止。刑辟：刑法。

昌黎韓愈聞其言而壯之，與之酒而為之歌曰：

「盤之中，維子之宮；盤之土，維子之稼；盤之泉，可濯可沿；盤之阻，誰爭子所？窈而深，廓其有容；繚而曲，如往而復。[7] 嗟盤之樂兮，樂且無央；虎豹遠跡兮，蛟龍遁藏；鬼神守護兮，呵禁不祥。飲則食兮壽而康，無不足兮奚所望！膏吾車兮秣吾馬，從子於盤兮，終吾生以徜徉！」[8]

【賞析】

理解本文的關鍵字是「大丈夫」。在李愿——其實是韓愈借李愿之口——看來，人有三種：一種是高官顯貴，他們是遇於時的大丈夫；一種是隱士，他們是不遇於時的大丈夫；第三種是小人。表面上看，高官顯貴似乎是最高一等人，李愿之所以選擇歸隱盤谷，不是不願做高官顯貴，而是不能，是做不到。

7 廓其有容：廣闊而有所容。
8 徜徉（cháng yáng）：自由自在地來來往往。

然而要讀懂本文，就不能不讀《孟子》。一直到唐代，孟子及其書即使在儒生中也還沒有獲得像後世那般神聖的地位。韓愈則對孟子大力推崇，將之列入上繼堯舜文武周孔的儒家道統之中。《孟子》中最早對「大丈夫」進行了界定，當韓愈在此文中寫到「大丈夫」時，不可能不受孟子的影響。

孟子對「大丈夫」的界定，是針對一個叫景春的人的提問而發。景春問像張儀和公孫衍那樣「一怒而諸侯懼，安居而天下熄」的縱橫家算不算大丈夫，被孟子斷然否決。孟子認為：「居天下之廣居，立天下之正位，行天下之大道。得志，與民由之；不得志，獨行其道。富貴不能淫，貧賤不能移，威武不能屈，此之謂大丈夫。」

按照孟子的標準，「大丈夫」首先要具備崇高的人格和堅定的內心世界，不論在何種境況中都不會改易自己的理想。而從作者對第一種人的詳細描述看，高官顯貴顯然是不符合這個標準的。他們身居權力中樞，影響着國家大政，掌握着百官升降的命運；他們出行則威風凜凜，侍衛僕人前呼後擁；大批才士投奔他們做幕僚，對他們諂諛奉承；家中則姬妾成羣，美人環繞。可謂得志、得勢又得意。但這些人卻毫無「行道」「兼濟天下」的行為。所以李愿一開始就說這是「人之稱大丈夫者」，是一般人所認為的「大丈夫」。而他儘管自稱「非惡此而逃之，是有命焉，不可幸而致也」，但即使得志，在他也必不如此的。

他要做的，是獨行其道的隱士。在窮居野處中，仍不忘「升高而望遠」「濯清泉以自潔」，仍然在修身礪行，不變其志。而隱居生活相比於朝不保夕、禍福無端的官場生活，無譽無毀，無憂無慮，平安自在。因此，如果大丈夫不遇於時，那就要歸隱山林。而如果還要百般鑽營，不惜放棄人格操守而奔走於權門，希冀着以此有朝一日青雲直上，那就成為了一個趨炎附勢的小人，實在可恥、可笑又可悲。這當然是李愿也決計不肯為的。

在文章最後，作者用古歌的形式描述了李愿在盤谷中詩意而自由的隱居生活，讚美了隱者的高尚志趣，表達了對這種生活的欣羡之意。這其中也寓含有韓愈自身不得志的感慨。

蘇軾《跋退之送李愿序》一文說：「歐陽文忠公嘗謂晉無文章，惟陶淵明《歸去來》一篇而已。余亦以謂唐無文章，惟韓退之《送李愿歸盤谷》一篇而已。平生願效此作一篇，每執筆輒罷，因自笑曰：『不若且放，教退之獨步。』」能被蘇軾譽為「獨步」的文章，自有其特出之處。

陋室銘

劉禹錫

山不在高，有仙則名。水不在深，有龍則靈。斯是陋室，惟吾德馨。苔痕上階綠，草色入簾青。談笑有鴻儒，往來無白丁。[1]可以調素琴，閱金經。[2]無絲竹之亂耳，無案牘之勞形。[3]南陽諸葛廬，西蜀子雲亭。[4]孔子云：何陋之有？

劉禹錫（772—842）：字夢得。洛陽人。與柳宗元一起參與「永貞革新」，世稱「劉柳」，晚年與白居易並稱「劉白」。

1 鴻儒：大儒，這裏指博學的人。白丁：平民，這裏指沒有甚麼學問的人。
2 素琴：不加裝飾的琴。金經：佛經。
3 案牘：公文，文書。
4 子雲：揚雄，字子雲，蜀郡成都人，西漢時文學家。

【賞析】

銘是一種文體，從題目看，《陋室銘》應該是一篇要寫自己的居室簡陋的文章。但實際上，正文中卻處處寫陋室不陋。而「陋室不陋」之所以能夠成立，在於評價標準的變化。全文沒有一句直接寫到「陋室」是甚麼樣子，只有一句「苔痕上階綠，草色入簾青」描寫了陋室的環境，階上生苔，院中長草，從物質環境的標準看，也確實簡陋。然而短文的開頭給出了另一種評價標準：評價山和水不在於山的本身是否高、水的本身是否深，而是山中是否有仙、水中是否有龍。只要山中有仙，山就會有名氣；只要水中有龍，水就會顯得靈異。按照這個邏輯，「陋室」是否陋，不在於陋室本身，而在於陋室中住的人，只要陋室的主人品德高尚，陋室就不覺簡陋了，即「斯是陋室，惟吾德馨」。

文章也就很自然地從「陋室」轉而寫「德馨」：往來的朋友都是學問淵博之人，在室內的日常活動是可以修身養性的撫琴讀經，這裏沒有嘈雜的音樂，沒有勞神的公務。陋室之中是恬然自適的生活，陋室主人具有高雅脱俗的情懷，誰還會在意居室的物質環境是否簡陋呢？就像諸葛亮的草廬和揚雄的舊居，想到它們具有高潔人格的主人，誰又會説它們是簡陋的呢？

文章最後一句引孔子的話引得巧妙自然，這一句出自《論語・子罕》：「君子居之，何陋之有？」這裏只截取了後半句，含蓄地表達了作者以君子自況的高雅情趣，既總結全文，又與「惟吾德馨」遙相呼應。

種樹郭橐駝傳

柳宗元

郭橐駝，不知始何名。[1] 病僂，隆然伏行，有類橐駝者，故鄉人號之曰「駝」。[2] 駝聞之，曰：「甚善，名我固當。」[3] 因舍其名，亦自謂「橐駝」云。

其鄉曰豐樂鄉，在長安西。駝業種樹，凡長安豪富人為觀游及賣果者，皆爭迎取養。[4] 視駝所種樹，或移徙，無不活，且碩茂，早實以蕃。[5] 他植者雖窺伺效慕，莫能如也。[6]

柳宗元（773—819）：字子厚。河東（今山西運城）人。參與「永貞革新」，事敗被貶永州司馬，後調柳州刺史，世稱「柳河東」「柳柳州」，詩文峻潔流麗。

1. 橐（tuó）駝：駱駝。這裏指駝背。
2. 病僂：患了脊背彎曲的病。隆然伏行：脊背突起而彎腰行走。
3. 名：稱呼。固：確實。
4. 業：以……為業，名詞做動詞。「凡長安」句：所有經營園林遊覽以及做水果買賣的長安豪富人。凡：所有。為：經營。這句定語後置，「為觀遊及賣果」修飾「豪富人」。爭迎取養：爭着把他接到家中奉養。
5. 移徙：指移植。碩茂：高大茂盛。早實以蕃：結果實早而且多。實：結果實。以：而且。蕃：多。
6. 窺伺效慕：暗中觀察，羨慕效仿。伺：探察。

有問之，對曰：「橐駝非能使木壽且孳也，能順木之天以致其性焉爾。[7] 凡植木之性：其本欲舒，其培欲平，其土欲故，其築欲密。[8] 既然已，勿動勿慮，去不復顧。[9] 其蒔也若子，其置也若棄，則其天者全而其性得矣。[10] 故吾不害其長而已，非有能碩茂之也；不抑耗其實而已，非有能早而蕃之也。[11] 他植者則不然，根拳而土易，其培之也，若不過焉則不及。[12] 苟有能反是者，則又愛之太恩，憂之太勤，旦視而暮撫，已去而復顧。[13] 甚者爪其膚以驗其生枯，搖其本以觀其疏密，而木之性日以離矣。[14] 雖曰愛之，其實害之；雖曰憂之，其實仇之；故不我若也。吾又何能為哉！[15]」

問者曰：「以子之道，移之官理，可乎？」[16] 駝曰：「我知種樹而已，官理，非吾業也。然吾居鄉，見長人者好煩其令，若甚憐焉，而卒以禍。[17] 旦暮吏來

---

7 壽且孳（zī）：活得長久而且繁殖茂盛。孳：繁殖。致其性：來實現其自然的潛能。致：使達到。焉爾：罷了。

8 本：樹根。培：培土。平：平勻。故：舊。築：搗土。密：結實。

9 既然已：這樣做了以後。慮：擔憂。

10 蒔（shì）：栽種。其置也若棄：栽好後要像丟棄它一樣。置：放在一邊。

11 不害其長：不妨礙它自然生長。碩茂：使動用法，使（樹）高大茂盛。不抑耗其實：不抑制、減少它結果。

12 根拳而土易：樹根拳曲，還換新土。其培之也，若不過焉則不及：他培土時，不是過緊就是太鬆。

13 苟：如果。反是者：和這種做法相反。是：此。恩：有情義，這裏引申為「深」。

14 爪其膚：掐破樹皮。疏密：指土的鬆與緊。日以離：一天天地失去。

15 不我若：比不上我。

16 官理：為官治民。理：治。唐人避高宗李治諱，改治為理。

17 長（zhǎng）人者：官吏。好煩其令：喜歡不斷發號施令。「若甚」二句：好像很愛百姓，而百姓最終因此受到禍害。

而呼曰：『官命促爾耕，勖爾植，督爾獲；早繅而緒，早織而縷，字而幼孩，遂而雞豚。』鳴鼓而聚之，擊木而召之。[18] 吾小人輟飧饔以勞吏者，且不得暇，又何以蕃吾生而安吾性耶？[19] 故病且怠。[20] 若是，則與吾業者其亦有類乎？」

問者曰：「嘻，不亦善夫！吾問養樹，得養人術。」[21]

傳其事以為官戒。[22]

【賞析】

《種樹郭橐駝傳》以駝背種樹的寓言批評繁政擾民。

郭橐駝的駝背形態和人生態度與《莊子・大宗師》中的子輿相似。子輿也得「曲僂」病，

---

[18] 促爾耕，勖（xù）爾植，督爾獲：催促你們耕田，勉勵你們種植，督促你們收穫。爾：你們。勖：勉勵。繅（sāo）：煮繭抽絲。而：通「爾」，你們。緒：絲頭。縷：線。字：養育。遂而雞豚（tún）：餵養好你們的雞和豬。遂：成，順利成長。豚：豬。木：這裏指木梆。

[19] 吾小人輟（chuò）飧（sūn）饔（yōng）以勞吏者：我們小百姓不吃飯來慰勞當差的。輟：停止。飧：晚飯。饔：早飯。何以：靠甚麼。蕃吾生：使生活豐美。安吾性：使性情安定專注。

[20] 病且怠：困苦又疲勞。

[21] 養人術：治民的辦法。人：民，因避李世民諱改。

[22] 傳：為……作傳。以為：以（之）為。戒：鑒戒。

雞胸駝背，頭垂背拱，肩高於頂，好友子祀看望他：「你厭惡這病嗎？」子輿答曰：「不，造化若把我的左臂變成雞，我就用它晨鳴報時；造化若把我的右臂變成弓彈，我就用它打鳥；造化若把我的大腿變成車輪，我正好乘着前行，不用換座駕了！得者，時也；失者，順也。安時而處順，哀樂不能入也！」郭橐駝和子輿一樣隨遇而安、自得其樂，因而對綽號毫不介懷，安之若素，甚至以之為名。柳宗元將主人公設計為駝背，或許正是向順遂天性的《莊子》致敬。

其貌不揚的郭橐駝要傳授工作經驗，自然要先確立業界專家的地位，第二節的功能正在於此。「爭迎取養」的側面描寫，「無不活，且碩茂」的正面描寫，「他植者莫能如」的反面描寫都簡潔有效地勾勒了郭橐駝的權威形象。

隨後郭橐駝開宗明義地介紹種樹理念「順木之天，以致其性」——順應樹木的本性，給予充分的生長空間，不妨害就好。無為，並非徹底不為，而是不做違背規律之事。無為，即無違。所謂「順木之天」並非無所事事，而是以最精妙的分寸感「蒔也若子，置也若棄」。該出手時精心照料，「其本欲舒，其培欲平，其土欲故，其築欲密」。該放手時則毫無眷戀，「勿動勿慮，去不復顧」。原來「順木之天」需要智慧、理解和克制，而非簡單的放任自流。

「以子之道，移之官理，可乎？」輕巧一問，文意轉向官理。郭橐駝的回答謙遜自然、直接明瞭，「我知種樹而已，官理，非吾業也……長人者好煩其令，若甚憐焉，而卒以禍」。其中短句的鋪排讓人印象深刻。「促爾耕，勖爾植，督爾獲，早繅而緒，早織而縷，字而幼孩，遂而雞豚。」鼓點越擊越快，毫無意義的政令像隨音節接踵而至，應接不暇，使人疲於奔命、心神俱憊。最後以「吾問養樹，得養人術」作結，點出順應人們天性使其自然生活之意。

至小丘西小石潭記

柳宗元

從小丘西行百二十步，隔篁竹，聞水聲，如鳴佩環，心樂之。[1] 伐竹取道，下見小潭，水尤清洌。全石以為底，近岸卷石底以出，為坻，為嶼，為嵁，為岩。[2] 青樹翠蔓，蒙絡搖綴，參差披拂。[3]

潭中魚可百許頭，皆若空游無所依。[4] 日光下澈，影布石上，佁然不動；俶爾遠逝，往來翕忽，似與游者相樂。[5]

---

1. 本文為《永州八記》第四篇，此處「小丘」指其第三篇《鈷鉧潭西小丘記》中的小丘。篁竹：竹林。
2. 近岸卷石底以出：靠近岸邊，石底向上彎曲，露出水面。為坻（chí），為嶼，為嵁（kān），為岩：成為坻、嶼、嵁、岩各種不同的形狀。坻：水中高地。嶼：小島。嵁：不平的岩石。
3. 蒙絡搖綴，參差披拂：（樹枝藤蔓）遮掩纏繞，搖動下垂，參差不齊，隨風飄拂。
4. 可：大約。許：用在數詞後表示約數。
5. 佁（yǐ）然不動：（魚）呆呆地一動不動。佁然，呆呆的樣子。俶（chù）爾遠逝：忽然間向遠處游去了。俶爾：忽然。往來翕（xī）忽：來來往往輕快敏捷。翕忽：輕快敏捷的樣子。

潭西南而望，斗折蛇行，明滅可見。6 其岸勢犬牙差互，不可知其源。7

坐潭上，四面竹樹環合，寂寥無人，淒神寒骨，悄愴幽邃。8 以其境過清，不可久居，乃記之而去。9

同遊者：吳武陵，龔古，余弟宗玄。隸而從者，崔氏二小生：曰恕己，曰奉壹。10

---

6 斗折蛇行，明滅可見：溪水像北斗星那樣曲折，像蛇爬行那樣蜿蜒爬行，時隱時現。

7 犬牙差（cī）互：像狗的牙齒那樣參差不齊。差互：參差不齊。

8 淒神寒骨，悄（qiǎo）愴（chuàng）幽邃（suì）：使人感到心情淒涼，寒氣透骨，幽靜深遠，彌漫着憂傷的氣息。悄愴：憂傷的樣子。邃，深。

9 以其境過清：因為這裏環境太淒清了。以：因為。清：淒清。

10 隸而從者，崔氏二小生：跟着我一同去的，有崔家的兩個年輕人。隸：隨從。二小生：兩個年輕人。

【賞析】

柳宗元積極參與唐順宗朝的政治活動，欲有所作為，失敗後被貶為永州司馬，謫居永州十年。政治上的失意卻帶來了文學創作上的豐收。永州期間，柳宗元尋幽訪勝，寄情山水，著名的《永州八記》便是由此誕生。

《永州八記》是八篇山水遊記的總稱，本文所記小石潭，也一如《永州八記》中其他景物，在人跡罕至之處，不為人知，但又麗質天然，自具特色。小石潭本就地處僻遠了，還被掩映於一片竹林之後，必須通過「伐竹取道」才能到達。它並不奇偉瑰麗，但是又的確與眾不同。它有兩個特點，第一個特點是「石」，第二個特點是「水尤清冽」。整個小潭「全石以為底」，靠近岸邊的露出水面的石頭「為坻，為嶼，為嵁，為岩」，形貌變化多端，潭的周邊圍繞着古樹翠蔓。而潭水的清澈是通過寫潭中的魚表現出來的，它清澈到幾乎透明，水中魚「皆若空游無所依」，連魚的影子落在水底都清晰可見。這些魚也頗為有趣，有時神態自若地「佁然不動」，有時又毫無徵兆地突然游走，「俶爾遠逝，往來翕忽，似與游者相樂」，給寂靜的小石潭增添了不少情趣。

可是這裏太寂靜了，寂寞淒清的環境漸漸侵蝕了乍見小石潭時的愉悦感。或者也可以説，作者仕途失意後心底的落寞抑鬱被這種環境喚起，小石潭如此美好卻被遺棄於荒遠之地，讓他想到了自己的命運，站在小石潭邊，他體味到了「淒神寒骨，悄愴幽邃」，這讓他不能承受，「乃記之而去」。

三戒

柳宗元

吾恒惡世之人，不知推己之本，而乘物以逞，或依勢以干非其類，出技以怒強，竊時以肆暴，然卒迨於禍。[1]有客談麋、驢、鼠三物，似其事，作《三戒》。

臨江之麋

臨江之人畋，得麋麑，畜之。[2]入門，羣犬垂涎，揚尾皆來。其人怒，怛之。[3]自是日抱就犬，習示之，

---

1. 推己之本：審察自己的實際能力。推：推求。乘物以逞：依靠別的東西來逞強。干：觸犯。竊時：趁機。肆暴：放肆地做壞事。迨（dài）：及，遭到。
2. 畋：打獵。麑（ní）：鹿仔。
3. 怛（dá）：恐嚇。

使勿動，稍使與之戲。積久，犬皆如人意。麋麑稍大，忘己之麋也，以為犬良我友，抵觸偃仆，益狎。[4]犬畏主人，與之俯仰甚善，然時啖其舌。

三年，麋出門，見外犬在道甚眾，走欲與為戲。外犬見而喜且怒，共殺食之，狼藉道上，麋至死不悟。

黔之驢

黔無驢，有好事者船載以入，至則無可用，放之山下。[5]虎見之，龐然大物也，以為神。蔽林間窺之，稍出近之，慭慭然莫相知。[6]

他日，驢一鳴，虎大駭，遠遁，以為且噬己也，

---

4 良：真，確。抵觸：用頭角相抵相觸。偃：仰面臥倒。仆：俯面臥倒。

5 黔：指唐代黔中道，轄地相當於今重慶、湖南和貴州各一部分地區。

6 慭（yìn）慭然：小心謹慎的樣子。

甚恐。然往來視之，覺無異能者。益習其聲，又近出前後，終不敢搏。稍近，益狎，蕩倚衝冒。驢不勝怒，蹄之。虎因喜，計之曰：「技止此耳！」因跳踉大譀，斷其喉，盡其肉，乃去。[7]

噫！形之龐也類有德，聲之宏也類有能，向不出其技，虎雖猛，疑畏，卒不敢取；今若是焉，悲夫！

永某氏之鼠

永有某氏者，畏日，拘忌異甚。[8] 以為己生歲直子；鼠，子神也，因愛鼠，不畜貓犬，禁僮勿擊鼠。[9] 倉廩庖廚，悉以恣鼠，不問。[10]

---

7 跳踉：騰躍的樣子。譀（hǎn）：吼叫。

8 畏日：怕犯日忌。舊時迷信，認為年月日辰都有凶吉，凶日要禁忌做某種事情，犯了就不祥。

9 生歲直子：出生的年份正當農曆子年。生在子年的人，生肖屬鼠。直，通「值」。僮：指僕人。

10 倉廩：糧倉。庖廚：廚房。恣：放縱。

由是鼠相告，皆來某氏，飽食而無禍。某氏室無完器，椸無完衣，飲食大率鼠之餘也。[11] 晝累累與人兼行，夜則竊齧鬥暴，其聲萬狀，不可以寢，終不厭。[12]

數歲，某氏徙居他州；後人來居，鼠為態如故。其人曰：「是陰類，惡物也，盜暴尤甚。且何以至是乎哉？」[13] 假五六貓，闔門撤瓦灌穴，購僮羅捕之。殺鼠如丘，棄之隱處，臭數月乃已。

嗚呼！彼以其飽食無禍為可恒也哉！

---

[11] 椸（yí）：衣架。

[12] 累累：一個接一個。兼行：並走。竊齧：偷咬東西。

[13] 陰類：在陰暗地方活動的東西。

【賞析】

「三戒」出自《論語·季氏》中的「君子有三戒」。不過《論語》中所說的「三戒」是指少時戒色、壯年戒鬥、老而戒得。柳宗元僅僅借用了其字面意思，而賦予了它另外的內涵。

這內涵在文首的小序中說得很明白，是指「不知推己之本，而乘物以逞」的行為，具體而言，包括「依勢以干非其類，出技以怒強，竊時以肆暴」。總之，是說那些對自身沒有清楚認識、沒有自知之明卻還依靠外在條件肆意妄為的人，一旦環境變化，必然大禍臨頭。

為了說明這個道理，柳宗元寫了這三篇分別以麋、驢、鼠為主人公的寓言故事。麋不知道自我的本質，認不清與犬的區別，也不知道正是完全憑藉主人的寵溺，家犬才對牠友善。一旦失去了主人袒護這個條件，外犬便毫不猶豫地將牠殺死吃掉。與麋的分不清敵我相比，驢則是沒有意識到自己與虎之間的實力相差懸殊，輕易地暴露了自己的實力，最終葬身虎口。如果說麋和驢還是糊塗，沒有自知之明，我們對牠們的悲慘結局還會覺得可憐可悲，鼠就是得志便猖狂的小人，利用主人家的畏忌，肆意妄為，其種種行為讓人厭惡，牠最後覆滅的結局也會讓人覺得是咎由自取。

有人結合柳宗元生平，認為麋、驢、鼠三種形象是政治諷喻，有確切所指。這當然也有道理，但傑出寓言的寓意是具有高度概括性和普遍性的，有時甚至超出作者的本意。這三篇寓言顯然不僅僅適用於柳宗元的時代，特別是《黔之驢》一篇，在後世廣為流傳，文中把虎和驢寫得形象鮮明生動，句句不離開虎，卻處處都在寫驢，從虎見到驢、懼怕驢，到試探驢，最後吃掉驢，雖篇幅不長，但情節緊湊，波瀾起伏，還細緻地表現了老虎從極度恐懼到得意洋洋的心理變化過程。而驢的外強中乾、不堪一擊的形象，也在這個過程中被刻畫出來。漢語中也由此多了「黔驢技窮」這樣一個成語。

阿房宮賦

杜牧

六王畢，四海一，蜀山兀，阿房出。[1] 覆壓三百餘里，隔離天日。[2] 驪山北構而西折，直走咸陽。[3] 二川溶溶，流入宮牆。[4] 五步一樓，十步一閣；廊腰縵回，簷牙高啄；各抱地勢，鉤心鬥角。[5] 盤盤焉，囷囷焉，蜂房水渦，矗不知其幾千萬落。[6] 長橋臥波，未雲何

杜牧（803—853）：字牧之。京兆萬年（今陝西西安）人。宰相杜佑之孫。杜牧詩、賦及古文皆工。

1 「六王」句：六國（韓、魏、趙、齊、楚、燕）被秦國滅亡，四海統一。四川的山光禿，阿（ē）房宮出現了。兀：山高而上平，此指山上樹木被砍盡。出：出現。

2 （從渭南到咸陽）阿房宮覆蓋了三百多里地，宮殿樓閣連接不斷，佔地極廣。隔離天日：形容宮殿高大。

3 構：（從驪山北邊）建起。走：趨向。

4 二川：渭水和樊川。溶溶：河水緩流的樣子。

5 腰：（走廊）像人的腰部。縵回：縈繞曲折。牙：（屋簷）像牙向上突起。各抱地勢：各隨地形。鉤心：都向中心區攢聚。鬥角：屋角互相對峙。

6 囷囷（qūn qūn）：曲折迴旋的樣子。樓閣依山而築，所以說像蜂房水渦。矗：高高聳立的樣子。落：座。

龍？復道行空，不霽何虹？高低冥迷，不知西東。[7] 歌台暖響，春光融融；舞殿冷袖，風雨淒淒。[8] 一日之內，一宮之間，而氣候不齊。

妃嬪媵嬙，王子皇孫，辭樓下殿，輦來于秦，朝歌夜弦，為秦宮人。[9] 明星熒熒，開妝鏡也；綠雲擾擾，梳曉鬟也；渭流漲膩，棄脂水也；煙斜霧橫，焚椒蘭也。[10] 雷霆乍驚，宮車過也；轆轆遠聽，杳不知其所之也。[11] 一肌一容，盡態極妍，縵立遠視，而望幸焉。[12] 有不得見者三十六年。

燕趙之收藏，韓魏之經營，齊楚之精英，幾世幾年，剽掠其人，倚疊如山。[13] 一旦不能有，輸來其間。鼎鐺玉石，金塊珠礫，棄擲邐迤；秦人視之，亦不甚惜。[14]

---

7 未雲何龍：沒有雲怎麼（出現了）龍？長橋似龍。復道：樓閣間架木築成的通道，上下都有，稱為復道。霽：雨後天晴。冥迷：分辨不清。

8 風雨淒淒：舞袖飄拂，好像帶來寒氣。

9 妃嬪（pín）媵（yìng）嬙（qiáng）：統指六國王侯的宮妃。她們各有等級，妃的等級高些，媵是陪嫁的侍女。辭別（六國的）樓閣宮殿，乘輦（niǎn）車來到秦國。

10 熒熒：明亮的樣子。漲膩：因混入洗臉的胭脂香粉而漲起一層脂膏。椒蘭：兩種香料植物，焚燒以熏衣物。

11 轆轆：車行的聲音。之：到。

12 妍：美麗。縵立：久立。縵：通「慢」。幸：皇帝臨幸某處。

13 剽（piāo）：掠奪。倚疊：積累。

14 鼎鐺（chēng）玉石，金塊珠礫：把寶鼎看作鐵鍋，把美玉看作石頭，把黃金看作土塊，把珍珠看作石子。鐺：平底的淺鍋。邐迤（lǐ yǐ）：連續不斷。

嗟乎！一人之心，千萬人之心也。秦愛紛奢，人亦念其家；奈何取之盡錙銖，用之如泥沙？[15] 使負棟之柱，多於南畝之農夫；架梁之椽，多於機上之工女；釘頭磷磷，多於在庾之粟粒；瓦縫參差，多於周身之帛縷；直欄橫檻，多於九土之城郭；管弦嘔啞，多於市人之言語。[16] 使天下之人，不敢言而敢怒。獨夫之心，日益驕固。[17] 戍卒叫，函谷舉，楚人一炬，可憐焦土！[18]

嗚呼！滅六國者六國也，非秦也。族秦者秦也，非天下也。[19] 嗟乎！使六國各愛其人，則足以拒秦；使秦復愛六國之人，則遞三世，可至萬世而為君，誰得而族滅也？[20] 秦人不暇自哀，而後人哀之；後人哀之而不鑒之，亦使後人而復哀後人也。[21]

---

15 錙銖（zī zhū）：極言其細微。

16 支撐棟樑的柱子。梁：房梁。椽（chuán）：架着屋頂的木條。磷磷：這裏形容突出的釘頭。庾（yǔ）：露天的穀倉。檻（jiàn）：欄杆。嘔啞（ōu yā）：唱歌。

17 獨夫：指秦始皇。

18 戍（shù）卒叫：指陳勝、吳廣起義。函谷關在公元前 206 年被劉邦攻佔。項羽在公元前 206 年入咸陽，焚燒秦宮殿，大火三月不滅。

19 族：使……滅族。

20 使：假使。遞：王位按次序傳遞。三世：二世胡亥、三世子嬰，秦滅。

21 不暇：來不及。

【賞析】

太和二年，太學博士吳武陵向科舉主司侍郎崔郾推薦杜牧時説：「向偶見文士十數輩，揚眉抵掌，共讀一卷文書，覽之，乃進士杜牧《阿房宮賦》。其人，王佐才也。」二十三歲的杜牧因這篇慷慨飛揚的名作被舉賢良方正科。由《唐才子傳》的這段記載，可知《阿房宮賦》在當時已廣為傳誦。

作品開篇如電影，磅礴、開闊、凝練。「六王畢，四海一」，鋪開戰國地圖，秦國的金戈鐵馬從韓開始，迤邐向東推進，韓、魏、趙、齊、楚、燕，這些高貴悠久的諸侯國陸續淪為秦國郡縣，秦國的黑色在戰國地圖上蔓延鋪展，最終吞沒整個中原版圖。「蜀山兀，阿房出」，鏡頭轉至四川蒙茸蔥郁的山頂，經過砍伐搬運的延時拍攝，僅剩黃土。與此同時，阿房宮的架構逐漸清晰，那是一片「覆壓三百餘里，隔離天日」的建築，密集繁盛，迫人心神。隨後遠景掃過阿房宮周圍的驪山和咸陽，交代地形位置，並聚焦流經宮殿的渭水和樊川，然後溫柔地靠近水面，畫面隨河間浮花流入阿房宮內。善於狀物的杜牧鏡頭感極強，若在現代一定是位了不起的編劇兼導演。

「流入宮牆」後，杜牧以冷峻的筆觸條理井然地描繪煌煌建築、後宮姝麗、珍寶鐘鼎，並對秦人的暴殄天物、毫不愛惜越來越不滿。從「有不得見者三十六年」開始，到「使天下之人，不敢言而敢怒」，不滿接近爆發，最終「戍卒叫，函谷舉，楚人一炬，可憐焦土」。在濃墨重彩地渲染宮殿繁盛後，十四字短句勾勒毀滅，彷彿厚積薄發又速朽的秦朝，起落對比鮮明，不由人不驚心動魄、扼腕嗟歎。

但急轉直下、毀於一旦的政權只出現在千年以前嗎？悲劇會否重演？杜牧在《上知己文章啟》中說：「寶曆大起宮室，廣聲色，故作《阿房宮賦》。」卒章顯志，顯然意在借古喻今，警戒朝堂，惜哉積重難返，八十二年後唐朝覆滅。

岳陽樓記

范仲淹

慶曆四年春，滕子京謫守巴陵郡。[1] 越明年，政通人和，百廢俱興，乃重修岳陽樓，增其舊制，刻唐賢今人詩賦於其上。屬予作文以記之。[2]

予觀夫巴陵勝狀，在洞庭一湖。[3] 銜遠山，吞長江，浩浩湯湯，橫無際涯；朝暉夕陰，氣象萬千。[4] 此則岳陽樓之大觀也，前人之述備矣。[5] 然則北通巫峽，南極瀟湘，遷客騷人，多會於此，覽物之情，得無異乎？[6]

范仲淹（989—1052）：字希文，謚文正。蘇州吳縣人。北宋時期政治家、文學家。

1 慶曆四年：公元1044年。慶曆，宋仁宗的年號。滕子京謫守巴陵郡：滕子京降職任岳州太守。謫：被貶官，降職。巴陵郡：岳州在唐代以前為巴陵郡。

2 屬：通「囑」，囑託，囑咐。

3 夫：指示代詞，相當於「那」。

4 浩浩湯（shāng）湯：水波浩蕩的樣子。朝暉夕陰：或早或晚（一天裏）陰晴多變化。氣象：景象。萬千：千變萬化。

5 大觀：雄偉景象。備：詳盡，完備。

6 瀟湘：瀟水和湘水，流入洞庭湖的一條水系。湘水上游稱瀟水。遷客：被貶謫流遷的人。騷人：詩人。戰國時屈原作《離騷》，因此後人也稱詩人為騷人。得無：恐怕。

若夫霪雨霏霏，連月不開，陰風怒號，濁浪排空；日星隱曜，山嶽潛形；商旅不行，檣傾楫摧；薄暮冥冥，虎嘯猿啼。[7] 登斯樓也，則有去國懷鄉，憂讒畏譏，滿目蕭然，感極而悲者矣。[8]

至若春和景明，波瀾不驚，上下天光，一碧萬頃；沙鷗翔集，錦鱗游泳；岸芷汀蘭，鬱鬱青青。[9] 而或長煙一空，皓月千里，浮光躍金，靜影沉璧，漁歌互答，此樂何極！[10] 登斯樓也，則有心曠神怡，寵辱偕忘，把酒臨風，其喜洋洋者矣。

---

7 霪（yín）雨霏霏：連綿不斷的雨。開：放晴。曜（yào）：光輝，日光。檣（qiáng）傾楫摧：桅杆倒下，船槳折斷。薄暮冥冥：傍晚天色昏暗的樣子。薄：迫近。冥冥：昏暗的樣子。

8 去國懷鄉：離開國都，懷念家鄉。去：離開。國：國都，指京城。蕭然：蕭條的樣子。

9 景：日光。翔集：時而飛翔，時而停歇。集：棲止，鳥停息在樹上。錦鱗：指美麗的魚。鱗：代指魚。汀：小洲，水邊平地。鬱鬱：形容草木茂盛。

10 靜影沉璧：靜靜的月影像沉入水中的璧玉。

嗟夫！予嘗求古仁人之心，或異二者之為，何哉？[11]不以物喜，不以己悲；居廟堂之高則憂其民，處江湖之遠則憂其君。[12]是進亦憂，退亦憂。然則何時而樂耶？其必曰「先天下之憂而憂，後天下之樂而樂」歟？噫！微斯人，吾誰與歸？[13]

時六年九月十五日。

---

[11] 古仁人：古時品德高尚的人。

[12] 不以物喜，不以己悲：不因為外在環境之差異不同和自己的得失榮辱，而或喜或悲，產生情緒波動。廟堂：指朝廷。江湖：意思是不在朝廷上做官而在野。

[13] 微斯人，吾誰與歸：如果沒有這樣的人，那我同誰一道呢？微：沒有。斯人：這樣的人。誰與歸，就是「與誰歸」。

【賞析】

范仲淹是中國歷史上一個光輝的名字。他固然在中國文學史上佔有一席之地，也曾出將入相，是宋仁宗朝舉足輕重的大臣，但他最為後人景仰的，還是他崇高的思想境界和偉岸的人格，他將中國古代士大夫的主體意識和社會責任感推向了一個新境界。論人一向嚴苛的朱熹將他與諸葛亮、杜甫、顏真卿、韓愈並稱為「五君子」，稱他們都是「光明正大，疏暢洞達，磊磊落落」般的人。他崇高的思想境界，在《岳陽樓記》一文中有鮮明的體現。

《岳陽樓記》是范仲淹應滕子京之請而作。滕子京是范仲淹好友，兩人同年考中進士，政治立場相近，因而當范仲淹推行新政時，滕子京也成為朝廷中反對新政的保守派的打擊對象，被貶官到岳州任知州。等滕子京在岳州重修岳陽樓並寫信請范仲淹作記時，范仲淹的新政在保守派阻撓下已經以失敗告終，范仲淹也剛被貶出京。在這種背景下，范仲淹寫《岳陽樓記》也就大有深意。

這篇文章，是一個剛剛經歷了失敗的人，寫給另一個不久前經歷過失敗的人。然而，文章中看不到一丁點衰颯沉淪、抱怨哀歎。

文章一開頭，寫滕子京被貶謫後仍積極有為，將岳州治理得「政通人和，百廢俱興」，由此引出滕子京「重修岳陽樓」。但文章的重點卻沒有放在滕子京的施政和重修岳陽樓的過程上，甚至沒有放在岳陽樓上。而是在簡單描述了岳陽樓上所見洞庭湖的浩大景象之後，轉而寫登臨岳陽樓的「遷客騷人」，寫這些遷客騷人登臨岳陽樓時的心情。

這些遷客騷人境遇不同，登臨時所見景象不同，心情也隨之有異。他們中有覽物而悲者，有覽物而喜者。當洞庭湖上風雨大作、天地昏暗時，登臨岳陽樓的遷客騷人便會被觸動身世之感，對前途感到憂懼，不由得會悲從中來。而在陽光明媚、風平浪靜的春天，或者月色皎潔、漁歌飄揚的夜晚，登臨岳陽樓的人也會陶醉在這美景中，暫時忘卻仕途上的榮辱浮沉。

以上這兩種人，雖然或悲或喜的心情不一樣，但說到底都是牽繫於個人的一己得失，這是范仲淹所不認可的。范仲淹追求的是「古仁人」的境界，不計自身得失，不論個人處境，憂君憂民。需要指出的是，范仲淹這裏說的「憂其君」，就如杜甫「一飯未嘗忘憂君」那樣，是以「君」作為國家的代表，憂的是國家。「古仁人」的境界，其實就是范仲淹自己的境界，是范仲淹遭受了重大的政治挫折之後，依然堅持的「先天下之憂而憂，後天下之樂而樂」的崇高思想境界。這一境界，超越了孟子所說並為後世士大夫服膺的「達則兼善天下，窮則獨善其身」的儒家立身處世原則。最後一句「微斯人，吾誰與歸」，則含蓄地表達了對滕子京的期許和勉勵，同時也再次強調了自己的堅定信念。

《宋史・范仲淹傳》說范仲淹：「每感激論天下事，奮不顧身，一時士大夫矯厲尚風節，自仲淹倡之。」范仲淹影響的不僅僅是宋代士大夫的風節，直到今天，范仲淹的精神仍是中華民族的寶貴財富。

愛蓮說

周敦頤

水陸草木之花，可愛者甚蕃。[1] 晉陶淵明獨愛菊。自李唐來，世人甚愛牡丹。予獨愛蓮之出淤泥而不染，濯清漣而不妖，中通外直，不蔓不枝，香遠益清，亭亭淨植，可遠觀而不可褻玩焉。[2]

予謂菊，花之隱逸者也；牡丹，花之富貴者也；蓮，花之君子者也。噫！菊之愛，陶後鮮有聞。[3] 蓮之愛，同予者何人？牡丹之愛，宜乎眾矣！[4]

周敦頤（1017—1073）：字茂叔，號濂溪先生。道州（今湖南道縣）人。北宋理學家。

1 可：值得。蕃：通「繁」，多。

2 濯：洗滌。妖：妖豔，美麗而不端莊。植：通「直」。褻（xiè）：親近而不莊重。

3 鮮（xiǎn）：少。

4 宜乎眾矣：（喜愛牡丹的）人應該是很多了。宜：當，這裏與「乎」連用有當然的意思。

【賞析】

這是一篇託物言志的小文，卻有着深邃的思想內容。作者周敦頤是北宋重要的思想家，並不以文學見長，但這篇《愛蓮說》卻膾炙人口。

文章在與菊和牡丹的對比中來寫蓮，寫花實際上是在寫人，三種花分別象徵了三種人格。菊在秋天開花，孤高傲世，不與百花並立，陶淵明之後更是與隱士結下了不解之緣。牡丹在唐代受到上至皇室下至平民的追捧，盛開時花團錦簇，富麗堂皇，一派富貴者的形象。

而作者卻愛蓮。蓮花自身具有高潔的品性，它美麗芬芳，潔身自愛，既不媚俗，也不避世。而這正是作者所追求的理想人格，不隨波逐流，不矯情任性，在塵世之中保持自身的美好本性。「出淤泥而不染，濯清漣而不妖」一句，可謂寫盡蓮花的精神，也成為君子人格的寫照。

蓮花假若有知，一定會引周敦頤為知己吧。

醉翁亭記

歐陽修

環滁皆山也。[1]其西南諸峰，林壑尤美，望之蔚然而深秀者，琅琊也。[2]山行六七里，漸聞水聲潺潺而瀉出於兩峰之間者，釀泉也。峰迴路轉，有亭翼然臨於泉上者，醉翁亭也。[3]作亭者誰？山之僧智仙也。名之者誰？太守自謂也。太守與客來飲於此，飲少輒醉，而年又最高，故自號曰醉翁也。醉翁之意不在酒，在乎山水之間也。[4]山水之樂，得之心而寓之酒也。

歐陽修（1007—1072）：字永叔，號醉翁，晚號「六一居士」，謚文忠。吉州永豐（今江西永豐）人。北宋政治家、文學家、史學家，北宋詩文革新運動的領袖，唐宋八大家之一。

1 滁：滁州，在今安徽省滁州。

2 蔚然：草木茂盛的樣子。

3 翼然：像鳥張開翅膀一樣。

4 乎：相當於「於」。

若夫日出而林霏開，雲歸而岩穴暝，晦明變化者，山間之朝暮也。[5] 野芳發而幽香，佳木秀而繁陰，風霜高潔，水落而石出者，山間之四時也。[6] 朝而往，暮而歸，四時之景不同，而樂亦無窮也。

至於負者歌于途，行者休于樹，前者呼，後者應，傴僂提攜，往來而不絕者，滁人遊也。[7] 臨溪而漁，溪深而魚肥。釀泉為酒，泉香而酒洌；山肴野蔌，雜然而前陳者，太守宴也。[8] 宴酣之樂，非絲非竹，射者中，弈者勝，觥籌交錯，起坐而喧嘩者，眾賓歡也。[9] 蒼顏白髮，頹然乎其間者，太守醉也。[10]

已而夕陽在山，人影散亂，太守歸而賓客從也。樹林陰翳，鳴聲上下，遊人去而禽鳥樂也。[11] 然而禽鳥知山林之樂，而不知人之樂；人知從太守游而樂，而

---

5 林霏：樹林中的霧氣。晦明：指天氣陰晴明暗。

6 風霜高潔：就是風高霜潔。天高氣爽，霜色潔白。

7 傴僂：腰彎背曲的樣子，這裏指老年人。提攜：指小孩子。

8 野蔌：野菜。蔌：菜蔬。

9 非絲非竹：不是琴簫等樂器演奏的音樂。射：這裏指投壺，宴飲時的一種遊戲，把箭向壺裏投，投中多的為勝，負者照規定的杯數喝酒。弈：下棋。觥籌交錯：酒杯和酒籌相錯雜。形容喝酒盡歡的樣子。

10 蒼顏：臉色蒼老。頹然：原意是精神不振的樣子，這裏形容醉態。

11 陰翳：形容枝葉茂密成陰。

不知太守之樂其樂也。醉能同其樂，醒能述以文者，太守也。太守謂誰？[12]廬陵歐陽修也。[13]

[12] 謂：為，是。
[13] 廬陵：歐陽修是吉州永豐人，吉州原屬廬陵郡，故歐陽修自稱「廬陵歐陽修」。

【賞析】

這篇文章的寫法，可以借用文章中的一個詞來概括——「峰迴路轉」。文章篇幅不長，內容卻多達四次轉折，每一轉都出人意料而又意趣橫生。

開篇第一段緊扣着「醉翁亭」來寫，將醉翁亭置於秀美的羣山之中，一步步走近，寫亭的位置、亭的環境、亭的建造、亭的名字的由來，寫作者自己到此處飲酒而醉。這已經足夠搖曳多姿了，卻突然由一句「醉翁之意不在酒，在乎山水之間也」而轉向了山水之樂。

寫山水之樂，首先要寫山水風景的優美。歐陽修並沒有局限眼前的此時此地，而是用高度概括的手法，寫出了山中一天之內和四季之間的景色。作者敏鋭地捕捉到了景物的變化和特徵，用「日出而林霏開，雲歸而岩穴暝」兩句寫出了早晚景物的變化之美，用「野芳發而幽香，佳木秀而繁陰，風霜高潔，水落而石出」四個短句寫出了春夏秋冬四季不同的風光。如此優美的風景，自然會吸引遊人前往，這些「朝而往，暮而歸」的遊人，在任何時候來此都能感受到山水帶來的快樂，於是文章轉到了寫遊人之樂。這是第二轉。

遊人中有普通百姓也有太守帶領的官員和賓客。普通百姓在路上扶老攜幼，絡繹不絕，悠然平和；太守帶領賓客在醉翁亭設宴飲酒，嬉戲喧嘩，盡情醉笑；太守自己更是酒酣而醉。這一官民同樂的畫面反映出的就已不再僅是山水之樂，而且透露出了太平盛世、政治清明的消息。

最後一部分寫遊人歸去，本來大家乘興而來，興盡而返，文章也就可以就此結束了，但作者卻又陡然一轉，這是第三轉，寫遊人去後山中的禽鳥之樂。在遊人離開後，禽鳥在山中自在歡快地鳴唱，但牠們無法體會到人的快樂；人能體會到隨太守出遊的快樂，卻不能體會太守的快樂——這最後一轉轉回了太守自己。那麼太守的快樂是怎樣的呢？太守不僅從山林中、從宴飲中得到了快樂，還為官員百姓的快樂而感到快樂。太守的最大快樂，就是寄情山水，與民同樂。

秋聲賦

歐陽修

歐陽子方夜讀書，聞有聲自西南來者，悚然而聽之，曰：「異哉！」初淅瀝以蕭颯，忽奔騰而砰湃，如波濤夜驚，風雨驟至。[1]其觸于物也，鏦鏦錚錚，金鐵皆鳴；又如赴敵之兵，銜枚疾走，不聞號令，但聞人馬之行聲。[2]予謂童子：「此何聲也？汝出視之。」童子曰：「星月皎潔，明河在天，四無人聲，聲在樹間。」

予曰：「噫嘻悲哉！此秋聲也，胡為而來哉？蓋

---

1 砰湃：同「澎湃」，波濤洶湧的聲音。

2 鏦鏦（cōng）錚錚：金屬相擊的聲音。銜枚：古時行軍或襲擊敵軍時，讓士兵銜枚以防出聲。枚，形似竹筷，銜於口中，兩端有帶，繫於脖上。

夫秋之為狀也：其色慘澹，煙霏雲斂；其容清明，天高日晶；其氣栗冽，砭人肌骨；其意蕭條，山川寂寥。[3] 故其為聲也，淒淒切切，呼號憤發。豐草綠縟而爭茂，佳木蔥蘢而可悅；草拂之而色變，木遭之而葉脫。[4] 其所以摧敗零落者，乃一氣之餘烈。[5]

「夫秋，刑官也，于時為陰；又兵象也，于行為金，是謂天地之義氣，常以肅殺而為心。[6] 天之於物，春生秋實，故其在樂也，商聲主西方之音，夷則為七月之律。[7] 商，傷也，物既老而悲傷；夷，戮也，物過盛而當殺。

「嗟乎！草木無情，有時飄零。[8] 人為動物，惟物之靈；百憂感其心，萬事勞其形；有動於中，必搖其精。而況思其力之所不及，憂其智之所不能；宜其

---

[3] 雲斂：雲霧密聚。斂：收，聚。栗冽：寒冷。砭：古代用來治病的石針，這裏引申為刺的意思。

[4] 綠縟：碧綠繁茂。

[5] 一氣：指構成天地萬物的渾然之氣。

[6] 刑官：執掌刑獄的官。《周禮》把官職與天、地、春、夏、秋、冬相配，稱為六官。秋天肅殺萬物，所以司寇為秋官，執掌刑法，稱刑官。于時為陰：古人以陰陽配四季，春夏屬陽，秋冬屬陰。于行用金：古人把五行分配於四季，秋天屬金。義氣：節烈、剛正之氣。

[7] 商聲主西方之音：古代以五聲配四時，商聲屬秋；五聲和五行相配，則商聲屬金，主西方之音。夷則為七月之律：古以十二律配十二月，七月為夷則。

[8] 有時：有固定時限。

渥然丹者為槁木，黟然黑者為星星。[9]奈何以非金石之質，欲與草木而爭榮？念誰為之戕賊，亦何恨乎秋聲！」

童子莫對，垂頭而睡。但聞四壁蟲聲唧唧，如助予之歎息。

[9] 渥然：臉色紅潤的樣子。黟(yī)然黑者為星星：烏黑的鬢髮變成花白。

【賞析】

「自古逢秋悲寂寥」，從宋玉《九辨》的「悲哉！秋之為氣也」開始，悲秋便是中國古典文學中重要主題，悲秋的名篇佳作迭見不鮮。歐陽修不懼重複，從秋聲着手，以秋聲寫秋懷；層層剖析，貌似説理實則抒情；從有聲的自然之秋轉到無聲的人生之秋，使感秋之悲更加深沉，讓人無可釋懷。

文章開篇寫「聲」，寂靜的深夜，突然有聲音響起，讓作者感到驚懼。聲音是無形的，本來很難描摹，文章用了一連串比喻，像淅淅瀝瀝的雨聲，像奔騰澎湃的波濤聲，像驟然而至的狂風暴雨聲，又像金鐵相撞的錚錚聲，暗夜裏奔赴敵陣的軍隊的人馬行進聲，形象地描繪出了這聲音自遠而近、時小時大的狀態。

這本是風聲，可是作者卻從中感受到了秋天，進而從秋色、秋容、秋氣、秋意四個方面呈現出「秋之為狀」，秋天是慘淡、寥遠、寒冷、蕭條的。在這樣一種肅殺的秋天的氛圍裏，秋聲便尤其「淒淒切切，呼號憤發」了；而原本繁茂蔥蘢的草木，也在秋聲中迅速凋零衰敗。不僅自然界中秋具有如此的肅殺之氣，人類社會中凡與秋相關的，無不令人聯想到殺戮和死亡。秋天是行刑的季節；秋冬為陰；秋屬金，又有戰爭的象徵；秋屬五音中的商聲，商聲主西方之音，又諧音為「傷」，含有悲傷之意。十二律中，夷則是七月的音律，七月是秋天的第一個月，夷是刪刈，有殺戮之意。原來肅殺是秋之為心，從自然到社會，秋天都意味着萬物的由盛轉衰，意味着肅殺悲涼。

以上摹秋聲，繪秋狀，析秋心，悲秋之意已足，遲暮之歎隱隱升起。但接下來作者突然又為秋聲「開脱」，認為人的遲暮怪不到秋的肅殺，而是由於人自己的憂心勞苦：「百憂感其心，萬事勞其形。」人事憂勞必然傷害心神，損耗精力，更何況人還總是「思其力之所不及，憂其智之所不能」。原本紅潤的容貌變為蒼老枯槁，原本烏黑的鬚髮也變成花白，人事的憂勞更甚於秋的肅殺。

寫《秋聲賦》時，歐陽修五十三歲。一生中經歷多次貶謫，無數的宦海風波，漸漸步入暮年，對於生命的流逝，人世的艱險，都已深深體味過了。所以聽到秋聲，便油然生出如許感慨。可惜他身邊的童子並不能理解，竟「垂頭而睡」。文章便在四壁蟲聲唧唧中戛然而止，留下餘味悠長。

其實，聲本無哀樂，哀樂在於人心。文中那個童子，不就對這秋聲、對歐陽修的感慨無動於衷麼？

遊褒禪山記

王安石

褒禪山亦謂之華山，唐浮圖慧褒始舍於其址，而卒葬之，以故其後名之曰「褒禪」。[1] 今所謂慧空禪院者，褒之廬塚也。[2] 距其院東五里，所謂華山洞者，以其乃華山之陽名之也。[3] 距洞百餘步，有碑仆道，其文漫滅，獨其為文猶可識，曰「花山」。[4] 今言「華」，如「華實」之「華」者，蓋音謬也。[5]

其下平曠，有泉側出，而記遊者甚眾，所謂前洞也。由山以上五六里，有穴窈然，入之甚寒，問其

王安石（1021—1086）：字介甫，號半山，封荊國公，世人又稱王荊公。撫州臨川人（今江西省撫州市）。北宋著名政治家、思想家、文學家，「唐宋八大家」之一。

1 浮圖：亦作「浮屠」，本為佛的音譯，此處是說佛教徒、和尚。褒禪：即慧褒禪師。

2 廬塚：古時為孝敬父母或師長，在他們逝後的服喪期間，為守護墳墓而蓋的屋舍，也稱「廬墓」。這裏指慧褒弟子在慧褒墓旁蓋的屋舍。

3 陽：山的南面。古代稱山的南面、水的北面為「陽」。

4 僕道：倒在路旁。漫滅：指因風化剝落而模糊不清。

5 華（huā）實：浮華和真實。

深，則其好遊者不能窮也，謂之後洞。[6]余與四人擁火以入，入之愈深，其進愈難，而其見愈奇。有怠而欲出者，曰：「不出，火且盡。」遂與之俱出。蓋予所至，比好游者尚不能十一，然視其左右，來而記之者已少。[7]蓋其又深，則其至又加少矣。方是時，予之力尚足以入，火尚足以明也。既其出，則或咎其欲出者，而予亦悔其隨之，而不得極夫遊之樂也。[8]

於是予有歎焉。[9]古人之觀于天地、山川、草木、蟲魚、鳥獸，往往有得，以其求思之深而無不在也。夫夷以近，則遊者眾；險以遠，則至者少。[10]而世之奇偉瑰怪非常之觀，常在於險遠，而人之所罕至焉，故非有志者不能至也。有志矣，不隨以止也，然力不足者，亦不能至也。有志與力，而又不隨以怠，至於幽

---

[6] 窈然：深遠幽暗的樣子。

[7] 不能十一：不及十分之一。

[8] 咎：責怪。其：這裏用作第一人稱代詞，指自己。夫：這，那，指示代詞。

[9] 於是：對於這種情況。

[10] 夷：平坦。

暗昏惑而無物以相之，亦不能至也。[11]然力足以至焉，于人為可譏，而在己為有悔。盡吾志也而不能至者，可以無悔矣，其孰能譏之乎？此予之所得也。

余於仆碑，又以悲夫古書之不存，後世之謬其傳而莫能名者，何可勝道也哉！此所以學者不可以不深思而慎取之也。

四人者：廬陵蕭君圭君玉，長樂王回深父，余弟安國平父、安上純父。

至和元年七月某日，臨川王某記。

---

[11] 至於：抵達，到達。幽暗昏惑：幽深昏暗，叫人迷亂（的地方）。相（xiàng）：幫助，輔助。

【賞析】

如果你根據題目，把這篇文章當作遊記來讀，你會很失望。對遊覽之地的方位倒是標註得很清楚，以慧空禪院為座標點，向東五里是華山前洞，距洞一百多步有一塊廢棄的石碑；從前洞向山上行五六里是華山後洞。記敍遊覽的歷程也很清楚，先到前洞，此地平曠易行，記遊的人很多；再往後洞，需要舉火把進入，深不可測，越往洞內深處走，記遊的人越少。然而作為一篇遊記，竟然沒有景色描寫，進入後洞，只說「入之愈深，其進愈難，而其見愈奇」，究竟奇在何處，又不肯說。而且，這竟是一次中道而返、半途而廢的遊覽：由於同行中某人的懈怠，大家在尚有餘力、進入後洞不及好遊者十分之一的地方就返回了。出來後又後悔不迭，明明自己「力尚足以入，火尚足以明」，卻「與之俱出」，以至於「不得極夫遊之樂」。

顯然，名列「唐宋八大家」的王安石絕非力不足以寫景而不寫，而是他的這篇文章用意不在記遊寫景，而在議論。所以當他的遊覽結束的時候，才是他的議論的開始。而讀完後文的議論，也才會發現前文的記敍無一閒筆，無一贅語，均是在為後文的議論作伏筆；後文的議論有了前文的記敍為立論的基礎，更為讀者信服。

如其感歎「夫夷以近，則遊者眾；險以遠，則至者少」，「而世之奇偉、瑰怪、非常之觀，常在於險遠，而人之所罕至焉」，就對應了前文中記敘前洞平敞處記遊者甚眾，後洞愈深，景色愈奇，而記遊者愈少。而一行人由於某位懈怠者便半途而廢，又生發出並從反面證明了文章最核心的觀點：如想到達「世之奇偉瑰怪非常之觀」，必須同時具備志、力、物三個條件。並且連用三個雙重否定句來強調：「非有志者不能至也」，「力不足者，亦不能至也」，「無物以相之，亦不能至也」。

議論至此，其實我們已經能夠讀出，作者絕非僅僅就遊覽華山後洞乃至觀賞風景立論，而是有更普遍的意義。人所罕至的「世之奇偉瑰怪非常之觀」不正象徵着平常人所不能為的大事業嗎？這篇文章實際上是王安石對如何做出一番大事業的思考：必須有堅定的志向，自身具備足夠的才力，還要有可做輔助的物質手段。這也是宋文的一個特點，往往題小而境大，從看似尋常的題材中講出一番「萬世不可磨滅之理」。

主要的觀點講完，作者又從華山山名的訛誤，聯想到古籍的以訛傳訛，引申出學者治學時必須要「深思而慎取」的觀點，同樣是前文記敘與後文議論相映照的手法，但只是在文章結尾處順帶一提，無關乎全文主旨了。

記承天寺夜遊

蘇軾

元豐六年十月十二日夜，解衣欲睡，月色入户，欣然起行。[1]念無與為樂者，遂至承天寺尋張懷民。懷民亦未寢，相與步於中庭。[2]庭下如積水空明，水中藻荇交橫，蓋竹柏影也。何夜無月？何處無竹柏？但少閒人如吾兩人者耳。

蘇軾（1037—1101）：字子瞻，號東坡居士。眉州眉山（今屬四川）人。與父親蘇洵、弟弟蘇轍並稱「三蘇」。北宋傑出的散文家、詩人、詞人、書法家，文章為「唐宋八大家」之一，詩與黃庭堅並稱「蘇黃」，詞與辛棄疾並稱「蘇辛」，書法躋身「北宋四大家」之列。

1 元豐六年：公元1083年。元豐：宋神宗年號。

2 相與：共同，一同。

【賞析】

毫無疑問，蘇東坡最大的理想是致君堯舜、兼濟天下，然而他的一生屢遭政敵打擊，飽嘗仕途險惡，所以他的文字中時常會有隱遁江湖、自由自在度過一生的願望。他有詞句道：「幾時歸去，作個閒人。對一張琴，一壺酒，一溪雲。」綜觀東坡一生，這兩個理想都沒實現，但也始終堅持。在宦海浮沉中，他總能找到機會，哪怕只是一時一刻，抽身出來，做個「閒人」。

《記承天寺夜遊》所記便是蘇東坡在被貶黃州時的「休閒」時光。此前經歷了無比兇險的「烏台詩案」，從一個朝野矚目、仕途順暢的政治明星，轉眼變成了一個險些被定為死罪、貶謫到黃州看管的戴罪之身，東坡遭遇了他人生的第一個低谷，卻也迎來了他文學創作上的第一個高峰。東坡以其瀟灑豁達的人生態度、豪邁開闊的胸襟，化解了政治失意的苦悶悲愁，在黃州留下了一段詩意人生的軌跡。從《記承天寺夜遊》中，我們可以看到其中的一個片段。

元豐六年十月十二日夜晚，已是初冬的黃州，蘇東坡被照入房中的月色觸動，穿衣起牀，到承天寺尋友人一起賞月。在東坡的眼中，灑滿月光的承天寺庭院，空明澄澈，彷彿一個晶瑩無塵的水中世界。院中竹柏投在地上的影子，彷彿水中的水草交錯搖曳。那一刻，東坡先生一定有些恍惚了。他找到了做「閒人」的感覺。

「閒人」不是無所事事的百無聊賴，而是將自己從平庸瑣碎的日常生活中抽身出來，從奔競忙碌的官場生活中抽身出來，摒除對名利富貴的追求，讓身心完全處於詩意自由的狀態。只有在這種狀態下，一個人才能用心去感覺這個世界，一個尋常的月夜，也才成為了一道如此絕美的風景。

前赤壁賦

蘇軾

壬戌之秋，七月既望，蘇子與客泛舟游於赤壁之下。[1]清風徐來，水波不興。[2]舉酒屬客，誦《明月》之詩，歌《窈窕》之章。[3]少焉，月出於東山之上，徘徊于斗、牛之間。[4]白露橫江，水光接天。[5]縱一葦之所如，凌萬頃之茫然。[6]浩浩乎如馮虛禦風，而不知其所止；飄飄乎如遺世獨立，羽化而登仙。[7]

---

1 壬戌（xū）：宋神宗元豐五年（1082）。此時蘇軾因「烏台詩案」被貶在黃州兩年多。望：十五月圓。既望：過了十五，即每月十六。蘇子：蘇軾自稱。

2 興：起。

3 舉酒屬客：勸客飲酒。《明月》：《詩經・陳風・月出》。《窈窕》：《月出》第一章有「舒窈糾兮」，「窈糾」即窈窕。

4 少焉：一會兒。斗、牛：星宿名，斗宿和牛宿。

5 露：水汽。

6 一葦：小船，語出《詩經・衛風・河廣》。如：到。凌：越過。萬頃（qǐng）：形容寬闊。茫然：江面曠遠、水汽瀰漫的樣子。

7 馮虛：憑空，騰空。禦風：駕着風。遺世獨立：拋開人世，無牽無掛。羽化：成仙。登仙：飛入仙境。

於是飲酒樂甚，扣舷而歌之。[8] 歌曰：「桂棹兮蘭槳，擊空明兮溯流光。[9] 渺渺兮予懷，望美人兮天一方。[10]」客有吹洞簫者，倚歌而和之。[11] 其聲嗚嗚然，如怨如慕，如泣如訴，餘音嫋嫋，不絕如縷。[12] 舞幽壑之潛蛟，泣孤舟之嫠婦。[13]

蘇子愀然，正襟危坐而問客曰：「何為其然也？」[14]

客曰：「『月明星稀，烏鵲南飛。』此非曹孟德之詩乎？[15] 西望夏口，東望武昌，山川相繆，鬱乎蒼蒼，此非孟德之困于周郎者乎？[16] 方其破荊州，下江陵，順流而東也，舳艫千里，旌旗蔽空，釃酒臨江，橫槊賦詩，固一世之雄也，而今安在哉？[17] 況吾與子漁樵於江渚之上，侶魚蝦而友麋鹿，駕一葉之扁舟，舉匏樽以相屬。[18] 寄蜉蝣於天地，渺滄海之一粟。[19] 哀吾生之須

---

[8] 扣舷（xián）：敲擊船邊，打節拍。

[9] 棹（zhào）、槳：划船的工具，前推為槳，後推為棹。桂、蘭：表示美。

[10] 渺渺：深遠。予懷：我的情懷。美人：古人筆下美好理想的象徵。天一方：遙遠。

[11] 客：據考證是道士楊世昌，善吹簫。倚歌而和之：根據歌聲伴奏。

[12] 此句意為：餘音宛如細絲，細而不斷。

[13] 此句意為：簫聲使深淵裏的蛟龍飛舞，使孤舟上的寡婦哭泣。嫠（lí）婦：寡婦。蛟（jiāo）：蛟龍。

[14] 愀（qiǎo）然：憂愁的樣子。此句意為：簫聲為何如此悲涼？

[15] 「月明」是曹操《短歌行》中的詩句。孟德：曹操的字。

[16] 夏口：位於今武漢黃鵠山上。武昌：今湖北鄂城。繆（liǎo）：通「繚」，纏繞。困於周郎：被周瑜打敗。

[17] 赤壁大戰前，曹操在荊州降服了劉琮，攻佔江陵，沿長江東下，進軍赤壁。方：當。荊州：下轄南陽、江夏、長沙等八郡，在今湖南、湖北一帶。江陵：今屬湖北。船多，千里相連不絕。舳（zhú）艫（lú）：船頭和船尾的合稱，因以指船。釃（shī）酒：斟酒。橫槊：橫執長矛。固：本來。

[18] 漁樵：打漁砍柴。江渚：江中小洲。侶魚蝦：與魚蝦為伴。友麋（mí）鹿：與麋鹿為友。扁

臾，羨長江之無窮。[20] 挾飛仙以遨遊，抱明月而長終。知不可乎驟得，托遺響於悲風。」[21]

蘇子曰：「客亦知夫水與月乎？[22] 逝者如斯，而未嘗往也；盈虛者如彼，而卒莫消長也。[23] 蓋將自其變者而觀之，則天地曾不能以一瞬；自其不變者而觀之，則物與我皆無盡也。[24] 而又何羨乎？且夫天地之間，物各有主，苟非吾之所有，雖一毫而莫取。[25] 惟江上之清風，與山間之明月，耳得之而為聲，目遇之而成色，取之無禁，用之不竭。是造物者之無盡藏也，而吾與子之所共適。」[26]

客喜而笑，洗盞更酌，肴核既盡，杯盤狼藉。[27] 相與枕藉乎舟中，不知東方之既白。[28]

(piān)舟：小船。匏(páo)尊：葫蘆做的酒器。相屬：互相勸酒。

19 此句意為：像蜉(fú)蝣一樣短促地寄生在天地間。蜉蝣：朝生暮死的水邊昆蟲。此句意為：渺小得如同大海中的一粒小米。

20 須臾：短暫。

21 遺響：謂簫聲。悲風：秋風。

22 夫：那。

23 此句意為：江水始終流淌，但長江還在；月盈月虧，但月亮還是那個月亮。

24 此句意為：從變的角度看，天地萬物都在瞬息萬變；從不變的角度看，一物總是一物，不會成為他物，我總是我，獨一無二，不會成為他人，所以我與物皆永恒。

25 且夫：況且。

26 共適：共同享受。

27 此句意為：重新斟上酒再喝。此句意為：菜餚和果品都已經吃完。狼藉(jí)：雜亂的樣子。

28 相與：互相。枕藉(jiè)：倚靠，此指蘇軾和客人互相靠着睡着了。

【賞析】

禪宗說「萬古長空，一朝風月」，領會萬古長空，享受一朝風月。《前赤壁賦》中蘇軾正是這樣一個既洞達又享樂的人。

蘇軾與客泛舟，晚風柔和，水波不興，月光清奇，朗照大地。這都是日常的景致，但隨即，白露橫江，水光接天，界限被打破了，小舟掙脫了江面的束縛，淩空而起，去往天際。「浩浩乎如馮虛御風，而不知其所止；飄飄乎如遺世獨立，羽化而登仙。」這畫面清空超逸、出塵絕俗、空曠高邈、如夢如幻，它也許源於實景，但更源於蘇軾心中的自由、超越和遠離。

於是兩人飲酒樂甚，吟詠嘯歌：「……有美人兮天一方。」歌曲摻雜了《楚辭》的悲涼浪漫和《詩經》的蒼茫——所謂伊人，在水一方——歌中隱含的可望而不可即的淡淡憂傷被之後簫聲深化了，如怨如慕，如泣如訴。於是客人談到死亡，「是非成敗轉頭空」的幻滅感，和面對永恆自然、茫茫宇宙的渺小感都洶湧而來。

但蘇軾並沒有被煽動。他清醒地表示，客人只看到人與長江之間的差異，卻忘了兩者的共性——人和水月一樣瞬息萬變，且都因獨一無二而永恆。無論朝生暮死的蜉蝣、夭折長壽的人類，抑或看似永恆的水月，都在不斷地變化代謝，都是世間獨特又平凡的存在，也都會消亡。

那還羨慕甚麼呢？如果蜉蝣不羨慕人類，人類又何須羨慕長江？企望不屬於自己的東西自然會痛苦，那就好好享受屬於自己的東西吧。這天地間的無邊風月，已然取之不盡用之不竭。對美的領受，足以讓人在空明洞徹、圓滿自足中通達永恆。

客人一下釋然了，於是他和蘇軾一起興致高昂地洗盞更酌，無牽無掛放曠而眠。那毫不拘束的杯盤狼藉，背後是對人生的洞達和自信。這兩個躺得橫七豎八的人想必一夜清甜無夢，唇邊還留着赤子般的笑容，「相與枕藉乎舟中，不知東方之既白」。

後赤壁賦

蘇　軾

是歲十月之望，步自雪堂，將歸於臨皋。[1] 二客從予，過黃泥之阪。[2] 霜露既降，木葉盡脫，人影在地，仰見明月。顧而樂之，行歌相答。

已而歎曰：「有客無酒，有酒無肴，月白風清，如此良夜何？」客曰：「今者薄暮，舉網得魚，巨口細鱗，狀如松江之鱸。顧安所得酒乎？」歸而謀諸婦。[3] 婦曰：「我有斗酒，藏之久矣，以待子不時之需。」

---

1 是歲十月之望：指宋神宗元豐五年（1082）十月十五日，即寫《前赤壁賦》這一年。望，陰曆每月的十五日。雪堂：蘇軾到黃州後自建的一處廳堂。臨皋：蘇軾在黃州的寄居之地，位於長江邊。

2 黃泥之阪：即黃泥阪。阪：斜坡，山坡。

3 顧：但是，可是。安所：何所，哪裏。諸：兼詞，相當於「之於」。

於是攜酒與魚，復游于赤壁之下。江流有聲，斷岸千尺。[4] 山高月小，水落石出。曾日月之幾何，而江山不可復識矣。[5] 予乃攝衣而上，履巉岩，披蒙茸，踞虎豹，登虬龍，攀棲鶻之危巢，俯馮夷之幽宮。[6] 蓋二客不能從焉。劃然長嘯，草木震動，山鳴谷應，風起水湧。余亦悄然而悲，肅然而恐，凜乎其不可留也。[7] 返而登舟，放乎中流，聽其所止而休焉。時夜將半，四顧寂寥。適有孤鶴，橫江東來。翅如車輪，玄裳縞衣，戛然長鳴，掠予舟而西也。[8]

須臾客去，予亦就睡。夢一道士，羽衣蹁躚，過臨皋之下，揖予而言曰：「赤壁之遊樂乎？」[9] 問其姓名，俯而不答。「嗚呼噫嘻！我知之矣。疇昔之夜，飛鳴而過我者，非子也耶？」[10] 道士顧笑，予亦驚寤。開户視之，不見其處。

---

4 斷岸：形容臨江的山壁極其陡峭。

5 曾日月之幾何：曾幾何時，沒過多久。指距上次赤壁之遊沒過多久。曾：才，剛剛。

6 攝衣：提起衣襟。履巉（chán）岩：登上險峻突兀的山岩。披蒙茸：撥開雜草。蒙茸，雜亂的叢草。踞虎豹：指山石的形狀像虎豹蹲踞之形。虬龍：指樹枝彎曲如虬龍的樹木。攀棲鶻之危巢：指手扶崖邊的樹木，樹上高處有鶻鳥棲息的巢穴。馮（píng）夷：水神。

7 悄然：憂愁的樣子。肅然：因恐懼而收斂的樣子。

8 玄裳縞衣：形容仙鶴身上的羽毛是白的，尾巴是黑的。玄：黑。裳：下裙。縞：白色絲織品。衣：上衣。戛（jiá）然：形容鶴一類的鳥高聲鳴叫的聲音。

9 羽衣：用鳥羽製成的衣服，道士穿的衣服稱羽衣。蹁躚：飄然輕快地走着。

10 疇昔之夜：昨天晚上。疇：語首助詞。

【賞析】

天才不會重複自己。同一地點，同樣的夜遊，前後僅相隔三個月，蘇軾竟寫出了兩篇千古傳誦卻又絕不相類的文章。當蘇軾寫完《前赤壁賦》的時候，他一定意識到了它是不朽的。當蘇軾在寫《後赤壁賦》時，他也一定意識到自己在挑戰《前赤壁賦》。所以他開篇就說「是歲十月之望」，提醒讀者一定要把兩篇文章放在一起對讀。

讀《前赤壁賦》，你會覺得美。赤壁之下，秋夜泛舟，由水和月組成的澄澈清明之境，面對千古江山發出的人生短暫渺小之歎，體悟到的通達圓融的解脫之理，以最優美的方式徐徐展開。文章最後，煩惱消除，轉悲為喜，主客「相與枕藉乎舟中，不知東方之既白」，真讓人感到人生至此，夫復何求。

《後赤壁賦》開篇，似乎要延續前賦的樂，「霜露既將，木葉盡脫。人影在地，仰見明月」，多麼清朗明亮的月夜。再加上朋友「狀如松江之鱸」的佳餚、妻子「藏之久矣」的美酒，不由得不興致勃勃，起了重遊赤壁之念。

然而再到赤壁，江山卻不復昔時模樣。三個月後的赤壁，「江流有聲，斷岸千尺，山高月小，水落石出」，水和月竟是如此的陌生和疏離。作者轉而寫山，夜半孤身登山，這一番遊歷更是讓人驚恐憂懼，幽深險峻的山上，岩石草木都彷彿虎豹虯龍，讓人膽戰心驚。返身登船，已經意興闌珊。行文至此，已可收筆，卻橫空飛來一鶴。鶴去人散，似已言盡，卻又兀然於夢中突現一個道士。

我們或許不能參透《前赤壁賦》中水與月的變與不變，但我們能確定其中有甚深哲理。而此賦中的孤鶴與道士，有寓意還是無寓意？夢中與道士答非所問的對話，是有玄機還是無玄機？驚醒後尋道士不見蹤跡，是有寄託還是無寄託？

在《前赤壁賦》裏，我們能感受到「萬古長空，一朝風月」的超然與解脫；而在《後赤壁賦》中，東坡自己也陷入了「是耶非耶，今夕何夕」的迷茫，留給我們的，是一派縹緲空靈的惘然憮然。

寶繪堂記

蘇軾

君子可以寓意于物，而不可以留意於物。[1]寓意於物，雖微物足以為樂，雖尤物不足以為病。[2]留意於物，雖微物足以為病，雖尤物不足以為樂。《老子》曰：「五色令人目盲，五音令人耳聾，五味令人口爽，馳騁田獵令人心發狂。」[3]然聖人未嘗廢此四者，亦聊以寓意焉耳。劉備之雄才也，而好結髦。[4]嵇康之達也，而好鍛煉。[5]阮孚之放也，而好蠟屐。[6]此豈有聲色臭味也哉，而樂之終身不厭。

---

1. 寓意：借其他事物來寄託自己的意趣。留意：心志沉溺於某一事物。
2. 尤物：珍貴的物品。尤：特異，突出。
3. 五色：青赤黑黃白，泛指美色。五音：宮商角徵羽，泛指美聲。五味：酸甜苦辣鹹，泛指美味。爽：失。馳騁田獵：放縱的馳馬射獵。
4. 結髦：以鳥羽或獸毛編制飾物。
5. 達：放曠。鍛煉：打鐵。
6. 阮孚：阮籍的姪孫，阮咸的兒子。蠟屐：給鞋子塗蠟。事見《世說新語・雅量》。

凡物之可喜，足以悅人而不足以移人者，莫若書與畫。然至其留意而不釋，則其禍有不可勝言者。鍾繇至以此嘔血發塚，宋孝武、王僧虔至以此相忌，桓玄之走舸，王涯之復壁，皆以兒戲害其國，凶其身。[7]此留意之禍也。

始吾少時，嘗好此二者，家之所有，惟恐其失之，人之所有，惟恐其不吾予也。既而自笑曰：吾薄富貴而厚於書，輕死生而重於畫，豈不顛倒錯謬，失其本心也哉？自是不復好。見可喜者，雖時復蓄之，然為人取去，亦不復惜也。譬之煙雲之過眼，百鳥之感耳，豈不欣然接之，去而不復念也？於是乎二物者，常為吾樂，而不能為吾病。

---

7 「鍾繇（yáo）」句：事見韋續《墨藪》：「繇見蔡伯喈筆法于韋誕，坐上自搥胸三日，胸盡青，因嘔血。太祖以五靈丹救之得活。繇苦求之，不得。及誕死，繇令人盜掘其墓而得之。」塚（zhǒng）：墓。宋孝武：南朝宋皇帝劉駿。王僧虔：宋尚書令，擅長隸書。孝武帝不願意有人書法勝過自己，故王僧虔寫字常用拙筆，因此得以保全。桓玄：東晉權臣桓溫之子。走舸：桓玄北伐姚興，以輕舟載衣服、書畫和器物等，「書畫服玩既宜恒在左右。且兵凶戰危，脱有不意，當使輕而易運」。王涯：中晚唐時官員，文宗時任宰相，博古好學，家中藏書數萬卷，重價收買書法名畫，藏在復壁中，甘露之禍時，盡被人破壁取去。復壁：夾牆。

駙馬都尉王君晉卿雖在戚里，而其被服禮儀，學問詩書，常與寒士角。[8] 平居攘去膏粱，屏遠聲色，而從事於書畫，作寶繪堂於私地之東，以蓄其所有，而求文以為記，恐其不幸而類吾少時之所好，故以是告之，庶幾全其樂而遠其病也。[9]

熙寧十年七月二十二日記。

【賞析】

如何熱烈地愛着這個世界，又不傷害他人與自己？我們對世界的熱愛往往寄託於具體的人、事、物，但過於執着的愛像一團烈焰，驅散黑暗，也不免灼傷自己。

《寶繪堂記》中，蘇軾為樂趣而賞玩字畫，卻反而患得患失，失了內心的平靜。「始吾少時，嘗好此二者，家之所有，惟恐其失之，人之所有，惟恐其不吾予也。」雅致的書畫竟然導致緊張、嫉妒、懊悔、痛惜的情緒，這讓蘇軾猛然醒悟：執迷使自己喪失了玩賞的樂趣。

---

[8] 王君晉卿：王詵（shēn），字晉卿，娶宋英宗女兒蜀國長公主。駙馬都尉：即駙馬。戚里：西漢時皇帝外戚在長安的居所，後用來稱皇室親戚。寒士：出身寒微的士人。角：較量。

[9] 攘（rǎng）去：排除。膏粱：精美的食物。屏遠聲色：斷絕音樂和女色。庶幾：希望，但願。

於是蘇軾主張君子寓意於物，而不留意於物。熱愛，但不過分執着與沉溺。好比手握一把沙子，捏得越緊從指縫滲出的反而越多，不如放平雙手，自然地享受其美好，放曠恬淡，隨遇而安。「見可喜者，雖時復蓄之，然為人取去，亦不復惜也。譬之煙雲之過眼，百鳥之感耳，豈不欣然接之，去而不復念也？於是乎二物者，常為吾樂，而不能為吾病。」

寓意而不留意，即《莊子》所謂「物物而不物於物」。刺激的打獵、古雅的書畫、奇葩的鳥羽獸毛編織、打鐵、上蠟，無論高下雅俗，都是外物。若寓意於物，魯莽粗野的癖好也能使人增光添彩、生動有趣；若留意於物，過分執念，被外物控制，高雅的書畫也足以使人動心移性，甚至喪身害國。然而生活中但凡有所熱愛，都難免本末倒置，因而蘇軾勸諫新築寶繪堂的王晉卿勿重蹈覆轍，願他全其樂而遠其病也。

文與可畫篔簹谷偃竹記

蘇軾

竹之始生，一寸之萌耳，而節葉具焉；自蜩腹蛇蚹，以至於劍拔十尋者1，生而有之也。今畫者乃節節而為之，葉葉而累之，豈復有竹乎？故畫竹必先得成竹於胸中，執筆熟視，乃見其所欲畫者，急起從之，振筆直遂，以追其所見，如兔起鶻落，少縱則逝矣。與可之教予如此。予不能然也，而心識其所以然。夫既心識其所以然，而不能然者，內外不一，心手不相應，不學之過也。故凡有見於中，而操之不熟者，平

文與可（1018—1079）：文同，字與可。擅畫墨竹。篔簹谷：今陝西洋縣。偃竹：風中仰斜的竹子。

1 蜩腹蛇蚹：形容竹筍開始脱殼拔節。尋：長度單位，一尋等於八尺。

居自視了然，而臨事忽焉喪之，豈獨竹乎？[2] 子由為《墨竹賦》以遺與可曰：「庖丁，解牛者也，而養生者取之；輪扁，斫輪者也，而讀書者與之。[3] 今夫夫子之托于斯竹也，而予以為有道者則非邪？」子由未嘗畫也，故得其意而已。若予者，豈獨得其意，並得其法。

與可畫竹，初不自貴重，四方之人，持縑素而請者，足相躡於其門。[4] 與可厭之，投諸地而罵曰：「吾將以為襪材！」[5] 士大夫傳之，以為口實。及與可自洋州還，而余為徐州。[6] 與可以書遺余曰：「近語士大夫：『吾墨竹一派，近在彭城，可往求之。』襪材當萃於子矣。」[7] 書尾復寫一詩，其略云：「擬將一段鵝溪絹，掃取寒梢萬尺長。」[8] 予謂與可：「竹長萬尺，當用絹二百五十匹，知公倦於筆硯，願得此絹而已！」與可無以答，則曰：「吾言妄矣！世豈有萬

---

2 「故凡」五句：凡內心有一定理解，而實際操作不熟的人，平時自以為很清楚，臨做事時突然又不會了，難道只有畫竹是這樣嗎？

3 庖丁：《莊子・養生主》載，庖丁自稱掌刀十九年殺過無數頭牛，刀刃卻如新磨。其訣竅在於掌握了牛的構造，從空隙處下刃，所以遊刃有餘。梁惠王聽後覺得對養生頗有啟發。輪扁：《莊子・天道》載，輪扁說削製車輪時要不快不慢，但這分寸感無法表達，即使父親也無法口授給兒子，由此看來，古人心中的「道」也無法寫下。齊桓公聽後，贊同這看法。

4 縑素：白色細絹，可作畫布。

5 襪材：做襪子的材料。

6 洋州：即篔簹谷所在地。為徐州：擔任徐州的知州。

7 書：信。遺：送。彭城：即徐州。萃：聚集。子：你。

8 掃取寒梢：畫竹。

尺竹哉？」余因而實之，答其詩曰：「世間亦有千尋竹，月落庭空影許長。」與可笑曰：「蘇子辯矣，然二百五十匹絹，吾將買田而歸老焉。」因以所畫《篔簹谷偃竹》遺予曰：「此竹數尺耳，而有萬尺之勢。」篔簹谷在洋州，與可嘗令予作洋州三十詠，篔簹谷其一也。[9] 予詩云：「漢川修竹賤如蓬，斤斧何曾赦籜龍，料得清貧饞太守，渭濱千畝在胸中。」[10] 與可是日與其妻遊谷中，燒筍晚食，發函得詩，失笑噴飯滿案。

元豐二年正月二十日，與可沒于陳州。是歲七月七日，予在湖州，曝書畫，見此竹，廢卷而哭失聲。

昔曹孟德祭喬公文，有「車過」「腹痛」之語，而予亦載與可疇昔戲笑之言者，以見與可於予親厚無間如此也。[11]

---

9 嘗：曾經。洋州三十詠：蘇軾所作的歌詠洋州的三十首詩。

10 漢川：漢水，洋州在漢水上游。修竹：修長的竹子。籜（tuò）龍：筍。籜：筍殼。

11 曹操祭橋玄的文中說：「（當年與橋玄）從容約誓之言：『徂沒之後，路有經由，不以斗酒隻雞過相沃酹，車過三步，腹痛勿怨。』雖臨時戲笑之言，非至親之篤好，胡肯為此辭哉？」

【賞析】

「君子之交淡如水」，中國人對高尚友誼的理解總近於伯牙、子期的「高山流水」，彼此神交，意趣蕭散。但文與可與蘇軾卻像一出歡樂的《老友記》，損友互嘲的段子一個連着一個，應接不暇。在調侃戲謔間，真摯的友誼躍然閃現。

文與可擅墨竹，卻對接連上門的請畫者頗不耐煩，於是靈機一動，將在不遠處任官的蘇軾介紹給他們。此舉讚美了蘇軾的畫藝，也引導「粉絲」們紛紛前去。想到蘇軾皺眉撇嘴、焦頭爛額的樣子，文與可不由幸災樂禍地調皮起來，「襪材當萃於子矣」。信末還以信任和祝福的口吻調侃說：你會在方寸間畫出萬尺長之竹的。不料機智的蘇軾順水推舟：請與可兄將萬尺之竹的絹布送來吧。文與可頓時氣短：這，世間哪有萬尺竹？伶牙俐齒的蘇軾此時已完全佔取主動：真有啊，月下竹影是也。與可自知嘴仗不勝，便以畫作《篔簹谷偃竹》相贈。此畫又牽出兩人之前的一段互嘲，在篔簹谷任官的文與可曾向蘇軾索詩，蘇軾回詩大略曰：谷中竹筍盡在你這吃貨的胸中了吧。文與可讀此詩時正在吃筍，「發函得詩，失笑噴飯滿案」。

兩人性情相投，都真率可愛，不僅如此，他們在文藝理念上也有深刻的共鳴。「渭濱千畝在胸中」一語雙關，揶揄與可饞嘴的同時，也讚美他「成竹在胸」的創作理念：寫形更要寫神，領會整體神韻，用熟練的技法表現，以達到心手相應。這一理念為寫意的文人畫奠定了基石，具有里程碑的意義。把握內在精神，追求比外在細節更珍貴的內在活力，源於《莊子》的這一理念不僅適用於繪畫，寫作、養生、治世也莫不如是。因此蘇轍雖不畫畫，也能體會文與可「成竹在胸」一說的真意。然而，如此可愛又深刻的朋友卻永遠離開了人世。半年後，隱痛在不經意間爆發，面對故友畫作，想及曾經的嬉笑，心中格外痛楚——彼此間能完全放鬆，率意相對的人是多麼珍貴，然而他已不在了。

亡妻王氏墓誌銘

蘇軾

治平二年五月丁亥，趙郡蘇軾之妻王氏，卒于京師。[1]六月甲午，殯於京城之西。[2]其明年六月壬午，葬于眉之東北彭山縣安鎮鄉可龍里先君先夫人墓之西北八步。軾銘其墓曰：

君諱弗，眉之青神人，鄉貢進士方之女。[3]生十有六年，而歸於軾。有子邁。[4]君之未嫁，事父母，既嫁，事吾先君、先夫人，皆以謹肅聞。其始，未嘗自言其知書也。見軾讀書，則終日不去，亦不知其能通

---

1. 蘇軾於宋仁宗至和元年（1054）十八歲時，娶王弗。王氏於治平二年（1065）病卒於京都開封，年二十七，蘇軾那年二十九歲。次年，蘇軾送其父蘇洵靈柩歸葬原籍，王氏一併歸葬。五月丁亥：五月二十八日。趙郡：蘇軾的郡望。
2. 殯：停柩。
3. 諱：為表尊重，不直稱其名。青神：今四川樂山地區青神縣，北宋屬眉州，蘇軾即眉州人。鄉貢進士：鄉試及格後推至京都考試的士人，相當於明清舉人。方：王方。
4. 邁：蘇軾長子蘇邁。

也。其後軾有所忘，君輒能記之。問其他書，則皆略知之，由是始知其敏而靜也。

從軾官於鳳翔，軾有所為於外，君未嘗不問知其詳。曰：「子去親遠，不可以不慎。」日以先君之所以戒軾者相語也。軾與客言於外，君立屏間聽之，退必反覆其言曰：「某人也，言輒持兩端，惟子意之所向，子何用與是人言。」[5]有來求與軾親厚甚者，君曰：「恐不能久。其與人銳，其去人必速。」[6]已而果然。將死之歲，其言多可聽，類有識者。其死也，蓋年二十有七而已。始死，先君命軾曰：「婦從汝於艱難，不可忘也。他日汝必葬諸其姑之側。」[7]未期年而先君沒，軾謹以遺令葬之。[8]銘曰：

---

5 言輒持兩端：說話模棱兩可。

6 「其與人銳」二句：他對人突然過分好，拋棄人一定也很快。

7 姑：丈夫之母。

8 期（jī）年：一周年。

君得從先夫人于九原，余不能。[9] 嗚呼哀哉。余永無所依怙。[10] 君雖沒，其有與為婦何傷乎。[11] 嗚呼哀哉。

9 九原：墓地。

10 依怙（hù）：依靠，這裏指父母。

11 君雖沒，其有與為婦何傷乎：雖已離世，但對兒媳的職分又有何影響呢？

【賞析】

「十年生死兩茫茫，不思量，自難忘。千里孤墳，無處話淒涼。縱使相逢應不識，塵滿面，鬢如霜。夜來幽夢忽還鄉，小軒窗，正梳妝。相顧無言，惟有淚千行。料得年年腸斷處，明月夜，短松岡。」王氏過世十年後，蘇軾的思念依然刻骨銘心，這是個怎樣的女子呢？

她沉靜，內秀，不聲張。「未嘗自言其知書也。見軾讀書，則終日不去，亦不知其能通也。其後，軾有所忘，君輒能記之。問其他書，則皆略知之。」蘇軾起初也許不以為意，但王氏的可貴在時間的沉澱中顯出的晶瑩澄澈。她聰穎博聞，卻不張揚；靈秀敏捷，而又樸實無華。有妻如此，蘇軾會在生活中時時感到貼心、安穩。

不僅如此，她處事穩重，有識人之明。她洞察人性，這對爛漫天真、鋒芒畢露、「眼見天下無一不好人」的蘇軾恰是一種調和。十年後，置身政治風暴的蘇軾恐怕對王氏的人格和識見會有更深的領悟，只是她再也無法提點自己了。

這個靜敏有識見的賢妻陪伴了自己十一年就走了，如同她來時一樣，去另一個世界侍奉父母了，只留下幼子和自己孤零零地在這曠莽的人世間。銘文中，蘇軾悲痛而又深感安慰，甚至還有些羨慕：她離開了，在另一個世界還有父母的護佑，而自己呢？而立之年，要在這個無父無母無妻的世界上開始孤獨地過自己的生活了。

留侯論

蘇軾

古之所謂豪傑之士者，必有過人之節。人情有所不能忍者，匹夫見辱，拔劍而起，挺身而鬥，此不足為勇也。[1]天下有大勇者，卒然臨之而不驚，無故加之而不怒，此其所挾持者甚大，而其志甚遠也。[2]

夫子房受書於圯上之老人也，其事甚怪；然亦安知其非秦之世有隱君子者，出而試之？[3]觀其所以微見其意者，皆聖賢相與警戒之義。世人不察，以為鬼物，亦已過矣。且其意不在書。當韓之亡，秦之方盛

1 匹夫：普通人。見辱：被侮辱。

2 卒然：突然。卒，通「猝」。所挾持者：這裏指胸懷抱負。

3 圯上之老人：橋上的老人。《史記・留侯世家》記載張良刺殺秦始皇失敗後，逃亡到下邳，在一座橋上遇到一位老人，老人對張良多次考驗後，送他一本《太公兵法》，並稱「讀此則為王者師」。隱君子：指隱士。

也，以刀鋸鼎鑊待天下之士，其平居無罪夷滅者，不可勝數，雖有賁、育，無所復施。[4] 夫持法太急者，其鋒不可犯，而其末可乘。子房不忍忿忿之心，以匹夫之力，而逞於一擊之間。當此之時，子房之不死者，其間不能容髮，蓋亦已危矣。[5] 千金之子，不死于盜賊。[6] 何者？其身之可愛，而盜賊之不足以死也。[7] 子房以蓋世之才，不為伊尹、太公之謀，而特出于荊軻、聶政之計，以僥倖於不死，此固圯上老人所為深惜者也。[8] 是故倨傲鮮腆而深折之，彼其能有所忍也，然後可以就大事，故曰：「孺子可教也。」[9]

楚莊王伐鄭，鄭伯肉袒牽羊以逆，莊王曰：「其君能下人，必能信用其民矣。」[10] 遂舍之。勾踐之困於會稽，而歸臣妾于吳者，三年而不倦。且夫有報人之志，而不能下人者，是匹夫之剛也。[11] 夫老人者，以

---

4 以刀鋸鼎鑊待天下之士：用刀鋸殺人，用鼎鑊烹人。指秦朝刑法苛酷殘暴。賁、育：孟賁、夏育，戰國時期的勇士。

5 其間不能容髮：當中連一根頭髮的空隙都沒有。比喻與災禍相距極近，情勢危急。間：間隙。

6 不死于盜賊：不會死在和盜賊拼搏上。

7 可愛：值得愛惜。

8 伊尹、太公：伊尹是商朝的開國功臣，太公即姜子牙，周朝的開國功臣。荊軻、聶政：二人都是著名刺客，《史記・刺客列傳》記有二人行刺事跡。

9 鮮腆：無禮。

10 鄭伯肉袒牽羊以逆：楚莊王攻克鄭國後，鄭伯赤裸上身牽羊開城迎接，表示屈服。逆：迎接。

11 報人：向人報仇。下人：對人謙恭處下。

為子房才有餘而憂其度量之不足，故深折其少年剛銳之氣，使之忍小忿而就大謀。何則？非有生平之素，卒然相遇於草野之間，而命以僕妾之役，油然而不怪者，此固秦皇帝之所不能驚，而項籍之所不能怒也。[12]

觀夫高祖之所以勝，而項籍之所以敗者，在能忍與不能忍之間而已矣。項籍惟不能忍，是以百戰百勝而輕用其鋒。高祖忍之，養其全鋒而待其弊，此子房教之也。當淮陰破齊，而欲自王，高祖發怒，見於詞色，由此觀之，猶有剛強不忍之氣，非子房其誰全之？[13]

太史公疑子房以為魁梧奇偉，而其狀貌乃如婦人女子，不稱其志氣。[14]而愚以為此其所以為子房歟！

---

[12] 油然：舒緩貌。

[13] 當淮陰破齊，而欲自王：韓信破齊，派使者向劉邦請封為齊地的「假王」。此時劉邦與項羽的局勢正在僵持不下，對韓信的要求極其惱怒，在韓信使者面前就要發作時，張良及時提醒。劉邦醒悟，便封韓信為齊王。淮陰：即韓信，先被封為齊王，後遷為楚王，又降為淮陰侯。

[14] 太史公疑子房以為魁梧奇偉：《史記・留侯世家》的「太史公曰」中說：「余以為其人計魁梧奇偉，至見其圖，狀貌如婦人好女。」

【賞析】

《留侯論》論的是留侯張良。這篇文章是蘇軾考中進士之後、為準備制科考試所作的二十五篇《進策》和二十五篇《進論》中的一篇。當時蘇軾不過二十四歲，但這篇文章已能反映出他的眼光獨到、文筆老練。

蘇軾並非為標新立異而故作聳人之言。他敏銳地察覺到了張良從不能忍到能忍的變化，注意到了「忍」在張良輔佐劉邦統一天下建立漢朝過程中的關鍵作用。張良的祖父和父親先後共歷五代韓王為相，秦滅韓國，張良正是血氣方剛的年齡，他不能忍，毀家紓難，用暗殺秦始皇的方式來為韓國報仇。暗殺失敗後，張良逃到下邳，史書記載他此時「為任俠」，而不能忍是俠的共同特徵之一。就在這時，圯上老人出現了。以往人們只看到圯上老人的古怪神秘，看到圯上老人授《太公兵法》給張良。蘇軾卻看出了圯上老人的授書過程本質上是在磨礪張良的性格，是故意用傲慢無禮的舉動「深折其少年剛銳之氣」，而「意不在書」。

推而廣之，蘇軾認為楚漢之爭的勝敗關鍵在於能忍與不能忍，項羽以不能忍而敗，劉邦以能忍而勝。劉邦的「忍」，正是張良所教。史書中對此並無明確記載，但蘇軾很巧妙地找到了一個證據，就是在劉邦與項羽僵持的緊要關頭，韓信趁機向劉邦提出自己要做齊王的請求，劉邦面對韓信使者就要勃然大怒的時候，張良在旁邊暗示劉邦要忍，接受信的請求。可見在劉邦不能忍的時候，「非子房其誰全之」！

最了解張良的人是劉邦，他稱讚張良「運籌策帷帳之中，決勝於千里之外」。人們議論張良，首先想到的是這句話，除了這一句，似乎再作別的評價也顯得多餘。而蘇軾偏偏能從一個「忍」字立論，並且偏偏能用張良一生的事功來印證，讓人們看到了張良的「忍小忿而就大謀」，可謂作文立意避熟就生、另闢蹊徑的典範。

記遊松風亭

蘇軾

余嘗寓居惠州嘉祐寺，縱步松風亭下。[1] 足力疲乏，思欲就亭止息。望亭宇尚在木末，意謂是如何得到？[2] 良久，忽曰：「此間有甚麼歇不得處？」由是如掛鉤之魚，忽得解脫。若人悟此，雖兵陣相接，鼓聲如雷霆，進則死敵，退則死法，當甚麼時也不妨熟歇。[3]

[1] 嘉祐寺：舊址在廣東惠陽東江南岸，白鶴峰南側，不遠處有松風亭。

[2] 木末：樹梢。松風亭仍在高高的樹梢。

[3] 進則死敵，退則死法：前進的話，會被敵人殺死；後退的話，也會被軍法處死。甚麼時：這時。熟歇：好好歇息一番。

【賞析】

設定了目標，奮力前行，卻又到達不得，沮喪、疲乏、焦慮籠罩下來，整個人都不好了。目標的焦慮感想必綁架過每一個人，「望亭宇尚在木末，意謂是如何得到？」正是急躁又無力的心情寫照。

蘇軾鬱悶地坐着，久之，突然悟道：「此間有甚麼歇不得處？」目的地固然重要，但目的地的初衷並非給人套上緊箍咒，讓人頭疼焦慮。當目標不再激勵人們昂揚地前進，而是成了心靈的枷鎖，讓人喪失蓬勃的活力，那就掙脱吧！只為慣性而盲目前進，那目標本身已經是值得商榷的存在。

要麼樂於實現，要麼徹底放下。當目標不再令人歡悦，畫地為牢，成了自己給自己的限制，那就是時候給當下尋找另一種意義了。前進中的每一刻其實都有獨一無二的光彩，它們並非只為目的而存在。打開腦洞，每一刻都可以生意盎然！年近花甲的蘇軾在疲憊的行走中坐下來，想了一會，突然像老頑童一樣快活起來：放棄目標，釋去羈絆，原來我是自由的！歇息的一刻於是充滿靈悟和創造的活力！「由是如掛鉤之魚，忽得解脱」，自己解救自己是幸福的。

掙脱既定目標的限制，領會心靈的自由，即使下一刻是死亡，這一刻也仍然有熟歇的灑脱自在。兵陣交接、金鼓相振中，一個士兵突然坐下來，若無其事地打個哈欠，想想都覺得喜感不已。而蘇軾卻正是這樣生活的。被貶至一無所有的惠州，別人「試問嶺南應不好」，蘇軾「卻道，此心安處是吾鄉」。妥帖放鬆地坐下來，每一個當下都值得感知自由。

與程秀才

蘇軾

某啟。去歲僧舍屢會，當時不知為樂，今者海外豈復夢見。聚散憂樂，如反覆手，幸而此身尚健。得來訊，喜侍下清安，知有愛子之戚。繈褓泡幻，不須深留戀也。[1] 僕離惠州後，大兒房下亦失一男孫，亦悲愴久之，今則已矣。此間食無肉，病無藥，居無室，出無友，冬無炭，夏無寒泉，然亦未易悉數，大率皆無耳。惟有一幸，無甚瘴也。近與小兒子結茅數椽居之，僅庇風雨，然勞費已不貲矣。[2] 賴十數學生助工

程秀才：程天侔。

1 繈褓：嬰兒。泡幻：夢幻泡影，喻人生短暫。

2 結茅：蓋起簡陋的房屋。椽（chuán）：支撐瓦片的木條，後指房屋的間數，量詞。不貲（zī）：無法估算。

作，躬泥水之役，愧之不可言也。尚有此身，付與造物，聽其運轉，流行坎止，無不可者。故人知之，免憂。乍熱，萬萬自愛。不宣。

【賞析】

一無所有之時，你會如何自處？「食無肉，病無藥，居無室，出無友，冬無炭，夏無寒泉，然亦未易悉數，大率皆無耳。」會沮喪吧？但蘇軾說：「尚有此身，付與造物，聽其運轉，流行坎止，無不可者。」

世人都以為蘇軾曠達樂觀，儼然一個理想主義者。那是因為他深知生活的本相是一無所有。不到三十歲，父母賢妻就先後離世。才氣固然名動天下，但生命的悽惶已鋪展在眼前。初入仕途，受肖小惡意誹謗，以致蘇軾在烏台詩案中詬辱備至，命若懸絲。一個親歷過命運無常、人性醜惡的人，才會對這個世界的一片狼藉洞若觀火，並格外珍惜世間種種美好。海南「無瘴」，「十數學生」相助「結茅數椽」，「躬水泥之役」，如此雪中送炭的可愛之人使蘇軾欣喜甚至感恩，「愧之不可言也」。

經歷過卓絕的苦難之後，還能感恩並恬淡地生活，這需要強大的信念與內力。羅曼・羅蘭說：「世界上只有一種真正的英雄主義，就是認清了生活的真相後還能愛着它。」蘇軾歷經新黨迫害、友人背叛、惡意貶謫，以致身處天涯海角，但他仍然愛着生活、勞動、朋友和自己，「故人知之，免憂。乍熱，萬萬自愛」。在命運的角落裏不自怨自艾、自暴自棄，仍關心親友、珍愛自己，並帶着孩子般的好奇心看命運會將自己帶往何處，在與大道的同變化、共周流中獲得新鮮的樂趣。真正的通達者深知災禍與平安如同海上的狂瀾與靜波，都是大道周流的常態。與其悲愁，不如領受世間為數不多卻又領略不盡的美好吧。

試筆自書

蘇軾

吾始至南海，環視天水無際，淒然傷之，曰：「何時得出此島耶？」已而思之，天地在積水中，九州在大瀛海中，中國在四海中，有生孰不在島者？[1]覆盆水於地，芥浮于水，蟻附於芥，茫然不知所濟。[2]少焉水涸，蟻即徑去，見其類，出涕曰：「幾不復與子相見。豈知俯仰之間，有方軌八達之路乎？」[3]念此可以一笑。戊寅九月十二日，與客飲薄酒小醉，信筆書此紙。

1. 有生：生物。孰：誰。
2. 芥：小草。濟：渡。
3. 少焉水涸：過了一會兒，水乾了。類：同類，即螞蟻。「幾不復」三句：差點不能與你相見了，誰知頃刻之間，卻出現了這麼寬廣的大路呀。方軌：兩車並行。八達：可以通向八面。

【賞析】

生命中的困厄往往不在其本身，而在深陷其中、無法自拔的無力感。蘇軾被貶至海南，並非普通的貶謫。與政治中心的距離意味着被邊緣化的程度。海南位於北宋最南境，遠無可遠。被貶至此可算對一個官員最徹底的否定。只因北宋朝廷不殺士人的祖訓，蘇軾才保住性命。「所欠唯一死」是他對此次貶謫的清醒認知，雖然這清醒只會增加痛苦。

初至海南的蘇軾已年過花甲，兩任妻子和愛妾朝雲皆已離世。一生盛名烜赫，晚年竟流落至此，生無可戀的沮喪定然閃現過。「吾始至南海，環視天水無際，淒然傷之」便是明證。然而蘇軾之偉大正在其超拔，「無所往而不樂者，蓋游於物之外也」，「自其內而觀之，未有不高且大者也。彼挾其高大以臨我，則我常眩亂反復，如隙中之觀鬥，又焉知勝負之所在，是以美惡橫生，而憂樂出焉」。沉浸於一件事中不可自拔，生命的天空便被其遮蔽，人在其中如坐井觀天，不見其餘。被貶海南的打擊固然深重，但轉換視角、游於物外，便會發現，別有洞天！

宇宙中的我們也像漂浮在海中，不過是在更大的島上浮生若夢。我們在宇宙的島上樂趣無窮，海島又有何不可？「日啖荔枝三百顆，不辭長作嶺南人」，正是中原大地難有的享受。盆水覆地，芥浮於水，螞蟻困於水中以為絕境，須臾水乾，才發現路寬通達。先以大喻小，又以小喻大，空間的靈活轉換使海島不再卑微而邊緣，反顯得平常，還有些浪漫。螞蟻的訴說更是打開時間的拘限，以發展的眼光回看當下，當下的絕望和淒傷反倒有些冒失。於是展顏一笑，薄酒小醉，淡然處之。在海南島貶居三年後，蘇軾如自己所預言的被召回，渡海之時，他和文中的小螞蟻一樣感到了世界的開闊與自由，「雲散月明誰點綴，天容海色本澄清」。

與二郎姪

蘇軾

二郎姪：

得書，知安，並議論可喜，書字亦進。文字亦若無難處，只有一事與汝説。凡文字，少小時須令氣象崢嶸，采色絢爛。漸老漸熟乃造平淡，其實不是平淡，絢爛之極也。汝只見爺伯而今平淡，一向只是此樣，何不取舊時應舉時文字看，高下抑揚，如龍蛇捉不住，當且學此。只書學亦然，善思吾言。

【賞析】

由濃烈而趨於平淡，豈獨文字，人生亦然。青年時意氣昂揚，指點江山，激揚文字。年輕時的《留侯論》中，駢對、反問、毋庸置疑的判斷句觸目皆是，可謂縱橫捭闔，氣勢充沛，「高下抑揚，如龍蛇捉不住」，「氣象崢嶸，采色絢爛」。然之後「漸老漸熟乃造平淡」。但此平淡絕非寡淡，而是內在神明飽滿煥發出的一片淡泊灑然。

起伏跌宕的人生歷練中，蘇軾諷刺過、苛酷過、尖銳過、緊張過、憤怒過，而最終歸於醇美成熟、天真可愛。「但尋牛矢覓歸路，家在牛欄西復西」，「小兒誤喜朱顏在，一笑那知是酒紅」。行雲流水、自然渾成的文字背後是豐厚的人生體驗，以及深思後的返璞歸真。找到自己的安身立命之所，紅塵萬丈也一片清澄，一無所有，也無妨樂趣無窮。於是世界如星珠串天，處處閃眼。黃州時期的《記承天寺夜遊》一片性靈，《書臨皋亭》亦自由蕭散、橫放適意：「東坡居士酒醉飯飽，倚於几上。白雲左繚，清江右洄，重門洞開，林巒坌入。當是時，若有思而無所思，以受萬物之備，慚愧！慚愧！」

「江山風月，本無常主，閒者便是主人」，東坡以主人的姿態領受天地豐厚的饋贈，並充滿感激。如此不卑不亢、恬淡自然的態度呈現於行雲流水的文字，自然「如萬斛泉源，不擇地而出，在平地滔滔汨汨，雖一日千里無難；及其與山石曲折，隨物賦形，而不可知也。所可知者，常行於所當行，常止於不可不止，如是而已矣。其他，雖吾亦不能知也」。

金石錄・後序

李清照

右《金石錄》三十卷者何？趙侯德父所著書也。[1]取上自三代、下迄五季，鐘、鼎、甗、鬲、盤、彝、尊、敦之款識，豐碑大碣、顯人晦士之事跡，凡見於金石刻者二千卷，皆是正訛謬，去取褒貶，上足以合聖人之道，下足以訂史氏之失者皆載之，可謂多矣。[2]嗚呼！自王播、元載之禍，書畫與胡椒無異；長輿、元凱之病，錢癖與《傳》癖何殊？名雖不同，其惑一也。[3]

李清照（1084—約1151）：號易安居士。齊州章丘（今山東濟南）人。宋代女詞人。

1 趙侯德父：李清照的丈夫趙明誠，字德父。

2 三代：指夏商周。五季：五代，指唐宋之間的後梁、後唐、後漢、後晉、後周。款識：古代鐘鼎彝器上鑄刻的文字。豐碑大碣：很大的石碑。古代以長方形石刻為碑，圓形石刻為碣。晦士：隱士。是正訛謬：訂正差錯謬誤。

3 王播：前人指出應是王涯，唐文宗時宰相，為宦官所殺，家產被抄沒，所收藏歷代名貴書畫，被棄擲於道。元載：唐代宗時宰相，好聚斂，後獲罪賜死，抄沒其家產時，僅胡椒即有八百石。長輿、元凱之病：西晉和嶠字長輿，官至中書令；杜預字元凱，為西晉滅吳的大將。杜預說和嶠有「錢癖」，晉武帝問他有甚麼癖好，杜預回答說自己有「《左傳》癖」。杜預著有《春秋左氏經傳集解》。

余建中辛巳，始歸趙氏。[4] 時先君作禮部員外郎，丞相作吏部侍郎，侯年二十一，在太學作學生。[5] 趙、李族寒，素貧儉。每朔望謁告出，質衣取半千錢，步入相國寺，市碑文果實歸。[6] 相對展玩咀嚼，自謂葛天氏之民也。[7] 後二年，出仕宦，便有飯蔬衣練，窮遐方絕域，盡天下古文奇字之志。[8] 日就月將，漸益堆積。[9] 丞相居政府，親舊或在館閣，多有亡詩、逸史、魯壁、汲塚所未見之書，遂盡力傳寫，浸覺有味，不能自已。[10] 後或見古今名人書畫，一代奇器，亦復脫衣市易。嘗記崇寧間，有人持徐熙《牡丹圖》，求錢二十萬。[11] 當時雖貴家子弟，求二十萬錢豈易得耶？留信宿，計無所出而還之。夫婦相向惋悵者數日。[12]

---

4 建中辛巳：宋徽宗建中靖國元年（1101）。歸趙氏：嫁給趙明誠。

5 先君：過世的父親，這裏指李清照的父親李格非。丞相：指趙明誠父親趙挺之，後曾官至尚書右僕射兼中書侍郎（相當於丞相）。

6 朔望謁告：指陰曆每月之初一（朔日）、十五日（望日）的例行休假。質衣：典當衣服。市：購買。

7 葛天氏：傳說中遠古時代的帝王，其時人民質樸，無憂無慮。

8 飯蔬衣練（shū）：吃穿簡單隨意。飯、衣：此處皆名詞用作動詞。蔬：蔬菜。練：粗布。古文：古代文字，指秦以前字體。

9 日就月將：日積月累。

10 館閣：掌管圖書、編修國史的官署。亡詩：《詩經》305 篇之外的周詩。逸史：正史之外的史書。魯壁：孔子宅壁。漢武帝時，從孔子宅壁發現古文《尚書》《禮記》等書。汲塚：西晉時汲郡人掘魏襄王塚，得竹簡小篆古書十餘萬言。浸：漸漸。

11 崇寧：宋徽宗年號（1102—1106）。徐熙：五代時南唐著名畫家。

12 信宿：兩夜。

後屏居鄉里十年，仰取俯拾，衣食有餘。[13]連守兩郡，竭其俸入以事鉛槧。[14]每獲一書，即同共勘校，整集籤題。得書畫彝鼎，亦摩玩舒卷，指摘疵病，夜盡一燭為率。[15]故能紙箚精緻，字畫完整，冠諸收書家。余性偶強記，每飯罷，坐歸來堂烹茶，指堆積書史，言某事在某書某卷第幾葉第幾行，以中否角勝負，為飲茶先後。[16]中即舉杯大笑，至茶傾覆懷中，反不得飲而起。甘心老是鄉矣！故雖處憂患困窮，而志不屈。

收書既成，歸來堂起書庫大櫥，簿甲乙，置書冊。[17]如要講讀，即請鑰上簿，關出卷帙。[18]或少損污，必懲責揩完塗改，不復向時之坦夷也。是欲求適意而反取憀慄。[19]余性不耐，始謀食去重肉，衣去重采，首無明珠翡翠之飾，室無塗金刺繡之具。遇書史百家字不刓缺、本不訛謬者，輒市之，儲作副本。[20]自來家傳

---

13 屏（bǐng）居：退職閒居。趙挺之遭政敵排擠，罷相後不久死去，趙明誠亦被免職，攜李清照回到青州故里。

14 連守兩郡：指趙明誠後來出任萊州、淄州知州。鉛槧（qiàn）：書寫用具，這裏指校訂書籍的工作。

15 率（lǜ）：限度。

16 歸來堂：夫婦二人在青州宅第內的堂室名，取陶淵明《歸去來兮辭》意：脫離仕途回歸田園。

17 簿甲乙：編訂目錄，分類登記。

18 請鑰上簿：取出鑰匙，登記在冊。關出：檢出。卷帙：書籍。

19 憀（liáo）慄（lì）：不安貌。

20 刓（wán）缺：磨損殘缺。

《周易》《左氏傳》，故兩家者流，文字最備。於是几案羅列，枕席枕藉，意會心謀，目往神授，樂在聲色狗馬之上。

至靖康丙午歲，侯守淄川，聞金人犯京師，四顧茫然，盈箱溢篋，且戀戀，且悵悵，知其必不為己物矣。[21] 建炎丁未春三月，奔太夫人喪南來，既長物不能盡載，乃先去書之重大印本者，又去畫之多幅者，又去古器之無款識者。[22] 後又去書之監本者，畫之平常者，器之重大者。[23] 凡屢減去，尚載書十五車。至東海，連艫渡淮，又渡江，至建康。青州故第，尚鎖書冊什物，用屋十餘間，期明年春再具舟載之。[24] 十二月，金人陷青州，凡所謂十餘屋者，已皆為煨燼矣。

建炎戊申秋九月，侯起復，知建康府，己酉春三

[21] 靖康丙午歲：宋欽宗靖康元年（1126）。侯守淄川：趙明誠任淄州知州。淄川即淄州，今山東淄博。

[22] 建炎丁未：宋高宗建炎元年（1127）。長（zhàng）物：多餘的東西。

[23] 監本：國子監刻印的書籍，在當時為通行本。

[24] 東海：即海州，今江蘇連雲港一帶。

月罷，具舟上蕪湖，入姑孰，將卜居贛水上。[25]夏五月，至池陽，被旨知湖州，過闕上殿。[26]遂駐家池陽，獨赴召。六月十三日，始負擔舍舟，坐岸上，葛衣岸巾，精神如虎，目光爛爛射人，望舟中告別。[27]余意甚惡，呼曰：「如傳聞城中緩急，奈何？」[28]戟手遙應曰：「從眾。必不得已，先去輜重，次衣被，次書冊卷軸，次古器；獨所謂宗器者，可自負抱，與身俱存亡，勿忘之！」[29]遂馳馬去。途中奔馳，冒大暑，感疾。至行在，病痁。[30]七月末，書報臥病。余驚怛，念侯性素急，奈何病痁？或熱，必服寒藥，疾可憂。遂解舟下，一日夜行三百里。比至，果大服柴胡、黃芩藥，瘧且痢，病危在膏肓。[31]余悲泣，倉皇不忍問後事。八月十八日，遂不起，取筆作詩，絕筆而終，殊無分香賣履之意。[32]

---

25 建炎戊申：建炎二年（1128）。己酉：建炎三年（1129）。

26 過闕上殿：指朝見皇帝。

27 葛衣岸巾：穿着葛布衣，戴着露額的頭巾。

28 意甚惡：情緒很不好。緩急：偏義複詞，指危急。

29 戟手：舉手屈肘，用食指、中指指點如戟狀。宗器：宗廟祭器。這裏指趙明誠家祭祀祖先的祭器。

30 行在：皇帝出行所在之地。這裏指建康。痁：瘧疾。

31 膏肓（huāng）：指病已到不可救治的地步。

32 分香賣履：指對家事所作的遺囑。曹操在臨終前的遺令中對姬妾做出了安排：「餘香可分與諸夫人，不命祭。諸舍中（姬妾）無所為，可學作履組賣也。」

葬畢，余無所之。朝廷已分遣六宮，又傳江當禁渡。[33]時猶有書二萬卷，金石刻二千卷，器皿茵褥可待百客，他長物稱是。[34]余又大病，僅存喘息，事勢日迫，念侯有妹婿任兵部侍郎，從衛在洪州，遂遣二故吏先部送行李往投之。[35]冬十二月，金人陷洪州，遂盡委棄。所謂連艫渡江之書，又散為雲煙矣。獨余少輕小卷軸、書帖，寫本李、杜、韓、柳集，《世說》《鹽鐵論》，漢、唐石刻副本數十軸，三代鼎鼐十數事，南唐寫本書數篋，偶病中把玩，搬在臥內者，巋然獨存。

上江既不可往，又虜勢叵測，有弟迒，任敕局刪定官，遂往依之。[36]到台，台守已遁，之剡。[37]出陸，又棄衣被走黃岩，雇舟入海奔行朝。[38]時駐蹕章安，從御舟海道之温，又之越。[39]庚戌十二月，放散百官，遂之衢。[40]紹興辛亥春三月，復赴越。壬

---

33 分遣六宮：當時金兵南下，南宋朝廷疏散宮中妃子、宮女等。

34 他長物稱是：其餘用物與此數相當。

35 從衛在洪州：在洪州護衛隆裕太后。洪州：今江西南昌。

36 上江：指今安徽以上一帶（長江上游），此處指今江西省。叵（pǒ）測：不可測度。敕局刪定官：負責編輯皇上詔令的官員。

37 台：台州，治所在今浙江台州臨海。剡（shàn）：剡溪，在今浙江紹興嵊縣。

38 黃岩：今浙江黃岩。行朝：即行在。

39 駐蹕（bì）：指皇帝出行，沿途短暫停留。章安：在今浙江台州臨海東南。之溫：到溫州。之越：到越州。越：今浙江紹興。

40 庚戌：建炎四年（1130）。衢：今浙江衢州。

41 紹興辛亥：宋高宗紹興元年（1131）。壬子：紹興二年（1132）。

子，又赴杭。[41]先侯疾亟時，有張飛卿學士，攜玉壺過視侯，便攜去，其實珉也。[42]不知何人傳道，遂妄言有頒金之語，或傳亦有密論列者。[43]余大惶怖，不敢言，亦不敢遂已，盡將家中所有銅器等物，欲赴外廷投進。[44]到越，已移幸四明。[45]不敢留家中，並寫本書寄剡，後官軍收叛卒，取去，聞盡入故李將軍家。所謂巋然獨存者，無慮十去五六矣。惟有書畫硯墨可五七簏，更不忍置他所，常在臥榻下，手自開闔。[46]在會稽，卜居土民鍾氏舍，忽一夕，穴壁負五簏去。[47]余悲慟不已，重立賞收贖。後二日，鄰人鍾復皓出十八軸求賞，故知其盜不遠矣。萬計求之，其餘遂牢不可出。今知盡為吳說運使賤價得之。[48]所謂巋然獨存者，乃十去其七八。所有一二殘零不成部帙書冊，三數種平平書帖，猶復愛惜如護頭目，何愚也邪！

---

42 疾亟（jí）：病危。珉（mín）：似玉的石頭。

43 頒金：將玉壺送給金人。密論列：向朝廷秘密舉報。

44 外廷：朝廷不在京師，故稱外廷。

45 四明：今浙江寧波。

46 簏：竹箱。

47 會稽：今浙江紹興。穴壁：在牆上打洞。

48 運使：轉運使的簡稱，宋朝「路」一級管錢糧的官員。

今日忽閱此書，如見故人。因憶侯在東萊靜治堂，裝卷初就，芸籤縹帶，束十卷作一帙。[49]每日晚吏散，輒校勘二卷，題跋一卷。此二千卷，有題跋者五百二卷耳。今手澤如新而墓木已拱，悲夫！[50]

昔蕭繹江陵陷沒，不惜國亡而毀裂書畫；楊廣江都傾覆，不悲身死而復取圖書。[51]豈人性之所著，死生不能忘之歟？[52]或者天意以余菲薄，不足以享此尤物耶？[53]抑亦死者有知，猶斤斤愛惜，不肯留在人間耶？何得之艱而失之易也？嗚呼！余自少陸機作賦之二年，至過蘧瑗知非之兩歲，三十四年之間，憂患得失，何其多也！[54]然有有必有無，有聚必有散，乃理之常。人亡弓，人得之，又胡足道！[55]所以區區記其終始者，亦欲為後世好古博雅者之戒云。

---

[49] 東萊：即萊州。靜治堂：趙明誠知萊州時的廳堂名。芸籤：用芸草製成的書籤。縹帶：用來束紮卷軸的絲帶。

[50] 手澤：親手書寫的墨跡。墓木已拱：指死去很多年了，墳墓前的樹木都可以合抱了。

[51] 「蕭繹」二句：梁元帝蕭繹喜好收藏圖書，即位後駐留江陵，西魏伐梁，江陵陷沒，他將圖書十餘萬卷全部燒毀。「楊廣」二句：唐攻克洛陽後，將洛陽圖書裝船運往長安，中途為風浪傾覆。傳説隋煬帝楊廣托夢給負責押運的官員，稱自己將圖書取走。江都：今江蘇揚州，隋煬帝在江都被殺。

[52] 著（zhuó）：執着，繫念。

[53] 尤物：最好的東西。

[54] 少陸機作賦之二年：指十八歲。杜甫《醉歌行》：「陸機二十作《文賦》。」過蘧（qú）瑗知非之兩歲：指五十二歲。蘧瑗，字伯玉，春秋時衛國大夫。《淮南子・原道訓》：「蘧伯玉年五十而有四十九年之非。」

[55] 人亡弓，人得之：人丟了弓，被人撿去，相當於沒有丟。用了《孔子家語・好生》中楚王失弓的典故，是李清照於無可奈何中的自我寬慰。

紹興二年玄黓歲壯月朔甲寅，易安室題。[56]

【賞析】

李清照與丈夫趙明誠可以稱得上是收藏大家。從婚後尚無獨立經濟來源時，就以到相國寺買碑文為樂；趙明誠進入仕途，有了俸祿，兩人更是立下「窮遐方絕域，盡天下古文奇字之志」。書、畫、彝、鼎，傾力搜購。李清照自詡「紙劄精緻，字畫完整，冠諸收書家」。至金兵南侵，北宋覆亡，李清照逃難時，選最貴重之物帶走十五車，不能帶走的書畫什物，尚有十餘屋。

對於金石書畫，李清照夫婦是真心熱愛，幾乎花去了他們所有的錢，有時甚至典當衣物也在所不惜，李清照自己乃至「食去重肉，衣去重采，首無明珠翡翠之飾，室無塗金刺繡之具」。他們的收藏，並非是為了謀利或炫耀，而是真的懂，真的從這些收藏中收穫了無限樂趣，所謂「几案羅列，枕席枕藉，意會心謀，目往神授，樂在聲色狗馬之上」。

然而「世間好物不堅牢，彩雲易散琉璃脆」，靖康之變，國破家亡，趙明誠病故，李清照眼睜睜地看着自己和丈夫窮盡前半生心血積聚起來的珍藏一批批亡失，散佚殆盡。先是逃離家

[56] 紹興二年玄黓歲壯月朔甲寅：紹興二年（1132）八月初一。易安室：李清照書齋名。

鄉時留下十餘屋不能帶走的各類收藏，金兵到來後化為灰燼；接着在流亡途中把十五車書畫、金石刻、器皿中的絕大部分寄往洪州親戚處，洪州轉眼被金兵攻佔，這些東西全部散失；後來又有謠言說趙明誠生前有通敵之嫌，李清照為自保被迫將留存身邊的銅器都進獻朝廷；此時李清照只剩下數筐輕小卷軸書畫、珍稀刻本寫本，隨身攜帶，小心守護，但還是遭人偷盜。最後李清照所有的不過「一二殘零不成部帙書冊，三數種平平書帖」。

得之艱而失之易，儘管李清照也說「有有必有無，有聚必有散」，但這不過是事已無可奈何之時的自我寬解罷了。看她得知金兵將至時首先想到所收文物必將不能保有，「且戀戀，且悵悵」，在所有文物散失殆盡僅剩數種書帖時，「猶復愛惜如護頭目」，就可以想見她內心的痛惜。

讓李清照不能釋懷的，不僅在於這些文物收藏凝聚了她和丈夫的心血，更由於在物的收聚流散背後，是人的存亡悲歡。剛結婚時，與丈夫到相國寺尋購碑文果實，回家後相對展玩咀嚼的歲月靜好；收藏漸多、桌案上書史堆積，與丈夫煮茶賭書的快樂開懷；夜晚舉燭共讀，摩玩整理，校勘題簽的志同道合，所有這些如神仙眷侶的日子，都隨着那些文物一起，永遠地失去了。

晚年的李清照，其心境有《聲聲慢》一詞中「尋尋覓覓，冷冷清清，淒淒慘慘戚戚」可為寫照。此時為趙明誠手著的《金石錄》作序，曾經琴瑟和鳴、伉儷情深的日子必紛至遝來，如在眼前。然而「手澤如新而墓木已拱」，斯人已逝，滄海桑田，李清照唯有將餘生的悲苦淒涼，盡數寫入這篇《〈金石錄〉後序》之中。

江陵府曲江樓記

朱熹

廣漢張侯敬夫守荊州之明年，歲豐人和，幕府無事。顧常病其學門之外，即阻高墉，無以宣暢鬱湮，導迎清曠。[1] 乃直其南鑿門通道，以臨白河，而取旁近廢門舊額以榜之，且為樓觀以表其上。[2]

敬夫一日與客往而登焉，則大江重湖，縈紆渺彌，一目千里；而西陵諸山，空濛晻靄，又皆隱見出沒於雲空煙水之外。[3] 敬夫於是顧而歎曰：「此亦曲江公所謂江陵郡城南樓者邪？[4] 昔公去相而守於此，其平

朱熹（1130—1200）：字元晦，又字仲晦，號晦庵，晚稱晦翁。南宋哲學家、教育家、詩人，其思想上承北宋程頤程顥，為宋朝理學集大成者。

1 學門：府學的大門。府學是府級官辦教育機構。高墉：高牆。鬱湮：滯塞不通。

2 榜：匾額。這裏做動詞用，指作為匾額。

3 晻靄：昏暗不明。

4 曲江公：即張九齡，唐玄宗開元年間任宰相，後受李林甫排擠，貶為荊州長史。

居暇日，登臨賦詠，蓋皆翛然有出塵之想。[5] 至其傷時感事，竊歎隱憂，則其心未嘗一日不在於朝廷。而汲汲然惟恐其道之終不行也。嗚呼，悲夫！」乃書其扁曰「曲江之樓」，而以書來屬予記之。

時予方守南康，疾病侵陵，求去不獲。[6] 讀敬夫之書，而知茲樓之勝，思得一與敬夫相從游於其上，瞻眺江山，覽觀形制，按楚漢以來成敗興亡之效，而考其所以然者；然後舉酒相屬，以詠張公之詩，而想見其人於千載之上，庶有以慰夙心者。[7] 顧乃千里相望，邈不可得，則又未嘗不矯首西悲而喟然發歎也。抑嘗思之：張公遠矣，其一時之事，雖唐之治亂所以分者，顧亦何預於後之人？而讀其書者，未嘗不為之掩卷太息也。是則是非邪正之實，乃天理之固然，而人心之不可已者。是以雖曠百世而相感，使人憂悲愉

---

5 翛（xiāo）然：無拘無束、自由自在的樣子。出塵：超出世俗，脫離煩惱。

6 侵陵：也寫作「侵凌」，侵犯，欺凌。

7 庶：差不多。夙心：平素的心願。

佚勃然於胸中，恍若親見其人而真聞其語者，是豈有古今彼此之間，而亦孰使之然哉？[8]

《詩》曰：「天生烝民，有物有則。民之秉彝，好是懿德。」[9] 登此樓者，於此亦可以反諸身，而自得之矣。

予于此樓，既未得往寓目焉，無以寫其山川風景、朝暮四時之變，如范公之書岳陽，獨次第敬夫本語，而附以予之所感者如此。[10] 後有君子，得以覽觀焉。

淳熙己亥十有一月己巳日南至。

---

[8] 愉佚：安逸快樂。

[9] 「天生烝民」四句：出自《詩經・大雅・烝民》，意思是上天生下這些人，有形體有法則。人的常性與生俱來，追求善美是其德。烝民：庶民，百姓。秉彝：常理，常性。懿：美好。

[10] 次第：依次排比。

【賞析】

宋人寫詩作文喜歡講道理，作為宋代的理學大家，朱熹的文章中自然也少不了「道理」。這篇《江陵府曲江樓記》，是朱熹應友人張敬夫之邀而寫，從友人以「曲江」作為樓名這一舉動中，看到了「天理」的存在。

「曲江」指唐玄宗時期的名相張九齡，因他是嶺南曲江人，故後人又稱他為「張曲江」。張九齡受李林甫排擠，罷相後，被貶為荊州長史。張九齡是唐玄宗朝的最後一位名相，在他之前，有姚崇、宋璟、張説等名相，這也是唐代國力達到鼎盛的時期；在他之後，則是李林甫、楊國忠長期為相，唐玄宗也不復前期的勵精圖治，唐朝政治開始漸趨昏亂，危機開始顯現，最終爆發了安史之亂，唐王朝也由盛轉衰。

張敬夫任職荊州，為府學開門築樓，登樓眺望，心有所感，想到張九齡被貶荊州時所作的《登郡城南樓》詩，感歎張九齡在仕途上遭受打擊後，雖有辭官歸隱的念頭，但內心最主要的還是不忘國家，心憂天下，「至其傷時感事，寤歎隱憂，則其心未嘗一日不在於朝廷。而汲汲然惟恐其道之終不行也」。

朱熹為曲江樓作記，便把張敬夫對張九齡的共鳴作為一個問題來探討：二人異代，相隔四百年，即便張九齡在唐朝是一位非常重要的人物，與張敬夫有何關係呢？再推而廣之，不只張敬夫，凡是讀張九齡之詩文者，沒有不掩卷歎息的。即如朱熹自己，也同樣被感動。當朱熹接到張敬夫來信時，正在知南康軍任上，心有歸隱之念：「疾病侵陵，求去不獲。」而讀張敬夫來信，頓生神往之情，希望能和張敬夫同游於曲江樓上，指點江山，縱論古今，「然後舉酒相屬，以詠張公之詩，而想見其人於千載之上，庶有以慰夙心者」。

那麼張九齡詩文中感動激發人心的力量來自哪裏呢？朱熹認為來自「天理」：「是非邪正之實，乃天理之固然，而人心之不可已者。」「天理」一直存在着，張九齡體認到了，在他的詩文中表現了出來。此後不管隔百代千代，只要人心體悟到「天理」，便能和張九齡產生共鳴，雖千載之下，也能「恍若親見其人而真聞其語者」。

與朱熹同時代的另一位儒學大家陸九淵，曾說「人同此心，心同此理，往古來今，概莫能外」。認為心是本體，理在心中，只要發明本心，即能體悟天理。朱熹此文作於淳熙己亥，即淳熙六年(1179)，而在此之前的淳熙二年(1175)，朱熹曾與陸九淵進行了著名的「鵝湖之會」，就雙方所持學說進行了三天的辯論。朱熹在這篇文章中特別強調「天理固然」，而人心相感，天理在人心之先，恐怕不為無意。

指南錄・後序

文天祥

德祐二年正月十九日，予除右丞相兼樞密使，都督諸路軍馬。[1]時北兵已迫修門外，戰、守、遷皆不及施。[2]縉紳、大夫、士萃于左丞相府，莫知計所出。會使轍交馳，北邀當國者相見，眾謂予一行為可以紓禍。[3]國事至此，予不得愛身；意北亦尚可以口舌動也。初，奉使往來，無留北者，予更欲一覘北，歸而求救國之策。於是辭相印不拜，翌日，以資政殿學士行。[4]

文天祥（1236—1283）：字履善，一字宋瑞，號文山。吉州廬陵（今江西吉安）人。南宋末堅持抵抗元軍，兵敗被俘，最終就義。

1 德祐二年：即1276年。德祐，宋恭帝的年號。樞密使：掌管全國軍政的最高長官。

2 修門：本指楚國郢都城門，語出《楚辭・招魂》：「魂兮歸來，入修門些。」這裏代指南宋都城臨安的城門。

3 紓（shū）禍：消除災禍。

4 覘（chān）：偵察，窺視。以資政殿學士行：以資政殿學士的身份前往。

初至北營，抗辭慷慨，上下頗驚動，北亦未敢遽輕吾國。不幸呂師孟構惡于前，賈餘慶獻諂於後，予羈縻不得還，國事遂不可收拾。[5]予自度不得脫，則直前詬虜帥失信，數呂師孟叔姪為逆，但欲求死，不復顧利害。[6]北雖貌敬，實則憤怒。二貴酋名曰「館伴」，夜則以兵圍所寓舍，而予不得歸矣。

未幾，賈餘慶等以祈請使詣北；北驅予並往，而不在使者之目。予分當引決，然而隱忍以行。[7]昔人云：「將以有為也。」[8]至京口，得間奔真州，即具以北虛實告東西二閫，約以連兵大舉。[9]中興機會，庶幾在此。[10]留二日，維揚帥下逐客之令。[11]不得已，變姓名，詭蹤跡，草行露宿，日與北騎相出沒於長淮間。窮餓無聊，追購又急，天高地迴，號呼靡及。[12]已而得舟，避渚洲，出北海，然後渡揚子江，入蘇州洋，輾

---

5 呂師孟：時為兵部侍郎，曾於德祐元年十二月出使元軍，請求稱姪納幣。構惡：結怨。賈餘慶：官同簽書樞密院事，知臨安府，時與文天祥同出使元營。獻諂：獻媚。羈縻：拘禁。

6 數：譴責。呂師孟叔姪為逆：呂師孟的叔叔呂文煥為襄陽守將，據守多年，時已投降元軍。

7 分：本分。引決：自殺。

8 「昔人」二句：韓愈《張中丞傳後敍》記載，安史之亂中睢陽陷落後，守將張巡、南霽雲等被俘，將遭叛軍處決時，南霽雲稍現猶豫之意，被張巡呵斥，南霽雲笑着説自己並非怕死，「將以有為也」，於是和張巡等人一同從容就義。

9 京口：今江蘇省鎮江市，當時為元軍佔領。真州：今江蘇省儀征縣，當時仍為宋軍把守。東西二閫：指宋淮東制置使李庭芝和淮西制置使夏貴。閫（kǔn）：指在外統兵的將帥。

10 庶幾：差不多。

11 維揚帥：指淮東制置使李庭芝。維揚：揚州。下逐客之令：李庭芝因聽信傳言，懷疑文天祥通敵，下令捕拿文天祥。

12 追購：懸賞追緝。

轉四明、天台，以至於永嘉。[13]

嗚呼！予之及于死者不知其幾矣！詆大酋當死；罵逆賊當死；與貴酋處二十日，爭曲直，屢當死；去京口，挾匕首以備不測，幾自剄死；經北艦十餘里，為巡船所物色，幾從魚腹死；真州逐之城門外，幾彷徨死；如揚州，過瓜洲揚子橋，竟使遇哨，無不死；揚州城下，進退不由，殆例送死；坐桂公塘土圍中，騎數千過其門，幾落賊手死；賈家莊幾為巡徼所陵迫死；夜趨高郵，迷失道，幾陷死；質明避哨竹林中，邏者數十騎，幾無所逃死；至高郵，制府檄下，幾以捕繫死；行城子河，出入亂屍中，舟與哨相後先，幾邂逅死；至海陵，如高沙，常恐無辜死；道海安、如皋，凡三百里，北與寇往來其間，無日而非可死；至通州，幾以不納死；以小舟涉鯨波出，無可奈何，而

---

[13] 渚洲：指長江中的沙洲，因有元兵佔領，故須避開。北海：長江口以北的海域。蘇州洋：今上海市附近的海域。

死固付之度外矣。[14]嗚呼！死生，晝夜事也；死而死矣，而境界危惡，層見錯出，非人世所堪。痛定思痛，痛何如哉！

予在患難中，間以詩記所遭，今存其本，不忍廢，道中手自抄錄：使北營，留北關外，為一卷；發北關外，歷吳門、毗陵，渡瓜洲，復還京口，為一卷；脫京口，趨真州、揚州、高郵、泰州、通州，為一卷；自海道至永嘉、來三山，為一卷。[15]將藏之於家，使來者讀之，悲予志焉。

嗚呼！予之生也幸，而幸生也何所為？[16]求乎為臣，主辱臣死，有餘僇；所求乎為子，以父母之遺體行殆而死，有餘責。[17]將請罪於君，君不許；請罪於母，母不許；請罪于先人之墓，生無以救國，死猶為厲鬼以

---

14 罵逆賊：文天祥曾在元軍大營內痛責投降元軍的呂文煥及其姪呂師孟。物色：搜尋。巡徼：巡查的哨兵。質明：黎明。制府：指淮東制置使官府。檄：指李庭芝追捕文天祥的文書。捕繫：捉拿囚禁。

15 三山：今福建省福州市的別稱。

16 「予之」二句：我能活下來是幸運的，但僥倖活下來是為了做甚麼呢？

17 僇（lù）：通「戮」，罪責。父母之遺體：這裏指父母給予的身體。

擊賊，義也；賴天之靈，宗廟之福，修我戈矛，從王于師，以為前驅，雪九廟之恥，復高祖之業，所謂「誓不與賊俱生」，所謂「鞠躬盡力，死而後已」，亦義也。[18]嗟夫！若予者，將無往而不得死所矣。向也，使予委骨於草莽，予雖浩然無所愧怍，然微以自文於君親，君親其謂予何！[19]誠不自意返吾衣冠，重見日月，使旦夕得正丘首，復何憾哉！[20]復何憾哉！

是年夏五，改元景炎，廬陵文天祥自序其詩，名曰《指南錄》。[21]

[18] 九廟：皇帝祭祀祖先共有九廟，這裏以九廟指代國家。高祖：指宋太祖趙匡胤。

[19] 微以自文於君親：無法掩蓋自己對皇帝、對父母的過失。微以：無以。文：掩飾。

[20] 返吾衣冠：即回到南宋，恢復宋朝衣冠。衣冠：代表華夏文明。日月：指皇帝。正丘首：指死於故鄉。《禮記・檀公上》：「古之人有言曰：狐死正丘首，仁也。」傳說狐狸死時，頭必朝向出生時的山丘。

[21] 夏五：即夏五月。改元：更改年號。

【賞析】

所謂「怯夫慕義，何處不勉焉」，一個普通人，在危急關頭，不假細思、不及選擇的情況下，也有可能成為一名熱血沸騰、慷慨就義的英雄。而一名勇士，如果給充足的時間前思後想，毅然赴死的意志也許就會被削弱。當然，真正的節義之士，可以經受住各種考驗。文天祥從被俘押解至大都到從容就義，前後約五年時間，元廷多少威逼利誘，文天祥絲毫不為所動，求死之心自始至終未曾改變。剛被俘時，元軍主帥逼他給尚在抵抗的宋朝大臣寫勸降信，他寫下了《過零丁洋》：「人生自古誰無死，留取丹心照汗青。」他就義後，人們在他的衣帶上發現了一首遺詩：「孔曰成仁，孟曰取義，唯其義盡，所以仁至。讀聖賢書，所學何事？而今而後，庶幾無愧。」事實上，文天祥面對死亡的思考和選擇，並不止這五年。他曾兩次被元朝俘虜囚禁，第一次被俘後，在押解北上的途中設法逃脫，歷經九死一生，逃回南方，繼續組織抵抗。他將這一路所寫的詩編集為《指南錄》，並先後寫過兩篇序，本文是其中的《後序》。

文天祥第一次被俘，是元軍兵臨南宋都城，文天祥作為使者前往元營交涉被扣留，然後作為囚犯被押送北上。行至京口，文天祥尋到機會逃出。其時江淮一帶尚被宋軍控制，文天祥奔走於真州、揚州一帶，希望聯合各地宋軍進攻長江一帶的元兵。但由於有謠言引起的誤會，使文天祥不能獲得宋軍將領的信任，甚至被下令緝拿追殺。文天祥不得不在兵荒馬亂之中一路逃亡，最後乘船入海，向南逃至永嘉一帶。而從被俘到逃亡，可謂驚心動魄，兇險至極，他自己回首，「予之及于死者不知其幾矣」！多少次身陷絕境，又多少次死裏逃生，「境界危惡，層見錯出，非人世所堪」。

儘管句句說死，但「生存還是死亡」在文天祥這裏並不是一個問題。文天祥首要考慮的是一個「義」字。國家危亡、社稷傾覆之際，為國而死是義，率兵擊賊、恢復山河也是義。孟子說：「生亦我所欲，所欲有甚於生者，故不為苟得也；死亦我所惡，所惡有甚於死者，故患有所不避也。」有甚於生的，就是義，有甚於死的，就是不義。僥倖逃得一命，留得此身繼續為國盡力，那麼當生則生；不幸落入敵手，以死亡要脅自己屈膝投降，那麼當死則死。對文天祥來說，選擇生還是選擇死，唯視義之所在。

觀潮

周密

浙江之潮，天下之偉觀也。[1] 自既望以至十八日為最盛。[2] 方其遠出海門，僅如銀線；既而漸近，則玉城雪嶺際天而來，大聲如雷霆，震撼激射，吞天沃日，勢極雄豪。[3] 楊誠齋詩云「海湧銀為郭，江橫玉繫腰」者是也。[4]

每歲，京尹出浙江亭教閱水軍，艨艟數百，分列兩岸；既而盡奔騰分合五陣之勢，並有乘騎、弄旗、標槍、舞刀於水面者，如履平地。[5] 倏爾黃煙四起，人

周密（1232—1298）：字公謹，號草窗。南宋末年詞人。

1. 浙江：即錢塘江。
2. 既望：陰曆十六日。
3. 方其遠出海門：當潮在遠處從入海口湧起的時候。沃日：沖蕩太陽，形容波浪大。
4. 楊誠齋：南宋詩人楊萬里，號誠齋。
5. 京尹：京城臨安府（今浙江杭州）的長官。艨艟（méng chōng）：戰船。五陣：五種陣法。標：樹立，舉。

物略不相睹，水爆轟震，聲如崩山；煙消波靜，則一舸無跡，僅有「敵船」為火所焚，隨波而逝。[6]

吳兒善泅者數百，皆披髮文身，手持十幅大彩旗，爭先鼓勇，溯迎而上，出沒于鯨波萬仞中，騰身百變，而旗尾略不沾濕，以此誇能。[7] 而豪民貴宦，爭賞銀彩。

江幹上下十餘里間，珠翠羅綺溢目，車馬塞途。[8] 飲食百物皆倍穹常時，而僦賃看幕，雖席地不容間也。[9]

禁中例觀潮於「天開圖畫」。[10] 高台下瞰，如在指掌。都民遙瞻黃傘雉扇於九霄之上，真若簫台蓬島也。[11]

---

6 略不相睹：彼此一點也看不見。水爆：水軍用的一種爆炸武器。

7 披髮文身：披散着頭髮，身上畫着花紋。

8 江幹（gān）：江岸。

9 倍穹：（價錢）加倍的高。僦（jiù）賃（lìn）看幕：租用看棚的人（非常多）。僦、賃：都是租用的意思。看幕：為觀潮而特意搭的帳篷。席地：一席之地，僅容一個座位的地方。

10 禁中：帝王所居的宮內。這裏指皇帝及其身邊人員。

11 簫台：即鳳台。春秋時有簫史善吹簫，娶秦穆公女兒弄玉，曾吹簫作鳳鳴，引來鳳凰，穆公於是為做鳳台，後來簫史和弄玉成仙而去。蓬島：蓬萊島，古代傳說中的海中三神山之一。簫台、蓬島在此都指神仙所居。

【賞析】

「八月十八潮，壯觀天下無。」錢塘江潮的壯觀，自古被人們讚歎，也被眾多文人墨客書寫。周密的《觀潮》便是其中一篇上乘之作。與其他觀潮詩文相比，周密不僅觀潮，也觀弄潮之船與弄潮之人，還觀觀潮之人。

先寫潮水來勢之壯觀，形如玉城雪嶺，聲如雷霆，有沖天蓋地之勢；再寫水軍乘潮演練，戰船數百，往來迅疾，黃煙四起，炮聲隆隆，看上去這是一場實戰演習，還有「敵船」為火所焚，其聲勢浩大，愈增潮水聲威；又寫數百弄潮兒，手持彩旗，出沒於驚濤駭浪之中，還能做出種種騰身變化，讓人想到北宋一首詞中所說的「弄潮兒向濤頭立，手把紅旗旗不濕」，弄潮兒的勇猛與潮水的雄壯相得益彰；最後寫江岸上觀潮場面之盛大，車馬塞途，人山人海，連皇室人員都來觀看，益見潮水之壯麗與弄潮之精彩。

讀此文，似乎能感到錢塘江潮撲面而來，不由得有悠然神往之情。八月十八的錢塘江潮，年年如約而至，不知如今是否還有弄潮兒呢？

松風閣記

劉基

雨、風、露、雷，皆出乎天。雨露有形，物待以滋。雷無形而有聲，惟風亦然。

風不能自為聲，附於物而有聲；非若雷之怒號，訇磕於虛無之中也。[1]惟其附於物而為聲，故其聲一隨於物，大小清濁，可喜可愕，悉隨其物之形而生焉。土石贔屭，雖附之不能為聲；谷虛而大，其聲雄以厲；水蕩而柔，其聲洶以豗。[2]皆不得其中和，使人駭膽而驚心。故獨於草木為宜。

劉基（1311—1375）：字伯溫。青田（今浙江青田縣）人。明朝為開國功臣之一。

1 訇（hōng）磕：大聲。

2 贔（xì）屭（bì）：蠵（xī）龜，龍生九子之一，愛書法，能負重，碑下石座一般都雕成贔屭狀。豗（huī）：喧響。

而草木之中，葉之大者，其聲窒；葉之槁者，其聲悲；葉之弱者，其聲懦而不揚。是故宜於風者莫如松。[3]

蓋松之為物，幹挺而枝樛，葉細而條長，離奇而巃嵸，瀟灑而扶疏，鬖髿而玲瓏。[4] 故風之過之，不壅不激，疏通暢達，有自然之音。故聽之可以解煩黷，滌昏穢，曠神怡情，恬淡寂寥，逍遙太空，與造化遊。[5] 宜乎適意山林之士樂之而不能違也。

金雞之峰，有三松焉，不知其幾百年矣。[6] 微風拂之，聲如暗泉颯颯走石瀨；稍大，則如奏雅樂；其大風至，則如揚波濤，又如振鼓，隱隱有節奏。[7]

方舟上人為閣其下，而名之曰松風之閣。[8] 予嘗過

---

3 窒（zhì）：阻塞。

4 樛（jiū）：樹枝向下彎曲。巃（lóng）嵸（zōng）：聚集貌。鬖（sān）髿（suō）：蓬鬆的樣子。

5 黷（dú）：污濁。

6 金雞峰：在今紹興附近的會稽山上。

7 石瀨（lài）：沙石上的急流。

8 上人：對僧人的敬稱。為：建造。

而止之，洋洋乎若將留而忘歸焉。蓋雖在山林，而去人不遠。夏不苦暑，冬不酷寒，觀於松可以適吾目，聽於松可以適吾耳，偃蹇而優遊，逍遙而相羊，無外物以汩其心，可以喜樂，可以永日，又何必濯潁水而以為高，登首陽而以為清也哉！[9]

予，四方之寓人也，行止無所定，而於是閣不能忘情，故將與上人別而書此以為之記。時至正十五年七月九日也。

9 偃蹇（jiǎn）：高聳引申為傲慢。相羊：徘徊。濯（zhuó）：洗。潁水：河名。相傳堯讓天下於許由，許由不受，隱居在潁水附近。堯又想任命他做九州長，他認為堯的建議弄髒了他的耳朵，就跑到潁水邊洗耳朵。首陽：山名，在山西省永濟縣南。相傳伯夷、叔齊在周武王滅商以後，逃避到首陽山，不食周粟而死。

【賞析】

《松風閣記》的審美趣味是東方式的。「風之過之，不壅不激，疏通暢達，有自然之音」，吹拂的風，不壅窒，也不猛烈，恰到好處。「曠神怡情，恬淡寂寥，逍遙太空，與造化遊」，風中松針的聲音，使人心曠神怡，寂寥卻不孤獨。松風閣「雖在山林，而去人不遠」，兼有天人之際的美好，與世隔絕，而又溫馨親切。這些感受看似散亂，卻有內在的統一處——「中和」。《中庸》曰：致中和，天地位焉，萬物育焉；極高明而道中庸。中庸，是一種恰到好處的美。它不偏不倚，過猶不及，所有的紛亂、極端都將回歸於它。中庸並非平庸。中庸不是沒有原則的好好先生，更非否定一切的憤世嫉俗，而是智慧、中肯、寬容的總和。它以極致的洞察超越對立，以良好的分寸感平衡各種意見，使人生充滿韌性與力度，因此說「極高明而道中庸」。中庸的審美趣味深深根植於中國人的心中。先秦《禮記》如是，明代的劉基如是，現代的老舍亦如是。《想北平》中老舍說：「北平也有熱鬧的地方，但是它和太極拳相似，動中有靜。巴黎有許多地方使人疲乏，所以咖啡與酒是必要的，以便刺激；在北平，有溫和的香片茶就夠了。」「北平在人為之中顯出自然，幾乎是甚麼地方既不擠得慌，又不太僻靜：最小的胡同裏的房子也有院子與樹；最空曠的地方也離買賣街與住宅區不遠。」調和、相容、恰到好處的審美趣味不僅源於老舍對北平的熱愛，更源於中國人血脈裏對中庸的認同。

「草木之中，葉之大者，其聲窒；葉之槁者，其聲悲；葉之弱者，其聲懦而不揚。是故宜於風者莫如松。」此處的松與風不僅是自然界的存在，更象徵了堅貞與靈動兼具的中庸人格，不卑弱，不強悍，自得其樂，恰到好處。中庸之美，正是作者遊走四方，卻對松風閣不能忘情，並寫下上下兩篇遊記的原因。

與下篇的正面描寫相比，這裏選取的上篇從大處落筆，層層剝筍式的寫作手法使人印象深刻。作者於風、雨、雷、露中選取風，在風的萬籟中選取草木之聲，又於紛紜草木中獨愛松。松風閣被置於豐富的萬物之中，但作者獨獨鍾情於此。閱盡芳華後，眼中只有你，專注而深刻地懂得。

王冕傳

宋濂

王冕者，諸暨人。[1] 七八歲時，父命牧牛隴上，竊入學舍聽諸生誦書，聽已輒默記。[2] 暮歸，忘其牛。或牽牛來責蹊田者，父怒，撻之，已而復如初。[3] 母曰：「兒癡如此，曷不聽其所為。」[4] 冕因去，依僧寺以居。[5] 夜潛出，坐佛膝上，執策映長明燈讀之，琅琅達旦。佛像多土偶，獰惡可怖，冕小兒，恬若不見。

安陽韓性聞而異之，錄為弟子，學遂為通儒。[6] 性卒，門人事冕如事性。時冕父已卒，即迎母入越城就

王冕（1287—1359）：字元章，元朝著名畫家、詩人、篆刻家。

宋濂（1310—1381）：字景濂。浦江（今浙江義烏）人。元明之際文學家。

1 諸暨：今浙江諸暨市。

2 隴：通「壟」，田埂。

3 蹊：踩踏。

4 曷：何。

5 去：離家。

6 安陽韓性：字明善，紹興人，先世安陽人，後遷於越。隱居講學，弟子甚多。

養。[7]久之，思母還故里，冕買白牛駕母車，自被古冠服隨車後。鄉里小兒競遮道訕笑，冕亦笑。[8]

著作郎李孝光欲薦之為府史，冕罵曰：「吾有田可耕，有書可讀，肯朝夕抱案立高庭下備奴使哉？」[9]每居小樓上，客至，僮入報，命之登乃登。部使者行郡，坐馬上求見，拒之去。去不百武，冕倚樓長嘯，使者聞之慚。[10]

冕屢應進士舉不中，歎曰：「此童子羞為者，吾可溺是哉！」[11]竟棄去。買舟下東吳，渡大江，入淮楚，歷覽名山川。或遇奇才、俠客，談古豪傑事，即呼酒共飲，慷慨悲吟，人斥為狂奴。

北遊燕都，館秘書卿泰不花家。[12]泰不花薦以館

---

[7] 越城：今紹興市越城區。

[8] 遮道：攔道。訕笑：譏笑。

[9] 李孝光：字季和，浙江樂清人，元順帝至正年間任秘書監著作郎。府史：府衙小吏。備奴使：準備被奴役嗎？

[10] 部使者：按察官員。行郡：巡視府屬各地。武：半步為武。嘯：撮口發出清越而長的聲音。

[11] 溺是：沉溺在應舉中。

[12] 燕都：元京城大都，今北京市。館：住。秘書卿：元代秘書監的長官。泰不花：字兼善，伯牙吾台氏，居台州。第進士，授集賢修撰。歷秘書卿、禮部尚書等。

職，冕曰：「公誠愚人哉！不滿十年，此中狐兔遊矣，何以祿仕為？」[13]即日將南轅，會其友武林盧生死灤陽，唯兩幼女、一童留燕，倀倀無所依。[14]冕知之，不遠千里走灤陽，取生遺骨，且挈二女還生家。[15]

冕既歸越，復大言天下將亂。時海內無事，或斥冕為妄。冕曰：「妄人非我，誰當為妄哉？」乃攜妻孥隱于九里山。種豆三畝，粟倍之，樹梅花千，桃杏居其半，芋一區，薤、韭各百本，引水為池，種魚千餘頭，結茅廬三間。[16]自題為「梅花屋」。嘗仿《周禮》著書一卷，坐臥自隨，秘不使人觀。更深人寂，輒挑燈朗諷，既而撫卷曰：「吾未即死，持此以遇明主，伊、呂事業不難致也。」[17]當風日佳時，操觚賦詩，千百不休，皆鵬騫海怒，讀者毛髮為聳。[18]人至，不為賓主禮，清談竟日不倦。食至輒食，都不必辭謝。善

---

[13] 館職：指在史館、集賢院等供職。

[14] 武林：杭州的別稱。灤陽：今河北遷安西北。

[15] 挈：帶領。

[16] 薤（xiè）：百合科植物，鱗莖可食。本：株。種魚：養魚。

[17] 伊、呂：伊尹、呂尚。伊尹為商湯賢相。呂尚扶助武王滅殷建立周朝。

[18] 操觚（gū）：把酒。鵬騫（xiān）海怒：大鵬飛舉，海濤怒吼。

畫梅，不減楊補之。[19]求者肩背相望，以繒幅短長為得米之差。[20]人譏之，冕曰：「吾借是以養口體，豈好為人家作畫師哉？」

未幾，汝、潁兵起，一一如冕言。皇帝取婺州，將攻越，物色得冕，置幕府，授以諮議參軍，一夕，以病死。[21]冕狀貌魁偉，美鬚髯，磊落有大志，不得少試以死，君子惜之。

史官曰：予受學城南時，見孟寀言越有狂生，當天大雪，赤足上潛岳峰，四顧大呼曰：「遍天地間皆白玉合成，使人心膽澄澈，便欲仙去。」[22]及入城，戴大帽如葰，穿曳地袍翩翩行，兩袂軒翥，嘩笑溢市中。[23]予甚疑其人，訪識者問之，即冕也。冕真怪民哉！馬不覂駕，不足以見其奇才，冕亦類是夫！[24]

---

19 楊補之：宋代畫家楊無咎，字補之，善畫梅。

20 繒（zēng）：絲織品，可作畫。

21 汝、潁兵起：河南、安徽，指元末的紅巾軍起義。皇帝取婺州：朱元璋於至正十九年（1359）攻下婺州（今浙江金華）。諮議參軍：諮議政事的職官。

22 史官：作者自謂。

23 葰（xǐ）：草名。袂（mèi）：衣袖。軒翥（zhù）：飛舉的樣子。

24 覂（fěng）駕：翻覆車駕，猶言不受駕馭。

【賞析】

《儒林外史》刻畫讀書人羣像，以王冕為全書開篇，大約是將王冕的風骨識見、精神氣度視作楷模，以警醒後世熱衷功名、卑弱奴性的讀書人如范進者。

王冕出身農家，但天性好學，「竊入學舍聽諸生誦書，聽已輒默記。暮歸，忘其牛。或牽牛來責蹊田者，父怒，撻之，已而復如初」。王冕母親稱之「癡」，可見天賦使然，非人力所能及。難能可貴的是，少年王冕在艱苦的環境中仍能心無旁騖，相當專注，「夜潛出，坐佛膝上，執策映長明燈讀之，琅琅達旦。佛像多土偶，獰惡可怖，冕小兒，恬若不見」。王冕向學之心單純，無所雜念，反倒心志堅韌，又得高人點撥，進步迅猛，「遂為通儒」。恩師韓性離世後，「門人事冕如事性」，側面證明了王冕「通儒」的威信。值得玩味的是，王冕送母親回鄉時，「買白牛駕母車，自被古冠服隨車後」。王冕所處的元代將人分為四等，蒙古人、色目人、漢人、南人。王冕籍貫諸暨，屬越地，是為南人。文中的「古冠服」應當不是元人服飾，而是南人或儒家古籍中的記載。他披服古衣冠招搖返鄉，看似迂闊，但未必不是一種意識形態的對抗。有趣的是，當鄉里小兒訕笑時，「冕亦笑」。王冕為何也跟着笑呢？《老子》曰：「上士聞道，勤而行之；中士聞道，若存若亡；下士聞道，大笑之，不笑不足以為道。」王冕「亦笑」

是以得道之人的立場居高臨下地譏笑不懂道的鄉里小兒嗎？抑或懷有仁愛之心，悲憫寬容他們的訕笑，並以自嘲之心一笑而過？作為「通儒」，王冕的笑中想必後者的意思更多一些吧。

王冕好學、專注、知行合一，不僅如此，他還安貧樂道，不願被官場役使，重視人格獨立和尊嚴，對朋友忠肝義膽、俠義心腸。他雖然隱居，但對天下形勢洞若觀火，了然於胸，自己也志存高遠，希冀一用，只可惜一夕病死，雖被徵召，而終無緣政事。

但他磊落的人格終以藝術的形式流傳下來。王冕筆下的梅花幽特拗崛，清白簡傲，其橫斜傾側之態、飄逸清雅之姿、疏密得當之美，正是王冕內心情懷與抱負的寫照。「冰雪林中着此身，不同桃李混芳塵。忽然一夜清香發，散作乾坤萬里春。」其人其畫其文「直而不絞，質而不俚，豪而不誕，奇而不怪，博而不濫，有忠君愛民之情，去惡拔邪之志，懇懇悃悃見於詞意之表，非徒作也，因大敬焉」。劉基的敬意、宋濂的傳記正是對王冕風骨識見、人格精神和藝術造詣的至高讚美。

秦士錄

宋濂

鄧弼，字伯翊，秦人也。身長七尺，雙目有紫棱，開合閃閃如電，能以力雄人。[1]鄰牛方鬥，不可擘，拳其脊折仆地。[2]市門石鼓，十人舁弗能舉，兩手持之行。[3]然好使酒，怒視人，人見輒避，曰：「狂生不可近，近則必得奇辱。」

一日獨飲娼樓，蕭、馮兩書生過其下，急牽入共飲。兩生素賤其人，力拒之。弼怒曰：「君終不我從，必殺君，亡命走山澤耳，不能忍君苦也！」[4]兩生不得

---

1 目有紫棱：眼光鋭利有神。

2 擘（bāi）：分開。拳其脊：（鄧弼）用拳頭打牛的背脊（牛於是倒地）。

3 舁（yú）：抬。

4 不我從：不聽從我。

已，從之。弼自據中筵，指左右揖兩生坐，呼酒歌嘯以為樂，酒酣，解衣箕踞，拔刀案上，鏗然鳴。[5] 兩生雅聞其酒狂，欲起走。[6] 弼止之曰：「勿走也！弼亦粗知書，君何至相視如涕唾！今日非速君飲，欲少吐胸中不平氣耳。[7] 四庫書從君問，即不能答，當血是刃。[8]」兩生曰：「有是哉？」遽摘七經數十義扣之，弼曆舉傳、疏，不遺一言；復詢歷代史，上下三千年，纚纚如貫珠。[9] 弼笑曰：「君等伏乎未也？」兩生相顧慘沮，不敢再有問。[10] 弼索酒，被髮跳叫曰：「吾今日壓倒老生矣！古者學在養氣，今人一服儒衣，反奄奄欲絕，徒欲馳騁文墨，兒撫一世豪傑，此何可哉？[11] 此何可哉？君等休矣。」兩生素負多才藝，聞弼言，大愧，下樓，足不得成步。歸，詢其所與遊，亦未嘗見其挾冊呻吟也。[12]

---

[5] 箕（jī）踞（jù）：兩腿伸直叉開，形同畚箕，是傲慢無禮的姿態。

[6] 雅：素來，一向。

[7] 速：請。

[8] 四庫：經史子集四部的代稱。

[9] 遽：就。摘：選取。七經：《易》《書》《詩》《周禮》《儀禮》《禮記》《春秋》為七經。扣：問。傳、疏：注釋經文的叫「傳」，解釋傳文的叫「疏」。纚纚（sǎ）：洋洋灑灑，有次序的樣子。

[10] 慘沮：沮喪失色。

[11] 「今人一服儒衣」四句：現在的人一穿上讀書人的衣服，就毫無生氣，只想賣弄學問，卻把世上豪傑當小孩子玩弄。

[12] 挾冊呻吟：拿書吟誦。

泰定末，德王執法西御史台，弼造書數千言，袖謁之。[13] 閽卒不為通，弼曰：「若不知關中有鄧伯翊耶？」[14] 連擊踣數人，聲聞于王。[15] 王令隸人捽入，欲鞭之。[16] 弼盛氣曰：「公奈何不禮壯士？今天下雖號無事，東海島夷，尚未臣順。[17] 間者駕海艦，互市於鄞，即不滿所欲，出火刀斫柱，殺傷我中國民。[18] 諸將軍控弦引矢，追至大洋，且戰且卻，其虧國體為已甚。西南諸蠻，雖曰稱臣奉貢，乘黃屋左纛，稱制與中國等，尤志士所同憤。[19] 誠得如弼者一二輩，驅十萬橫磨劍伐之，則東西為日所出入，莫非王土矣，公奈何不禮壯士？[20]」庭中人聞之，皆縮頸吐舌，舌久不能收。王曰：「爾自號壯士，解持矛鼓噪，前登堅城乎？」[21] 曰：「能。」「百萬軍中，可刺大將乎？」曰：「能。」「突圍潰陣，得保首領乎？」曰：「能。」王顧左右曰：「姑試之。」問所須，

---

13 泰定：元泰定帝年號（1324—1328）。西御史台：陝西道御史府。

14 閽（hūn）卒：守門士兵。通：通報。

15 踣（bó）：跌倒。

16 捽（zuó）：揪住。

17 東海島夷：日本。

18 間者：有時。鄞（yín）：鄞縣，屬今浙江寧波。

19 西南諸蠻：指西南少數民族部落。黃屋：古代皇帝所乘的車，以黃繒為車蓋內飾。左纛（dào）：車衡左邊的大旗。稱制：行使皇帝的權力。

20 橫磨劍：精銳善戰的士兵。

曰：「鐵鎧、良馬各一，雌雄劍二。」王即命給與，陰戒善槊者五十人，馳馬出東門外，然後遣弼往。[22]王自臨觀，空一府隨之。既弼至，眾槊並進。弼虎吼而奔，人馬辟易五十步，面目無色。[23]已而煙塵漲天，但見雙劍飛舞雲霧中，連斫馬首墮地，血涔涔滴。[24]王撫髀歡曰：「誠壯士！誠壯士！」[25]命勺酒勞弼，弼立飲不拜。由是狂名振一時，至比之王鐵槍云。[26]

王上章薦諸天子，會丞相與王有隙，格其事不下。[27]弼環視四體，歎曰：「天生一具銅筋鐵肋，不使立勳萬里外，乃槁死三尺蒿下，命也，亦時也。尚何言！」遂入王屋山為道士，後十年終。

---

[21] 解：懂得。
[22] 陰：暗中。槊（shuò）：長矛。
[23] 辟（bì）易：驚退。
[24] 涔涔（cén）：血流不止的樣子。
[25] 撫髀（bì）：拍着大腿。誠：確實。
[26] 王鐵槍：王彥章，五代梁人，驍勇有力，持鐵槍，馳騁如飛，軍中號王鐵槍。

史官曰：弼死未二十年，天下大亂，中原數千里，人影殆絕。玄鳥來降，失家，競棲林木間。[28]使弼在，必當有以自見。惜哉！弼鬼不靈則已，若有靈，吾知其怒髮上沖也。

[27] 隙：感情上的裂痕。格：阻礙。
[28] 玄鳥：燕子。

【賞析】

「奇人、奇事、奇聞，讀之令人氣壯。」全文氣盛，開篇就寫鄧弼恃力使氣，儼然一個胸無點墨的莽漢。之後他強留書生飲酒，看似強蠻，卻以胸中翰墨和一番宏論壓倒素以才藝自負的兩書生。由武入文，鄧弼的才華出乎讀者意料，構成文章的起伏波瀾。一番浩然正氣的宏論，更是將文章推至第一個高潮，使人對鄧弼刮目相看。林雲銘評曰：「至說出養氣語，皆前人所未發。應上不平氣，伏下盛氣。」養氣之說可謂「文腰」，使鄧弼的形象由狂生轉向壯士。「古之學者在養氣」一句使鄧弼超越了個人技藝的炫耀，而呈現內在更寬博浩大的境界。

於是，鄧弼經世安邦的志向和所向披靡的戰力便在後兩段中自然展開。慷慨陳言、才堪經略、沙場壯舉、德王讚歎，使讀者對鄧弼的前途充滿期待。不料丞相與德王有隙，力薦不果，使鄧弼最終只能浩歎英雄失路，而入王屋山為道士。人物命運一路烘托扶搖直上，而突然反跌不振。曲折中滲透了宋濂為國惜才的深意。

《論語・子路》曰：「不得中行而與之，必也狂狷乎？狂者進取，狷者有所不為也。」《孟子・盡心》曰：「孔子豈不欲中道哉！不可必得，故思其次也。」孔孟對狂狷之士的同情理解，使服膺儒術的宋濂能讚賞鄧弼身上的凜然生氣。因此鄧弼雖未立德、立功、立言，宋濂仍尊稱其為「士」，流露出深深的歎惋之情。

中山狼傳

馬中錫

趙簡子大獵于中山，虞人導前，鷹犬羅後，駭禽鷙獸應弦而倒者不可勝數。[1]有狼當道，人立而啼。簡子垂手登車，援烏號之弓，挾肅慎之矢，一發飲羽，狼失聲而逋。[2]簡子怒，驅車逐之，驚塵蔽天，足音鳴雷，十里之外，不辨人馬。

時，墨者東郭先生，將北適中山以干仕，策蹇驢，囊圖書，夙行失道，望塵驚悸。[3]狼奄至，引首顧曰：「先生豈有志於濟物哉？昔毛寶放龜而得渡，隋侯

馬中錫（1446—1512）：字天祿。明代官員，文學家。故城（今河北故城）人。

1 趙簡子：名鞅。春秋時晉國的大夫。中山：地名，今河北定縣一帶。虞人：管狩獵的官。

2 垂手登車：從容上車。垂手：形容安閒從容。烏號：古良弓名。肅慎：古良箭名。飲羽：形容箭入很深，連箭末的羽毛都看不見了。飲：吞沒。逋（bū）：逃跑。

3 墨者：信奉墨子學說的人。墨子，春秋時人，主張「兼愛」「非攻」。東郭：姓。適：到。干仕：求官。蹇（jiǎn）驢：跛驢。夙（sù）行：清早趕路。失道：迷路。

救蛇而獲珠，龜蛇固弗靈於狼也。[4]今日之事，何不使我得早處囊中以苟延殘喘乎？異時倘得脫穎而出，先生之恩，生死而肉骨也。[5]敢不努力以效龜蛇之誠？」先生曰：「嘻，私汝狼以犯世卿，忤權貴，禍且不測，敢望報乎？然墨之道，兼愛為本，吾終當有以活汝，脫有禍，固所不辭也！[6]」乃出圖書，空囊橐，徐徐焉實狼其中，前虞跋胡，後恐疐尾，三納之而未克，徘徊容與，追者益近。[7]狼請曰：「事急矣！先生果將揖遜救焚溺，而鳴鑾避寇盜耶？惟先生速圖！」[8]乃跼蹐四足，引繩而束縛之，下首至尾，曲脊掩胡，猥縮蠖曲，蛇盤龜息，以聽命先生。[9]先生如其指，內狼於囊，遂括囊口，肩舉驢上，引避道左，以待趙人之過。

已而簡子至，求狼弗得，盛怒，拔劍斬轅端示先生，罵曰：「敢諱狼方向者，有如此轅！」先生伏

---

4 奄：突然。毛寶：晉代人，曾得一隻白龜而放生，後在戰事中投江逃命時，水中有物載他過江，登岸視之，乃之前放生的白龜。隋侯：漢水東面的國主。隋侯曾替受傷的大蛇敷藥，後蛇銜大珠報答他，故稱隋侯珠。

5 穎：錐子尖。脫穎而出：意為人總會出頭，此處意為若能脫離災禍，日後出頭。生死而肉骨：使死者複生，使枯骨長肉。

6 脫：即使。

7 前虞跋胡：往前怕壓住狼下巴的垂肉。後恐疐（zhì）尾：往後恐怕壓住尾巴。疐：跌倒。克：成功。徘徊容與：遲疑不決。

8 揖遜、鳴鑾：講究禮貌。你在救火拯溺時還要講禮貌嗎？

蹎就地，匍匐以進，跽而言曰：「鄙人不慧，將有志於世，奔走遐方，自迷正途，又安能發狼蹤，以指示夫子之鷹犬也！然嘗聞之，大道以多歧亡羊。夫羊，一童子可制之，如是其馴也，尚以多歧而亡；狼非羊比，而中山之歧，可以亡羊者何限？乃區區循大道以求之，不幾於守株緣木乎？況田獵，虞人之所事也，君請問諸皮冠。行道之人何罪哉？且鄙人雖愚，獨不知夫狼乎？性貪而狠，黨豺為虐，君能除之，固當窺左足以效微勞，又肯諱之而不言哉！」[10] 簡子默然，回車就道。先生亦驅驢，兼程而進。

良久，羽旄之影漸沒，車馬之音不聞。[11] 狼度簡子之去已遠，而作聲囊中曰：「先生可留意矣，出我囊，解我縛，拔矢我臂，我將逝矣！」[12] 先生舉手出狼，狼咆哮謂先生曰：「適為虞人逐，其來甚速，幸先生生

---

9 跼（jú）蹐（jí）：蜷縮。下首至尾：把頭彎下來湊到尾巴上。

10 伏蹎就地：伏倒在地上。跽（jì）：跪。區區：僅僅。守株：守株待兔。緣木：緣木求魚，上樹捕魚。比喻脫離實際辦事，必勞而無獲。黨豺為虐：與豺為一夥為惡。窺左足：抬腳，語見《漢書・息無躬傳》。窺：通「跬」，半步。

11 羽旄：旗子上的裝飾。這裏借指趙簡子一行人。

12 度（duó）：估計。逝：去。

我。[13]我餒甚，餒不得食，亦終必亡而已。與其飢死道路，為羣獸食，毋寧斃于虞人，以俎豆於貴家。[14]先生既墨者，摩頂放踵，思一利天下，又何吝一軀啖我而全微命乎？[15]」遂鼓吻奮爪，以向先生。先生倉卒以手搏之，且搏且卻，引蔽驢後，便旋而走。狼終不得有加于先生，先生亦極力拒，彼此俱倦，隔驢喘息。[16]先生曰：「狼負我！狼負我！」狼曰：「吾非固欲負汝，天生汝輩，固需吾輩食也！」相持既久，日晷漸移，先生竊念天色向晚，狼復羣至，吾死矣夫！[17]因紿狼曰：「民俗，事疑必詢三老。第行矣，求三老而問之。苟謂我當食即食，不可即已。」[18]狼大喜，即與偕行。

逾時，道無人行，狼饞甚，望老木僵立路側，謂先生曰：「可問是老！」[19]先生曰：「草木無知，叩焉何益？」[20]狼曰：「第問之，彼當有言矣！」先生不

---

13 生我：救活我。

14 餒（něi）：餓。俎（zǔ）豆於貴家：供貴族做祭品。俎豆：古代祭祀容器。

15 摩頂放踵：見《孟子・盡心上》，求有利於天下，自己就算從頭到腳受折磨，也不顧惜。啖我：給我吃。

16 有加：佔上風。

17 日晷（guǐ）：日影。

18 紿（dài）：騙。第：只管。

得已，揖老木，具述始末，問曰：「若然，狼當食我邪？」[21]木中轟轟有聲，謂先生曰：「我杏也。往年老圃種我時，費一核耳，逾年華，再逾年實，三年拱把，十年合抱，至於今二十年矣。[22]老圃食我，老圃之妻子食我，外至賓客，下至奴僕皆食我。又復鬻實於市，以規利於我。[23]其有功於老圃甚巨。今老矣，不能斂華就實，賈老圃怒，伐我條枚，芟我枝葉，且將售我工師之肆取直焉。[24]噫！樗朽之材，桑榆之景，求免於斧鉞之誅而不可得。[25]汝何德於狼，乃覬免乎？[26]是固當食汝。」言下，狼復鼓吻奮爪以向先生。先生曰：「狼爽盟矣！矢詢三老，今值一杏，何遽見迫耶？」[27]復與偕行。

狼愈急，望見老牸，曝日敗垣中，謂先生曰：「可問是老！」[28]先生曰：「向者草木無知，謬言害事。

---

[19] 逾時：過了一會兒。

[20] 叩焉何益：問它有甚麼用？

[21] 具述始末：從頭到尾詳述一遍。

[22] 逾年華：隔年開花。拱：兩手所圍。把：一手所握。

[23] 鬻（yù）：賣。規利：圖利。

[24] 不能斂華就實：不能在花謝後結果。賈（gǔ）：買，此引申為引得。條枚：枝幹。工師之肆：工匠鋪子。直：同「值」，價錢。

[25] 樗（chū）朽之材：無用的樹木。樗：落葉喬木，質鬆，味臭，又稱臭椿。桑榆之景：晚年。

[26] 覬（jì）：覬覦，非分地希望。覬免：妄想寬免。

[27] 爽盟：背約。矢：發誓。何遽（jù）見迫耶：為甚麼急着追迫於我？遽：立刻。見：我。

今牛，禽獸耳，更何問焉？」[29]狼曰：「第問之。不問，將咥汝！」[30]先生不得已，揖老，再述始末以問。牛皺眉瞪眼，舐鼻張口，向先生曰：「老杏之言不謬矣！老繭栗少年時，筋力頗健，老農賣一刀以易我，使我貳羣牛、事南畝。既壯，羣牛日益老憊，凡事我都之。[31]彼將馳驅，我伏田車，擇便途以急奔趨；彼將躬耕，我脫輻衡，走郊坰以辟榛荊。[32]老農視我猶左右手，衣食仰我而給，婚姻仰我而畢，賦稅仰我而輸，倉庾仰我而實。[33]我亦自諒可得帷席之敝如馬狗也。[34]往年家儲無擔石，今麥秋多十斛矣；往年窮居無顧藉，今掉臂行村社矣；往年塵卮罌，涸唇吻，盛酒瓦盆，半生未接，今醞黍稷，據樽罍，驕妻妾矣；往年衣短褐，侶木石，手不知揖，心不知學，今持《兔園冊》，戴笠子，腰韋帶，衣寬博矣。一絲一粟，皆我力也。顧欺我老弱，逐我郊野；酸風射眸，寒日吊

---

[28] 牸（zì）：母牛。曝（pù）日：曬太陽。敗垣（yuán）：破牆。

[29] 向者：剛才。

[30] 咥（dié）：咬。

[31] 繭栗：牛角初長成。貳羣牛：和別的牛羣一起耕地。貳：副。都：總管。

[32] 伏田車：低下頭駕田獵之車。脫輻衡：卸下車槓。郊坰（jiōng）：郊野。辟榛荊：開荒。榛荊：野草雜樹。

[33] 倉庾（yǔ）：穀倉。實：充實。

[34] 帷席：帷帳和蓆子。自信死後能像狗馬一樣，得到帷席而被掩埋。

影；瘦骨如山，老淚如雨，涎垂而不可收，足攣而不可舉，皮毛具亡，瘡痍未瘥。[35] 老農之妻妒且悍，朝夕進説曰：『牛之一身，無廢物也。肉可脯，皮可鞟，骨、角可切蹉為器。』[36] 指大兒曰：『汝受業庖丁之門有年矣，胡不礪刃硎以待？』[37] 跡是觀之，是將不利於我，我不知死所矣！夫我有功、彼無情乃若是，行將蒙禍；汝何德於狼，覬倖免乎？」言下，狼又鼓吻奮爪以向先生。先生曰：「毋欲速！」

遙望老子杖藜而來，鬚眉皓然，衣冠閒雅，蓋有道者也。[38] 先生且喜且愕，捨狼而前，拜跪啼泣，致辭曰：「乞丈人一言而生。」丈人問故，先生曰：「是狼為虞人所窘，求救於我，我實生之。今反欲咥我，力求不免，我又當死之，欲少延於片時，誓定是於三老。初逢老杏，強我問之，草木無知，幾殺我。次逢

---

[35] 擔石：少量糧食。擔：兩石。無顧藉：沒有依靠。掉臂：逍遙自在。村社：村中集社。塵卮（zhī）罌（yīng）：酒杯和酒缸積滿了灰塵，表示無酒可喝。涸唇吻：嘴唇發燥，一直沒嚐到酒。未接：沒觸碰過（酒）。據：持。尊罍（léi）：酒器。侶木石：與木石為伴。沒有社會往來。《兔園冊》：村塾中的課本。韋帶：熟皮帶，質柔軟。寬博：寬大的衣服。酸風射眸：冷風刺痛眼睛。痍：傷痕。瘥（chài）：痊癒。

[36] 鞟（kuò）：去毛的皮。

[37] 礪刃：磨刀。硎：磨刀石。

[38] 杖藜：拄着拐杖。藜：可做杖的植物。

老牸，強我問之，禽獸無知，又幾殺我。今逢丈人，豈天之未喪斯文也。敢乞一言而生。」因頓首杖下，俯伏聽命。丈人聞之，欷歔再三。以杖叩狼曰：「汝誤矣！夫人有恩而背之，不祥莫大焉。儒謂受人恩而不忍背者，其為子必孝，又謂虎狼之父子。[39]今汝背恩如是，則並父子亦無矣！」乃厲聲曰：「狼，速去！不然將杖殺汝！」狼曰：「丈人知其一未知其二，請訴之，願丈人垂聽。初，先生救我時，束縛我足，閉我囊中，壓以詩書，我鞠躬不敢息；又蔓辭以說簡子，其意蓋將死我於囊，而獨竊其利也。是安可不咥？」[40]丈人顧先生曰：「果如是，是羿亦有罪焉！」[41]先生不平，具狀其囊狼憐惜之意。狼亦巧辯不已以求勝。丈人曰：「是皆不足以執信也。試再囊之，我觀其狀，果困苦否。」狼欣然從之。信足先生，先生復縛置囊中，肩舉驢上，而狼未之知也。[42]丈人附耳謂先生曰：

---

39 虎狼之父子：即使是虎狼，也有父子之愛。

40 鞠躬不敢息：弓着身子不敢出氣。蔓辭：說無謂的話。

41 羿亦有罪焉：逢蒙向羿學射箭，學會後殺羿。孟子說：「是亦羿有罪焉。」羿不辨人之好壞，自己也有過失。此處藉以批評東郭先生。

「有匕首否？」先生曰：「有。」於是出匕。丈人目先生，使引匕刺狼。先生曰：「不害狼乎？」丈人笑曰：「禽獸負恩如是，而猶不忍殺。子固仁者，然愚亦甚矣！從井以救人，解衣以活友，于彼計則得，其如就死地何？先生其此類乎？仁陷於愚，固君子之所不與也。」[43]言已大笑，先生亦笑，遂舉手助先生操刃，共殪狼，棄道上而去。[44]

[42] 信：通「伸」。
[43] 固：本來。與：贊同。
[44] 殪（yì）：殺。

【賞析】

中山狼忘恩負義，狡詐貪婪；東郭先生迂腐懦弱，濫施仁慈。這兩個形象已分別成為兩類人物的代名詞，可見兩個形象的生動與真實。明智的丈人則一針見血地指出雙方問題所在，並用果敢的行動結束荒唐的相峙局面，以懲惡揚善，替天行道。寓言以生動的形象、有趣的故事將人性的弱點呈現給讀者，使人在閱讀中有所警戒。

但這些只是概念，文學的趣味在於鮮活生動的呈現。狼如何騙得東郭先生的信任？首先，它善於示弱，中箭後「失聲而逋」，見到先生馬上「引首顧」，以溫馴可憐相引動他人的惻隱之心，解除防備。其次，中山狼善於識人。遙見東郭先生「策蹇驢，囊圖書」，且「望塵驚悸」，中山狼就知道用知識和道德忽悠這個書呆子準錯不了。於是滿嘴典故，「毛寶放龜而得渡，隋侯救蛇而獲珠」，讓東郭先生誤以為中山狼滿腹經綸，而引為知己。但在中山狼，知識只是自利的工具和手段而已，與道德無關。最後，中山狼相當頑強。牠中箭後能逃跑，忽悠東郭先生救助自己，做事果斷務實，「將揖遜救焚溺，而鳴鑾避寇盜耶？惟先生速圖」！巧言善辯，狡猾詭詐，當丈人說「狼，速去！不然將杖殺汝」後，還血口噴人，不服輸的韌勁令人印象深刻。所以，不可否認，狼洞察人性，反應敏捷，善於應變，但是，牠不善良！當牠懇求東郭先生放牠出來，承諾「我將逝矣」後，馬上「咆哮謂先生」，「鼓吻奮爪，以向先生」，兇相畢露，翻臉不認人，還惡狠狠地叫囂：「天生汝輩，固需吾輩食也！」偽善、狡猾、兇殘、欺詐，狼的本性在跌宕的情節中充分展現。當然牠也有守諾、敬畏民俗的一面，才會答應東郭先生「求三老而問之」的拖延要求。

而東郭先生呢？無疑是個好人。但他對「兼愛」的理解過於教條，缺乏生活的判斷力。做事瞻前顧後，「前虞跋胡，後恐疐尾，三納之而未克，徘徊容與」，太講求繁文縟節，捨本取末

（有趣的是，墨家重簡素，並不重儀節）。面對狼的攻擊，他只叫喚，「狼負我！狼負我！」處理實際生活的能力可見一斑。當丈人無法勸改而終要下殺手時，東郭先生仍猶疑地問：「不害狼乎？」濫施仁慈、執迷不悟至此，讓人不由哀其不幸，而怒其愚駑。但與中山狼相比，人們還是更願意和東郭先生打交道吧。

古人將人之修養濃縮為「仁義禮智信」，良知第一，聰明在後。只有聰明而沒有善意，終會被摒棄。反之，滿心慈悲，卻缺乏洞察與判斷，也不免淪於險境。因而，仁愛先之，智能輔之，方得長久。

聽蕉記

沈周

夫蕉者，葉大而虛，承雨有聲。雨之疾徐、疏密，回應不忒。[1]然蕉何嘗有聲，聲假雨也。[2]雨不集，則蕉亦默默靜植；蕉不虛，雨亦不能使為之聲。蕉雨固相能也。[3]蕉靜也，雨動也，動靜戛摩而成聲，聲與耳又相能想入也。[4]迨若匝匝插插，剝剝滂滂，索索淅淅，牀牀浪浪，如僧諷堂，如漁鳴榔，如珠傾，如馬驤，得而象之，又屬聽者之妙也。[5]

沈周（1427—1509）：字啟南，號石田。長洲（今江蘇蘇州）人。明代書畫家，與文徵明、唐寅、仇英並稱「明四家」。

1 忒：差錯。

2 假：憑藉。

3 植：立，站立。相能：相互配合。

4 戛摩：擊撞摩擦。

5 迨：等到。鳴榔：漁人敲擊船舷發出聲音，用以驚魚，使入網中。驤：馬昂首奔騰。象：賦予形象。

長洲胡日之種蕉於庭，以伺雨，號「聽蕉」，於是乎有所得於動靜之機者歟？[6]

[6] 機：事物的關鍵。

【賞析】

江南庭院，常見芭蕉種植，窗前階下，天井之中，牆角之處，處處可見它的身影。芭蕉葉子闊大，綠意盎然，讓人一見就覺得賞心悅目，歷來也頗受文人青睞。但文人對芭蕉的欣賞最主要的還不是觀其形，而是聽其聲。當然，這聲音還需要另一樣事物的配合才能發出——「雨打芭蕉」可堪列入最有韻味的古典意象。

沈周的朋友為聽雨打芭蕉的聲音，特地在自家院子裏種了芭蕉，沈周就寫了這篇《聽蕉記》為他分析「聽蕉」原理。沈周指出，芭蕉之所以能「聽」，需要三個要素。第一個要素當然是芭蕉，蕉葉長大空闊，可以承雨，沒有雨，蕉葉自身是不能發聲的。第二個要素是必須有雨，蕉葉為靜態，雨為動態，動靜相碰撞而有聲。雨有大有小，有疏有密，不同的雨落在蕉葉上，聲音也就變化多端。但要想體會到雨打芭蕉的悅耳聲音，還需要第三個要素——聽者有能欣賞的耳朵，能得雨打芭蕉的音韻之美，甚至聽到不同的聲音時能在眼前浮現出不同的形象。沈周在一本正經分析完了雨打芭蕉的發聲原理後，又推測，他的朋友種蕉以「聽蕉」，是因為體悟到了動與靜所蘊含的妙理吧？

其實，只要入耳能得其妙，何必知道發聲原理呢？沈石田真是多此一舉。

記雪月之觀

沈周

丁未之歲，冬暖無雪。[1] 戊申正月之三日始作，五日始霽。[2] 風寒沍而不消，至十日猶故在也，是夜月出，月與雪爭爛，坐紙窗下，覺明徹異常。[3] 遂添衣起，登溪西小樓。樓臨水，下皆虛澄，又四圍于雪，若塗銀，若潑汞，騰光照人，骨肉相瑩。月映清波間，樹影滉弄，又若鏡中見疏髮，離離然可愛。[4] 寒浹肌膚，清入肺腑，因憑欄楯上。[5] 仰而茫然，俯而恍然；呀而莫禁，眄而莫收；神與物融，人觀兩奇，蓋天將致我於太素之鄉，殆不可以筆劃追狀，文字敷

---

1 丁未：明憲宗成化二十三年（1487）。
2 戊申：明孝宗弘治元年（1488）。霽：雪停放晴。
3 沍（hù）：寒冷凝結。
4 離離然：歷歷分明的樣子。

說，以傳信於不能從者。[6] 顧所得不亦多矣！尚思天下名山川宜大乎此也，其雪與月當有神矣。我思挾之以飛遨八表，而返其懷。汗漫雖未易平，然老氣衰颯，有不勝其冷者。[7] 乃浩歌下樓，夜已過二鼓矣。[8] 仍歸窗間，兀坐若失。[9] 念平生此景亦不屢遇，而健忘日，尋改數日，則又荒荒不知其所云，因筆之。[10]

5 浹：透。欄楯（shǔn）：欄杆。縱為欄，橫為楯。

6 呀（xiā）：張大了口。太素：樸素，質樸。在道家哲學中代表天地開闢前出現原始物質的宇宙狀態。殆：大概，幾乎。

7 挾：依傍。八表：八方之外，指極遠的地方。汗漫：沒有邊際的。衰颯：衰落。

8 二鼓：二更天。

9 兀坐：獨自端坐。

10 荒荒：暗淡不明的樣子。

【賞析】

在江南，遇到一個雪月之夜並不容易。江南地暖，本來下雪就不多，雪落下不久就會化掉，難有積雪。沈周遇到的這個雪月之夜尤為難得。那是一個暖冬，整個冬天都沒有下雪，到了正月初三，突然下了一場大雪，一連下了三天才停。但這個時候的月亮還是弦月，暗弱無光。幸好雪停後天氣寒冷依舊，地上的雪一直積到正月初十尚未融化。初十的晚上，月亮升起，明月照積雪，月光雪光把夜晚映得明徹。

沈周被這月光雪光吸引，登樓徘徊。大地和大地上的一切都被雪覆蓋，明月下照，「若塗銀，若潑汞，騰光照人，骨肉相瑩」，儼然一個晶瑩澄明的世界。樓下有溪，月光照在溪水上，溪水清澈如鏡，水中有樹的倒影，清晰可見，「若鏡中見疏髮，離離然可愛」。清寒沁人肌膚，環顧天地之間，不類人世，幾乎恍恍惚惚有飄然若仙之感。可是太冷了，寒冷中斷了沈周在這雪月之夜的神遊。不過這並沒有讓他覺得掃興，他浩歌下樓，心滿意足。

君子亭記

王守仁

陽明子既為何陋軒，復因軒之前營，駕楹為亭，環植以竹，而名之曰「君子」。[1] 曰：「竹有君子之道四焉：中虛而靜，通而有間，有君子之德。外堅而直，貫四時而柯葉無所改，有君子之操。應蟄而出，遇伏而隱，雨雪晦明，無所不宜，有君子之明。[2] 清風時至，玉聲珊然，中采齊而協肆夏，揖遜俯仰，若洙泗羣賢之交集；風止籟靜，挺然特立，不撓不屈，若虞廷羣後端冕正笏，而列於堂陛之側，有君子之容。[3] 竹有是四者，而以『君子』名，不愧於其名；吾亭有竹

王守仁（1472—1529）：字伯安，號陽明，世稱「陽明先生」。餘姚（今屬浙江寧波）人。明代思想家，「心學」流派重要人物。

1 何陋軒：王守仁被貶為貴州龍場驛驛丞後，伐木為軒，自建居所，並命名為何陋軒，取《論語》中「君子居之，何陋之有」之意。營：地界。駕：通「架」。楹：柱子。

2 蟄：驚蟄。出：至春筍破土而出。伏：伏天。隱：指竹的長勢暫止。

3 采齊：又作「采茨」，古樂曲名。肆夏：古之樂章。這句是說風吹翠竹發出的聲音如旋律優美的音樂。洙泗：洙水和泗水，流經山東曲阜。《史記‧孔子世家》等載，孔子設教洙泗之上，「修詩書禮樂，弟子彌眾，至自遠方，莫不受業焉」。虞：虞舜。後：諸侯。

焉，而因以竹名，名不愧於吾亭。」

門人曰：「夫子蓋自道也。吾見夫子之居是亭也，持敬以直內，靜虛而若愚，非君子之德乎？遇屯而不攝，處困而能亨，非君子之操乎？[4] 昔也行於朝，今也行於夷，順應物而能當，雖守方而弗拘，非君子之時乎？[5] 其交翼翼，其處雍雍，意適而匪懈，氣和而能恭，非君子之容乎？[6] 夫子蓋謙于自名也而假之竹，雖然，亦有所不容隱也。夫子之名其軒曰『何陋』，則固以自居矣。」

陽明子曰：「嘻！小子之言過矣，而又弗及。夫是四者，何有於我哉？抑學而未能則可云爾耳。昔者夫子不云乎，『汝為君子儒，無為小人儒』，吾之名亭也，則以竹也，人而嫌以君子自名也，將為小人之歸矣，而可乎？小子識之。」[7]

---

4 屯（zhūn）：困難，挫折。攝：收斂退縮。亨：通達，順利。

5 夷：對華夏族之外各族的蔑稱。這裏指偏遠不開化之地。當：適合，確當。守方而弗拘：堅持原則，卻不拘板。方：正道。時：適時，合於時。

6 其交翼翼：與人交往恭敬有禮。其處雍雍：平時閒居和樂從容。匪懈：不懈怠。匪：通「非」。

7 識（zhì）：記住。

【賞析】

古來愛竹的名人，最早當推東晉王徽之。他即使借住在別人家幾天，也必令人在住處種上竹子，宣稱說「何可一日無此君」。但他並沒有講出為甚麼一天都離不開竹的原因。倒是後來蘇東坡給出了解釋：「寧可食無肉，不可居無竹。無肉令人瘦，無竹令人俗。人瘦尚可肥，士俗不可醫。」可是這解釋含糊其詞，「無竹」和「士俗」之間究竟存在甚麼關係呢？王陽明《君子亭記》，則更進一步把其中道理講清楚了。

竹為「歲寒三友」之一，亦名列「君子四友」，由此可見竹在中國古人心目中的地位，人們在竹的身上寄託了理想化的人格，把它視為「君子」的象徵。王陽明被貶貴州龍場任驛丞，先自建房屋居住，命名為「何陋軒」；再在軒前建亭，亭四周種竹，然後給亭起名為「君子亭」，並寫了這篇《君子亭記》，從四個方面來揭示竹所具備的君子之道：第一，竹的內心謙虛寧靜，通達寬容，這是君子的德行；第二，竹的外形堅強正直，枝葉四季常青，這是君子的操守；第三，竹在適合生長的季節裏應時而出，在不適合生長的環境中會隱忍潛藏，這是君子的明達；第四，竹在風來時隨風起舞，若孔門弟子依樂習禮；在風止時挺然直立，若聖君賢臣莊嚴肅穆，這是君子的儀容。

王陽明如此盛讚竹，目的當然是托物言志。所以在文中借門人之口指明他這是夫子自道，他完全具備了這四方面的君子之道：第一，他的內心恭敬正直，寧靜淡泊，這不就是君子的德行嗎？第二，他現在被貶謫在荒僻之地，卻依然恬淡自適，這不就是君子的操守嗎？第三，他以前在朝中為官，現在處蠻夷之地，而都能因地制宜，有所作為，這不就是君子的明於時機嗎？他不論與人交往還是獨處，都外合於禮，內和於心，雍容莊重，氣定神閑，這不就是君子的儀容嗎？

門人還說，王陽明以「君子」自居，其實從他把自己的所住命名為「何陋軒」就可以看出了。王陽明則表示，對於君子之道，自己是學而未能，但如果不敢以「君子」自任，恐怕就會成為小人之流了。如果這篇文章換作是別人所寫，難免會被讀者譏嘲為自吹自擂。但作者是王守仁，明代影響最大的哲學流派陽明心學的創立者，在整個中國思想史上都具有崇高的地位，論學問與事功兼具者，在整個明代都無人能出其右。當他寫這篇文章時，正是他上書言事，得罪宦官，被貶謫於僻遠荒蠻的貴州龍場驛，但他不屈服不怨尤，儘管條件艱苦，治學講學毫不懈怠，竟在此頓悟，開始形成他的心學思想體系。對於這樣一位大儒，讀此文，我們只有心悅誠服地承認：「君子哉若人！」

項脊軒志

歸有光

項脊軒，舊南閣子也。室僅方丈，可容一人居。[1]百年老屋，塵泥滲漉，雨澤下注，每移案，顧視無可置者。[2]又北向，不能得日，日過午已昏。余稍為修葺，使不上漏。[3]前辟四窗，垣牆周庭，以當南日，日影反照，室始洞然。[4]又雜植蘭桂竹木於庭，舊時欄楯，亦遂增勝。積書滿架，偃仰嘯歌，冥然兀坐，萬籟有聲。[5]而庭階寂寂，小鳥時來啄食，人至不去。三五之夜，明月半牆，桂影斑駁，風移影動，珊珊可愛。[6]

項脊軒：作者的遠祖曾居項脊涇，作者以此名書齋，並自稱項脊生。

歸有光（1506—1571）：字熙甫，號震川。江蘇崑山人。明代散文家。

1 方丈：一丈見方。

2 滲漉（lù）：（泥土）從孔隙漏下。

3 修葺（qì）：修補。

4 垣（yuán）牆周庭：在庭院四周砌上圍牆。垣：指砌牆。當：擋住。洞然：透明敞亮。

5 冥然兀坐：靜靜端坐。兀坐：端坐。

6 三五之夜：農曆十五的夜晚。

然余居於此，多可喜，亦多可悲。先是庭中通南北為一；迨諸父異爨，內外多置小門牆，往往而是。[7]東犬西吠，客逾庖而宴，雞棲於廳。[8]庭中始為籬，已為牆，凡再變矣。[9]家有老嫗，嘗居於此。[10]嫗，先大母婢也，乳二世，先妣撫之甚厚。[11]室西連於中閨，先妣嘗一至。嫗每謂余曰：「某所，而母立於茲。」[12]嫗又曰：「汝姊在吾懷，呱呱而泣；娘以指叩門扉曰：『兒寒乎？欲食乎？』吾從板外相為應答……」語未畢，余泣，嫗亦泣。余自束髮，讀書軒中。[13]一日，大母過余曰：「吾兒，久不見若影，何竟日默默在此，大類女郎也？」[14]比去，以手闔門，自語曰：「吾家讀書久不效，兒之成，則可待乎！」[15]頃之，持一象笏至，曰：「此吾祖太常公宣德間執此以朝，他日汝當用之！」[16]瞻顧遺跡，如在昨日，令人長號不自禁。

---

7 迨（dài）諸父異爨（cuàn）：等到伯、叔們分了家。迨：及。爨：灶，此指生火做飯。往往：到處。

8 東犬西吠：東邊的狗對著西邊叫，把原來一個庭院的人當作陌生人。逾（yú）庖（páo）而宴：越過廚房而去吃飯。

9 凡：總共。再：兩次。

10 老嫗（yù）：老年婦女。

11 先大母：已故的祖母。先妣（bǐ）：已故的母親。

12 而：通「爾」，你。

13 束髮：古代男孩 15 歲後束髮為髻。

14 若：你。竟日：整天。

15 效：成效，此指得功名。

軒東，故嘗為廚；人往，從軒前過。余扃牖而居，久之，能以足音辨人。軒凡四遭火，得不焚，殆有神護者。[17]

項脊生曰：「蜀清守丹穴，利甲天下，其後秦皇帝築女懷清台；劉玄德與曹操爭天下，諸葛孔明起隴中。[18] 方二人之昧昧於一隅也，世何足以知之，余區區處敗屋中，方揚眉瞬目，謂有奇景；人知之者，其謂與坎井之蛙何異？[19]」

余既為此志，後五年，吾妻來歸，時至軒中，從余問古事，或憑几學書。[20] 吾妻歸寧，述諸小妹語曰：「聞姊家有閣子，且何謂閣子也？」[21] 其後六年，吾妻死，室壞不修。其後二年，余久臥病無聊，乃使

---

16 象笏（hù）：古時大臣朝見君主時持的手板，供指畫或記事。太常公：夏昶。永樂（明成祖年號）進士，歷官太常寺卿。宣德：明宣宗年號。

17 扃（jiōng）牖（yǒu）：關窗。殆：恐怕，大概。

18 「蜀清」三句：蜀地一個叫清的寡婦，守住祖傳的朱砂礦穴，獲利甲於天下，秦皇帝為之建造女懷清台。隴中：當作隆中。

19 二人：清和孔明。昧昧：暗，此指名望未顯。坎井之蛙：比喻見聞短淺之人。

20 此志：指以上文章。這句以下是後來補寫的。來歸：嫁到我家來。歸：古代女子出嫁。憑几學書：伏在几案上學寫字。几：小或矮的桌子。

21 歸寧：出嫁的女兒回娘家省親。

人復葺南閣子，其制稍異於前。然自後余多在外，不常居。[22]庭有枇杷樹，吾妻死之年所手植也，今已亭亭如蓋矣。[23]

[22] 制：建造的格式和樣子。

[23] 手植：親手種植。亭亭如蓋：高高挺立，樹冠像傘蓋一樣。

【賞析】

一個八歲喪母、聰明、內向又敏感的男孩如何得到世界的認可和尊重？讀書。讀書於作者不僅為修身博功名，更是掙得世界溫暖注視的方式。自我實現的熱望使作者用書房串聯起了生命中的喜樂與悲涼。

喜者為何？項脊軒起初狹小、漏雨、晦暗，經作者打造後變得安穩、明亮、雅致。他很有成就感，於是興致盎然地在這片新天地裏安享讀書的樂趣，「積書滿架，偃仰嘯歌，冥然兀坐，萬籟有聲」。讀書掩卷，神思遠揚，與書中人同喜同悲，在小屋裏神遊八荒，感受世間萬物靈響。「庭階寂寂，小鳥時來啄食，人至不去」，欣欣生意中有被信任的驚喜。夜晚，「明月半牆，桂影斑駁，風移影動，珊珊可愛」。作者把生活過成了詩。

然而，項脊軒外的世界難免殘酷。曾經「縣官印，不如歸家信」的家族榮光，曾經「吾家……累世未嘗分異」的驕人祖訓，如今都已崩塌殆盡。「貪鄙詐戾者往往雜出於其間……無一人知學者……無一人知禮義者。……死不相吊，喜不相慶。入門而私其妻子，出門而誑其父兄。」無仁無義、冷漠自私，這讓篤信儒學、欲重振家風的歸有光格外痛心疾首。曾經「庭中通南北為一」的寬敞有序，現在卻是「牆往往而是」「東犬西吠」「雞棲於廳」的一片亂象。偌大的家族就在自己眼前傾覆，心中悲憤，只能掩抑。

發憤讀書吧，也許能挽救頹勢。可以想見少年歸有光常被誇讚「讀書甚好，有前途」。但對於一個無母的男孩，「兒寒乎？欲食乎？」這樣知疼冷熱的關懷才真正暖人心扉。無關成就，健康平安，才是來自家人的溫暖關懷。然而這對歸有光卻可望而不可即。勉力支撐、強顏自持才是他生活的常態。此時，他人轉述的母親的體己關愛就像冷風中的一注熱流，足以衝破一切堅強外飾，使心中委屈傾瀉而出，潸然淚下。

祖母殷切的寄望更牽動人心。小心關門的動作，碎步取來祖先象笏的慈愛，都栩栩如在目前。然而時移世易，祖母對自己的期待仍未實現。急迫、不甘、感念撞擊在一起，強烈的情感噴湧而出，「令人長號不自禁」。至此，作者年方十八。含蓄的行文中仍不乏自得，自嘲中也隱隱流露壯志。

最後兩段是中年後補入的，與前文相比，哀婉沉痛得多。妻子來歸後，兩人伉儷情篤，融融泄泄，但四年後，妻子也和母親、祖母一樣離開了自己。「吾妻死，室壞不修」，冷峻的敘述傳遞了哀莫大於心死的悲痛。之後，作者自己也離開了項脊軒，唯有「枇杷樹，吾妻死之年所手植也，今已亭亭如蓋矣」。樹影婆娑，人何以堪。項脊軒中的喜與悲在明暗間綽綽搖動。心中萬般滋味，更與誰人說？

先妣事略

歸有光

先妣周孺人，弘治元年二月十一日生。[1] 年十六，來歸。[2] 逾年，生女淑靜。淑靜者，大姊也。期而生有光；又期而生女、子，殤一人；期而不育者一人。[3] 又逾年，生有尚，妊十二月；逾年，生淑順；一歲，又生有功。

有功之生也，孺人比乳他子加健。然數顰蹙顧諸婢曰：「吾為多子苦。」[4] 老嫗以杯水盛二螺進，曰：「飲此後，妊不數矣。」孺人舉之盡，喑不能言。[5]

---

1. 先妣（bǐ）：亡母。孺人：明代七品以下官職的母親或妻子的名號。弘治元年：公元 1488 年。弘治是明孝宗的年號（1488—1505）。
2. 來歸：女子嫁到夫家。
3. 期（jī）：一週年。殤：早逝，未成年就死去。
4. 顰（pín）蹙（cù）：皺眉。
5. 喑（yīn）：啞。

正德八年五月二十三日，孺人卒。[6] 諸兒見家人泣，則隨之泣，然猶以為母寢也。傷哉！於是家人延畫工畫，出二子，命之曰：「鼻以上畫有光，鼻以下畫大姊。」[7] 以二子肖母也。[8]

孺人諱桂。[9] 外曾祖諱明。外祖諱行，太學生。母何氏，世居吳家橋，去縣城東南三十里，由千墩浦而南，直橋並小港以東，居人環聚，盡周氏也。外祖與其三兄，皆以貲雄，敦尚簡實，與人姁姁說村中語，見子弟甥姪，無不愛。[10] 孺人之吳家橋，則治木綿；入城，則緝纑引，燈火熒熒，每至夜分。[11] 外祖不二日使人問遺。[12] 孺人不憂米鹽，乃勞苦若不謀夕。[13] 冬月爐火炭屑，使婢子為團，累累曝階下。室靡棄物，家無閒人。兒女大者攀衣，小者乳抱，手中紉綴不輟。[14] 戶內灑然。遇僮奴有恩，雖至箠楚，皆不忍有後言。[15] 吳

---

6 正德八年：公元 1513 年。正德為明武宗年號（1506—1521）。

7 延：請。

8 肖（xiào）：像。

9 諱：古人稱已死的尊長之名為「諱」。

10 姁姁（xù）：和順的樣子。

11 木綿：即棉花。緝纑（lú）：把麻搓成線，準備織布。纑：麻縷。

12 問遺（wèi）：問候並贈送物品。

13 若不謀夕：好像早上無法謀劃晚間的生計；此言母親彷彿過苦日子一樣勤勞持家。

14 紉綴不輟：縫補不停止。

15 箠（chuí）楚：杖打。

家橋歲致魚蟹餅餌，率人人得食。[16]家中人聞吳家橋人至，皆喜。

有光七歲，與從兄有嘉入學，每陰風細雨，從兄輒留，有光意戀戀，不得留也。孺人中夜覺寢，促有光暗誦《孝經》即熟讀，無一字齟齬，乃喜。[17]孺人卒，母何孺人亦卒。周氏家有羊狗之痾。[18]舅母卒，四姨歸顧氏，又卒，死三十人而定。惟外祖與二舅存。

孺人死十一年，大姊歸王三接，孺人所許聘者也。十二年，有光補學官弟子，十六年而有婦，孺人所聘者也。[19]期而抱女，撫愛之，益念孺人。中夜與其婦泣，追惟一二，彷彿如昨，餘則茫然矣。[20]世乃有無母之人？天乎！痛哉！

---

[16] 率：一般。

[17] 齟（jǔ）齬（yǔ）：牙齒上下不相合，此指生疏不流暢。

[18] 羊狗之痾（kē）：由家畜傳染的疾病。

[19] 學官弟子：進學，俗稱考取秀才。嘉靖四年（1525），歸有光以第一名補蘇州府學生員，時年十九歲。

[20] 追惟：追思。

【賞析】

母親離世時，歸有光以為母親只是睡着了。那未及體會的悲傷，漸漸沉入時間之流，融化開來，滲透進生命的每個角落。在不經意的閃光中，憂傷浮現。與母親定的女子成親時，在女兒出生時，姐姐出嫁時，正讀書時……對母親的依賴和思念時時湧現，在每個想放鬆、想求助、想分享的時刻，慈愛仁厚、認真嚴格的母親如果還在，一定會撫慰教導自己吧。那時自己就可以在母親溫暖的注視下，抖落煩惱，安心地勇往直前了。但現在，只有孤零零的自己，在崩壞的父家、零落的母家踽踽獨行。母親已離世，連她的家族痕跡也在瘟疫中煙消雲散。無力感如潮水般湧來。母親，你在哪裏？克制的敘事到最後是痛徹心扉的呼喊：世乃有無母之人，天乎痛哉！

將瑣屑的生活細節串成一條無華的細鏈，「不事雕飾而自有風味」，是歸有光散文的特點。文章開篇簡述母親養育兒女的經歷，十六歲嫁人，二十六歲死亡，生四子、三女，為多子苦，喝田螺水喑啞後亡。敘述簡潔，「無意於感人，而歡愉慘惻之思，溢於言語之外」。作者與母親面容肖似，這彷彿一種隱秘的連接，讓作者安慰，也更懷念。母家的家風是勤儉、溫和、不失原則的，「外祖與其三兄皆以貲雄，敦尚簡實，與人姁姁說村中語」。在此家風中薰染長大的母親不愁衣食，卻「室靡棄物，家無閒人」。不僅自己勤快，還將一家管理得井井有條，「戶內灑然。遇僮奴有恩，雖至棰楚，皆不忍有後言。……家中人聞吳家橋人至，皆喜」。如此眾口交讚的可人兒未及盛年就撒手人寰了，連整個溫厚的家族也在瘟疫中零落殆盡。不甘、沉痛、惋惜，但作者甚麼都沒有說。克制的敍述看似平淡，但淡中有深味，含蓄深沉的情感湧動在其中。

作者懷念婢女的短文《寒花葬志》也是如此。淡，而深摯動人：「婢，魏孺人媵也。嘉靖丁酉五月四日死，葬虛丘。事我而不卒，命也夫！婢初媵時，年十歲，垂雙鬟，曳深綠布裳。一日，天寒，爇火煮荸薺熟，婢削之盈甌，予入自外，取食之；婢持去，不與。魏孺人笑之。孺人每令婢倚几旁飯，即飯，目眶冉冉動。孺人又指予以為笑。回思是時，奄忽便已十年。吁，可悲也已！」

報劉一丈書

宗臣

數千里外，得長者時賜一書，以慰長想，即亦甚幸矣。何至更辱饋遺，則不才益將何以報焉？[1] 書中情意甚殷，即長者之不忘老父，知老父之念長者深也。[2]

至以「上下相孚，才德稱位」語不才，則不才有深感焉。[3] 夫才德不稱，固自知之矣；至於不孚之病，則尤不才為甚。

且今之所謂孚者何哉？日夕策馬候權者之門，門

報：回覆。劉一丈：姓劉，排行老大，父輩。書：信。宗臣（1525—1560）：字子相。江蘇興化人。明代文學史上「後七子」之一。

1 饋遺（wèi）：贈送禮物。不才：自謙之辭。

2 殷：深厚。

3 孚：信任，投合。稱（chèn）位：符合職位。

者故不入，則甘言媚詞作婦人狀，袖金以私之。[4]即門者持刺入，而主人又不即出見；立廄中僕馬之間，惡氣襲衣袖，即飢寒毒熱不可忍，不去也。[5]抵暮，則前所受贈金者出，報客曰：「相公倦，謝客矣！客請明日來！」即明日又不敢不來。夜披衣坐，聞雞鳴，即起盥櫛，走馬抵門。[6]門者怒曰：「為誰？」則曰：「昨日之客來。」則又怒曰：「何客之勤也？豈有相公此時出見客乎？」客心恥之，強忍而與言曰：「亡奈何矣！姑容我入！」[7]門者又得所贈金，則起而入之，又立向所立廄中。[8]幸主者出，南面召見，則驚走匍匐階下。主者曰：「進。」則再拜，故遲不起，起則上所上壽金。[9]主者故不受，則固請；主者故固不受，則又固請。[10]然後命吏納之。則又再拜，又故遲不起，起則五六揖始出。出，揖門者曰：「官人幸顧我，他日來，幸無阻我也！」[11]門者答揖。大喜奔出，馬上遇所

---

4 策：馬鞭。策馬：駕馬。故不入：故意不去通報。

5 刺：名帖。廄（jiù）：馬房。

6 盥（guàn）：洗手。櫛（zhì）：梳髮。

7 亡：通「無」。亡奈何：沒辦法。

8 向：之前，指前一天。

9 上：呈上。壽金：禮金。

10 固：堅持。

11 幸：希望。顧：照顧。

交識，即揚鞭語曰：「適自相公家來，相公厚我，厚我！」且虛言狀。即所交識，亦心畏相公厚之矣。相公又稍稍語人曰：「某也賢，某也賢。」聞者亦心許交贊之。此世所謂上下相孚也，長者謂僕能之乎？

前所謂權門者，自歲時伏臘一刺之外，即經年不往也。[12]間道經其門，則亦掩耳閉目，躍馬疾走過之，若有所追逐者。[13]斯則僕之褊衷，以此長不見悅於長吏，僕則愈益不顧也。[14]每大言曰：「人生有命，吾惟有命，吾惟守分而已。」[15]長者聞之，得無厭其為迂乎？[16]

鄉園多故，不能不動客子之愁。至於長者之抱才而困，則又令我愴然有感。天之與先生者甚厚，亡論長者不欲輕棄之，即天意亦不欲長者之輕棄之也。[17]幸寧心哉！

---

12 伏臘：夏伏冬臘，此指過節過年時。

13 間：偶或。

14 褊（biǎn）衷：心胸狹隘。見悅：被賞識。

15 守分（fèn）：謹守本分。

16 迂（yū）：拘束固執不通人情。

17 亡論：別說。

【賞析】

《報劉一丈書》是作者給長者的回信，信中尖銳地諷刺了官場風氣，以漫畫的筆觸生動地勾勒了門者、客和主人三者形象。

看門人往往代表了府中的行事風格和價值觀。文中門者面對來客「故不入」，收受賞錢後讓來客立於馬廄中，直至晚上，冷臉趕人。次日一早，客來，門者嫌棄怒斥，收錢後方才放行，然又立馬廄中。如此盛氣淩人，貪得無厭，可以想見府中主人的行事風格。

可主者是有教養、有地位之人，擅長更含蓄地表現傲慢和貪婪。第一日擺架子不見來客後，第二天面對「壽金」，半推半就、欲擒故縱，看似儀節客氣、舉止文雅，實則徒增其虛偽而已。受賄後他不鑒察此人的品格能力，便信口雌黃地語人曰：「某也賢，某也賢。」讚語的重複只顯出不了解實際的空洞和蒼白。

與這般門者和主者打交道並能從中獲利的「客」，自然也是一丘之貉。對門者卑顏屈膝，甘詞媚言，強顏忍恥。見到主者後則馬上「驚走匍匐階下」，諂媚地奉承巴結主者。一旦送上賄金，就趾高氣揚起來，向門者炫耀，「大喜奔出，馬上遇所交識，即揚鞭語曰：『適自相公家來，相公厚我，厚我！』」重複之語生動地刻畫了他吹噓的神情。內在空虛的人，往往遭受過多少冷遇，就要贏回多少虛榮和豔羡。因為他已無能力消化並超越世界加於自己的榮與辱。像失了彈性的彈簧，沒了光彩的眼睛，只機械地反射周圍的勢利和醜陋，並努力成為其中的一環。阿附權勢，再利用權勢，在諂媚與欺壓中找到歸屬，萬劫不復。

作者自己則不同，他「經年不往」權門者，「間道經其門，則亦掩耳閉目……以此長不見悅於長吏，僕則愈益不顧也」。作者堅持不參與齷齪的遊戲。現實中，宗臣對腐敗朝政的嚴嵩父子深為不滿。嘉靖三十四年(1555)十月，忠臣楊繼盛慘遭嚴嵩迫害，含冤而死，宗臣不顧風險，當場解衣覆屍，為之收殮，慰藉忠魂。他不畏權勢、剛正不阿，得到時人敬重。雖三十六歲就不幸離世，但此文章風骨足以流芳百世。

徐文長傳

袁宏道

余一夕坐陶太史樓，隨意抽架上書，得《闕編》詩一帙。惡楮毛書，煙煤敗黑，微有字形。[1]稍就燈間讀之，讀未數首，不覺驚躍，急呼周望，《闕編》何人作者？[2]今邪古邪？周望曰：「此余鄉徐文長先生書也。」兩人躍起，燈影下讀復叫，叫復讀。僮僕睡者皆驚起。蓋不佞生三十年，而始知海內有文長先生。[3]噫，是何相識之晚也！因以所聞于越人士者，略為次第，為《徐文長傳》。

徐文長（1521—1593）：徐渭，字文長，號青藤道士。明代書畫家，詩文、戲曲等亦有相當成就。

袁宏道（1568—1610）：字中郎。湖北公安人。與兄袁宗道、弟袁中道為晚明「公安派」代表人物，時稱「三袁」。

1 惡楮（chǔ）：壞紙。

2 周望：陶望齡字周望，號石簣，會稽人。

3 不佞（nìng）：不才，自謙之詞。

徐渭，字文長，為山陰諸生，聲名藉甚。[4] 薛公蕙校越時，奇其才，有國士之目。[5] 然數奇，屢試輒蹶。[6] 中丞胡公宗憲聞之，客諸幕。[7] 文長每見，則葛衣烏巾，縱談天下事。胡公大喜。是時公督數邊兵，威振東南，介冑之士，膝語蛇行，不敢舉頭，而文長以部下一諸生傲之，議者方之劉真長、杜少陵云。[8] 會得白鹿，屬文長表，表上，永陵喜。[9] 公以是益奇之，一切疏記，皆出其手。

文長自負才略，好奇計，談兵多中，視一世上無可當意者，然竟不偶。[10] 文長既已不得志於有司，遂乃放浪曲蘖，恣情山水，走齊、魯、燕、趙之地，窮覽朔漠，其所見山崩海立，沙起雲行，風鳴樹偃，幽谷大都，人物魚鳥，一切可驚可愕之狀，一一皆達之於詩。[11] 其胸中又有勃然不可磨滅

---

4 諸生：明代經過省內各級考試錄取入府、州、縣學的統稱諸生。聲名藉甚：名聲很大。

5 薛公蕙：薛蕙，字君采，亳州（今安徽亳州市）人。校越：主管越中考試。國士之目：標舉為國士。

6 數奇（jī）：命運不好。蹶（jué）：挫敗。

7 中丞胡公宗憲：浙江巡撫胡宗憲。

8 督數邊兵：胡宗憲總督南江南、江北、浙江、山東、福建、湖廣諸軍。介冑（zhòu）之士：披甲戴盔之士。膝語蛇行：跪着說話，爬着走路，形容極恭敬惶恐。劉真長：晉朝劉惔，字真長，清談家，簡文帝以上賓禮之。杜少陵：杜甫，在蜀時曾做劍南節度使嚴武的幕僚。兩人皆不屈勢位，故以之與徐文長相比。

9 會得白鹿：恰逢捕得兩頭白鹿。永陵：明世宗嘉靖皇帝之陵，此指嘉靖皇帝。

10 竟：最終。偶：諧和。

11 有司：有關部門。徐渭多次科考未中。曲蘖（niè）：本為酒母，此指酒。

之氣，英雄失路托足無門之悲，故其為詩，如嗔如笑，如水鳴峽，如種出土，如寡婦之夜哭，羈人之寒起。雖其體格時有卑者，然匠心獨出，有王者氣，非彼巾幗而事人者所敢望也。文有卓識，氣沉而法嚴，不以模擬損才，不以議論傷格，韓、曾之流亞也。[12] 文長既雅不與時調合，當時所謂騷壇主盟者，文長皆叱而奴之，故其名不出於越，悲夫！[13] 喜作書，筆意奔放如其詩，蒼勁中姿媚躍出，歐陽公所謂「妖韶女老自有餘態」者也。[14] 間以其餘，旁溢為花鳥，皆超逸有致。[15] 卒以疑殺其繼室，下獄論死。[16] 張太史元忭力解乃得出。[17]

晚年憤益深，佯狂益甚，顯者至門，或拒不納。[18] 時攜錢至酒肆，呼下隸與飲。或自持斧擊破其頭，血流被面，頭骨皆折，揉之有聲。或以利錐錐其兩耳，

---

12 韓、曾：韓愈、曾鞏。流亞：同一類人物。

13 雅：一向。時調：當時文壇的擬古風氣。騷壇：文壇。

14 妖韶：美豔。

15 間：有時。餘：餘力。

16 卒以疑：最終由於疑心。繼室：續娶的妻子。論：判罪。

17 張元忭：字子藎，山陰人，隆慶進士，官至翰林侍讀，故稱太史。

18 晚年憤益深：胡宗憲被處死後，徐渭更加憤激。

深入寸餘，竟不得死。周望言：「晚歲詩文益奇，無刻本，集藏於家。」余同年有官越者，托以抄錄，今未至。[19]余所見者，《徐文長集》《闕編》二種而已，然文長竟以不得志于時，抱憤而卒。

石公曰：「先生數奇不已，遂為狂疾；狂疾不已，遂為囹圄。[20]古今文人，牢騷困苦，未有若先生者也。雖然，胡公間世豪傑，永陵英主。[21]幕中禮數異等，是胡公知有先生矣；表上，人主悅，是人主知有先生矣。[22]獨身未貴耳。先生詩文崛起，一掃近代蕪穢之習，百世而下，自有定論，胡為不遇哉？梅客生嘗寄余書曰：『文長吾老友，病奇於人，人奇於詩。』[23]余謂文長無之而不奇者也。無之而不奇，斯無之而不奇也，悲夫！」

---

[19] 同年：同一年科考上榜之人為同年。官越：在越地做官。

[20] 石公：作者的號。囹（líng）圄（yǔ）：監獄。

[21] 間世：間隔幾世。古稱三十年為一世。形容不常有。

[22] 禮數異等：胡宗憲聘請徐文長時，文長再三推辭，最後提出要保持賓客地位，故文長在胡幕中，始終受優待。

[23] 表：指前文《獻白鹿表》。梅客生：梅國楨，字客生，萬曆進士，官兵部右侍郎。

【賞析】

「半生落魄已成翁，獨立書齋嘯晚風。筆底明珠無處賣，閑拋閑擲野藤中。」徐渭一生落拓，死後六年，袁宏道讀其詩集《闕編》時，卻驚駭躍起，歎為奇絕，「躍起，燈影下讀復叫，叫復讀」，無比傾慕。晚明文人張岱為他編訂《徐文長逸稿》，「少喜文長，遂學文長詩」。鄭板橋刻印自稱「青藤門下走狗」。齊白石詩曰：「青藤、雪個（朱耷）遠凡胎，缶老（吳昌碩）衰年別有才。我欲九原為走狗，三家門下轉輪來。」徐文長的戲劇創作亦得到湯顯祖讚美：「《四聲猿》乃詞場飛將，輒為之唱演數通。安得生致文長，自拔其舌。」

如此才華橫溢、成就斐然的徐文長，一生卻坎坷而傳奇。他連考八次舉人，未中舉。生性狂傲，心氣極高，得狂疾，屢次自殺。以利錐錐其雙耳，深入寸餘，流血如迸，數月才痊癒。次年殺妻，下獄。被稱「畸人」。

徐文長的畸，部分源於其個人意志無法張揚的壓抑感。徐文長性情激烈，重視個人尊嚴，即使為人幕僚，也不肯卑顏屈膝，「若欲客某者，當具賓禮，非時輒得出入」。幸運的是，掌管東南沿海兵務的胡宗憲對徐渭青眼有加，「一切疏記，皆出其手」，並對他的狂傲相當寬容，「嘗飲一酒樓，有數健兒亦飲其下，不肯留錢。文長密以數字馳公，公立命縛健兒至麾下，皆斬之，一軍股栗」。可惜胡宗憲平定浙江倭患後，就因嚴嵩倒台而被牽連。徐文長從此失去磊落俠氣、務實精悍的幕主，而流蕩落拓，無依無靠了。其胸中一股勃然不平之氣，或以詩，或以畫，或以書，或以文，舒解不盡，終成狂疾。然其作品也因其胸中之氣而橫絕一時，開拓千古。他在文字筆墨中注入強烈的主觀情緒，極筆放縱，將內心的激動、痛苦、寂寞、真誠和狂傲不馴表現得淋漓盡致。因而其詩畫書問都充滿了剛健酣暢、「出乎己而不由人」的氣息。徐文長認為作品「時時露己筆意，始稱高手」。對自我的強調使徐文長的作品雖然乖張，但真實、正直、熱情，洋溢了真性情、真自我，而天趣盎然。這也正暗合了袁宏道提出的性靈說——「獨抒性靈，不拘格套」，「情真而語直」，「非從自己胸臆流出，不肯下筆」。清代提倡「性靈說」的袁枚也因這些異代知音而更富自信。由此可以想見袁宏道初遇徐文長時的擊節讚歎之情，這份熱烈的讚美彌漫在《徐文長傳》的字裏行間，使全文雖名為傳記，卻充滿了情感的張力：「其胸中又有勃然不可磨滅之氣，英雄失路，托足無門之悲，故其為詩，如嗔，如笑，如水鳴峽，如種出土，如寡婦之夜哭，羈人之寒起。雖其體格時有卑者，然匠心獨出，有王者氣，非彼巾幗而事人者所敢望也。」

虎丘記

袁宏道

虎丘去城可七八里，其山無高岩邃壑，獨以近城故，簫鼓樓船，無日無之。凡月之夜，花之晨，雪之夕，遊人往來，紛錯如織，而中秋為尤勝。

每至是日，傾城闔户，連臂而至，衣冠士女，下迨蔀屋，莫不靚妝麗服，重茵累席，置酒交衢間。[1]從千人石上至山門，櫛比如鱗，檀板丘積，樽罍雲瀉，遠而望之，如雁落平沙，霞鋪江上，雷輥電霍，無得而狀。[2]

虎丘：山名，位於蘇州市西北。相傳吳王闔閭葬此，三日後虎踞其上，因稱虎丘。

1 迨（dài）：及，至。蔀（bù）屋：草席為頂的房屋，此謂貧民。交衢（qú）：通路。

2 千人石：虎丘的平坦大石，據傳南朝時高僧道生曾在此說法，有千人列聽，故稱。櫛（zhì）比：密佈。檀板：檀木做的歌板。丘：像山丘一樣。樽罍（léi）：皆為酒器。雷輥（gǔn）電霍：雷鳴電閃。輥：車輪滾滾聲。

布席之初，唱者千百，聲若聚蚊，不可辨識。分曹部署，竟以歌喉相鬥，雅俗既陳，妍媸自別。[3] 未幾而搖手頓足者，得數十人而已。已而明月浮空，石光如練，一切瓦釜，寂然停聲，屬而和者，才三四輩。[4] 一簫，一寸管，一人緩板而歌，竹肉相發，清聲亮徹，聽者魂銷。[5] 比至夜深，月影橫斜，荇藻凌亂，則簫板亦不復用；一夫登場，四座屏息，音若細髮，響徹雲際，每度一字，幾盡一刻，飛鳥為之徘徊，壯士聽而下淚矣。[6]

劍泉深不可測，飛岩如削。[7] 千頃雲得天池諸山作案，巒壑競秀，最可觴客。[8] 但過午則日光射人，不堪久坐耳。文昌閣亦佳，晚樹尤可觀。而北為平遠堂舊址，空曠無際，僅虞山一點在望。[9] 堂廢已久，余與江進之謀所以複之，欲祠韋蘇州、白樂天諸公於其中；

---

3 分曹部署：分批安排。妍媸（chī）：美醜，此指高下。

4 屬（zhǔ）：跟着。

5 竹肉：簫管和歌喉。《晉書・孟嘉傳》：「絲不如竹，竹不如肉。」

6 荇（xìng）藻：水草，此指月下樹影。

7 劍泉：又稱劍池，在千人石下，池水終年不乾涸。

8 千頃雲：山名，在虎丘山上。天池：山名，在蘇州閶門外三十里。案：幾案。觴：請喝酒。

9 虞山：在江蘇省常熟縣西北。

而病尋作，余既乞歸，恐進之之興亦闌矣。[10]山川興廢，信有時哉。

吏吳兩載，登虎丘者六。[11]最後與江進之、方子公同登，遲月生公石上。[12]歌者聞令來，皆避匿去。余因謂進之曰：「甚矣，烏紗之橫，皂隸之俗哉！他日去官，有不聽曲此石上者如月。」[13]今余幸得解官，稱「吳客」矣，虎丘之月，不知尚識余言否耶？[14]

[10] 江進之：名盈科，萬曆進士。韋蘇州、白樂天：唐代詩人韋應物、白居易。尋：不久。

[11] 吏吳：在吳縣（蘇州）做官。

[12] 遲月：等候月出。生公石：道生説法之坐石。

[13] 烏紗：烏紗帽，指官吏。皂隸：衙門中的差役。如月：以月為證。

[14] 識（zhì）：記憶。

【賞析】

文章開篇以連續的鋪排語句渲染了虎丘歌會的熱鬧繁盛的人間煙火氣。「凡月之夜，花之晨，雪之夕」將虎丘的風雅和「無日無之」的熱鬧揉捏得恰到好處。之後連續的整句都用了比喻和誇張，「櫛比如鱗」表現遊人之多，「檀板丘積」寫出歡歌之盛，「樽罍雲瀉」渲染了舉酒相勸、沉醉山水之興。「如雁落平沙，霞鋪江上」表現人數多、衣飾美，這是靜景。「雷輥電霍」則從聲響和速度兩方面誇張地表現了人來車往的熱鬧。動靜結合，將炫目的色彩、鼎沸的人聲、歡騰的場面盡情渲染，氣勢沛然。

之後的歌會由繁盛而趨於清絕，唱者由最初的千百人減至數十人、三四輩，最後一簫、一寸管、一人，緩板而歌。藝術的精粹在選拔中脫穎而出。月下，眾人屏息凝神，一夫登場，「音若細髮，響徹雲際，每度一字，幾盡一刻」。「度」字表現樂音緩緩流淌，卻不冗長空洞。歌者將柔腸百轉和五味雜陳凝結為一片晶瑩純粹。秋月下，藝術之美由此誕生。這美不僅需要高超的技藝、不俗的品味，「雅俗既陳，妍媸自別」，更需要深摯豐富的情感，「飛鳥為之徘徊，壯士聽而下淚」。這段虎丘歌會的描寫沿時間推移將意境導向深入。人數每有減少，藝術的境界和趣味便如淬煉般由俗而雅，配器由繁而簡，情感也越發飽滿而純粹。藝術的登堂入室在虎丘歌會中清晰展現。

晚遊六橋待月記

袁宏道

西湖最盛，為春為月。[1]一日之盛，為朝煙，為夕嵐。今歲春雪甚盛，梅花為寒所勒，與杏桃相次開發，尤為奇觀。[2]

石簣數為余言：「傅金吾園中梅，張功甫玉照堂故物也，急往觀之！」[3]余時為桃花所戀，竟不忍去。湖上由斷橋至蘇堤一帶，綠煙紅霧，彌漫二十餘里。歌吹為風，粉汗為雨，羅紈之盛，多於堤畔之草，豔冶極矣。[4]

六橋：西湖蘇堤上的六座橋，依次為映波橋、鎖瀾橋、望山橋、壓堤橋、東浦橋、跨虹橋。

1 為春為月：西湖最美的時候是春天與月夜。

2 勒：抑制。

3 石簣（kuì）：作者的朋友陶望齡，號石簣。傅金吾：人名。金吾：漢朝主管宮廷宿衛的官員，這裏指明朝錦衣衛的官員。張功甫：南宋名將張峻的孫子，玉照堂是其園林。

4 歌吹為風：美妙的音樂隨風飄揚。粉汗為雨：帶粉香的汗水如雨流淌，形容遊西湖的士女眾多。羅紈（wán）：精美的絲織品，這裏是指穿着漂亮衣服的人。

然杭人遊湖，止午、未、申三時，其實湖光染翠之工，山嵐設色之妙，皆在朝日始出，夕舂未下，始極其濃媚。[5]月景尤不可言，花態柳情，山容水意，別是一種趣味。此樂留與山僧、遊客受用，安可為俗士道哉！

[5] 午、未、申三時：指午時、未時、申時三個時辰，相當於從上午十一時至下午五時的這一段時間。夕舂（chōng）：夕陽的代稱。

【賞析】

這篇記游西湖的文章有幾個特別之處：

一是這年春天花開的時令較往年特別。通常梅花在早春開放，但今年由於早春下了大雪，天氣寒冷，梅花開花的時間竟大大推遲，而至於與杏花、桃花同時。

二是作者賞花的品味比較特別。在友人告知某處有梅，且是南宋遺存之古梅，催促前往觀賞時，作者竟流連於蘇堤上的桃花。

三是作者的寫法比較特別。文章前後都點出一日之中西湖最美的時間是早晨和傍晚，文中卻津津樂道於遊人最多的午未申之時；題目明明寫「待月」，文中卻不甚有期待之意。

儘管蘇軾早就說過「欲把西湖比西子，淡妝濃抹總相宜」，但文人士大夫還是更喜歡清麗淡雅、絕少遊人的西湖，他們把繁花盛開、遊人如織的西湖比作開門迎客的娼女，而對一鬨而來、一鬨而去的遊客充滿鄙夷。就像張岱遊西湖，一定要選遊人散盡的時候，或是大雪後湖中人鳥聲俱絕的時候。而如果他們要喜歡花，也必須是孤高傲世的梅花，絕不能是大眾都喜歡的桃花。

可是袁宏道卻毫不掩飾地表示了對桃花的喜愛。的確，「湖上由斷橋至蘇堤一帶，綠煙紅霧，彌漫二十餘里」，這樣的景象是多麼美麗！而且，袁宏道對於熙熙攘攘的遊客也並不貶斥，反而在他眼中也成為西湖美景的一部分：「歌吹為風，粉汗為雨，羅紈之盛，多於堤畔之草，豔冶極矣。」

袁宏道不惜被人視為俗士，實寫了西湖在午未申之時的豔冶之態，因為的確太美了。而「極其濃媚」的晨夕之景，以及「別是一種趣味」月下之景，袁宏道卻點到即止，至於有多美，讀者還請自己展開想像。

剡溪

王思任

浮曹娥江上，鐵面橫波，終不快意。[1] 將至三界址，江色狎人，漁火村燈，與白月相下上，沙明山靜，犬吠聲若豹，不自知身在板桐也。[2] 昧爽，過清風嶺，是溪江交代處，不及一唁貞魂。[3] 山高岸束，斐綠疊丹，搖舟聽鳥，杳小清絕，每奏一音，則千巒啾答。秋冬之際，想更難為懷。不識吾家子猷，何故興

剡(shàn)溪：在浙江嵊縣，源出天台山，下流為曹娥江。

王思任（1574—1646）：字季重。山陰人。明清之際文學家。

1 鐵面橫波：形容水勢洶湧。《紹興府志》：「潮汐之險，亞於錢塘，坍沙陷溺，常為民患，諺曰：『鐵面曹娥』。」

2 三界：以三六九為期的集市，地處上虞、會稽、嵊三縣之界。板桐：船。

3 昧爽：天剛亮。清風嶺：嵊縣北四十里靈芝鄉，懸岩峭壁，下瞰剡溪。交代處：剡溪與曹娥江接流交匯處。貞魂：曹娥廟中精魂。東漢時曹盱失足墮江溺死，其女年十四，晝夜沿江而哭，尋父屍不得，遂投江而死，後人於江畔立曹娥廟，以為紀念。

盡？[4] 雪溪無妨子猷，然大不堪戴。[5] 文人薄行，往往借他人爽厲心脾，豈其可！[6]

過畫圖山，是一蘭苕盆景。[7] 自此萬壑相招赴海，如羣諸侯敲玉鳴裾。[8] 逼折久之，始得豁眼一放地步。山城崖立，晚市人稀，水口有壯台作砥柱，力脫幘往登，涼風大飽。[9] 城南百丈橋翼然虹飲，溪逗其下，電流雷語。移舟橋尾，向月磧枕漱取酣，而舟子以為何不傍彼岸，方喃喃怪事我也。[10]

【賞析】

文中兩次引用《世説新語》讚美越中山水的條目。王子敬曰：「從山陰道上行，山川自相映發，使人應接不暇。若秋冬之際，尤難為懷。」還有，便是子敬的哥哥王子猷雪夜訪戴的故事。

---

4 子猷：王徽之，王羲之第五子。《世説新語》記載：「王子猷居山陰，夜大雪，眠覺，開室，命酌酒，四望皎然。因起彷徨，詠左思《招隱詩》。忽憶戴安道。時戴在剡，即便夜乘小舟就之。經宿方至，造門不前而返。人問其故，王曰：『吾本乘興而行，興盡而返，何必見戴？』」

5 大不堪戴：使戴安道很難堪。

6 爽厲：爽快興奮。

7 畫圖山：在嵊縣東北三十里，多怪石。苕（tiáo）：苕草。

8 敲玉鳴裾：古人尊貴者衣裾佩玉，行動則有聲。

9 幘（zé）：頭巾。

10 磧（qì）：水中沙石。枕漱：枕石漱流。

看慣曠莽平原和裸露山石的中原士族來到越中後才知道，世間竟有如此秀美蔥蘢的天地。他們帶着新鮮的眼光，驚奇地讚美這片鍾靈毓秀的世界：「千岩競秀，萬壑爭流，草木蒙籠其上，若雲興霞蔚。」中國的山水詩就此誕生。謝靈運、李白，無數人在這片山水中獲得美的啟迪、心靈的撫慰。明末文人王思任也不例外。

文字清絕靈秀，只因山水奇秀、心中熱愛。作者眼中的剡溪不僅是清絕的風景，還充滿了活力和生命，請注意動詞：「城南百丈橋翼然虹飲，溪逗其下，電流雷語」，「自此萬壑相招赴海，如羣諸侯敲玉鳴裾」。橋宛若彩虹在溪中飲水，水波逗弄橋墩，羣山像高貴的人們簇擁着湧向海邊。優雅的橋、活潑的水、動勢的山，作者不由自主地與它們玩耍起來，他爬上溪口的高台，「涼風大飽」，又在彩虹橋尾對着明月與沙石枕石漱流，用孩童般的天真爛漫體會剡溪的一切美好，風、空氣、流水、駛出峽谷的一瞬間豁然開朗的喜悅。就這樣，從白天到黃昏，「我」在剡溪徜徉著。舟子卻在一旁喃喃怪「我」總不上岸。對舟子而言，此岸與彼岸、起點與終點就是泛舟的全部意義，至於過程的享受、文人的樂趣，他大約是難以體會的吧？

天都峰

徐弘祖

戊午九月初三日出白岳榔梅庵，至桃源橋，從小橋右下，陡甚，即舊向黃山路也。[1] 七十里，宿江村。

初四日十五里，至湯口。[2] 五里，至湯寺，浴於湯池。扶杖望硃砂庵而登。十里，上黃泥岡。向時雲裏諸峰，漸漸透出，亦漸漸落吾杖底。轉入石門，越天都之脅而下，則天都、蓮花二頂，俱秀出天半。[3] 路旁一岐東上，乃昔所未至者，遂前趨直上，幾達天都側。[4]

天都峰：與蓮花峰並為黃山主峰。

徐弘祖（1587—1641）：字振之，別號霞客。南直隸江陰（今江蘇江陰）人。漫遊山水，足跡遍及今華東、華北、西南各地，著有《徐霞客遊記》。

1. 戊午：明萬曆四十六年（1618）。白嶽：山名，在黃山西南。舊向黃山路：萬曆四十四年（1616）作者初遊黃山時所走的路。
2. 湯口：湯口鎮，黃山南面入口。
3. 越：經過。脅：側面。
4. 岐：通「歧」，岔路。

復北上，行石罅中，石峰片片夾起，路宛轉石間，塞者鑿之，陡者級之，斷者架木通之，懸者植梯接之。[5]下瞰峭壑陰森，楓松相間，五色紛披，燦若圖繡。因念黃山當生平奇覽，而有奇若此，前未一探，茲遊快且愧矣！

時夫僕俱阻險行後，余亦停弗上，乃一路奇景，不覺引余獨往。[6]既登峰頭，一庵翼然，為文殊院，亦余昔年欲登未登者。[7]左天都，右蓮花，背倚玉屏風。兩峰秀色，俱可手攬。四顧奇峰錯列，眾壑縱橫，真黃山絕勝處！非再至，焉知其奇若此？遇遊僧澄源至，興甚勇。時已過午，奴輩適至。[8]立庵前，指點兩峰。庵僧謂：「天都雖近而無路，蓮花可登而路遙，只宜近盼天都，明日登蓮頂。」[9]余不從，決意遊天都，挾澄源、奴子，仍下峽路。至天都側，從

---

5 石罅（xià）：石縫。陡者級之：陡的地方就鑿石級。

6 行後：走在後面。乃：但。

7 文殊院：今迎客松、玉屏站附近。

8 適：剛剛。

9 宜：應當。盼：看。

流石蛇行而上。[10]攀草牽棘，石塊叢起則歷塊，石崖側削則援崖。[11]每至手足無可著處，澄源必先登垂接。[12]每念上既如此，下何以堪？終亦不顧。歷險數次，遂達峰頂。惟一石頂，壁起猶數十丈，澄源尋視其側，得級，挾予以登，萬峰無不下伏，獨蓮花與抗耳。[13]時濃霧半作半止，每一陣至，則對面不見。眺蓮花諸峰，多在霧中。獨上天都，予至其前，則霧徙於後；予越其右，則霧出于左。其松猶有曲挺縱橫者，柏雖大幹如臂，無不平貼石上如苔蘚然。山高風巨，霧氣去來無定。下盼諸峰，時出為碧嶠，時沒為銀海。[14]再眺山下，則日光晶晶，別一區宇也。日漸暮，遂前其足，手向後據地，坐而下脫，至險絕處，澄源並肩手相接。度險下至山坳，瞑色已合。復從峽度棧以上，止文殊院。

---

[10] 流石：山谷中被水沖下的石頭。

[11] 歷塊：逐個石塊一一攀爬。援：拉拽。

[12] 垂接：反身接應。

[13] 壁起：像牆一樣陡立。挾：此指扶持。

[14] 嶠（qiáo）：尖而高的山。碧嶠：滿山青翠。銀海：雲霧彌漫似海。

【賞析】

戶外，是一種精神。站在無人之境，開拓新的路線，身體裏探索的精魂被激發，突破想像，打開新的可能。手攀星嶽，足躡遐荒，固然危險，但邁過的每一寸土地，攀援的每一處山岩，都是全新的。開拓的快感，使人走出經驗的世界，推開一片新的天地。

被開拓的激情鼓蕩着，徐霞客從二十二歲開始行走大江南北，直到生命盡頭。三十四年間，他披星戴月，風餐露宿，足跡到達廣東、廣西、貴州、雲南、陝西、山東、河北、江浙、河南、湖北、湖南、安徽、江西。他的考察日記被編成《徐霞客遊記》數十萬字，可謂筆耕不輟。

《游黃山後記》以天都峰開篇，其中我們能感受到徐霞客行走的風格。這是他第二次來到黃山，從南面湯口鎮入山，一路都是熟識。看到天都峰旁前所未至的岔路時，他突然興奮起來，「遂前趨直上，幾達天都側」。「直」「幾達」表現了他的激動，身輕如燕，直上山巔。於是迎來文章第一個高潮——石峰「片片夾起」，「峭壑陰森，楓松相間，五色紛披，燦若圖繡」。然而他卻說「茲遊快且愧矣」。「愧」字見出他對所到之處都要窮盡的自我要求。

之後眾僕因難而退，但「一路奇景，不覺引余獨往」，於是他獨上文殊院。而眾僕午後方至。其間的抱怨、阻力可以想見，但他卓然獨行，奮勇向前，不以為意，於是得到「左天都，右蓮花，背倚玉屏風。兩峰秀色，俱可手攬。四顧奇峰錯列，眾壑縱橫」的景色回饋。

此時，文殊院的庵僧說天都無路，只宜近盼，以經驗之談諄諄勸導，但充滿創造力的人不會被束縛住，他們總能無中生有，探索新的道路。於是「余不從，決意遊天都」。何況高手相伴，如虎添翼，於是「挾澄源、奴子，仍下峽路」。但每至手足無可著處，徐霞客也會有所顧慮，「每念上既如此，下何以堪」？但「終亦不顧」。歷險數次後，終於登上天都峰，霧海變幻、松如苔蘚，奇偉瑰怪非常之觀環繞在耳目天地之間，應接不暇。此時已近日暮，於是「前其足，手向後據地，坐而下脱」。這驚險豐富的一天中，徐霞客展現了勇敢不懼、挑戰自我的精神。

再遊烏龍潭記

譚元春

潭宜澄，林映潭者宜靜，筏宜穩，亭閣宜朗，七夕宜星河，七夕之客宜幽適無累。然造物者豈以予為此拘拘者乎？

茅子越中人，家童善篙楫。[1]至中流，風妒之，不得至荷蕩。旋近釣磯，繫筏垂柳下。雨霏霏濕幔，猶無上岸意。已而雨注下，客七人，姬六人，各持蓋立幔中，濕透衣表。風雨一時至，潭不能主。[2]姬惶恐求上，羅襪無所惜。客乃移席新軒。坐未定，雨飛

烏龍潭：位於南京市清涼山東麓。

譚元春（1586—1637）：字友夏。竟陵（今湖北天門）人。明代文學家，與鍾惺同創「竟陵派」。

[1] 茅子：茅元儀，字止生，作者的朋友，在烏龍潭邊建有一軒，即後文「移其新軒」之「軒」。

[2] 主：或為「往」字。

自林端，盤旋不去，聲落水上，不盡入潭，而如與潭擊。雷忽震，姬人皆掩耳，欲匿至深處。電與雷相後先，電尤奇幻，光煜煜，入水中，深入丈尺，而吸其波光，以上於雨，作金銀珠貝影，良久乃已。[3] 潭龍窟宅之內，危疑未釋。

是時風物倏忽，耳不及於談笑，視不及於陰森，咫尺相亂。而客之有致者，反以為極暢。乃張燈行酒，稍敵風雨雷電之氣。忽一姬昏黑來赴，始知蒼茫歷亂，已盡為潭所有，亦或即為潭所生，而問之女郎來路，曰不盡然，不亦異乎？[4] 招客者為洞庭吳子凝甫。而冒子伯麟、許子無念、宋子獻孺、洪子仲韋，及予與止生為六客，合凝甫而七。

[3] 煜煜（yù）：光耀。

[4] 不盡然：來路上不都是風雨雷電。

【賞析】

七夕之遊，總有浪漫的期待，但老天總能突破人的想像，送上驚奇的禮物，比如一場猝不及防的雷暴，使衣冠士女在狼狽不堪中展露真實的自己。

文章以浪漫的想像開頭：潭宜澄，林映潭者宜靜，筏宜穩，亭閣宜朗，七夕宜星河，七夕之客宜幽適無累。

初遊一切都好。但風雨正層層而至。「至中流，風妒之」，一行人遊興尚濃，繫竹筏於垂柳下。隨即「雨霏霏」，他們不甘心終結此行，並未上岸。已而「風雨一時至」，「濕透衣表」，女士們終於忍不住「惶恐求上」，以致「羅襪無所惜」。此時，雨勢來得更猛烈了。

一片狼藉中，清奇的畫面出現了。雷暴風雨彷彿實體，「聲落水上，如與潭擊」。閃電「尤奇幻，光熤熤，入水中，深入丈尺，而吸其波光，以上於雨，作金銀珠貝影，良久乃已」。閃電直插入深潭，吸其波光，反身升騰與雷雨碰撞出金銀珠貝般的光彩。當今聲光電效果驚人的科幻大片也不過如此。身臨現場的作者一行更是被奇景震驚得瞠目結舌，「耳不及於談笑」。而此時作者居然還能替潭底深居簡出的龍王感到一陣莫名的驚疑懵懂！

渾身濕透後，有人「反以為極暢，乃張燈行酒，稍敵風雨雷電之氣」。以淡定優雅的姿態面對生命中不期而至的狼狽，將狼藉化為優美。更令人驚異的是，遲來的女郎說，一路行來，未有此風雷電雨。之前的狼狽鬱悶頓時化為獨享奇景的樂趣。七夕禮物就這樣在預期落空、雷電高潮後翩然而至，「不亦異乎」？

帝京景物略・水盡頭

劉侗

觀音石閣而西，皆溪，溪皆泉之委；皆石，石皆壁之餘。[1]其南岸，皆竹，竹皆溪周而石倚之。燕故難竹，至此，林林畝畝。[2]竹，丈始枝；筍，丈猶籜；竹粉生於節，筍梢出於林，根鞭出於籬，孫大於母。[3]

過隆教寺而又西，聞泉聲。泉流長而聲短焉，下流平也。花者，渠泉而役乎花；竹者，渠泉而役乎竹；不暇聲也。[4]花竹未役，泉猶石泉矣。[5]石罅亂流，衆聲澌澌，人踏石過，水珠漸衣。[6]小魚折折石縫

《帝京景物略》：劉侗所撰記載明代北京風景名勝、民俗世情的名著。

劉侗（約1594—約1637）：字同人，號格庵。麻城（今湖北麻城）人。明代文學家。

1 委：水的下流。壁之餘：山岩多出來的殘餘。

2 燕（yān）故難竹：北京很少見到竹子。林林畝畝：成林成畝，形容竹子眾多。

3 丈猶籜（tuò）：竹筍長到一丈高，筍殼還沒有脫落。籜：筍殼，此用作動詞。根鞭：竹子根部長出的嫩芽，即筍。孫大於母：老竹根下生出的新竹長得比老竹還要高大。

4 渠泉而役乎花：指花生長在泉水兩邊，自然形成水道。

5 花竹未役：指泉水兩邊沒有花和竹。

6 漸（jiān）：沾濕，浸濕。

間，聞跫音則伏，于苴于沙。[7] 雜花水藻，山僧園叟不能名之。草至不可族，客乃鬥以花，采采百步耳，互出，半不同者。[8] 然春之花尚不敵其秋之柿葉。葉紫紫，實丹丹。風日流美，曉樹滿星，夕野皆火，香山曰杏，仰山曰梨，壽安山曰柿也。[9]

西上圓通寺，望太和庵前，山中人指指水盡頭兒，泉所源也。至則磊磊中兩石角如坎，泉蓋從中出。鳥樹聲壯，泉喈喈不可驟聞。[10] 坐久，始別，曰：「彼鳥聲，彼樹聲，此泉聲也。」

又西上廣泉廢寺，北半里，五華寺。然而遊者瞻臥佛輒返，曰：「臥佛無泉。」

---

[7] 折折（tì tì）：安靜而從容地。跫（qióng）音：腳踏地的聲音。于苴（chá）于沙：有的小魚鑽到浮草裏，有的鑽到泥沙裏。苴：水中的浮草。

[8] 族：種類。這裏用作動詞，分別種類。采采：不斷採集。

[9] 曉樹滿星：早晨，每棵樹上都是亮晶晶的，好像佈滿了星星。

[10] 磊磊：石頭眾多的樣子。喈喈：小鳥叫聲，比喻泉聲較小。

【賞析】

這是一篇移步換景的遊記。以觀音石閣為起點，漫步西行，展現了北京西面山間的風光。

從觀音閣往西，是一片溪水，溪水南岸，是一片竹林。北京一帶本不適宜竹的生長，這裏卻有很大一片，臨溪倚石而立，引起了作者很大興趣。

再往西，是一道泉水，泉水下游地勢平緩，流經花叢竹林，幾乎聽不到泉水聲。循泉上行，漸多亂石，泉水從石間流過，發出各種聲音。人從石上走，泉水激石，跳起的水珠會濺到衣服上。石縫間的泉水中有小魚游動。

一路上雜花野草遍地，種類繁多。但這裏風景最美的時候是在秋天，春花不及秋葉，秋天來到，漫山遍野都是紫葉紅果，夕照之下，滿山如火燒。

再往西到圓通寺，太和庵前，就到了水的盡頭，泉源所在。坐在水盡頭，泉水聲很細微，開始的時候只聽到鳥聲和樹間的風聲。坐得久了，各種聲音在耳中都清晰起來，便能聽得出哪是鳥鳴聲，哪是樹間風聲，哪是泉水聲。

王維有詩說：「行到水窮處，坐看雲起時。」作者這篇文章頗得其趣，行到水盡頭，坐而聽泉聲，樂在其中。

陶庵夢憶·序

張岱

陶庵國破家亡，無所歸止。披髮入山，駴駴為野人。[1]故舊見之，如毒藥猛獸，愕窒不敢與接。作自挽詩，每欲引決，因《石匱書》未成，尚視息人世。[2]然瓶粟屢罄，不能舉火。[3]始知首陽二老，直頭餓死，不食周粟，還是後人妝點語也。[4]

飢餓之餘，好弄筆墨。因思昔人生長王謝，頗事豪華，今日罹此果報：以笠[5]報顱，以蕢報踵，仇簪履也；以衲[6]報裘，以苧報絺，仇輕煖也；以藿[7]報

張岱（1597—1689）：字宗子，又字石公，號陶庵。山陰人。明末清初文學家，著有《陶庵夢憶》《夜航船》等。

1 駴駴（hài）：通「駭駭」，令人驚異的樣子。

2 《石匱書》：張岱自著的明代史書。

2 罄：空，淨盡。舉火：生火做飯。

4 首陽二老：指伯夷、叔齊。周武王伐紂，二人叩馬諫阻。武王滅商後，他們隱於首陽山，不食周粟，採薇而食，最後餓死。直頭：竟自，一直。

5 「以笠」三句：用竹笠作為頭的報應，用草鞋作為腳的報應，跟過去穿戴華美冠履相對。蕢（kuì）：草編的筐子，這裏指草鞋。踵：腳跟。

6 「以衲」三句：以衲衣作為穿皮裘的報應，以麻布作為服用細葛布的報應，跟以前又輕又暖的衣服相對。衲：補綴的衣服。裘：皮袍。苧：麻織品。絺（chī）：細葛布。輕煖：輕而溫暖，比喻衣服鮮厚。煖：同「暖」。

7 「以藿」三句：以豆葉作為食肉的報應，以粗糧作為精米的報應，跟以前的美味食品相對。藿：一種野菜。糲（lì）：粗米。粻（zhāng）：好糧米。甘旨：美味的食品。

肉，以糲報粻，仇甘旨也；以薦[8]報牀，以石報枕，仇溫柔也；以繩[9]報樞，以甕報牖，仇爽塏也；以煙[10]報目，以糞報鼻，仇香豔也；以途[11]報足，以囊報肩，仇輿從也。[12]種種罪案，從種種果報中見之。

雞鳴枕上，夜氣方回。[13]因想余生平繁華靡麗，過眼皆空，五十年來，總成一夢。今當黍熟黃粱，車旋蟻穴，當作如何消受！[14]遙思往事，憶即書之，持向佛前，一一懺悔。不次歲月，異年譜也；不分門類，別《志林》也。[15]偶拈一則，如遊舊徑，如見故人，城郭人民，翻用自喜。[16]真所謂「癡人前不得說夢」矣。

昔有西陵腳夫為人擔酒，失足破其甕。念無以償，癡坐佇想曰：「得是夢便好。」一寒士鄉試中式，方赴鹿鳴宴，恍然猶意非真，自齧其臂曰：「莫是夢

---

8 「以薦」三句：以草薦作為溫暖牀褥的報應，以石塊作為柔軟枕頭的報應，跟以前享用溫暖柔軟之物相對。薦：草墊。

9 「以繩」三句：以繩樞作為優良的門軸的報應，以甕牖作為明亮的窗的報應，這是跟以前乾燥高爽的居室相對。繩樞：用繩拴門板。甕牖：用瓦甕的口做窗戶，極言其貧窮之狀。爽塏（kǎi）：指明亮乾燥的房子。

10 「以煙」三句：以煙熏作為眼睛的報應，以糞臭作為鼻子的報應，跟以前享受香豔相對。

11 「以途」三句：以跋涉路途作為腳的報應，以背負行囊作為肩膀的報應，跟以前轎馬僕役相對。

12 生長王謝：生長在王、謝這樣的家庭裏。王謝，指東晉南朝時王氏、謝氏兩大高門世族。罹此果報：遭到這樣的因果報應。罹：遭受。果報：佛教認為人做了甚麼樣的事，就會得到甚麼樣的後果，稱為「果報」，也稱「因果報應」。「以笠」三句：用竹笠作為頭的報應，用草鞋作為腳的報應，跟過去穿戴華美冠履相對。簣（kuì）：草編的筐子，這裏指草鞋。踵：腳跟。

13 雞鳴枕上：在枕上聽見雞叫。夜氣方回：純潔清靜的心境剛剛恢復。孟子認為，人在清明的夜氣中一覺醒來，思想未受外界感染，良心易於發現。

14 黍熟黃粱：一鍋黃米煮熟了，指從夢中醒來。典出唐沈既濟的《枕中記》。文中盧生在邯鄲路上遇見道士呂翁，呂翁給他一個瓷枕，他枕

否？」[17]一夢耳，惟恐其非夢，又惟恐其是夢，其為癡人則一也。

余今大夢將寤，猶事雕蟲，又是一番夢囈。[18]因歎慧業文人，名心難化，政如邯鄲夢斷，漏盡鐘鳴，盧

着入睡，夢見自己經歷了一生的富貴榮華。在他初睡時，店主人正在煮一鍋黃黍，醒來時，黃黍還沒有熟。車旋蟻穴：從蟻穴中返回，亦指從夢中醒來。典出唐李公佐的《南柯太守傳》。文中淳于棼夢見自己到大槐安國，與公主結婚，任南柯太守，顯赫一時。後與敵戰而敗，公主亦死，被遣回家。夢醒之後，尋找夢裏蹤跡，見槐樹南枝下有蟻穴，即夢中所歷。以上兩句指人生如夢，如今自己就要夢醒，即生命結束。

15 《志林》：即《東坡志林》後人整理蘇軾的筆記，分類編輯而成。這裏借指一般分類編排的筆記。

16 城郭人民，翻用自喜：如同見到了昔日的城郭人民，自己反而能因此高興。典出《搜神後記》，傳說漢朝人丁令威學道有成後，變成一隻鶴飛回家鄉遼東，見到人世已經發生了很大的變化，於是唱道：「有鳥有鳥丁令威，去家千年今始歸。城郭如故人民非，何不學仙塚纍纍。」

17 鹿鳴宴：唐代鄉試後，州縣長官宴請考中舉子的宴會。因宴會時歌《詩經・小雅・鹿鳴》章，故名。明清時，於鄉試放榜次日，宴請主考以下各官及考中的舉人，稱鹿鳴宴。

生遺表，猶思摹拓二王，以流傳後世。[19] 則其名根一點，堅固如佛家舍利，劫火猛烈，猶燒之不失也。[20]

【賞析】

古人似乎喜歡把夢和現實混為一談。莊周夢蝶，在夢中栩栩然如蝴蝶，醒後以至於疑惑究竟是自己在夢中變作了蝴蝶，還是蝴蝶做夢變成現在的自己。這是把夢當作了現實。蘇東坡在他的詩詞裏反反覆覆地說「人生如夢」「世事一場大夢」，這是把現實當作了夢。

夢的特點是短暫、虛幻，但身處其中時並不覺得短暫和虛幻。現實的人生在某種情況下也會讓人覺得短暫和虛幻，特別是在經歷過某些悲歡離合後，再回首時很容易產生強烈的夢幻感。張岱便是這樣一個例子。他的前半生恣意遊樂，閱盡人間繁華，後半生歷經國破家亡，窮困潦倒，晚年時追憶平生，便不由得發出「五十年來，總成一夢」的慨歎。

明朝的滅亡，也是張岱人生的轉捩點。張岱出生於江南官宦世家，從小生長於溫柔富貴

---

18 雕蟲：這裏指寫作。

19 漏盡鐘鳴：古代用銅壺滴漏來計時刻，又在天明時打鐘報曉。漏盡：即指夜漏將盡。鐘鳴：即指天明。「盧生」二句：湯顯祖根據《枕中記》改寫的戲曲《邯鄲記》中，盧生在臨死時說：「俺的字是鍾繇法帖，皇上最所愛重，俺寫下一通，也留與大唐作鎮世之寶。」二王，指王羲之、王獻之。

20 名根：指產生好名這一思想的根性。

鄉中，他又是一個極喜享樂的人，舉凡天下美食美景，各種音樂曲藝，他都喜歡。然而明朝覆亡，戰亂中他家財散盡，隱遁入山，做了遺民，後半生經歷了各種艱辛困苦，到了「瓶粟屢罄，不能舉火」的程度。他不無戲謔地把後半生的窮困潦倒看作是前半生富貴榮華的報應，是他應該承受的。但他對曾經的「繁華靡麗」終究不能忘懷。於是把像夢一般的紅塵往事寫下，稱為「夢憶」，這些回憶都能讓他心生歡喜，「如遊舊徑，如見故人」。

最後張岱對自己這種行為也啞然失笑了：一邊口口聲聲説着人生如夢，一邊卻又如此放不下，這是癡人才會做的事。他想到了三個「癡人」對待夢的態度。一個是西陵腳夫，在為人擔酒時打破了酒甕，便希望是在夢中就好了。第二個是考中進士後赴鹿鳴宴的寒士，不敢相信眼前的事實，擔心自己身在夢中。第三個是黃粱一夢中的盧生，臨終前上遺表時還想着把字寫得像王羲之、王獻之那樣，以流傳後世。

張岱覺得自己就像一個癡人一樣，前塵如夢，卻念念不忘；一場大夢而已，卻還希望着名傳後世。不過如能像張岱那樣度過一生，充滿才情充滿精彩，充滿大喜大悲，做個癡人又有何不可？

陶庵夢憶・湖心亭看雪

張岱

崇禎五年十二月，余住西湖。大雪三日，湖中人鳥聲俱絕。

是日，更定矣，余拏一小舟，擁毳衣爐火，獨往湖心亭看雪。[1]霧凇沆碭，天與雲、與山、與水，上下一白；湖上影子，惟長堤一痕、湖心亭一點與余舟一芥、舟中人兩三粒而已。[2]

到亭上，有兩人鋪氈對坐，一童子燒酒，爐正

---

1 更定：指初更以後，相當於現在晚上八點左右。拏：通「橈」，撐（船）。毳（cui）衣：細毛皮衣。毳：鳥獸的細毛。

2 霧凇沆碭：冰花一片瀰漫。霧：從天上下罩湖面的雲氣。凇：從湖面蒸發的水汽。沆碭：白氣瀰漫的樣子。一芥：一棵小草。這裏比喻船像小草一樣微小。

沸。見余，大喜，曰：「湖中焉得更有此人！」拉余同飲。余強飲三大白而別。[3]問其姓氏，是金陵人，客此。

及下船，舟子喃喃曰：「莫説相公癡，更有癡似相公者！」[4]

3 三大白：三大杯。

4 相公：原是對宰相的尊稱，後轉為對年輕人的敬稱及對士人的尊稱。癡似：癡於，癡過。癡：本義指不聰慧，這裏指對某事物非常着迷。

【賞析】

在《西湖七月半》一文中，張岱鄙薄杭州人一向只在白天遊西湖：「杭人遊湖，巳出酉歸，避月如仇。」其實那個時候杭州城與西湖還沒有接壤起來，一到晚上城門要關閉，因此即使有明月朗照，也絕少有人夜裏遊湖。如果再趕上連下三天大雪，夜晚的西湖就更無人來了。但張岱偏偏要去。

雪夜的西湖是甚麼景象呢？「人鳥聲俱絕」自是不用説了。四下望去，頭上的天空與雲，地上的山和水，均是白茫茫一片。湖上只有作者所乘的一葉孤舟，能看到的是高出湖水的蘇堤和湖心亭，而再往遠處，白雪覆蓋之下，西湖與地面的界限已經融為一體。以整個大地為背景，湖上的堤、亭、舟、人都微小不足道。妙在作者只用了幾個精巧的量詞，就把這種微小感表達了出來，說長堤是「一痕」，湖心亭是「一點」，孤舟是「一芥」，舟中人是「兩三粒」。這些在平時看來屬於搭配不當的量詞，用在此時此處卻無比貼切，作者似乎具有了宛如航拍般的視角，為我們呈現出使西湖別具一種平時看不到的美感。

而當作者到達湖心亭，出乎意料的是發現那裏竟已有人在飲酒賞景了。這又給雪夜中的西湖增添了幾多生趣。

興盡而返，舟子那句「莫說相公癡，更有癡似相公者」，從俗人之眼來看風雅之士，令人忍俊不禁。想來張岱聽到這句話時，也必是莞爾一笑吧。

陶庵夢憶・西湖七月半

張岱

西湖七月半，一無可看，止可看看七月半之人。[1]看七月半之人，以五類看之。其一，樓船簫鼓，峨冠盛裝，燈火優傒，聲光相亂，名為看月而實不見月者，看之；[2]其一，亦船亦樓，名娃閨秀，攜及童孌，笑啼雜之，環坐露台，左右盼望，身在月下而實不看月者，看之；[3]其一，亦船亦聲歌，名妓閑僧，淺斟低唱，弱管輕絲，竹肉相發，亦在月下，亦看月而欲人看其看月者，看之；[4]其一，不舟不車，不衫不幘，酒

---

1 七月半：農曆七月十五，又稱中元節。

2 峨冠：頭戴高冠，指士大夫。優傒（xī）：優伶和僕役。

3 娃：美女，指歌伎。童孌（luán）：俊美的男童。

4 弱管輕絲：謂輕柔的管弦音樂。竹肉：竹指管樂器之聲，肉指口中發出的歌聲。

醉飯飽，呼羣三五，躋入人叢，昭慶、斷橋，嘄呼嘈雜，裝假醉，唱無腔曲，月亦看，看月者亦看，不看月者亦看，而實無一看者，看之；[5] 其一，小船輕幌，淨几暖爐，茶鐺旋煮，素瓷靜遞，好友佳人，邀月同坐，或匿影樹下，或逃囂裏湖，看月而人不見其看月之態，亦不作意看月者，看之。[6]

杭人遊湖，巳出酉歸，避月如仇。[7] 是夕好名，逐隊爭出，多犒門軍酒錢，轎夫擎燎，列俟岸上。[8] 一入舟，速舟子急放斷橋，趕入勝會。[9] 以故二鼓以前，人聲鼓吹，如沸如撼，如魘如囈，如聾如啞。[10] 大船小船，一齊湊岸，一無所見，止見篙擊篙，舟觸舟，肩摩肩，面看面而已。少刻興盡，官府席散，皂隸喝道去。轎夫叫船上人，怖以關門。燈籠火把如列星，一一簇擁而去。岸上人亦逐隊趕門，漸稀漸薄，頃刻

---

5 幘（zé）：頭巾。

6 幌：窗幔。鐺（chēng）：溫茶、酒的器具。

7 巳：巳時，約為上午九時至十一時。酉：酉時，約為下午五時至七時。

8 列俟（sì）：排着隊等候。

9 速：催促。

10 魘：夢魘，夢中驚悸。如聾如啞：指喧鬧中震耳欲聾，自己說話別人聽不見。

散盡矣。

吾輩始艤舟近岸。斷橋石磴始涼，席其上，呼客縱飲。此時月如鏡新磨，山復整妝，湖復頮面。[11] 向之淺斟低唱者出，匿影樹下者亦出。吾輩往通聲氣，拉與同坐。韻友來，名妓至，杯箸安，竹肉發。[12] 月色蒼涼，東方將白，客方散去。吾輩縱舟酣睡於十里荷花之中，香氣拍人，清夢甚愜。

[11] 頮（huì）面：洗臉。指湖面恢復平靜。

[12] 韻友：風雅的友人。竹肉發：指吹笛唱曲。

【賞析】

張岱在晚明是一貴公子，官宦世家，本是紹興人，長期寓居杭州。其於西湖，無時節不往，無山水不愛，反復詠唱，見諸詩文，此篇即是其中之一。但此篇開頭就說「西湖七月半，一無可看」，七月半正當月圓之夜，七月半的西湖，正是良辰美景，何以「一無可看」？原來這一天恰是中元節，杭州人傾城而出，蜂擁至西湖賞月。在張岱看來，賞月本是清雅幽賞之事，現在西湖人滿為患，實在大煞風景。在擾擾攘攘之中，靜心賞月已無可能，於是張岱乾脆「看看七月半之人」。

在七月半之夜來西湖賞月的人，被張岱分作了五類。第一類是達官貴人，他們乘樓船，攜聲樂，燈火通明，氣勢非凡，但他們來此只是宴飲作樂，並不看月；第二類是富貴勢家，與家眷高坐於樓船之上，笑語喧鬧，左顧右盼，唯獨不看天上之月；第三類是附庸風雅之士，邀幾個名妓閑僧做伴，邊飲酒聽曲，邊舉頭賞月，不過這類人更在意讓別人看到他們在賞月，故不免刻意作態；第四類是市井閒人，酒醉飯飽，三五成羣，在岸上人羣中擠來擠去，口中叫嚷喧鬧，眼中無所不看，卻「實無一看」，不過看個熱鬧；第五類則是真正的風雅之士，乘着小船，船上清淨整潔，三五好友烹茶品茗，他們對前四類人避之唯恐不及，或藏於樹蔭之下，或划向安靜的內湖，他們才是真正的賞月之人。

這五類人又分別被張岱置入兩個場景。前四類人霸佔了前半夜的西湖，後半夜的西湖則為第五類人獨享。在張岱筆下，七月半的西湖，呈現出兩種截然不同的面貌。

在描寫前四類人遊西湖賞月時，張岱用了漫畫化的筆法，略帶調侃，也還不至於刻薄。他說杭人平時只在白天遊湖，不到天黑就回城了，「避月如仇」，而在七月半之夜，卻成羣結隊地出城來到西湖，只為圖個賞月的名。一到西湖，這些人就立即奔赴斷橋，本應靜謐的月夜變得如集市一般熱鬧，人聲鼓吹聲嘈雜成一片，「如沸如撼，如魘如囈，如聾如啞」；船與船相挨，人與人相擠，「止見篙擊篙，舟觸舟，肩摩肩，面看面而已」。可是時間不久，大家便已興盡，又成羣結隊地回城去了。這場面真令人忍俊不禁，禁不住想問問他們：「何所聞而來，何所見而去？」

當這些人霸佔西湖，西湖自「一無可看」。待這些人散去之後，夜晚恢復了平靜，西湖美景才呈現出本來面目。而清雅之士這才從藏身處、偏遠處停舟靠岸，得以從容欣賞七月半的西湖月色。在上半夜俗人的攪擾之後，此時天上的圓月如新磨之鏡，更覺皎潔明亮；周圍的山像美人重新梳妝打扮，更覺清麗柔媚；湖水似重新浣洗過，更覺明淨。清雅之士相聚一起，賞月飲酒，間有絲竹歌唱之聲，卻不會破壞夜的靜謐。直到東方將白，這才興盡散去。

結尾處作者「縱舟酣睡于十里荷花之中，香氣拍人，清夢甚愜」，雖只一句，卻是一幅超塵脫俗的畫面，可謂曲終奏雅。

柳敬亭說書

張岱

南京柳麻子，黧黑，滿面疤瘤，悠悠忽忽，土木形骸，善說書。[1] 一日說書一回，定價一兩。十日前先送書帕下定，常不得空。[2] 南京一時有兩行情人：王月生、柳麻子是也。[3]

余聽其說景陽岡武松打虎白文，與本傳大異。[4] 其描寫刻畫，微入毫髮，然又找截乾淨，並不嘮叨。[5] 勃夬聲如巨鐘，說至筋節處，叱吒叫喊，洶洶崩屋。[6] 武松到店沽酒，店內無人，驀地一吼，店中空缸空甓皆

---

1. 土木形骸：形體像土木一樣。比喻人的本來面目，不加修飾。
2. 書帕：指請柬與定金。
3. 行情人：走紅的人。
4. 白文：指專說不唱。
5. 找截：找，補充；截，刪略。
6. 勃夬（bó guài）：形容聲音雄厚而果決。

甕甕有聲。閑中着色，細微至此。

主人必屏息靜坐，傾耳聽之，彼方掉舌。[7] 稍見下人呫嗶耳語，聽者欠伸有倦色，輒不言，故不得強。[8] 每至丙夜，拭桌剪燈，素瓷靜遞，款款言之，其疾徐輕重，吞吐抑揚，入情入理，入筋入骨，摘世上說書之耳，而使之諦聽，不怕其不齰舌死也。[9]

柳麻子貌奇醜，然其口角波俏，眼目流利，衣服恬靜，直與王月生同其婉孌，故其行情正等。[10]

[7] 掉舌：指談說。
[8] 呫（chè）嗶：低聲細語。欠伸：打哈欠伸懶腰。
[9] 丙夜：三更時，即夜十一時至一時。齰（zé）舌：咬舌。
[10] 婉孌：柔媚。

【賞析】

晚明的江南經濟發達，人文薈萃，城市生活豐富多彩，包括民間曲藝在內的文化藝術在這一階段得到極大發展，在社會文化的各個領域出現了許多能人異士。張岱的《陶庵夢憶》對此多有記載，例如精於品茗的閔老子、擅長唱曲的王月生、戲劇表演精湛的彭天錫、能與彭天錫並駕齊驅的女伶朱楚生，等等。其中對說書藝人柳敬亭的刻畫尤為成功。

張岱寫柳敬亭，先寫他長得奇醜，臉黑，而且臉上長滿了疤，整個人看上去沒有一點神氣。但就是這樣一個人，想聽他說書，不僅要價奇高，而且必須提前十日預定，還不一定能預定到。在當時南京，他的身價可以與王月生比。但王月生是甚麼人啊，人家是豔冠羣芳的藝妓，書畫俱精，才藝無雙。將這樣一個柳麻子和王月生相提並論，就會激起讀者的好奇心，也預期到柳敬亭必然有人所不及之處。

果然，張岱接下來寫了柳敬亭的說《景陽岡武松打虎》，表現出了柳敬亭說書技藝的高妙。雖然只是選了一個片段，「武松到店沽酒，店內無人，驀地一吼，店中空缸空甓皆甕甕有聲」，卻把柳敬亭說書「描寫刻畫，微入毫髮」的特點展現得淋漓盡致。不僅聽柳敬亭說書的人會把那場景在眼前活現出來，我們現在讀這段文字，彷彿也看到了武松的神情。

高人有高人的矜持。請柳敬亭說書，必須表現出尊重。如果在他說書的時候有人耳語，或者打哈欠有倦容，他都會停下不講。這是柳敬亭又一個與眾不同之處。最後再回到柳敬亭的相貌上，指出雖然相貌真的很醜，但神情、氣質「直與王月生同其婉孌」。這的確是與眾不同的一位說書藝人。

五人墓碑記

張溥

五人者，蓋當蓼洲周公之被逮，激於義而死焉者也。[1] 至於今，郡之賢士大夫請于當道，即除逆閹廢祠之址以葬之，且立石於其墓之門，以旌其所為。[2] 嗚呼，亦盛矣哉！

夫五人之死，去今之墓而葬焉，其為時止十有一月耳。[3] 夫十有一月之中，凡富貴之子，慷慨得志之徒，其疾病而死，死而湮沒不足道者，亦已眾矣，況草野之無聞者歟？獨五人之皦皦，何也？[4]

張溥（pǔ）（1602—1641）：字天如。江蘇太倉人。明末「復社」發起人之一。

1 蓼（liǎo）洲周公：周順昌，號蓼洲，吳縣（今蘇州）人。熹宗時，被魏忠賢陷害，死於獄中。

2 郡：吳郡，今蘇州市。當道：掌權者。除：修整。逆閹：宦官魏忠賢。魏專權時，其黨羽在各地為他建生祠，後皆廢棄。旌（jīng）：表揚。

3 去：距離。墓：用作動詞，即修墓。

4 皦皦（jiǎo）：通「皎皎」，光明。

予猶記周公之被逮，在丁卯三月之望。[5] 吾社之行為士先者為之聲義，斂貲財以送其行，哭聲震動天地。[6] 緹騎按劍而前，問：「誰為哀者？」[7] 眾不能堪，抶而仆之。[8] 是時以大中丞撫吳者為魏之私人，周公之逮所由使也。[9] 吳之民方痛心焉，於是乘其厲聲以呵，則譟而相逐。[10] 中丞匿於溷藩以免。[11] 既而以吳民之亂請於朝，按誅五人，曰顏佩韋、楊念如、馬傑、沈揚、周文元，即今之傫然在墓者也。[12]

然五人之當刑也，意氣揚揚，呼中丞之名而詈之，談笑以死。[13] 斷頭置城上，顏色不少變。有賢士大夫發五十金，買五人之脰而函之，卒與屍合。[14] 故今之墓中全乎為五人也。嗟乎！大閹之亂，縉紳而能不易其志者，四海之大，有幾人歟？[15] 而五人生於編伍之間，素不聞詩書之訓，激昂大義，蹈死不顧，亦曷故哉？[16] 且

---

5 丁卯三月之望：明熹宗天啟七年（1627）三月十五日。

6 吾社：指作者與郡中名士發起的「復社」。行為士先者：行為能做士人表率的人。貲：通「資」。斂貲財：募集錢財。

7 緹（tí）騎：明代專事偵查、逮治犯人的差役。

8 抶（chì）而仆之：將其打倒在地。

9 大中丞：指巡撫毛一鷺。中丞為漢代官名，此指明代放到外省任巡撫的副都御史或僉都御史。

10 呵：責罵。

11 溷（hùn）藩：廁所。

12 傫（lěi）然：聚集的樣子。

13 詈（lì）：罵。

14 脰（dòu）：頸，此指頭顱。函之：以棺收斂。

15 縉紳：也作「搢紳」，指搢笏（將笏插於腰帶）、垂紳（垂着帽帶）的人，即士大夫。

16 編伍：平民。古代五家平民為一「伍」。曷：何。

矯詔紛出，鉤黨之捕遍於天下，卒以吾郡之發憤一擊，不敢復有株治，大閹亦逡巡畏義，非常之謀難於猝發，待聖人之出而投繯道路，不可謂非五人之力也。[17]

由是觀之，則今之高爵顯位，一旦抵罪，或脫身以逃，不能容於遠近，而又有剪髮杜門，佯狂不知所之者，其辱人賤行，視五人之死，輕重固何如哉！[18]是以蓼洲周公忠義暴於朝廷，贈諡美顯，榮於身後；而五人亦得以加其土封，列其姓名於大堤之上。[19]凡四方之士，無不有過而拜且泣者，斯固百世之遇也。不然，令五人者保其首領，以老於戶牖之下，則盡其天年，人皆得以隸使之，安能屈豪傑之流，扼腕墓道，發其志士之悲哉！[20]故予與同社諸君子，哀斯墓之徒有其石也，而為之記，亦以明死生之大，匹夫之有重於社稷也。

---

17 矯詔：假託君命頒發的詔令。鉤黨之捕：搜捕東林黨人。鉤黨：同黨。株治：牽連懲治。逡（qūn）巡：欲進不進、遲疑不決的樣子。非常之謀：篡奪帝位的陰謀。猝（cù）發：突然發動。待聖人之出而投繯（huán）道路：等到崇禎皇帝即位，（魏忠賢）在路上自縊了。繯：絞索。

18 抵罪：犯罪應受懲治。抵：當，受。剪髮杜門：剃髮為僧，閉門不出。

19 暴（pù）：顯露。贈諡美顯：指崇禎追諡周順昌「忠介」。加其土封：增修他們的墳墓。

20 戶牖（yǒu）：門窗，指家裏。隸使之：當僕隸一樣差使。屈：使屈身傾倒。扼腕墓道：用手握腕表示惋惜。

賢士大夫者，冏卿因之吳公，太史文起文公、孟長姚公也。[21]

【賞析】

明朝天啟皇帝十六歲登基，年齡既在幼沖，頭腦更是鄙暗，一味寵信乳母客氏及太監魏忠賢，致使魏忠賢專權亂政，荼毒天下。朝中正直之臣屢上書彈劾魏忠賢，但天啟帝被身邊太監蒙蔽，對魏忠賢愈加寵信。魏忠賢由此益發猖獗，連興大獄，將楊漣、左光斗、魏大中等忠貞之臣下獄，拷打至死，更多反對他的人或被罷職，或被發配，而其黨羽則被提拔。無節操的文臣武將也紛紛向魏忠賢獻媚投靠，從內閣、六部到各省督撫，幾乎遍佈他的黨羽。魏忠賢一手遮天，朝臣呼其為「九千歲」「九千九百歲爺爺」。全國各地官員爭相為他建生祠，歌功頌德阿諛奉承之言沸反盈天。這一時期不僅在明朝，甚至在整個中國政治史上，也可以說是最黑暗的時期之一。

但正義永遠不會絕跡。就在以魏忠賢為首的閹黨權勢熏天的時候，他們卻遭受到了意想

[21] 冏（jiǒng）卿：太僕寺卿，官職名。因之吳公：吳默，字因之。太史：指翰林院修撰。文起文公：文震孟，字文起。孟長姚公：姚希孟，字孟長。

不到的反擊。天啟六年，魏忠賢打算剷除最後的異己力量，繼續追治已免職居家的高攀龍、周順昌等人，命手下將他們逮捕入獄。當周順昌被逮捕時，蘇州的縉紳、市民自發地為周順昌送行，與魏忠賢的爪牙發生了衝突，打死其中一人，應天巡撫毛一鷺躲進廁所才得以倖免。東廠的密探向魏忠賢報告，使魏忠賢大為驚懼。事後毛一鷺抓捕了顏佩韋、楊念如、馬傑、沈揚、周文元等五人，指其為「倡亂者」，將五人處死。

這五位義士，只是五個普普通通的市井中人，他們沒有學過四書五經，也不會以青史留名自勵。然而面對強暴的勢力，他們挺身而出；當押赴刑場，他們意氣揚揚，談笑以死。這是因為他們心中有正義存在，他們知道大義所在，他們知道自己死得其所。五個普通的人，成了五位義士，五位英雄。他們用他們的死，使蘇州百姓免受株連，也使魏忠賢不敢再派出爪牙到各地肆無忌憚地抓捕正直的士大夫。

作者張溥，是晚明影響最大的復社的創始人和領袖之一，崇禎朝的名士。社以繼踵重名節的東林黨人自任。閹黨專權時，東林黨人是其重點打擊對象。高攀龍等人固然表現出了可歌可泣的氣節，但還有更多士大夫恬不知恥地趨附閹黨，士風之敗壞讓人扼腕。反而是顏佩韋等五人，「生於編伍之間，素不聞詩書之訓」，卻能夠做到「激昂大義，蹈死不顧」，因此獲得了張溥等蘇州「賢士大夫」由衷的敬佩，也獲得了後世人一代代的感念。

獄中上母書

夏完淳

不孝完淳今日死矣！以身殉父，不得以身報母矣。痛自嚴君見背，兩易春秋。[1] 冤酷日深，艱辛歷盡。本圖復見天日，以報大仇，恤死榮生，告成黃土。[2] 奈天不佑我，鍾虐明朝，一旅才興，便成齏粉。[3] 去年之舉，淳已自分必死，誰知不死，死於今日也！斤斤延此二年之命，菽水之養無一日焉。[4] 致慈君托跡于空門，生母寄生于別姓，一門漂泊，生不得相依，死不得相問。[5] 淳今日又溘然先從九京：不孝之罪，上通於天。[6]

夏完淳（1631—1647）：字存古。松江華亭（今上海市松江）人。明末詩人。

1 嚴君：對父親的敬稱。見背：去世。

2 冤酷：冤仇與慘痛。復見天日：指恢復明朝。恤死榮生：使死去的人（指其父）得到撫恤，使活着的人（指其母）得到榮封。告成黃土：向祖先的墳墓祭告。

3 鍾虐明朝：上天的懲罰聚集於明朝。鍾：聚集。

4 斤斤：過分着意。菽水之養：指對父母的供養。

5 慈君：作者的嫡母。托跡：藏身。空門：佛門。生母：作者生母，是夏允彝的妾。寄生：寄居。

6 溘（kè）然：忽然。九京：九泉，地下。

嗚呼！雙慈在堂，下有妹女，門祚衰薄，終鮮兄弟。[7] 淳一死不足惜，哀哀八口，何以為生？雖然，已矣。淳之身，父之所遺；淳之身，君之所用。為父為君，死亦何負於雙慈？[8] 但慈君推乾就濕，教禮習詩，十五年如一日。[9] 嫡母慈惠，千古所難。大恩未酬，令人痛絕。慈君托之義融女兄，生母托之昭南女弟。[10]

淳死之後，新婦遺腹得雄，便以為家門之幸；如其不然，萬勿置後。[11] 會稽大望，至今而零極矣。[12] 節義文章，如我父子者幾人哉？立一不肖後如西銘先生，為人所詬笑，何如不立之為愈耶？[13] 嗚呼！大造茫茫，總歸無後。[14] 有一日中興再造，則廟食千秋，豈止麥飯豚蹄，不為餒鬼而已哉！[15] 若有妄言立後者，淳且與先文忠在冥冥誅殛頑嚚，決不肯舍！[16]

---

7 門祚（zuò）：家運。鮮（xiǎn）：少。

8 雙慈：嫡母與生母。

9 推乾就濕：把牀上乾處讓給幼兒，自己睡在濕處，指母親撫育子女的辛勞。

10 嫡母：妾所生的子女稱父親的正妻為嫡母。義融女兄：作者的姐姐夏淑吉，號義融。昭南女弟：作者的妹妹夏惠吉，號昭南。

11 新婦：作者稱自己的妻子。遺腹：懷孕婦人在丈夫死後所生的孩子。雄：男孩。置後：指抱養別人的孩子為後嗣。

12 會稽大望：會稽郡望族，指作者自己的夏姓家族。零極：零落到極點。

13 不肖後：沒有才能的後代。西銘先生：張溥，別號西銘，明末文學家，無子，死後由錢謙益等代為立嗣。

14 大造：造化，指天。

15 廟食千秋：萬古千秋地受人祭祀。廟食：指鬼神在祠廟裏享受祭祀。麥飯豚蹄：指簡單的祭品。餒（něi）鬼：挨餓的鬼。

16 文忠：夏允彝死後，南明隆武帝賜諡為「文忠」。冥冥：陰間。誅殛（jí）：誅殺。頑嚚（yín）：愚頑而多言不正的人。

兵戈天地，淳死後，亂且未有定期。雙慈善保玉體，無以淳為念。二十年後，淳且與先文忠為北塞之舉矣。勿悲勿悲！相托之言，慎勿相負。武功甥將來大器，家事盡以委之。[17]寒食、盂蘭，一杯清酒，一盞寒燈，不至作若敖之鬼，則吾願畢矣！新婦結縭二年，賢孝素著，武功甥好為我善待之，亦武功渭陽情也。[18]語無倫次，將死言善，痛哉痛哉！

人生孰無死，貴得死所耳。父得為忠臣，子得為孝子。含笑歸太虛，了我分內事。[19]大道本無生，視身若敝屣。[20]但為氣所激，緣悟天人理。惡夢十七年，報仇在來世。神遊天地間，可以無愧矣。

---

[17] 武功甥：作者姐姐夏淑吉的兒子侯檠，字武功。

[18] 寒食：這裏指清明節，是人們上墳祭祖的時節。盂蘭：舊俗的農曆七月十五日燃燈祭祀，超度鬼魂，稱盂蘭盆會。若敖之鬼：沒有後嗣按時祭祀的餓鬼。春秋時楚國公族若敖氏在楚國政權中佔有重要地位，出身於這一族的令尹子文看到姪子越椒行為不正，擔心他會給家族帶來災難，臨死前，對族人哭着說：「鬼猶求食，若敖氏之鬼，不其餒而。」後若敖氏果然因為越椒叛楚而被滅族。結縭（lí）：古代嫁女的一種儀式，代指成婚。渭陽情：指甥舅之間的情誼。語出《詩經・秦風・渭陽》：「我送舅氏，曰至渭陽。」

[19] 太虛：天。

[20] 敝屣：破舊的草鞋。

【賞析】

夏完淳是一位早慧的天才。他五歲知五經，七歲能詩文。父親夏允彝是承東林黨之後的幾社創始人之一，老師是明末大詩人、東南士林領袖陳子龍。他自幼隨父交遊的，都是如張溥、陳眉公、錢謙益輩的一代名士。

夏完淳是一位民族英雄。他十四歲時，清兵入關南下，江南地區爆發了一系列可歌可泣的抵抗運動。夏完淳也隨父親、老師起義抗清。義軍兵敗，父親、老師先後殉國，完淳被俘，押赴南京，洪承疇親自勸降，完淳大義凜然，英勇就義。柳亞子曾作詩稱讚他：「悲歌慷慨千秋血，文采風流一世宗。」

完淳殉國時年方十七，故而洪承疇稱他為「童子」，但是他對忠義的承擔，對氣節的堅持，卻是古今多少人都自愧弗如的。在他《獄中上母書》中，我們還能感受到他的凜凜正氣。

完淳並非了無牽掛。他的嫡母和生母，妻子和女兒，還有妻子腹中的遺腹子，一門婦孺，還有他的姐姐和妹妹，在他死後，她們將面臨怎樣的命運？儘管他在信中反復囑託，細細交待，讓姐姐照顧嫡母，妹妹照顧生母，託外甥照顧妻子，可是易代之際，兵荒馬亂，他如何放心得下？在另外一封給妻子的信中，他說：「嗚呼，言至此，肝腸寸斷，執筆心酸，對紙淚滴。欲書則一字俱無，欲言則萬般難吐。吾死矣！吾死矣！方寸已亂。平生為他人指畫了了，今日為夫人一思究竟，便如亂絲積麻。身後之事，一聽裁斷，我不能道一語也！」他的擔憂和悲痛傾訴無遺。

然而君國大義，讓完淳必須做此選擇。當此山河破碎的大難，反清復明是他的「分內事」。殉節殉國，死得其所。雖然他的內心仍有牽掛，雖然他的內心是不平靜的，但他對自己的選擇是堅定。一個十七歲的少年，臨難之際，視死如歸，留下了浩氣長歌：

「神遊天地間，可以無愧矣！」

芙蕖

李漁

芙蕖與草本諸花，似覺稍異；然有根無樹，一歲一生，其性同也。《譜》云：「產于水者曰草芙蓉，產于陸者曰旱蓮。」則謂非草本不得矣。予夏季倚此為命者，非故效顰于茂叔，而襲成說於前人也。[1] 以芙蕖之可人，其事不一而足，請備述之。[2]

羣葩當令時，只在花開之數日，前此後此，皆屬過而不問之秋矣。[3] 芙蕖則不然，自荷錢出水之日，便為點綴綠波。[4] 及其莖葉既生，則又日高日上，日上日

李漁（1611—1680）：號笠翁。浙江蘭溪人。清代文學家，著有《閒情偶寄》《笠翁十種曲》《十二樓》等。

1 茂叔：北宋哲學家周敦頤的字，周敦頤作有《愛蓮說》。

2 可人：適合人的心意，即稱人心意。可：適合。下文「可目」「可鼻」「可人之口」意同。

3 葩：花。當令：正當（花開的）時令。

4 荷錢：初生的小荷葉，其狀如銅錢。

妍，有風既作飄颻之態，無風亦呈嫋娜之姿，是我于花之未開，先享無窮逸致矣。迨至菡萏成花，嬌姿欲滴，後先相繼，自夏徂秋，此則在花為分內之事，在人為應得之資者也。[5]及花之既謝，亦可告無罪于主人矣，乃復蒂下生蓬，蓬中結實，亭亭獨立，猶似未開之花，與翠葉並擎，不至白露為霜，而能事不已。此皆言其可目者也。

可鼻，則有荷葉之清香，荷花之異馥，避暑而暑為之退，納涼而涼逐之生。[6]

至其可人之口者，則蓮實與藕，皆並列盤餐，而互芬齒頰者也。只有霜中敗葉，零落難堪，似成棄物矣，乃摘而藏之，又備經年裹物之用。

[5] 迨：及，等到。菡萏：即荷花。徂（cú）：往，到。
[6] 異馥：異乎尋常的香味。

是芙蕖也者，無一時一刻，不適耳目之觀；無一物一絲，不備家常之用者也。有五穀之實，而不有其名；兼百花之長，而各去其短。種植之利，有大于此者乎？

予四命之中，此命為最。無如酷好一生，竟不得半畝方塘為安身立命之地。僅鑿斗大一池，植數莖以塞責，又時病其漏，望天乞水以救之。殆所謂不善養生而草菅其命者哉。[7]

[7] 莖：根，株。塞責：對自己應負的責任敷衍了事。病其漏：以水池向地下滲水為病。殆：大概。草菅其命：待芙蕖如野草。

【賞析】

李漁在《笠翁偶集．種植部》中說：「予有四命，各司一時：春以水仙、蘭花為命，夏以蓮為命，秋以秋海棠為命，冬以蠟梅為命。」每一季節，他都有愛若性命之花，其中又最愛蓮，即本文中所說的「四命之中，此命為最」。自從周敦頤《愛蓮說》後，蓮花以其「出淤泥而不染，濯清漣而不妖」被賦予了君子人格。但李漁並非東施效顰，他對蓮的愛有他自己的理由，大概也是這個原因，他刻意用了蓮的另一個名字——芙蕖。

李漁自始至終沒有把「蓮」也就是「芙蕖」人格化，他竟是從實用的角度來寫芙蕖，但又別有意趣，並不給人以功利主義的印象。

他愛芙蕖，是因為芙蕖自身的種種屬性「可人」——稱他的心意。首先，芙蕖「可目」，看上去非常美。而且其他的花只是在開花的那幾天引人注意，花開前和花謝後就不再有人觀賞了。芙蕖則不同，剛剛長出水面如銅錢大小時，就點綴綠波，長大長高以後，身姿嬌嬈，「有風既作飄颻之態，無風亦呈嫋娜之姿」；花開之時，其花嬌豔，而且花期很長，從夏天延續到秋天；等到花謝以後，花蒂下長出蓮蓬，亭亭獨立，又像未開之花。

除了「可目」之外，荷葉的清香和荷花的馥郁還「可鼻」，蓮子和蓮藕還「可口」，即便到了最後荷葉枯敗，也可以收藏起來，用來包裹東西。

這篇文章處處從實用主義角度入手，在作者眼中，看到的不是「可遠觀而不可褻玩」的高冷的蓮花，而是「無一時一刻不適耳目之觀，無一物一絲不備家常之用」的芙蕖，清雅可愛又不失親切。結尾處講自己雖酷好一生卻無力廣種，只能鑿一個水池種上幾株，而且還要乞望雨水來使它們成活。遺憾與自責之情溢於言表，更顯出他對芙蕖是真愛。

口技

林嗣環

京中有善口技者。會賓客大宴，於廳事之東北角，施八尺屏障，口技人坐屏障中，一桌、一椅、一扇、一撫尺而已。[1]衆賓團坐。少頃，但聞屏障中撫尺一下，滿坐寂然，無敢嘩者。

遙聞深巷中犬吠，便有婦人驚覺欠伸，搖其夫語猥褻事，夫囈語，初不甚應，婦搖之不止，則二人語漸間雜，牀又從中戛戛。既而兒醒，大啼，夫令婦撫兒乳，兒含乳啼，婦拍而嗚之。[2]夫起溺，婦亦抱兒起

林嗣環（1607—約1662）：字鐵崖。福建晉江人。順治朝進士，清代文學家。本文錄自《虞初新志》，沿襲、改動金聖歎批《水滸傳》第六十五回批語而成。

1. 廳事：大廳，客廳。撫尺：藝人表演用的道具，也叫「醒木」。
2. 乳：用作動詞，餵奶。嗚：輕聲哼唱着哄小孩入睡。

溺。牀上又一大兒醒，狺狺不止。當是時，婦手拍兒聲，口中嗚聲，兒含乳啼聲，大兒初醒聲，牀聲，夫叱大兒聲，溺瓶中聲，溺桶中聲，一齊湊發，眾妙畢備。滿座賓客，無不伸頸側目，微笑默歎，以為妙絕也。[3]

既而夫上牀寢。婦又呼大兒溺，畢，都上牀寢。小兒亦漸欲睡。夫齁聲起，婦拍兒亦漸拍漸止。微聞有鼠作作索索，盆器傾側，婦夢中咳嗽之聲。賓客意少舒，稍稍正坐。

忽一人大呼：「火起！」夫起大呼，婦亦起大呼。兩兒齊哭。俄而百千人大呼，百千兒哭，百千犬吠。中間力拉崩倒之聲，火爆聲，呼呼風聲，百千齊作；又夾百千求救聲，曳屋許許聲，搶奪聲，潑水聲。[4] 凡

---

3 側目：側着頭看，形容聽得入神。

4 中間（jiàn）：其中夾雜着。間：夾雜。力拉崩倒：劈裏啪啦，房屋倒塌。力拉：擬聲詞。許許（hǔ hǔ）：擬聲詞，呼喊聲。

所應有，無所不有。雖人有百手，手有百指，不能指其一端；人有百口，口有百舌，不能名其一處也。[5] 於是賓客無不變色離席，奮袖出臂，兩股戰戰，幾欲先走。[6]

而忽然撫尺一下，眾響畢絕。撤屏視之，一人、一桌、一椅、一扇、一撫尺而已。

[5] 雖：即使。
[6] 股：大腿。

【賞析】

一次精彩絕倫的口技表演，被作者繪聲繪色地記錄了下來。至今讀之，仍有身臨其境的感覺。

文章開頭，先寫口技表演的準備，道具非常簡單，一道八尺屏障，一張桌子，一張椅子，一把扇子，一隻撫尺，僅此而已。屏障把表演者與聽眾隔開，聽眾圍坐在屏障外，對表演者只聞其聲，不見其人。

表演開始。口技人並不單純地模仿各種聲音，而是用聲音表現了一個場景，一個一家人在深夜中漸次醒來的場景。先是妻子被深巷中的狗吠聲驚醒，然後喚醒丈夫，不久小兒子醒來大哭，妻子給小兒子餵奶，最後大兒子被吵醒，不滿地發出抱怨聲。所有這些聲音「一齊湊發，眾妙畢備」。滿堂賓客都聽得入了神，以為「妙絕」。

一陣熱鬧後，一家人又先後睡去。這是表演的第二階段，夜晚恢復了安靜，不過這安靜不是一片死寂，仍然能聽到輕微的響聲，這其中包括丈夫的鼾聲、妻子的咳嗽聲，還有老鼠活動的聲音。剛才全神貫注的賓客，這時候也稍稍得以放鬆。

緊接着的第三個階段，則是表演的真正高潮，呈現了一個深夜失火的場景。夫妻二人再次被「火起」的呼喊聲驚醒，也跟着呼喊起來，兩個孩子被嚇醒大哭。越來越多的人被驚醒，越來越多的呼喊聲、孩子的哭聲還有狗吠聲，其中還夾雜着大火燃燒的各種聲音，包括東西崩倒的聲音、火中爆裂的聲音、呼呼的風聲；又有人的求救聲，以及為了救火拉倒房屋的聲音、搶奪的聲音、潑水的聲音。總之，一場火災中應該有的聲音都有了。沒人會相信這僅僅是屏風後面的一個口技表演者能發出來的，於是賓客都誤以為是真的發生了火災，全都變了臉色，離開座位，就要向外奔逃。就在此時，突然間撫尺一拍，所有聲音都消失了，表演戛然而止。撤去屏障，還是那個口技表演者和那幾樣簡單的道具。真是令人歎為觀止。

遊釣台記

鄭日奎

釣台在浙東，漢嚴先生隱處也。[1] 先生風節，輝映千古，予夙慕之。[2] 因憶富春桐江諸山水，得藉先生以傳，心奇甚，思得一遊為快。[3] 顧是役也，奉檄北上，草草行道中耳，非遊也。[4] 然以為遊，則亦遊矣。

舟發自常山，由衢抵嚴，凡三百餘，山水皆有可觀。[5] 第目之所及，未暇問名，領之而已，惟誡舟子以過七里瀧必予告。[6] 越日，舟行萬山中，忽睹雲陸雙峰，嶄然秀峙，覺有異，急呼舟子曰：「若非釣台

鄭日奎（1631—1673）：字次公，號靜菴。貴溪（今屬江西）人。清初文學家。

1 嚴先生：嚴光，字子陵，東漢初會稽餘姚（今屬浙江）人。

2 夙（sù）：平素。

3 憶：想到。富春、桐江：從新安江到桐廬一段叫桐江，從桐廬到錢塘江一段叫富春江，富春江側為嚴光遊釣處。藉：憑藉。

4 奉檄（xí）：奉命。檄：檄文，古代官府文書。

5 常山：今浙江常山縣。衢（qú）：衢州。嚴：嚴州。常山縣屬衢州府，桐廬縣屬嚴州府。

6 第：只是。頷（hàn）之而已：點頭表示讚美罷了。七里瀧：一名七里瀨，嚴光垂釣處。

耶？」[7]曰：「然矣。」舟稍近，迫視之。所云兩台，實兩峰也。台稱之者，後人為之也。台東西踦，相距可數百步，石鐵色，陡起江幹，數百仞不肯止。[8]巉岩傲睨，如高士並立，風致岸然。[9]崖際草木，亦作嚴冷狀。樹多松，疏疏羅植，偃仰離奇各有態；倒影水中，又有如游龍百餘，水流波動，勢欲飛起。峰之下，先生祠堂在焉。意當日垂綸，應在是地，固無登峰求魚之理也。[10]故曰：「峰也，而台稱之者，後人為之也。」

山既奇秀，境幽蒨。[11]欲艤舟以登，而舟子固持不可，不能強。[12]因致禮焉，遂行；於是足不及遊而目遊之。俯仰間，清風徐來，無名之香，四山颶至，則鼻遊之。[13]舟子謂灘水甚佳，試之良然，蓋是即陸羽所品十九泉也；則舌遊之。[14]頃之，帆行峰轉，瞻望不及矣。返坐舟中，細擇其峰巒起止，徑路出沒之態，惝恍

---

7 嶄然：高峻的樣子。秀峙：挺秀對立。

8 踦（zhì）：同「峙」，聳立。江幹：江邊。

8 巉（chán）岩傲睨（nì）：險峻的山峰傲然斜視。岸然：高傲莊嚴的樣子。

10 垂綸：放線釣魚。

11 蒨（qiàn）：草盛青蔥。

12 艤（yǐ）舟：停船靠岸。

13 颶：風。

14 陸羽：字鴻漸，竟陵（在今湖北天門市）人，

間，如捨舟登陸，如披草尋磴，如振衣最高處，下瞰羣山趨列，或秀靜如文，或雄拔如武，大似雲台諸將相，非不傑然卓立，覺視先生，悉在下風；蓋神遊之矣。[15] 思微倦，隱几臥，而空蒙滴瀝之狀，竟與魂魄往來；於是乎並以夢遊，覺而日之夕矣。[16] 舟泊前渚，人稍定，呼舟子，勞以酒，細詢之曰：「若嘗登釣台乎？山之中景若何？其上更有異否？四際雲物，何如奇也？」舟子具能答之，於是並以耳遊。噫噫！快矣哉，是遊乎！[17]

客或笑謂：「鄭子足未出舟中一步，遊於何有？」「嗟乎！客不聞乎！昔宗少文臥游五嶽，孫興公遙賦天台，皆未嘗身歷其地。余今所得，較諸二子，不多乎哉！故曰，以為遊，則亦遊矣！」[18] 客曰：「微子言，不及此；雖然，少文之畫，興公之文，盍處一焉，以謝山靈！」[19] 余竊愧未之逮也，遂為之記。[20]

---

[15] 唐代著名隱士，嗜茶，著《茶經》三篇。擇：或當作「繹」，尋究。惝（chǎng）恍：迷迷糊糊。披：分開。磴（dèng）：石階。雲台諸將相：東漢開國功臣二十八人，明帝永平三年（60）繪其像於雲台，世稱雲台二十八將。悉在下風：謂雲台諸將不及嚴光。

[16] 隱几：靠着几案。

[17] 渚（zhǔ）：水中小塊陸地。

[18] 宗少文：宗炳，字少文，南朝宋南陽人。晚年病居江陵，將所遊山水畫於壁上，曰「唯當澄懷觀道，臥以遊之」。五嶽：東嶽泰山，西嶽華山，南嶽衡山，北嶽恒山，中嶽嵩山。孫興公：東晉名士，名綽，字興公，太原人，居會稽。《遊天台山賦》自序：「……余所以馳神運思，晝詠宵興，俯仰之間，若已再升者也。」

[19] 微子言，不及此：如果不是您的敘述，我沒想到這裏。盍處一焉：何不畫一幅畫，或者寫篇文章。

[20] 逮：及。

【賞析】

「目游、鼻游、耳游、神游」，作者足未出舟中一步，卻能自得其樂，用感官和想像遊覽，在物我合冥中把握此地精神，獲得天人合一的樂趣。

這是在自娛自樂嗎？不盡然。作者在釣台駐足的片刻，置身於峰頂吹來的風中。山間草木微澀而清新的氣息彌散開來。舟邊的江水清澈醇厚，足以泡茶。一切都秀美、舒適、心曠神怡，自然興發人無盡的神遊和想像。

更重要的是，釣台是嚴光隱居之所。作者仰慕嚴光，「先生風節，輝映千古，予夙慕之」，因而即使公務日程緊張繁忙，也要到釣台一遊。

嚴光，字子陵。《後漢書・逸民列傳》記載他少有高名，曾與東漢開國的光武帝劉秀同遊學。及光武即位，嚴光變姓名，隱身不見。光武帝思其賢，到處尋訪。齊人上報：一男子披羊裘釣澤中。帝遣使三請而至京城。司徒侯霸與嚴光是舊識，得知嚴光來京，馬上派人送信表示自己想立即登門造訪，只是無法早退，晚上來問候。嚴光投劄於送信人，口授曰：「您身居高位，懷仁輔義天下都高興，阿諛順旨那可要身首異處了。」侯霸收到回信，交給光武帝。帝笑曰：還是那麼狂啊。當日便至嚴光住處。光臥不起，帝至其臥室，撫光腹曰：「咄咄子陵，

咄子陵，不肯相幫做點事嗎？」嚴光睡着不説話，過了很久，才睜眼，説：「以前唐堯那樣顯著的品德，巢父、許由聽説要被授予官職都要去洗耳朵。人各有志，何以強迫？」帝曰：「我最終不能使你讓步嗎？」於是上車離開。又請嚴光到宮裏，説往事，共處數日。有次問嚴光：「我比過去如何？」嚴光答：「陛下比過去稍稍有點變化。」然後一起睡臥，嚴光把腳壓在光武帝的肚子上。次日太史奏告，客星沖犯帝座。光武帝笑着説：「我的老朋友嚴子陵與我睡在一起罷了。」之後，嚴光隱居富春山。八十歲壽終正寢。

嚴光清醒地知道，功名的獲得，會使生活被權貴牽引，難免被動。與之相比，嚴光更珍視自己的獨立和自由，自行胸懷，不願為勢要牽引。對皇帝也無畏無求，甚至「加足帝腹上」。如此獨立的人格、洞察的智慧、仁厚的品格，博得了君主的尊重，甚至維護。但更了不起的是，他並不索求這些。他的獨立是自在自足的。不外求，無牢騷。這般境界使人們在千年以後想見其人，仍然敬慕不已。范仲淹就曾盛讚曰：「雲山蒼蒼，江水泱泱，先生之風，山高水長。」

因此，作者雖然匆匆行船，不能登釣台一遊，「然以為遊，則亦遊矣」。作者感受到的是嚴光的精神——自在。不傲慢，不做作，平易，逍遙，享受世間美好，安適自得。因而即使足未出舟中一步，作者也能在雙峰秀峙中感知傲岸，在清風山香間感知滿足，在遊魚水波中感知灑脱，在倜促的遊歷中感知精神的自由。

醉書齋記

鄭日奎

于堂左潔一室，為書齋，明窗素壁，泊如也。[1]設幾二，一陳筆墨，一置香爐、茗碗之屬。竹牀一，坐以之；木榻一，臥以之。書架書筒各四，古今籍在焉。琴、磬、麈尾諸什物，亦雜置左右。[2]

甫晨起，即科頭拂案上塵，注水硯中，研墨及丹鉛，飽飲墨以俟。[3]隨意抽書一帙，據坐批閱之。頃至會心處，則朱墨淋漓漬紙上，字大半為之隱。有時或歌或歎，或笑或泣，或怒罵，或悶欲絕，或大叫稱

---

1. 泊如：淡泊的樣子。
2. 麈（zhǔ）尾：用獸的尾毛做的拂塵，六朝人清談時常用。
3. 甫：才。科頭：不戴帽子。丹鉛：朱砂和鉛粉，朱筆書寫，鉛粉塗改。

快，或咄咄詫異，或臥而思，起而狂走。家人見者，悉駭愕，罔測所指，乃竊相議，俟稍定，始散去。婢子送酒茗來，都不省取。[4]或誤觸之，傾濕書冊輒怒而責，後乃不復持至。逾時或猶未食，無敢前請者。惟內子時映簾窺餘，得間始進，曰：「日午矣，可以飯乎？」[5]余應諾。內子出，忘之矣。羹炙皆寒，更溫以俟者數四。及就食，仍挾一冊與俱，且啖且閱，羹炙雖寒，或且變味，亦不覺也。至或誤以雙箸亂點所閱書，良久始悟非筆，而內子及婢輩罔不竊笑者。[6]夜坐漏常午，顧童侍，無人在側。俄而鼾震左右，起視之，皆爛漫睡地上矣。

客或訪余者，刺已入，值余方校書，不遽見。[7]客伺久，輒大怒詬，或索取原刺，余亦不知也。蓋余性既嚴急，家中人啟事不以時，即叱出，而事之緊緩不

---

4 瞯：窺見。罔：無。省：記得。

5 內子：妻子。

6 箸（zhù）：筷子。

7 刺：名片。遽：迅速。

8 以時：合於時機。白：稟告。

9 劉伶：晉代名士，字伯倫。嗜酒，常醉如爛泥，有次向妻子要酒喝，妻子毀酒器，勸他戒酒。他說行啊，但要向鬼神發誓。妻子連忙備酒肉祭拜，劉伶卻跪下祈禱說：「天生劉伶，以酒為名。一飲一斛，五斗解酲。婦人之言，慎不可聽！」仍飲酒吃肉，大醉。

更問，以故倉卒不得白。[8] 而家中鹽米諸瑣物，皆內子主之，頗有序。余是以無所顧慮，而嗜益僻。

他日忽自悔，謀立誓戒之，商于內子。內子笑曰：「君無效劉伶斷飲法，只賺餘酒脯，補五臟勞耶？吾亦惟坐視君沉湎耳，不能贊成君謀。」[9] 余倘然久之，因思余于書，誠洵不異伶于酒，正恐旋誓且旋畔；且為文字飲，不猶愈於紅裙耶？[10] 遂笑應之曰：「如卿言，亦佳。但為李白婦、太常妻不易耳！」[11] 乃不復立戒，而采其語意以名吾齋，曰「醉書」。

【賞析】

香爐上的煙淡淡地散開去，書生斟一盞茶，徐徐攤開書卷。書齋雅潔，書生磨墨注書，琴瑟在御，莫不靜好。

---

[10] 倘然：驚疑的樣子。誠洵：確實。旋誓且旋畔：剛發誓就違背。不猶愈於紅裙耶：不是比沉溺女色好嗎？

[11] 李白婦：李白《贈內》詩：「三百六十日，日日醉如泥。雖為李白婦，何異太常妻。」太常妻：東漢周澤為太常，經常臥病齋宮，其妻看望，他大怒，以妻子干犯齋禁，竟送交詔獄謝罪。時人譏諷說：「生世不諧，作太常妻。一歲三百六十日，三百五十九日齋。」

清雅的書齋描寫後，畫風陡然一變。作者以漫畫的筆觸表現了自己癡迷於書、全然自我的生活。「有時或歌或歎，或笑或泣，或怒罵，或悶欲絕，或大叫稱快，或咄咄詫異，或臥而思，起而狂走。」完全沉浸在書的世界中，與書中人同笑同哭，或為書中所言拍案叫絕。此番畫面讀書人想必並不陌生，《項脊軒志》有云「借書滿架，偃仰嘯歌，冥然兀坐，萬籟有聲」。但作者更特立獨行，家人「悉駭愕」，他仍我行我素。婢女送來酒菜，他也不記得吃，自己不小心弄翻了，還怒責婢女，以致無人敢來。妻子只能親自伺機送菜，即便如此，作者也還是常常忘記，「或且變味，亦不覺也」。或以筷子當筆點書，妻子婢女無不竊笑。夜間四顧以為無人，竟不知童子已爛漫席地而睡。這些迂態可掬的有趣細節，正、側面描寫的穿插都充分勾勒了作者為書廢寢忘食、不顧念家人，卻毫不自知的形象。讀書人往往將書視作高級的嗜好，彷彿書就擁有了某種特權，能超越嗜好本身的局限。於是沉迷在書的世界中不可自拔，薄家人而厚於書，輕來客而重於書，越發孤僻，還自以為是。

某日，作者突然「自悔，謀立誓戒之」。聰明的妻子贊成他的幡然醒悟，卻又擔心他重蹈覆轍，於是以劉伶醉酒諷諫。妻子並不反對他讀書愛書，只是希望他在個人愛好和尊重家人、參與生活之間找到良好的平衡感。作者細味了賢妻的良苦用心後，便以「醉書」為齋名，提醒自己，感念妻子，並以自嘲的幽默感和勇氣寫下本文。

梅花嶺記

全祖望

順治二年乙酉四月，江都圍急。[1] 督相史忠烈公知勢不可為，集諸將而語之曰：「吾誓與城為殉，然倉皇中不可落於敵人之手以死，誰為我臨期成此大節者？」副將軍史德威慨然任之。忠烈喜曰：「吾尚未有子，汝當以同姓為吾後。吾上書太夫人，譜汝諸孫中。」[2]

二十五日城陷，忠烈拔刀自裁，諸將果爭前抱持之，忠烈大呼德威，德威流涕不能執刃，遂為諸將所

全祖望（1705—1755）：字紹衣，號謝山。浙江鄞縣（今屬浙江寧波）人。清代史學家。

1 順治二年乙酉：1645年。乙酉為干支紀年。江都：今江蘇揚州。

2 史忠烈公：史可法。「忠烈」是史可法死後謚號。譜：家譜。此處用為動詞，寫入家譜。

擁而行，至小東門，大兵如林而至。馬副使鳴、任太守民育、及諸將劉都督肇基等皆死。忠烈乃瞠目曰：「我史閣部也。」[3]被執至南門，和碩豫親王以「先生」呼之，勸之降。[4]忠烈大罵而死。初，忠烈遺言：「我死，當葬梅花嶺上。」至是，德威求公之骨不可得，乃以衣冠葬之。

或曰：「城之破也，有親見忠烈青衣烏帽，乘白馬，出天寧門投江死者，未嘗殞於城中也。」自有是言，大江南北，遂謂忠烈未死。已而英、霍山師大起，皆托忠烈之名，彷彿陳涉之稱項燕。[5]吳中孫公兆奎以起兵不克，執至白下。[6]經略洪承疇與之有舊，問曰：「先生在兵間，審知故揚州閣部史公果死耶，抑未死耶？」[7]孫公答曰：「經略從北來，審知故松山殉難督師洪公果死耶，抑未死耶？」承疇大恚，急呼麾

---

3 閣部：史可法為內閣大學士，故自稱「閣部」。

4 和碩豫親王：即多鐸，清軍攻打江南的主帥。

5 英、霍山師大起：指順治五、六年（1648—1649）間爆發於英山、霍山（均在今安徽省）的抗清起義，義軍以史可法名義號召人民，聚眾數千。陳涉之稱項燕：項燕為楚國大將，在秦攻滅楚之戰中戰敗自殺。陳涉在楚地起義時，以項燕的名義號召楚人。

6 白下：南京在歷史上的別稱。

7 洪承疇：本為明朝大臣，督師遼東時與清軍在松山作戰，戰敗被俘，投降清朝。初時明朝君臣以為洪承疇殉國，崇禎曾設壇祭奠。審知：確實知道。

下驅出斬之。[8]

嗚呼！神仙詭誕之說，謂顏太師以兵解，文少保亦以悟大光明法蟬蛻，實未嘗死。[9] 不知忠義者聖賢家法，其氣浩然，常留天地之間，何必出世入世之面目？[10] 神仙之說，所謂為蛇畫足。即如忠烈遺骸，不可問矣。百年而後，予登嶺上，與客述忠烈遺言，無不淚下如雨，想見當日圍城光景。此即忠烈之面目，宛然可遇，是不必問其果解脫否也，而況冒其未死之名者哉！

墓旁有丹徒錢烈女之塚，亦以乙酉在揚，凡五死而得絕，特告其父母火之，無留骨穢地，揚人葬之於此。[11] 江右王猷定、關中黃遵岩、粵東屈大均為作傳銘哀詞。

---

8 恚：恨，惱羞成怒。

9 顏太師以兵解：顏太師即顏真卿，被叛將殺害，死後有屍解成仙的傳說。兵解：借死於兵刃而脫離軀殼成仙。文少保亦以悟大光明法蟬蛻：文少保即文天祥，死後傳說他在獄中被人授大光明法而超脫於生死。蟬蛻：蟬脫離外殼，比喻人脫離肉身而成道。

10 出世：成仙。入世：在人間。

11 丹徒：今江蘇鎮江。錢烈女：名淑賢，清軍攻破揚州時殉城。凡五死而得絕：（錢氏女）先後以自刎、自焚、上吊、服毒等方式並最終求得一死。

12 可程：史可法弟。中進士後入翰林院，曾歸附李自成，後又降清，不久南歸。史可法曾上書朝廷，要求懲處其弟。

顧尚有未盡表章者：予聞忠烈兄弟自翰林可程下，尚有數人，其後皆來江都省墓。[12]適英、霍山師敗，捕得冒稱忠烈者，大將發至江都，令史氏男女來認之。忠烈之第八弟已亡，其夫人年少有色，守節，亦出視之。大將豔其色，欲強娶之，夫人自裁而死。時以其出於大將之所逼也，莫敢為之表章者。忠烈嘗恨可程在北，當易姓之間，不能仗節，出疏糾之。豈知身後乃有弟婦以女子而踵兄公之餘烈乎！[13]梅花如雪，芳香不染，異日有作忠烈祠者，副使諸公諒在從祀之列，當另為別室以祀夫人，附以烈女一輩也。

[13] 踵：追隨。兄公：妻子稱丈夫之兄為「兄公」。

【賞析】

「時窮節乃見」。當清兵大舉南下，進圍揚州，鎮守揚州的史可法清楚意識到了大廈將傾，無力回天。崇禎自殺後，在南京即位的弘光皇帝昏聵顢頇，貪淫無德，奸黨馬士英、阮大鋮把持朝政，排斥異己，引起駐守武漢的左良玉兵變，馬士英不顧清兵南下，將江北明軍調回防禦。史可法以閣臣督師，出鎮淮揚，卻受到馬士英掣肘分權。清兵勢如破竹，兵臨城下。史可法自知國事糜爛至此，已不可為，自己唯有以身殉國。

全祖望這篇《梅花嶺記》寫史公殉國，只寫了兩個細節。一是城陷之前，史可法從容委託副將史德威，令他助自己全節；一是城陷之後，史可法欲自殺而為諸將所阻，被清兵所圍後坦然自呼自己身份，慷慨就義。寥寥數筆，勾勒出了史可法的忠烈精神。

史公的忠烈精神，在當時就產生了巨大的感召力。人們不願意史可法死，就有了史公未死的傳言，各地抗清隊伍都紛紛假託史公之名。但全祖望對於這傳言並不以為然，把它和顏真卿、文天祥殉節後出現的所謂兵解說、蟬蛻說都視為畫蛇添足之舉。他認為這些忠義之士的精神長存於天地之間，不必假借神仙之說，自能不朽。

全祖望還記載了另外一些忠烈之士，有揚州城破之日戰死的副使馬鳴、太守任民育以及都督劉肇基等。全祖望還特別提到了兩位女子，一位也是揚州城破之日自盡殉節的錢烈女，她的墓亦在梅花嶺下，史公墓旁。另一位是史公的弟媳，也是為保全名節自裁而死。

梅花嶺其實並不是真正的山嶺，而是很小的一座土丘，梅花遍植，年年花開如雪。嶺下史公墓猶在，受到一代代後人的瞻仰追慕。史公的忠烈精神，更將永遠受到人們的景仰。

八大山人傳

陳鼎

八大山人，明寧藩宗室，號人屋。[1]「人屋」者，「廣廈萬間」之意也。性孤介，穎異絕倫。[2]八歲即能詩，善書法，工篆刻，尤精繪事。嘗寫菡萏一枝，半開池中，敗葉離披，橫斜水面，生意勃然；張堂中，如清風徐來，香氣常滿室。[3]又畫龍，丈幅間蜿蜒升降，欲飛欲動；若使葉公見之，亦必大叫驚走也。善詼諧，喜議論，娓娓不倦。常傾倒四座。父某，亦工書畫，名噪江右，然喑啞不能言。[4]

陳鼎（1650—？）：字定九，號鶴沙，晚號鐵肩道人。江陰（今江蘇江陰）人。清代學者。

1. 寧藩宗室：朱元璋第十七子朱權被封為甯王，明成祖時將其封地遷至江西南昌。八大山人朱耷是其後裔。
2. 孤介：耿直方正，不隨流俗。穎異：聰慧過人。
3. 離披：衰殘凋敝。
4. 喑啞：啞巴，口不能言。

甲申國亡，父隨卒。[5] 人屋承父志，亦喑啞。左右承事者，皆語以目；合則頷之，否則搖頭。對賓客寒暄以手，聽人言古今事，心會處，則啞然笑。如是十餘年，遂棄家為僧，自號曰「雪個」。未幾病顛，初則伏地嗚咽，已而仰天大笑，笑已，忽跌跔踴躍，叫號痛哭。[6] 或鼓腹高歌，或混舞於市，一日之間，顛態百出。市人惡其擾，醉之酒，則顛止。歲餘，病間，更號曰「個山」。[7] 既而自摩其頂曰：「吾為僧矣，何不以驢名？」遂更號曰「個山驢」。數年，妻子俱死。或謂之曰：「斬先人祀，非所以為人後也，子無畏乎？」[8] 個山驢遂慨然蓄髮謀妻子，號「八大山人」。其言曰：「八大者，四方四隅，皆我為大，而無大於我也。」

山人既嗜酒，無他好。人愛其筆墨，多置酒招

---

5 甲申國亡：指 1644 年明朝滅亡。

6 未幾：不久。病顛：患了癲病，精神失常。跌跔：跳躍前進。

7 病間（jiàn）：病癒。

8 斬先人祀：斷絕祖先的祭祀，指無後。斬：絕。

之，預設墨汁數升，紙若干幅於座右。醉後見之，則欣然潑墨廣幅間，或灑以敝帚，塗以敗冠，盈紙骯髒，不可以目。然後捉筆渲染，或成山林，或成丘壑，花鳥竹石，無不入妙。如愛書，則攘臂搦管，狂叫大呼，洋洋灑灑，數十幅立就。[9]醒時，欲求其片紙隻字不可得，雖陳黃金百鎰於前，勿顧也，顛如此。

外史氏曰：「山人果顛也乎哉？何其筆墨雄豪也？余嘗閱山人詩畫，大有唐宋人氣魄。[10]至於書法，則胎骨于晉、魏矣。問其鄉人，皆曰得之醉後。嗚呼！其醉可及也，其顛不可及也。」

---

[9] 攘臂：捋起袖子，露出胳膊。搦（nuò）管：拿起毛筆。

[10] 外史氏：指不是正式的史官，記錄稗官野史的人。

【賞析】

這篇文章為我們描畫出了一位痛苦的藝術家八大山人——朱耷。天才的藝術家往往與痛苦有不解之緣，有的被貧困匱乏的生活所折磨，有的因探求生命的意義而苦惱，有的為超前的藝術創造不被時人理解而孤獨。而朱耷的痛苦首先來自亡國之悲。朱耷是明朝宗室，明朝的滅亡對他的生活和心理都產生了巨大的衝擊。易代之後，一方面他不願與新朝合作，另一方面又不能因為明顯的對抗態度而招來殺身之禍。

他先是「喑啞」，十餘年不再說話。然後出家為僧，一種棄絕人事的姿態。接着他發了瘋——「病顛」。我們現在已無從知道，他的發瘋在多大程度上是真瘋，在多大程度上是裝瘋。從商紂王時代箕子佯狂為奴算起，為了躲避政治迫害而裝瘋，在中國古代是有悠久歷史的。他的瘋癲，更像是內心的痛苦長久積鬱後的爆發，大哭大笑，大吼大叫，公共場合歌之舞之，「一日之間，顛態百出」。

瘋癲，讓他在現實中給自己塗上了保護色——他可以盡情宣洩內心的悲憤抑鬱，有誰會和一個瘋子認真呢？瘋癲，也讓他在藝術上有了驚世駭俗的突破。誠然，朱耷天生就是一個藝術家。他「八歲即能詩，善書法，工篆刻，尤精繪事」，他未瘋之前畫的荷花掛在堂上，就能給人「清風徐來，香氣常滿室」的感覺，他畫的龍，就有「欲飛欲動」的態勢。但是他的瘋癲，讓他突破了藝術上的種種常規，成為藝術史上的獨一無二。

陳鼎的用意不是評價朱耷在藝術史上有多偉大，他更注意朱耷的性情，他寫朱耷醉後見紙筆便會欣然潑墨，狂呼大叫，數十幅立就；而醒時，即便以黃金百鎰相求也略不相顧。這就是痛苦的藝術家，病態的天才，就像他畫作中的鳥，翻起白眼瞪着你。

祭妹文

袁枚

乾隆丁亥冬，葬三妹素文于上元之羊山，而奠以文曰：[1]

嗚呼！汝生於浙而葬於斯，離吾鄉七百里矣。[2]當時雖觭夢幻想，寧知此為歸骨所耶？[3]汝以一念之貞，遇人仳離，致孤危托落，雖命之所存，天實為之；然而累汝至此者，未嘗非予之過也。[4]予幼從先生授經，汝差肩而坐，愛聽古人節義事；一旦長成，遽躬蹈之。[5]嗚呼！使汝不識《詩》《書》，或未必艱貞若是。

袁枚（1716—1798）：字子才，號簡齋，又號隨園老人。錢塘（今浙江杭州）人。清代詩人。主要著作有《小倉山房文集》《隨園詩話》《隨園食單》《子不語》等。

1 乾隆：清高宗愛新覺羅・弘曆的年號（1736—1795）。丁亥：紀年的干支。乾隆丁亥：公元1767年。素文（1719—1759）：袁枚三妹，名機，字素文，別號青琳居士。上元：舊縣名，今屬江蘇南京市。

2 吾鄉：浙江錢塘（今杭州市）。

3 觭（jī）夢：殷人占夢之法。

4 一念之貞：素文幼許如皋高氏，及長，高氏子頑劣無行，素文恪守從一而終的禮教，不聽勸阻，與高氏子成婚。婚後備受折磨，袁父怒而訟之官，迎素文歸，依母兄而居。仳（pǐ）離：《詩經・王風・中谷有蓷》：「有女仳離，嘅其歎矣」，指女子遭離棄。托落：落拓，零落無依。

5 差（cī）肩：挨着肩。遽（jù）躬蹈：就親身實踐。

予捉蟋蟀，汝奮臂出其間；歲寒蟲僵，同臨其穴。[6] 今予殮汝葬汝，而當日之情形，憬然赴目。[7] 予九歲，憩書齋，汝梳雙髻，披單縑來，温《緇衣》一章；適先生奓戶入，聞兩童子音琅琅然，不覺莞爾，連呼則則，此七月望日事也。[8] 汝在九原，當分明記之。[9] 予弱冠粵行，汝掎裳悲慟。[10] 逾三年，予披宮錦還家，汝從東廂扶案出，一家瞠視而笑，不記語從何起，大概說長安登科、函使報信遲早云爾。[11] 凡此瑣瑣，雖為陳跡，然我一日未死，則一日不能忘。舊事填膺，思之淒梗，如影歷歷，逼取便逝。[12] 悔當時不將嫛婗情狀，羅縷紀存；然而汝已不在人間，則雖年光倒流，兒時可再，而亦無與為證印者矣。[13]

汝之義絕高氏而歸也，堂上阿奶，仗汝扶持；家中文墨，眹汝辦治。[14] 嘗謂女流中最少明經義、諳雅故

---

6 僵：死。同臨其穴：同到掩埋死蟋蟀的土坑邊。

7 憬然赴目：清醒地來到眼前，歷歷在目。

8 單縑（jiān）：細絹製成的單衣。《緇衣》：《詩經・鄭風》篇名。適：剛好。奓（zhà）戶：開門。莞（wǎn）爾：微笑。語出《論語・陽貨》：「夫子莞爾而笑。」則則：猶「嘖嘖」，讚歎聲。望日：十五日。

9 九原：春秋時晉國卿大夫的墓地，後泛指墓地。

10 弱冠（guàn）：二十歲。袁枚二十一歲到廣西探望叔父袁鴻（字健磐）。掎（jǐ）裳：拉住衣服。

11 宮錦：唐人進士及第後，披宮錦袍，賜宴。袁枚於乾隆三年（1738）登進士科，告假歸娶。長安：漢唐舊都，今西安市，此指都城。

12 填膺（yīng）：充滿胸懷。

13 嫛（yī）婗（ní）：嬰兒，此指兒時。羅縷（lǚ）紀存：排列記錄保存。

14 阿奶：袁枚的母親章氏。眹（shùn）：用眼色示意。

者；汝嫂非不婉嫕，而於此微缺然。[15]故自汝歸後，雖為汝悲，實為予喜。予又長汝四歲，或人間長者先亡，可將身後托汝；而不謂汝之先予以去也！

前年予病，汝終宵刺探，減一分則喜，增一分則憂。[16]後雖小差，猶尚殗殜，無所娛遣，汝來牀前，為說稗官野史可喜可愕之事，聊資一歡。[17]嗚呼！今而後，吾將再病，教從何處呼汝耶？

汝之疾也，予信醫言無害，遠吊揚州，汝又慮戚吾心，阻人走報。[18]及至綿惙已極，阿奶問：「望兄歸否？」強應曰：「諾。」已予先一日夢汝來訣，心知不祥，飛舟渡江。果予以未時還家，而汝以辰時氣絕。[19]四支猶溫，一目未瞑，蓋猶忍死待予也。嗚呼痛哉！早知訣汝，則予豈肯遠遊？即游，亦尚有幾許心

---

15 婉嫕（yì）：柔順。

16 刺探：打聽，探望。

17 差：通「瘥」（chài），病癒。殗（yè）殜（dié）：小病。稗（bài）官：西周掌管收錄街談巷議的官職。

18 吊：憑弔，遊覽。

19 綿惙（chuò）：病危。未時：下午一時至三時。辰時：上午七時至九時。

中言要汝知聞，共汝籌畫也。而今已矣！除吾死外，當無見期。吾又不知何日死，可以見汝；而死後之有知無知，與得見不得見，又卒難明也。然則抱此無涯之憾，天乎，人乎，而竟已乎！

汝之詩，吾已付梓；汝之女，吾已代嫁；汝之生平，吾已作傳；惟汝之窀穸，尚未謀耳。[20] 先塋在杭，江廣河深，勢難歸葬，故請母命而甯汝於斯，便祭掃也。[21] 其旁葬汝女阿印，其下兩塚，一為阿爺侍者朱氏，一為阿兄侍者陶氏。[22] 羊山曠渺，南望原隰，西望棲霞，風雨晨昏，羈魂有伴，當不孤寂。[23] 所憐者，吾自戊寅年讀汝《哭姪詩》後，至今無男；兩女牙牙，生汝死後，才周晬耳。[24] 予雖親在未敢言老，而齒危髮禿，暗裏自知，知在人間，尚幾日？[25] 阿品遠官河南，

---

[20] 付梓（zǐ）：付印。梓：樹名，印刷書籍用的雕板。窀（zhūn）穸（xī）：墓穴。

[21] 先塋（yíng）：先墳。甯汝於斯：使你在這裏得到安寧，即落葬於此地。

[22] 阿印：素文女，病瘖啞。塚（zhǒng）：墳墓。阿爺：父親。侍者：妾。

[23] 原隰（xí）：高平曰原，低濕曰隰。棲霞：山名，一名攝山，在南京市東。羈（jī）魂：飄蕩在他鄉的魂魄。

[24] 《哭姪詩》：袁枚於乾隆二十三年（1758）喪子。周晬（zuì）：周歲。

[25] 親在未敢言老：語出《禮記・坊記》：「子云：『父母在，不稱老。』」

亦無子女，九族無可繼者。[26]汝死我葬，我死誰埋？汝倘有靈，可能告我？

嗚呼！生前既不可想，身後又不可知；哭汝既不聞汝言，奠汝又不見汝食。紙灰飛揚，朔風野大，阿兄歸矣，猶屢屢回頭望汝也。嗚呼哀哉！嗚呼哀哉！

【賞析】

親人的離世使埋藏在記憶深處的瞬間紛紛湧上心頭。那些曾讓人感動、愧疚、後悔的瞬間井噴似的絡繹奔湧而來，無法招架。像是一種自我折磨，明知越回憶越憂傷，卻忍不住還會去想，彷彿要用回憶來填補親人離世的空白，在精神上感知他們依然存在。

年輕者的突然死亡，直指生命最深刻的悲劇。魯迅說：「悲劇將人生的有價值的東西毀滅給人看。」越是美好生命的消逝，越顯出命運的殘酷和悲劇。於是不甘、痛心，總想找人來承擔責任，也許是別人，也許是自己。《祭妹文》開頭，袁枚痛心地回憶童年時給妹妹講古

[26] 阿品遠官河南：袁枚的堂弟袁樹，小名阿品，由進士任河南正陽縣縣令。

人節義故事的時光。如果自己當年不講，妹妹還會從一而終，不聽勸阻地嫁給頑劣無行的高氏子嗎？如果沒有這場悲劇的婚姻，她會遭遇這場突如其來的死亡嗎？但是，生命沒有如果。如果不是青梅竹馬的兄妹情，就不會有這篇感人至深的祭文。如果沒有那些節義故事，妹妹就不是那個知書達禮，讓嫂嫂相形見絀的文雅妹妹。妹妹幼時的認真，長大後的宛妙，回家後的賢慧，哥哥病時的溫暖，這美好的一切都宛然仍在眼前。但她已經不在了！毫無防備，沒有來由。命運殘忍地剝奪人間如此無辜善良的美好，這種毫無道理的毀滅讓人恐慌。平穩的生活、秩序和希望都被截斷了。像一場戰爭、一陣颶風、一次毀滅性的地震，充滿強烈的不安全感。所以祭文最後，作者對未來充滿了憂懼，「亦無子女，九族無可繼者。汝死我葬，我死誰埋？汝倘有靈，可能告我」，聲聲吶喊，痛徹心扉！

但生活還在繼續。人們最終會在瑣碎穩定、細水長流的生活中重拾信心、勇氣和希望，在明暗的交織中繼續生活下去。妹妹過世後幾年，袁枚實現了妹妹的遺願，為家族添了男丁，而阿品也後繼有人。不管發生甚麼，生活都還在繼續，沒有比它更古老的過去，沒有比它更高遠的未來。

左忠毅公逸事

方苞

先君子嘗言，鄉先輩左忠毅公視學京畿，一日，風雪嚴寒，從數騎出微行，入古寺，廡下一生伏案臥，文方成草；公閱畢，即解貂覆生，為掩戶。[1] 叩之寺僧，則史公可法也。[2] 及試，吏呼名至史公，公瞿然注視，呈卷，即面署第一。[3] 召入，使拜夫人，曰：「吾諸兒碌碌，他日繼吾志事，惟此生耳！」

及左公下廠獄，史朝夕獄門外；逆閹防伺甚嚴，雖家僕不得近。[4] 久之聞左公被炮烙，旦夕且死；持

左忠毅公：左光斗（1575—1625），字遺直。明萬曆進士，因彈劾閹黨魏忠賢下獄死，後追謚忠毅。

方苞（1668—1749）：字鳳九，號靈皋，晚號望溪。桐城（今安徽桐城）人。「桐城派」創始人。

1 先君子：作者對其已過世的父親方仲舒的稱呼。京畿：都城及其附近。從：使跟從。微行：穿平民衣服出行。廡：廊下小屋。解貂：脫下貂皮裘。

2 史可法：字憲之。祥符（今河南開封）人。鎮守揚州抵抗清軍南下，城破殉難。

3 瞿然：驚視的樣子。面署第一：當面批為第一名。

五十金，涕泣謀於禁卒，卒感焉。[5] 一日使史更敝衣，草屨，背筐，手長鑱，為除不潔者，引入，微指左公處，則席地倚牆而坐，面額焦爛不可辨，左膝以下，筋骨盡脫矣。[6] 史前跪，抱公膝而嗚咽。公辨其聲，而目不可開，乃奮臂以指撥眥，目光如炬，怒曰：「庸奴，此何地也？而汝來前！國家之事，糜至此。老夫已矣，汝復輕身而昧大義，天下事誰可支柱者！不速去，無俟奸人構陷，吾今即撲殺汝。」[7] 因摸地上刑械，作投擊勢。史噤不敢發聲，趨而出。後常流涕述其事以語人，曰：「吾師肺肝，皆鐵石所鑄造也！」

崇禎末，流賊張獻忠出沒蘄、黃、潛、桐間。[8] 史公以鳳廬道奉檄守禦。[9] 每有警，輒數月不就寢，使將士更休，而自坐幄幕外。擇健卒十人，令二人蹲踞而背倚之，漏鼓移，則番代。[10] 每寒夜起立，振衣裳，甲

---

4 廠獄：明代特務機關東廠所設的監獄。

5 炮烙：用燒紅的鐵來炙燒犯人。卒感焉：獄吏被史可法感動了。

6 草屨（jù）：穿草鞋。長鑱（chán）：一種長柄的掘土工具。為除不潔者：裝作打掃垃圾的人。

7 眥（zì）：眼眶。俟：等。構陷：製造流言加以陷害。

8 張獻忠：明末起義者。蘄（qí）、黃、潛、桐：今湖北蘄春縣、黃岡縣，安徽潛山縣、桐城縣。

9 道：明清分一省為若干道，長官稱道員。鳳廬道：鳳陽府、廬州府的長官。

10 番代：輪流代替。

上冰霜迸落，鏗然有聲。或勸以少休，公曰：「吾上恐負朝廷，下恐愧吾師也。」

史公治兵，往來桐城，必躬造左公第，候太公、太母起居，拜夫人于堂上。[11]

余宗老塗山，左公甥也，與先君子善，謂獄中語乃親得之于史公云。[12]

【賞析】

在奸佞當道的晚明，東林黨人左光斗剛正直言，因彈劾魏忠賢而被陷下獄。獄中的左光斗「被炮烙，旦夕且死」，「面額焦爛不可辨，左膝以下，筋骨盡脱矣」。然而他並未委頓求饒，反而勇毅剛強，怒斥前來探監的愛徒「輕身而昧大義，天下事誰可支柱者」，責備中更有護愛寄望，為避免愛徒多愁善感，左公甚至「摸地上刑械，作投擊勢」。在獄中被折磨得「目不可開」，

---

11 躬造：親臨。第：府第。太公太母：左光斗的父母。

12 宗老：同一宗族的老前輩。塗山：方苞族祖父的號，名文。

但左公依然剛正不屈，「奮臂以指撥眥，目光如炬」。如此意志堅定、忠肝義膽、以國為先的人，不由人不肅然起敬。

左公不畏強權，對人才卻倍加愛護。國家用人之際，左公不畏風雪，微服出行，看到苦學而文章斐然的史可法，他體貼地「解貂覆生，為掩戶」，並果斷提拔，「呈卷，即面署第一」，用盛讚來鼓勵、期許，「使拜夫人，曰：『吾諸兒碌碌，他日繼吾志事，惟此生耳！』」

左忠毅公最終冤死獄中，為國捐軀，但他堅貞自持的風操、愛才愛國的氣度在史可法身上得到延續。史公剛健有為的帶兵風格、「上恐負朝廷，下恐愧吾師」的自我勖勵，對先師家屬的禮敬，都是對左師教誨的深深回報。文章至此，借彼寫此，借史可法寫左忠毅公的精神傳承完滿收結。

全文細節生動，富於文學性，文題又為「逸事」，似小說家言，因而作者在末段以嚴謹的態度交代史料由來，以映襯左忠毅公令人肅然起敬的人格形象。

方苞是「桐城派」創始人，提倡「言有物，言有序」的「義法說」，行文風格嚴謹雅潔，《左忠毅公逸事》正是其最著名的代表作。

己亥六月重過揚州記

龔自珍

居禮曹，客有過者曰：「卿知今日之揚州乎？讀鮑照《蕪城賦》，則遇之矣。」[1]余悲其言。

明年，乞假南遊，抵揚州，屬有告糴謀，捨舟而館。[2]

既宿，循館之東牆步遊，得小橋，俯溪，溪聲讙。[3]過橋，遇女牆齧可登者，登之。[4]揚州三十里，首尾屈折高下見。曉雨沐屋，瓦鱗鱗然，無零甃斷

龔自珍（1792—1841）：字璱人，號定庵。仁和（今浙江杭州）人。清代文學家。

1. 禮曹：禮部。當時作者任禮部主客司主事兼祠祭司行走。過：拜訪。
2. 屬（zhǔ）：適巧。告糴：請求買穀，有請求資助飢困之意。
3. 既宿：過夜之後。讙（huān）：喧響。
4. 女牆：城牆上面呈凹凸形的小牆。齧：咬，此處引申為壞缺。

甓，心已疑禮曹過客言不實矣。[5]

入市，求熟肉，市聲。得肉，館人以酒一瓶、蝦一筐饋。醉而歌，歌宋元長短言樂府，俯窗嗚嗚，驚對岸女夜起，乃止。[6]

客有請吊蜀岡者，舟甚捷，簾幕皆文繡，疑舟窗蠡轂也，審視，玻璃五色具。[7] 舟人時時指兩岸曰：「某園故址也」，「某家酒肆故址也」，約八九處。其實獨倚虹園圮無存。[8] 曩所信宿之西園，門在，題榜在，尚可識，其可登臨者尚八九處，阜有桂，水有芙渠菱芡，是居揚州城外西北隅，最高秀。南覽江，北覽淮，江淮數十州縣治，無如此冶華也。[9] 憶京師言，知有極不然者。

---

5 零甃（zhòu）斷甓（pì）：殘垣斷壁。甃：井壁，這裏泛指牆壁。甓：磚。

6 宋元長短言樂府：即宋詞、元詞。

7 吊：憑弔。蜀岡：山名，在今江蘇揚州瘦西湖畔。疑舟窗蠡轂：指船窗好像為螺殼鱗甲所鑲嵌。蠡（luó）：通「螺」。轂（què）：物體堅硬的外殼，多指卵殼。

8 圮（pǐ）：塌壞。

9 曩（nǎng）：從前。信宿：住過兩夜。阜：土山。芙渠：荷花。菱：菱角。芡（qiàn）：睡蓮科植物。冶華：美麗繁華。

歸館，郡之士皆知余至，則大讙，有以經義請質難者，有發史事見問者，有就詢京師近事者，有呈所業若文、若詩、若筆、若長短言、若雜著、若叢書乞為序、為題辭者，有狀其先世事行乞為銘者，有求書冊子、書扇者，塡委塞戶牖，居然嘉慶中故態。[10] 誰得曰今非承平時耶？惟窗外船過，夜無笙琶聲，即有之，聲不能徹旦。[11] 然而女子有以梔子華髮為贄求書者，爰以書畫環瑱互通問，凡三人，凄馨哀豔之氣，繚繞於橋亭艦舫間，雖澹定，是夕魂搖搖不自持。[12] 余既信信，拿流風，捕餘韻，烏睹所謂風嗥雨嘯、鼯狖悲、鬼神泣者？[13] 嘉慶末，嘗于此和友人宋翔鳳側豔詩。[14] 聞宋君病，存亡弗可知。又問其所謂賦詩者，不可見，引為恨。

臥而思之，余齒垂五十矣，今昔之慨，自然之

---

10 筆：此處指散文。與「文」相對，「文」指有藻采聲韻的駢文。狀其先世事行：撰寫其先人行狀。銘：神道碑銘或墓誌銘。塡委：紛集，堆積。

11 徹旦：通宵達旦。

12 贄：初次見面所執的禮物。環：戴在臂上的玉環。瑱（tiàn）：美玉。通問：通音訊。

13 信信：一信再信，連宿四夜。烏：哪，怎麼。鼯（wú）：一種形似松鼠的動物，腹旁有飛膜，能滑翔。狖（yòu），通「貁」，一種似狸的野獸。

14 宋翔鳳（1776—1860）：江蘇長洲（今江蘇蘇州）人，是常州學派的著名學者。側豔：文辭豔麗而流於輕佻。

運，古之美人名士富貴壽考者幾人哉？[15]此豈關揚州之盛衰，而獨置感慨于江介也哉？[16]抑余賦側豔則老矣，甄綜人物，搜輯文獻，仍以自任，固未老也。天地有四時，莫病於酷暑，而莫善於初秋。[17]澄汰其繁縟淫蒸，而與之為蕭疏澹蕩，泠然瑟然，而不遽使人有蒼莽寥泬之悲者，初秋也。[18]今揚州，其初秋也歟？予之身世，雖乞糴，自信不遽死，其尚猶丁初秋也歟？[19]作《己亥六月重過揚州記》。

15 齒：年齡。垂：接近，快要。壽考：年高。
16 江介：江畔。
17 甄綜：考察搜羅。
18 澄汰：清洗。繁縟：指景象繁雜。淫蒸：過分悶熱的蒸騰之氣。泠然瑟然：形容清涼。寥泬（xuè）：曠蕩而虛靜。
19 丁：當，值。

【賞析】

揚州，地處長江北岸，當南北分裂之時，為兵家必爭之地，歷史上屢遭戰火，幾興幾廢。自隋唐後，大運河從旁經過，為漕運重鎮，經濟日漸繁華。清代的揚州，鹽商彙集，富甲天下，是首屈一指的風流地、富貴鄉。

龔自珍曾於嘉慶末遊揚州，見識過揚州的繁華。大約二十年後，他在北京做官，忽然聽人說今日的揚州猶如鮑照《蕪城賦》中的揚州，心裏當然驚疑。鮑照寫《蕪城賦》的時候，揚州還叫廣陵，剛剛經過戰火，只餘一片廢墟。怎麼能夠拿現在的揚州去比照呢？所以，在第二年，龔自珍重遊揚州，一探究竟。

然而龔自珍看到的揚州是繁華熱鬧依舊。路過小溪，「溪聲」，進入集市，「市聲」。登城牆眺望揚州，揚州城內屋宇連綿，毫無衰頹貌；登蜀岡縱覽江淮之間，沒有哪座城市能比得上揚州的繁華。回到客館，揚州士大夫聽說龔自珍來，前來拜訪，或探究學問，或討論時事，或請作序題詞，賓客滿屋，「大」。讓他想到二十年前的嘉慶時代，誰能說這不是太平景象呢？

在揚州一連住了四個晚上，並沒有見到《蕪城賦》中所謂「風嗥雨嘯、鼯狖悲、鬼神泣」的悲涼荒蕪。可是龔自珍仍然有悵然若失之感。他還是感覺到了變化，他首先感覺到了自己的變化。不見了二十餘年前在揚州同寫豔情詩的朋友，自己也將近五十歲了。這個年齡，將老未老，雖然處境困頓，但還不至於很快死去。這讓龔自珍想到了「初秋」這個節令，酷暑已過，而寒冬尚未到來，「蕭疏澹蕩，泠然瑟然」的初秋，在天地四時中最讓人愜意吧。自己的現在，就像處在人生的「初秋」，表面看尚無變化，不經意間，「蒼莽寥泬之悲」已在逼近。同樣的道理，揚州也正處在它的「初秋」階段，它並不像看上去那般繁華。

己亥這一年是公元 1839 年，第二年即爆發了鴉片戰爭，中國開始進入「三千年未有之大變局」。然而在己亥這一年，朝野內外似乎還沒有誰覺察到這一巨大外患的來臨。其實各種內憂自乾嘉時期（乾隆、嘉慶）就已潛滋暗長，但絕大多數士大夫都茫然不覺。龔自珍十分敏銳地察覺到了，這篇《己亥六月重過揚州記》就流露了他的隱憂。從質疑、否定在京師中聽到的今日揚州如蕪城的議論，到最後對這議論的隱隱認同，是他透過表面繁華看到了揚州的趨向蕭條，更是直指當前國家和社會的危機。

龔自珍是他那個時代的先知先覺者，這篇文章是他的盛世危言。

病梅館記

龔自珍

江甯之龍蟠，蘇州之鄧尉，杭州之西溪，皆產梅。[1]或曰：梅以曲為美，直則無姿；以欹為美，正則無景；梅以疏為美，密則無態。[2]固也。[3]此文人畫士，心知其意，未可明詔大號，以繩天下之梅也；又不可以使天下之民斫直，刪密，鋤正，以夭梅、病梅為業以求錢也。[4]梅之欹、之疏、之曲，又非蠢蠢求錢之民能以其智力為也。有以文人畫士孤癖之隱明告鬻梅者，斫其正，養其旁條；刪其密，夭其稚枝；鋤其

---

1 江寧：今江蘇南京。龍蟠：龍蟠里，在今南京清涼山下。鄧尉：山名，在今江蘇蘇州西南。西溪：地名，今浙江杭州靈隱山西北。

2 欹（qī）：傾斜。

3 固也：本來如此。

4 明詔大號：公開宣告。繩：約束。斫（zhuó）：砍削。夭梅、病梅：摧折梅，使之病態。

直，遏其生氣，以求重價，而江、浙之梅皆病。[5]文人畫士之禍之烈至此哉！

予購三百盆，皆病者，無一完者。既泣之三日，乃誓療之，縱之，順之。毀其盆，悉埋于地，解其棕縛。[6]以五年為期，必之，全之。予本非文人畫士，甘受詬厲。[7]辟病梅之館以貯之[8]。嗚呼，安得使予多暇日，又多閒田，以廣貯江寧、杭州、蘇州之病梅，窮餘生之光陰以療梅也哉！

---

[5] 隱：心中隱藏的嗜好。鬻（yù）：賣。遏（è）：遏制。

[6] 棕縛：棕繩的束縛。

[7] 詬厲：譏評，辱罵。厲：病。

[8] 貯（zhù）：藏。

【賞析】

1840年的中國正值鴉片戰爭前夕，詩人龔自珍敏銳地嗅到這個古老國家中彌漫着迎合、鑽營的腐朽氣息，毫無自主健康的活力。詩人痛心疾首，卻又無計可施，只能借病梅來一澆心中塊壘，希望以強烈的呼號來喚醒大眾的勃勃生氣。

文章展現了一組矛盾：欹、曲、疏的梅花本來是美的，但合理的審美竟導致「江、浙之梅皆病」的可怕結果。而這一切都發生在潛移默化中，沒有「明詔大號」的宣傳，也沒有「（文）使天下之民」的政令。不知怎麼的，不知不覺中，社會的各項合理要求把大眾的蓬勃活力都閹割了。文中的兩處否定，「未可明詔大號」和「又不可以使天下之民」可見明面上並無扼殺的痕跡。

然而暗流在湧動：有以文人畫士孤癖之隱明告鬻梅者。這些蠢蠢求錢的鬻梅者只採用單一標準「繩天下之梅」，本來姿態各異的「梅」於是變成一羣模式化的、功利的、毫無創造性的「梅」。鬻梅者們粗暴的手段和庸俗的審美使得原本天趣神韻的「曲欹疏」只剩機械無趣的形狀。梅花的活力和韻味一齊消失，鬻梅者們卻還不自知。正如社會各項合理的標準被刻板地理解、粗糙地執行，以致結果與初衷南轅北轍。天趣神韻而流於俗氣，仁義禮智而流於呆蠢，如此刻板機械、無趣木然的風氣彌漫開來，國家定然喪失珍貴的內在活力。

然而大眾都在醉生夢死中：「當嘉道間，舉國醉夢於承平，而定庵（龔自珍）憂之，傀然若不可終日，其察微之識，舉世莫能及也。生網密之世，風議隱約，不能盡言⋯⋯雖然，語近世思想自由之向導，必數定庵。」《病梅館記》最後的呼號固有振聾發聵、震醒民眾之意，更有預言家不為人們所理解的心痛和勉力辯白的急切。但當朽敗的大車沖向時代的斷橋，螳臂又如何擋車？一年後詩人離世，喪失活力的古老中國真的被西方轟開大門，開始了屈辱的近代史。

說釣

吳敏樹

余村居無事，喜釣遊。釣之道未善也，亦知其趣焉。當初夏、中秋之月，蚤食後出門，而望見村中塘水，晴碧泛然，疾理釣絲，持籃而往。[1] 至乎塘岸，擇水草空處投食其中，餌釣而下之，蹲而視其浮子，思其動而掣之，則得大魚焉。無何，浮子寂然，則徐牽引之，仍自寂然；已而手倦足疲，倚竿于岸，遊目而視之，其寂然者如故。[2] 蓋逾時始得一動，動而掣之則無有。余曰：「是小魚之竊食者也，魚將至矣。」

吳敏樹（1805—1873）：字本深，號南屏，湖南巴陵（今湖南岳陽）人。清代散文家。

[1] 蚤：同「早」。

[2] 無何：表示時間相隔不久。

又逾時動者稍異，掣之得鯽，長可四五寸許。余曰：「魚至矣，大者可得矣！」起立而伺之，注意以取之，間乃一得，率如前之魚，無有大者。[3] 日方午，腹饑思食甚，余忍而不歸以釣。見村人之田者，皆畢食以出，乃收竿持魚以歸。歸而妻子勞問有魚乎？[4] 余示以籃而一相笑也。乃飯後仍出，更詣別塘求釣處，逮暮乃歸，其得魚與午前比。或一日得魚稍大者某所，必數數往焉，卒未嘗多得，且或無一得者。[5] 余疑釣之不善，問之常釣家，率如是。[6]

嘻！此可以觀矣。吾嘗試求科第官祿于時矣，與吾之此釣有以異乎哉？其始之就試有司也，是望而往，蹲而視焉者也；其數試而不遇也，是久未得魚者也；其幸而獲於學官、鄉舉也，是得魚之小者也；若其進於禮部，吏於天官，是得魚之大，吾方數數釣而

---

[3] 間：偶爾。

[4] 勞：慰問。

[5] 數數：屢次，常常。

[6] 率：大概，大略。

又未能有之者也。[7] 然而大之上有大焉，得之後有得焉，勞神僥倖之門，忍苦風塵之路，終身無滿意時，老死而不知休止，求如此之日暮歸來而博妻孥之一笑，豈可得耶？[8] 夫釣，適事也，隱者之所遊也，其趣或類於求得。[9] 終焉少繫于人之心者，不足可欲故也。吾將唯魚之求，而無他釣焉，其可哉？

[7] 有司：指主管某部門的官吏。學官：指主持縣試、府試的府學教授、州學學正、縣學教諭。鄉舉：秀才參加鄉試（省級考試），得中取為舉人。禮部：舉人進京會試，由禮部主持。考試中式，再經殿試，即成進士。天官：指吏部。吏部掌全國官吏之任免、考課、升降、調動等事。

[8] 妻孥：妻子和兒女。

[9] 適事：舒適的事。

【賞析】

《說釣》，說的是作者親身的釣魚體驗，對自己在釣魚過程的幾個階段中的心態變化描述得十分細緻。

第一個階段，在早飯後持籃拿竿，興致勃勃地到水邊釣魚，心裏希望能夠釣到大魚；第二個階段，投竿許久，漂在水面的浮子一動不動，左等右等，也不見魚來上鉤；第三個階段，終於釣到了魚，可不過是四五寸長的小鯽魚，堅持到中午，飢腸轆轆，也釣不來更大的魚。回家吃過飯後，下午換地方再釣，結果和上午一樣。第四個階段，有時在某個地方釣到一條比較大的魚，又多次前往，卻不再能釣到大魚。

作者由釣魚聯想到了求官，覺得二者頗有相似之處。一開始參加考試，是希望能夠得官，相當於釣魚的第一階段；隨後屢考不中，相當於很久沒有釣到魚的階段；有幸通過秀才、舉人的考試，這是釣到了小魚；等到參加禮部的會試中了進士並且又通過吏部考試被授予了官職，這相當於釣到了大魚。做了官還會冀望步步高升，做更大的官，就如釣到一次大魚後還會想着釣更多的大魚。可是這哪有止境呢？釣魚本來是一件很有趣很閒適的事，一旦以「更大」為目的，就會成為一件苦事。

其實何止釣魚和做官，做任何事都一樣，人往往會淪為自己慾望的奴隸，而忘了做這件事的初衷。於是為了滿足自己的欲望，「勞神僥倖之門，忍苦風塵之路，終身無滿意時，老死而不知休止」。

老殘遊記・序

劉鶚

嬰兒墮地，其泣也呱呱；及其老死，家人環繞，其哭也號啕。然則哭泣也者，固人之所以成始成終也。其間人品之高下，以其哭泣之多寡為衡。蓋哭泣者，靈性之現象也，有一分靈性即有一分哭泣，而際遇之順逆不與焉。

馬與牛，終歲勤苦，食不過芻秣，與鞭策相始終，可謂辛苦矣，然不知哭泣，靈性缺也。[1] 猿猴之為物，跳擲于深林，厭飽乎梨栗，至逸樂也，而善啼；

劉鶚（1857—1909）：字鐵雲，號老殘。江蘇丹徒（今江蘇鎮江）人。清末小說家。

[1] 芻秣：草料。

啼者，猿猴之哭泣也。[2] 故博物家云：猿猴，動物中性最近人者，以其有靈性也。古詩云：「巴東三峽巫峽長，猿啼三聲斷人腸。」其感情為何如矣！

靈性生感情，感情生哭泣。哭泣計有兩類：一為有力類，一為無力類。癡兒騃女，失果即啼，遺簪亦泣，此為無力類之哭泣；城崩杞婦之哭，竹染湘妃之淚，此乃有力類之哭泣也。[3] 力類之哭泣又分兩種：以哭泣為哭泣者，其力尚弱；不以哭泣為哭泣者，其力甚勁，其行乃彌遠也。

《離騷》為屈大夫之哭泣，《莊子》為蒙叟之哭泣，《史記》為太史公之哭泣，《草堂詩集》為杜工部之哭泣；李後主以詞哭，八大山人以畫哭；王實甫寄哭泣於《西廂記》，曹雪芹寄哭泣於《紅樓夢》。[4] 王之

---

2 厭：通「饜」，滿足。

3 騃：呆傻。城崩杞婦之哭：杞婦是春秋時期齊國大夫杞梁的妻子，傳說杞梁戰死，杞梁妻撫屍痛哭，城牆為之崩塌。竹染湘妃之淚：傳說舜南巡至湘江，死於路上，舜的兩個妃子前來尋找，哭出血淚，落在竹子上，留下了永久的淚痕。

4 蒙叟：即莊子。

言曰：「別恨離愁，滿肺腑難陶瀉。除紙筆代喉舌，我千種想思向誰說？」曹之言曰：「滿紙荒唐言，一把辛酸淚，都云作者癡，誰解其中意？」名其茶曰「千芳一窟」，名其酒曰「萬豔同杯」者：千芳一哭，萬豔同悲也。

吾人生今之時，有身世之感情，有家國之感情，有社會之感情，有種教之感情。[5] 其感情愈深者，其哭泣愈痛：此鴻都百煉生所以有《老殘遊記》之作也。[6]

棋局已殘，吾人將老，欲不哭泣也安可得乎？吾知海內千芳，人間萬豔，必有與吾同哭同悲者焉！

[5] 種教：種族宗教。

[6] 鴻都百煉生：作者筆名。

【賞析】

乍一讀，作者似在作一篇「哭論」。而且先發一通奇談怪論，論述哭泣產生的原因：人的一生，以自己哭着出生開始，以家人哭着送終結束，哭泣貫穿生命的始終。哭泣是一個人靈性的表現，有一分靈性就有一分哭泣，和境遇的好壞沒有關係。從動物身上可以得到證明，牛馬沒有靈性，所以牠們一年到頭都很勤苦卻不會哭泣；猿猴在山林中自由自在很快活，可是牠們的哭聲卻特別悲傷，因為牠們在動物中最接近人，有靈性。

接着作者又對哭泣進行了分類，把哭泣分為兩大類，一類是無力的哭泣，如因為丟了東西這樣的小事而哭泣，這樣的哭泣沒有甚麼感染力；一類是有力的哭泣，如杞婦與湘妃都是因為遭遇了極大的傷心事而哭泣，她們的哭泣極具感染力，以至於杞婦的哭使城牆崩塌，湘妃的淚水永遠地烙印在了竹子上。有力的哭泣又可更進一步分為兩種，一種是以哭泣為哭泣，可以聽到哭聲看到淚水，但這種哭的感染力還比較弱；而最有感染力的哭泣是不表現為哭泣的。

不表現為淚水、哭聲的哭泣會表現為甚麼呢？就是古今那些偉大的藝術創作：《離騷》是屈原的哭泣，《莊子》是莊周的哭泣，《史記》是司馬遷的哭泣，《草堂詩集》是杜甫的哭泣；李後主的哭泣表現為詞，八大山人的哭泣表現為畫；從《西廂》中可以聽到王實甫的哭泣，從

《紅樓夢》中可以聽到曹雪芹的哭泣。

原來，作者想說的是，內心鬱積了極度深沉的感情，僅僅靠淚水和哭聲是不足以表達萬一的，於是那些偉大的文學藝術家們就用詩文、用小說戲曲、用繪畫來表達，這是最有力的「哭泣」，這哭泣的感染力將傳之久遠。

作者劉鶚是晚清人，生逢末世，作者內心也鬱積了種種感情，從個人的身世之歎，到家國社會之情，再到種族文化之感，都足以觸發他的哭泣，但「以哭泣為哭泣」不足以表達他的悲傷，便創作了這本《老殘遊記》為哭泣。

劉鶚的「哭泣」的確有力，《老殘遊記》被魯迅先生列為清末「四大譴責小說」之一，王國維先生讀後則讚歎「不意中國有此人！可與英國最高小說平行」。直到今天，《老殘遊記》還在不斷地被出版，並且已被譯為多種文字，它的感染力超越了時代，跨越了國界。

少年中國說

梁啟超

日本人之稱我中國也，一則曰老大帝國，再則曰老大帝國。是語也，蓋襲譯歐西人之言也。嗚呼！我中國其果老大矣乎？梁啟超曰：惡，是何言！是何言！吾心目中有一少年中國在。[1]

欲言國之老少，請先言人之老少：老年人常思既往，少年人常思將來。惟思既往也，故生留戀心；惟思將來也，故生希望心。惟留戀也，故保守；惟希望也，故進取。惟保守也，故永舊；惟進取也，故日

梁啟超（1873—1929）：字卓如，號任公，又號飲冰室主人。廣東新會人。近代思想家、政治家、史學家和文學家，與老師康有為並稱「康梁」。

[1] 惡（wū）：感歎詞，猶「唉」。

新。惟思既往也，事事皆其所已經者，故惟知照例；惟思將來也，事事皆其所未經者，故常敢破格。老年人常多憂慮，少年人常好行樂。惟多憂也，故灰心；惟行樂也，故盛氣。惟灰心也，故怯懦；惟盛氣也，故豪壯。惟怯懦也，故苟且；惟豪壯也，故冒險。惟苟且也，故能滅世界；惟冒險也，故能造世界。老年人常厭事，少年人常喜事。惟厭事也，故常覺一切事無可為者；惟好事也，故常覺一切事無不可為者。老年人如夕照，少年人如朝陽；老年人如瘠牛，少年人如乳虎；老年人如僧，少年人如俠；老年人如字典，少年人如戲文；老年人如鴉片煙，少年人如潑蘭地酒；老年人如別行星之隕石，少年人如大洋海之珊瑚島；老年人如埃及沙漠之金字塔，少年人如西比利亞之鐵路；老年人如秋後之柳，少年人如春前之草；老年人如死海之瀦為澤，少年人如長江之初發源，此老年人與少年人性格不同之大略也。[2] 梁啟超曰：人固有之，國亦宜然。

梁啟超曰：傷哉，老大也！潯陽江頭琵琶婦，當明月繞船，楓葉瑟瑟，衾寒於鐵，似夢非夢之時，追想洛陽塵中春花秋月之佳趣；[3] 西宮南內，白髮宮娥，一燈如穗，三五對坐，談開元、天寶間遺事，譜《霓裳羽衣曲》；青門種瓜人，左對孺人，顧弄孺子，憶侯門似海珠履雜遝之盛事；[4] 拿破崙之流於厄蔑，阿剌飛之幽於錫蘭，與三兩監守吏或過訪之好事者，道當年短刀匹馬，馳騁中原，席捲歐洲，血戰海樓，一聲叱吒，萬國震恐之豐功偉烈，初而拍案，繼而撫髀，終而攬鏡。[5] 嗚呼！面皴齒盡，白髮盈把，頹然老矣。[6] 若是者，捨幽鬱之外無心事，捨悲慘之外無天地，捨頹唐之外無日月，捨歎息之外無音聲，捨待死

---

2 瀦（zhū）：聚積的水流。

3 潯陽江頭琵琶婦：用白居易《琵琶行》中「門前冷落鞍馬稀，老大嫁作商人婦」的故事。

4 西宮南內：用元稹《行宮》「白頭宮女在，閑坐說玄宗」詩意。西宮：唐太極宮。南內：唐興慶宮。青門種瓜人：指秦末漢初的邵平。邵平在秦末為東陵侯。秦亡後，失去爵位，在長安東門外種瓜為生。孺人：妻子。珠履：用珠子裝飾的鞋。

5 厄蔑：今譯作厄爾巴島，在義大利半島和法國科西嘉島之間。1814 年拿破崙被流放於此。阿剌飛：指埃及民族解放運動領袖阿拉比。1882 年，英國進攻埃及，阿拉比領導軍隊抗擊，戰敗被流放於錫蘭。髀（bì）：大腿。

6 面皴齒盡：臉上長滿皺紋，牙齒掉光。形容蒼老的樣子。

之外無事業，美人豪傑且然，而況於尋常碌碌者耶？生平親友，皆在墟墓；起居飲食，待命於人，今日且過，遑知他日，今年且過，遑恤明年，普天下灰心短氣之事，未有甚于老大者。[7] 於此人也，而欲望以拏雲之手段，回天之事功，挾山超海之意氣，能乎不能？[8]

嗚呼！我中國其果老大矣乎？立乎今日，以指疇昔，唐虞三代，若何之郅治；[9] 秦皇漢武，若何之雄傑；漢唐來之文學，若何之隆盛；康乾間之武功，若何之烜赫。歷史家所鋪敍，詞章家所謳歌，何一非我國民少年時代良辰美景賞心樂事之陳跡哉。而今頽然老矣，昨日割五城，明日割十城，處處雀鼠盡，夜夜雞犬驚，十八省之土地財產，已為人懷中之肉，四百兆之父兄子弟，已為人注籍之奴，豈所謂「老大嫁作商人婦」者耶？[10] 嗚呼！憑君莫話當年事，憔悴韶

7 遑知：怎麼知道。遑恤：無暇顧及。

8 拏雲：凌雲，比喻志向高遠。語出李賀《致酒行》：「少年心事當拏雲。」回天：使天地倒轉。比喻完全轉變局勢。挾山超海：比喻英雄壯舉。語出《孟子．梁惠王上》：「挾泰山以超北海。」

9 唐虞三代：指唐堯、虞舜和夏、商、周三代。郅治：至治，把國家治理得太平強盛。郅：極，至。

10 十八省：清初全國共分十八個省。光緒末年增至二十三省，但人們習慣上仍稱十八省。四百兆：即四億，當時中國有四億人口。

光不忍看，楚囚相對，岌岌顧影，人命危淺，朝不慮夕，國為待死之國，一國之民為待死之民，萬事付之奈何，一切憑人作弄，亦何足怪。

梁啟超曰：我中國其果老大矣乎？是今日全地球之一大問題也。如其老大也，則是中國為過去之國，即地球上昔本有此國，而今漸澌滅，他日之命運殆將盡也；如其非老大也，則是中國為未來之國，即地球上昔未現此國，而今漸發達，他日之前程且方長也。欲斷今日之中國為老大耶？為少年耶？則不可不先明「國」字之意義。夫國也者，何物也？有土地；有人民；以居於其土地之人民而治其所居之土地之事；自製法律而自守之，有主權，有服從，人人皆主權者，人人皆服從者。夫如是，斯謂之完全成立之國。地球上之有完全成立之國也，自百年以來也。完全成立者，壯年之事也。未能完全成立而漸進于完全成立者，少年之事也。故吾得一言以斷之曰：歐洲列邦在今日為壯年國，而我中國在今日為少年國。

夫古昔之中國者，雖有國之名，而未成國之形也。或為家族之國，或為酋長之國，或為諸侯封建之國，或為一王專制之國，雖種類不一，要之其於國家之體質也，有其一部而缺其一部。正如嬰兒自胚胎以迄成童，其身體之一二官支，先行長成，此外則全體雖粗具，然未能得其用也。[11]故唐虞以前為胚胎時代，殷周之際為乳哺時代，由孔子而來至於今為童子時代，逐漸發達，而今乃始將入成童以上少年之界焉。其長成所以若是之遲者，則歷代之民賊有窒其生機者也。譬猶童年多病，轉類老態，或且疑其死期之將至焉，而不知皆由未完成未成立也。非過去之謂，而未

---

[11] 官支：五官四肢。

來之謂也。

且我中國疇昔，豈嘗有國家哉，不過有朝廷耳。我黃帝子孫，聚族而居，立於此地球之上者既數千年，而問其國之為何名，則無有也。夫所謂唐、虞、夏、商、周、秦、漢、魏、晉、宋、齊、梁、陳、隋、唐、宋、元、明、清者，則皆朝名耳。朝也者，一家之私產也；國也者，人民之公產也。朝有朝之老少，國有國之老少。朝與國既異物，則不能以朝之老少而指為國之老少明矣。文、武、成、康，周朝之少年時代也；幽、厲、桓、赧，則其老年時代也。[12] 高、文、景、武，漢朝之少年時代也；元、平、桓、靈，則其老年時代也。[13] 自餘歷朝，莫不有之，凡此者，謂為一朝廷之老也則可，謂為一國之老也則不可。一朝廷之老且死，猶一人之老且死也，於吾所謂中國者何

---

12 文、武、成、康：周朝前期的幾代帝王，文王、武王、成王、康王。幽、厲、桓、赧（nǎn）：指周幽王、厲王、桓王、赧王，幽王、厲王是西周後期的兩個君主，桓王、赧王是東周的兩個君主。

13 高、文、景、武：指西漢前期從建國到極強盛的四代皇帝，漢高祖、文帝、景帝和武帝。元、平、桓、靈：指西漢元帝、平帝和東漢桓帝、靈帝。漢元帝、平帝是西漢後期滅亡前的兩個皇帝。桓帝、靈帝是東漢末年的兩代帝王。

與焉。然則，吾中國者，前此尚未出現於世界，而今乃始萌芽云爾。天地大矣，前途遼矣，美哉，我少年中國乎！

瑪志尼者，義大利三傑之魁也。[14] 以國事被罪，逃竄異邦。乃創立一會，名曰「少年義大利」。舉國志士，雲湧霧集以應之。卒乃光復舊物，使義大利為歐洲之一雄邦。夫義大利者，歐洲之第一老大國也，自羅馬亡後，土地隸于教皇，政權歸於奧國，殆所謂老而瀕於死者矣，而得一瑪志尼，且能舉全國而少年之，況我中國之實為少年時代者耶？堂堂四百餘州之國土，凜凜四百餘兆之國民，豈遂無一瑪志尼其人者。

龔自珍氏之集有詩一章，題曰《能令公少年行》，吾嘗愛讀之，而有味乎其用意之所存。我國民而自謂

[14] 瑪志尼（1805—1872）：今譯朱塞佩・馬志尼，意大利愛國者。建立秘密的革命組織「青年意大利」，並創辦了同名刊物，推動意大利的獨立統一事業。

其國之老大也，斯果老大矣；我國民而自知其國之少年也，斯乃少年矣。西諺有之曰：「有三歲之翁，有百歲之童。」然則，國之老少，又無定形，而實隨國民之心力以為消長者也。吾見乎瑪志尼之能令國少年也，吾又見乎我國之官吏士民能令國老大也，吾為此懼！夫以如此壯麗濃郁翩翩絕世之少年中國，而使歐西日本人謂我為老大者何也？則以握國權者皆老朽之人也。非哦幾十年八股，非寫幾十年白摺，非當幾十年差，非捱幾十年俸，非遞幾十年手本，非唱幾十年喏，非磕幾十年頭，非請幾十年安，則必不能得一官、進一職。[15] 其內任卿貳以上，外任監司以上者，百人之中，其五官不備者，殆九十六七人也，非眼盲，則耳聾，非手顫，則足跛，否則半身不遂也。[16] 彼其一身飲食步履視聽言語，尚且不能自了，須三四人在左右扶之捉之，乃能度日，於此而乃欲責之以國事，是

---

15 白摺：清代朝考用的試卷。在會試和殿試中被錄取的進士，還要進行朝考，根據朝考授予官職。朝考用白摺，即用工整的楷書寫在白紙製的摺子上。手本：明清官場中下級晉見上級時用的名帖。喏（rě）：唱喏，古代的一種禮節。對人打恭作揖，口中出聲，叫唱喏。

16 卿貳：卿是朝廷各部的長官，貳指副職。監司：清代通稱各省布政使、按察使及各道道員為監司。五官不備：指五官功能不全。

何異立無數木偶而使治天下也。且彼輩者，自其少壯之時既已不知亞細、歐羅為何處地方，漢祖唐宗是那朝皇帝；猶嫌其頑鈍腐敗之未臻其極，又必搓磨之，陶冶之，待其腦髓已涸，血管已塞，氣息奄奄，與鬼為鄰之時，然後將我二萬里山河，四萬萬人命，一舉而畀於其手。[17] 嗚呼！老大帝國，誠哉其老大也。而彼輩者，積其數十年之八股、白折、當差、捱俸、手本、唱喏、磕頭、請安，千辛萬苦，千苦萬辛，乃始得此紅頂花翎之服色，中堂大人之名號，乃出其全副精神，竭其畢生力量，以保持之。[18] 如彼乞兒，拾金一錠，雖轟雷盤旋其頂上，而兩手猶緊抱其荷包，他事非所顧也，非所知也，非所聞也。於此而告之以亡國也，瓜分也，彼烏從而聽之，烏從而信之。[19] 即使果亡矣，果分矣，而吾今年既七十矣八十矣，但求其一兩年內，洋人不來，強盜不起，我已快活過了一世矣！

---

17 畀：給予。

18 紅頂花翎：大官的帽飾。清代官員帽頂上頂珠的顏色、質料，標誌著官階的品級，一品官用紅寶石頂珠。花翎：用孔雀翎做的帽飾，以翎眼多者為貴，五品以上用花翎，六品以下用藍翎。中堂大人：清代大學士相當於宰相，尊稱中堂大人。

19 烏：何，哪裏。

若不得已，則割三頭兩省之土地，奉申賀敬，以換我幾個衙門；賣三幾百萬之人民作僕為奴，以贖我一條老命，有何不可，有何難辦。[20] 嗚呼！今之所謂老后、老臣、老將、老吏者，其修身、齊家、治國、平天下之手段，皆具於是矣。[21]「西風一夜催人老，凋盡朱顏白盡頭。」使走無常當醫生，攜催命符以祝壽，嗟乎痛哉！[22] 以此為國，是安得不老且死，且吾恐其未及歲而殤也。[23]

梁啟超曰：造成今日之老大中國者，則中國老朽之冤業也；製出將來之少年中國者，則中國少年之責任也。彼老朽者何足道，彼與此世界作別之日不遠矣，而我少年乃新來而與世界為緣。如僦屋者然，彼明日將遷居他方，而我今日始入此室處。[24] 將遷居者，不愛護其窗櫳，不潔治其庭廡，俗人恆情，亦何

---

20 三頭兩省：閩粵方言，三兩個省。

21 老后：年老的太后。

22 走無常：迷信說法，陰司用活人為鬼役，攝取後死者的魂。充當這種鬼差者，稱走無常。

23 殤：幼年夭折。

足怪！[25]若我少年者，前程浩浩，後顧茫茫，中國而為牛、為馬、為奴、為隸，則烹臠棰鞭之慘酷，惟我少年當之；中國如稱霸宇內，主盟地球，則指揮顧盼之尊榮，惟我少年享之，於彼氣息奄奄，與鬼為鄰者，何與焉？彼而漠然置之，猶可言也。我而漠然置之，不可言也。使舉國之少年而果為少年也，則吾中國為未來之國，其進步未可量也；使舉國之少年而亦為老大也，則吾中國為過去之國，其澌亡可翹足而待也。故今日之責任，不在他人，而全在我少年。少年智則國智，少年富則國富，少年強則國強，少年獨立則國獨立，少年自由則國自由，少年進步則國進步，少年勝於歐洲則國勝於歐洲，少年雄於地球則國雄於地球。紅日初升，其道大光；河出伏流，一瀉汪洋。潛龍騰淵，鱗爪飛揚；乳虎嘯穀，百獸震惶。鷹隼試翼，風塵吸張；奇花初胎，矞矞皇皇。[26]干將發硎，

---

24 僦（jiù）屋：租賃房屋。

25 庭廡：庭院走廊。

26 矞（yù）矞皇皇：光明盛大的樣子。

有作其芒。[27]天戴其蒼，地履其黃。縱有千古，橫有八荒。前途似海，來日方長。美哉我少年中國，與天不老；壯哉我中國少年，與國無疆！

[27] 干將發硎：寶劍剛剛在磨刀石上磨過。干將：古代名劍。硎：磨刀石。有作其芒：大放光芒。

【賞析】

1900年，八國聯軍攻陷北京，清政府被迫再一次簽訂喪權辱國的不平等條約。自1840年以來，面對列強的侵略，中國一次次戰敗，一次次割地賠款；而中國人自己的自強和改革運動一次次歸於失敗。當此之時，中國內憂外患，積貧積弱，列強視中國為老大帝國，日薄西山，中國人自己也大多喪失信心，看不到未來。陝西學政葉爾愷甚至在給朋友的信中絕望地表示：「縱觀中外情形，敢斷言曰：中國不亡，必無天理！」

就在全國上下一片愁雲慘淡、茫然惶然的時候，梁啟超突然振臂高呼「少年中國」，熱情洋溢、無比自信地讚頌中國的未來，這無疑就像一道刺破陰霾的明亮的陽光，一聲衝破沉寂的嘹亮的號角。

這篇《少年中國說》，是一篇長文，也是一篇雄文，本身就充滿了少年人的血氣方剛和朝氣蓬勃。

在這篇文章裏，梁啟超斷然提出一個「少年中國」，不同意歐洲和日本把中國稱作「老大帝國」的說法。在梁啟超看來，國之老少猶如人之老少，老年人保守、怯懦、苟且，少年人進取、豪壯、冒險。「老大」是一種非常可悲的狀態，即便美人豪傑，一旦老大，也將「捨幽鬱之外無心事，捨悲慘之外無天地，捨頹唐之外無日月，捨歎息之外無音聲，捨待死之外無事業」，再沒有比「老大」更讓人灰心短氣的事情了。中國曾經有過輝煌的過去，可如今卻任人宰割而無還手之力，「國為待死之國，一國之民為待死之民」。

可是梁啟超並不同意就此把中國視作「老大帝國」——他有非常充足的理由。第一，從橫向比較來看，歐洲各國成為完全獨立之國已近百年，是「壯年國」，而中國正在從未能完全獨立而漸進於完全獨立，故是「少年國」。第二，從縱向比較看，中國在唐虞以前為胚胎時代，殷周之際為哺乳時代，由孔子而來至於今為童子時代，如今開始進入少年之屆。中國之所以成長緩慢，是由於歷代民賊阻滯了生機。第三，從朝廷和國家的區別來看，中國以往只有朝廷而沒有國家，各個朝代都有它的少年和老年時代，「一朝廷之老」不等於「一國之老」。

儘管中國並非「老大帝國」，但少年朝氣的煥發也並非坐等可至，因為「國之老少，又無定形，而實隨國民之心力以為消長者也」。相比於瑪志尼建立「青年意大利」，最終使意大利這樣一個「歐洲之第一老大國」變為「歐洲之一雄邦」，中國目前卻是官吏士民使國家成為老大之國，因為「握國權者皆老朽之人」。這些人積數十年「八股、白摺、當差、捱俸、手本、唱喏、磕頭、請安」，待其身居高位，「腦髓已涸，血管已塞，氣息奄奄」，除了保全自己的名位富貴，對國家毫無責任心，對國家面臨危亡的局面，毫無壓力。

因此，使中國為少年中國的責任，就完全在中國少年。中國的富強、獨立、自由、進步乃至與歐洲列強競爭，其希望完全在於中國少年。少年是新生的力量，如紅日初升，如河出伏流，如潛龍騰淵，如乳虎嘯谷，如鷹隼試翼，如奇花初胎，如干將發硎，必將蓬勃發展，不可阻遏，少年中國前途一片光明，未來不可限量。有壯美的中國少年，也必有壯美的少年中國！

這是一篇長文，也是一篇雄文。音韻鏗鏘，氣勢磅礴，雄辯滔滔，振聾發聵。今天讀之，仍令人熱血沸騰。